중력의 노래를 들어라

중력의 노래를 들어라

남세오 소설집

아작

차
례

프롤로그

로즈 발렌타인의 계절

로즈 발렌타인이라는 이름은 누가 생각한 걸까. 로즈 아니면 발렌타인이겠지. 로즈 발렌타인이 아니라? 그러니까. 로즈 발렌타인이 아니라 로즈 발렌타인. 그 애는 두 번째 로즈 뒤를 눌러 끊어 말했다.

그 애에 대한 기록은 항상 이런 식이다. 햇빛이 반사될 때 언뜻언뜻 붉게 보이는 어두운 갈색 머리처럼. 검은색. 갈색. 붉은색. 그 어떤 단어도 그 애의 머리색이라 말하기엔 어딘가 성에 차지 않는다. 그런 그 애를 묘사할 단 하나의 이름이 있다면 로즈 발렌타인이다. 로즈 발렌타인 아니면 로즈 발렌타인.

우리는 서로를 로즈 발렌타인이라고 불렀다. 누가 로즈이고 누가 발렌타인인지에 대한 논쟁은 알프레도 소스를 듬뿍 묻힌 스파게티를 포크에 돌돌 말아내기도 전에 짧게 끝났다. 그때그때 정하기로. 아직 녹지 않은 치즈 가루가 눈송이처럼 달라붙은 스파게티 뭉치를 입 안에 쏙 집어넣는 나를 보며 그 애는 로즈라고 불렀다. 나중에 알았지만 그건 스파게티가 아니고 페투치니였다.

소스와 파스타에 붙어 있는 그 수많은 이름을 우리는 종종 뒤바꿔 불렀다. 우리의 이름을 뒤바꿔 불렀듯. 47번 국도를 타고 유채꽃과 청보리가 가득 피어 있는 들판에 바람을 맞으러 갔을 때 나는 발렌타인이었고 이태원에서 쿠스쿠스니 비리야니니 하는 생소한 음식들을 다 먹지도 못할 만큼 잔뜩 시켜놓고 누군가의 생일. 그러니까 로즈 발렌타인의 생일을 축하할 때 나는 로즈였다.

왜 알프레도 페투치니가 아니라 로즈 발렌타인이었을까. 그건 의미 없는 질문이야. 그 애가 말했다. 우주에 있는 수많은 행성 중에서 하필 우리가 태양계의 세 번째 행성인 지구에서 태어난 이유와 마찬가지지. 우리가 로즈 발렌타인이 아니라 알프레도 페투치니였어도 우린 똑같은 질문을 할 거야. 왜 로즈 발렌타인이 아니라 알프레도 페투치니였을까.

중요한 건. 그 애는 그 애의 머리색을 닮은 입술을 동그랗게 오므리며 창조의 비밀을 전하듯 속삭였다. 로즈 발렌타인이라는 거지. 그 애는 로즈 뒤를 눌러 끊어 말했다. 그랬다. 우리는 로즈 발렌타인이었고 때로는 로즈 때로는 발렌타인이었다.

언젠가는. 그 애가 어느 날 말했다. 한 철 미리 나온 겨울 코트를 구경하러 가서 뜬금없이 물빛이 수놓인 스카프를 들고나온 날이었다. 스카프가 아니고 반다나야. 그 애가 고쳐 말했지만 나는 언제나 그랬듯 그 이름을 흘려 들었다. 그날 나의 이름이 로즈였는지 아니면 발렌타인이었는지 기억하지 못하듯. 언젠가는. 우린 로즈 발렌타인이 되겠지.

그 애는 로즈의 뒤를 눌러 끊지 않았다. 나는 잠시 멈춰 섰고 그 애는 떨어진 반다나를 주워 내 손목에 묶어주었다. 모든 계절을 함께하는 건 잔인한 일이야. 그렇지 않니. 그제야 그 애가 겨울 코트를 고르지 않은 이유를 알았다.

사람은 원래 하나였다가 둘로 갈라진 거래. 그리고 갈라진 반쪽을 찾아 헤맨다지. 낭만적이지 않니. 뭐가. 찾아 헤맨다는 게. 그런데 말이야. 반쪽으로 살아간다는 건 슬픈 일이야.

안녕. 로즈 발렌타인. 그 애가 말했다. 그 애는. 그러니까 로즈 발렌타인은 첫눈이 오기 전에 떠났다. 우리는 헤어지는 게 아니라 만나는 거야. 갈라졌던 반쪽처럼. 그 애가 골라준 반다나로 머리를 묶으며 나는 이제 수많은 소스와 파스타의 이름을 기억하듯 그 애의 이름을 기억해야 한다는 걸 깨달았다.

로즈 발렌타인이 아닌 로즈 발렌타인. 그 애와 함께하지 않았던 계절이 오면 나는 그 애의 이름을 기억한다. 그 애와 함께했던 로즈와 발렌타인의 계절을 로즈 발렌타인의 계절에 기억하며 나는 그 애가 겨울 코트를 골라줬어도 좋았을 텐데 하고 아쉬워한다.

접근 한계선

오늘 원혁의 하루는 7시 15분에 알레르기 방지 섬유 처리가 된 '미리안' 침대에서 일어나 욕실로 걸어간 뒤 '네오듀란트' 치약을 '덴탈플러스' 칫솔에 짜내 이를 닦는 것으로 시작되었다. 양치와 샤워를 포함해 33분 동안 욕실에서 총 12.4리터의 물을 사용했으며, 이 모든 과정의 영상과 유량, 가속도, 온도, 압력 등의 정보가 세 대의 카메라와 수많은 센서로 측정되어 데이터베이스에 기록되었다.

필요하다면 원혁은 샤워 도중 겨드랑이를 닦기 위해 몇 번이나 비누칠했는지에 대한 답도 얻을 수 있다. 심지어 그 정보는 원혁뿐 아니라 앞집에 사는 한세영이나 지구 반대편의 카를로스에게도 오픈되어 있다. 개인에 대한 정보는 더 이상 비밀이 아니고 공개되어서 부끄러울 일도 없다. 오히려 그런 정보에 과도하게 신경 쓰는 게 부끄럽고 세련되지 못한 일이다.

신경 쓰지만 않는다면 그런 정보 공개는 편리하다. 바디워시를 만드는 회사는 각 개인의 비누칠 횟수는 물론 지역별, 연령별, 체형별 통계 수치를 실시간으로 확인하여 제품 생산에 반영한다. 원혁은 '맨워스' 바디워시를 구독하고 있는데 그런 정보를 바탕으로 최적화된 모델이 사용량을 점검하여 자동으로 배송된다. 제품의 질이나 서비스가 만족스럽지 않다면 원혁은 언제든지 클릭 한 번으로 구독을 끊고 다른 제품으로 갈아탈 수 있다.

그렇게 일일이 생활용품을 고르고 선택하는 일조차 번거로운 사람은 묶음으로 구성된 토탈 솔루션을 이용한다. 간편한 데다 추가 할인까지 받을 수 있고 원한다면 몇 가지 상품을 교체할 수 있는 옵션도 제공하니 어지간히 까다롭지 않은 사람이라면 쓰지 않을 이유가 없다. 원혁도 마찬가지다. 심지어 원혁은 단 하나의 옵션 교체도 하지 않고 어떤 옵션이 있는지 확인조차 귀찮아하며 원래 구성 그대로 토탈 솔루션을 쓴다.

원혁이 쓰는 솔루션은 유명 배우인 정수현이 모델이다. 정수현이 실제로 쓰는 제품들로 구성되었고 정수현이 다른 제품을 사용하면 즉시 그에 맞게 구성이 변경되는 동기화 옵션도 제공된다고 광고하고 있다. 물론 이용 약관에는 '동일한 제품 혹은 그와 유사한 대체품'이라고 적혀 있지만 원혁을 비롯한 구독자 중 그걸 신경 쓰는 사람은 없다.

진짜 정수현이 쓰는 제품은 원혁에게는 너무 비싼 고급품일 거라는 사실은 조금만 생각해보면 충분히 짐작할 수 있다. 간단한 검색을 통해 앞집의 한세영이나 지구 반대편의 카를로스가 어떤 바디워시를 쓰는지 알 수 있는 것처럼 정수현이 어떤 제품을 쓰고 겨드랑이에 몇 번 비누칠을 하는지도 알아낼 수 있지만 굳이 그런 짓을 하는 건 어리석은 일이다.

원혁이 솔루션에 지급하는 가격에는 정수현과 같은 제품을 쓰고 있다는 환상을 유지해주는 비용도 포함되어 있다. 원혁 자신의 만족과 과시에 유용한 환상이다. 정수현이 실제로 쓰는 바디워시를 검색하는 건 돈을 지급하고 구매한 환상을 스스로 깨버리는 일이다. 게다가 그렇게 검색한 기록 역시 공개되기는 마찬가지니 괜히 비웃음을 당할 필요는 없다.

토탈 솔루션으로 하루를 시작하며 원혁은 거울 앞에서 마치 자신이 정수현이 된 듯 흐뭇하게 턱선을 쓸어내려본다. 그리고 자신 외에도 수많은 사람이 정수현의 솔루션을 쓰고 있다는 사실에 안심한다. 어설프게 두드러지느니 차라리 평범한 게 낫다. 장점만 골라서 보여줄 수 있는 세상이 아니니까. 그리고 무엇보다 나쁘지가 않다. 최소한의 노력으로 아무래도 좋은 부분을 무난하게 맞춰주는 게 토탈 솔루션의 장점이다.

시리얼과 비타민 음료로 구성된 아침 식사도, 오늘 입고 나갈 옷도 모두 정수현의 솔루션에 포함된 그대로다. 원혁의 체형과 건강 상태에 맞게 세부 옵션이 조정되었을 테지만 굳이 신경 쓰지 않기로 한다. 정수현이라는 무난한 모델을 선택했고, 원혁이 사용하는 제품들이 솔루션 업체의 검증을 거쳤으니 이 모든 과정에는 특별히 흠잡을 곳이 없다는 게 중요하다.

출근하기 위해 현관문을 열고 나가는 순간 그런 원혁의 안도감에 경고가 울린다. 얼마 전 앞집에 이사 온 한세영이라는 사람이 설정해놓은 '접근 금지' 경고다.

자신의 개인 정보가 속속들이 공개되어 있어도 사람들은 불안해하지 않는다. 다른 사람의 정보를 보는 것만으로는 그 사람에게 해를 끼칠 수 없으니까. 원혁이 원한다면 한세영의 집에 설치된 카메라에 접근해 한세영이 온종일 무슨 일을 하고 어떤 자세로 잠을 자며 샤워할 때 무슨 노래를 부르는지 지켜봐도 상관없다. 그 자체로는 한세영을 털끝 하나 건드릴 수 없다.

단순히 다치게 할 수 없다는 뜻이 아니다. 한세영에 대한 모든 정보는 이미 공개되어 있으니 원혁이 한세영의 정보를 긁어 모아 퍼뜨릴 수도 없다. 악의적으로 편집한다고 해도 거짓이라는 게 바로 들통난다. 그렇게 편집된 정보를 다른 사람에게 전달하는 순간 인공지능에 의해 '의심 정보'라는 딱지가 붙는다. 결국 남는 건 원혁이 한세영을 모함하려 했다는 사실뿐이다.

아무런 짓도 하지 않고 그저 한세영의 정보를 지켜보기만 해도 마찬가지다. 원혁이 한세영을 지켜보고 있었다는 사실 역시 모두에게 공개된다. 한세영이 설정해놓았다면 알림도 받을 수 있다. 그렇게 지켜본 사실을 다른 사람에게 떠들고 다니는 것도 공개된다. 누군가가 이상한 짓을 했다는 것보다 그런 이상한 짓을 지켜보고 퍼뜨리고 다니는 게 더 이상하고 부끄러운 짓이다.

정보 그 자체로는 사람을 해칠 수 없다는 게 정보 공개 시대의 핵심이다. 사람에게 상처를 주는 건 정보가 아니라 그 정보에 따라붙는 편견이다. 정보는 더 이상 사유 재산도 아니고 권력도 아니며 무기도 아니다. 모든 사람에게 공평하게 제공되는 공공재다. 이런 세상에서 사람을 해칠 수 있는 건 물리적인 위협뿐이다. 그래서 더욱 철저하게 접근 금지 기술이 적용된다.

누군가를 접근 금지 대상으로 설정하는 데 특별한 이유는 필요 없다. 그냥 그 사람과 물리적으로 접촉하고 싶지 않다는 선언이다. 원한다면 전 세계 모든 사람을 접근 금지 대상으로 설정할 수도 있고, 실제로 그렇게 사는 사람도 간혹 있다.

접근 금지 대상으로 설정하면 물리적인 거리가 가까워졌을 때 알림이 전송된다. 그 상황에서 의도적으로 상대방에게 다가가면 감시 대상이 된다. 처음에는 황색 경고가 뜨지만 거리를 급격히 줄이면 적색 경고가 뜨며 주변 사람들이 알 수 있도록 시끄러운 경고음이 울린다. 그러면 즉시 그 자리에서 행동을 멈추고 경고가 해제되기를 기다려야 한다. 만일 그 상황에서 더 접근하려 시도하면 흑색 경고와 함께 카메라만큼이나 곳곳에 설치된 가스 분사기에서 일시적인 마비를 유도하는 가스가 분사된다. 다른 사람에게 흉악한 민폐를 끼치는 동시에 부끄러운 기록이 영원히 남는 일이다.

이는 접근 금지를 신청한 사람도 마찬가지다. 신청한 사람에게도 금지 대상을 적극적으로 피할 의무가 있는 만큼 아무렇게나 남발할 이유는 없다. 그러니 원혁은 한세영이 자신에게 접근 금지를 신청한 이유가 궁금할 수밖에. 그냥 이웃과 만나기 싫은 사람이겠지. 처음엔 그렇게 넘기려 했다. 원래부터 서로 모르는 사이였던 한세영과 앞으로도 계속 부딪치지 않는 사이가 된다고 해서 문제 될 건 없다. 그래도 계속 신경은 쓰였다.

원혁은 맞은편으로 보이는 한세영의 현관에 최대한 접근하지 않도록 벽에 바짝 붙어 코너를 돌았다. 현관 앞으로 다가가지만 않는다면야 적색 경고가 뜰 일은 없는데도 그냥 그렇게 했다. 어쩌면 한세영이 자신의 동선을 보고 있을지도 모르니까. 원혁이 이렇게 조심스러운 사람이라는 걸 알면 오해를 풀고 번거로운 접근 금지 신청을 취소할 수도 있으니까.

엘리베이터를 타고 두 층 정도 아래로 내려가자 접근 금지 경고는 해제됐다. 원혁은 움츠러들었던 가슴과 어깨를 조금 폈다. 대체 왜 내게 접근 금지 신청을 한 걸까. 원혁은 그게 너무 궁금했다.

원혁을 접근 금지 리스트에 올려놓은 사람은 한세영 외에도 많았다. 아예 모든 사람을 금지해버린 뒤 접근해도 좋은 몇몇만 해제하는 방식으로 리스트를 관리하는 사람도 있다. 특정 지역에 거주하는 30대 남성과 같은 방식으로 필터를 걸어서 일괄 금지하기도 한다. 그런 식으로 금지당하는 건 기분이 나쁠 이유가 없다. 하지만 원혁은 한세영이 자신을 콕 집어 금지했다는 느낌을 지울 수 없었다.

한세영이 앞집으로 이사 온 건 한 달 전이다. 이사 일주일 전에 한세영의 신상 정보가 원혁을 비롯한 이웃에게 전송되었다. 접근 금지가 필요하면 미리 신청하라는 뜻이다. 원혁은 제공된 기본 정보에 더해 한세영에 대한 몇 가지를 더 검색해보았다. 취침 시간을 비롯한 생활 패턴은 어떤지, 소음이나 냄새에 과도하게 민감하진 않은지, 혹시 원혁이 아는 이웃들과 연관 관계가 있는지, 접근 금지를 남발하는 성향은 아닌지 등이었다. 새로운 이웃을 맞이할 때 누구나 검색해보는 평범한 수준이다.

한세영도 마찬가지로 원혁의 정보를 검색했다. 그런데 그 리스트가 원혁이 검색해본 정보와는 비교도 되지 않을 만큼 방대했다. 직장이나 친구 관계는 물론 구독하고 있는 솔루션이나 좋아하는 음악, 취미 활동, 평소의 동선 등이 모두 망라되었다. 그러고 나서 한세영은 원혁에 대해 접근 금지를 신청했다.

뜻밖의 조치에 놀란 원혁은 한세영이 또 누구를 차단했는지 찾아보았다. 한세영은 원혁뿐 아니라 주변의 모든 이웃에 대해 광범위한 정보를 검색했다. 그러고는 원혁 한 명만 차단했다. 납득하기 힘든 행동이었다.

모든 정보가 공개되는 세상이지만 사람의 마음만은 수치화되지도 공개되지도 않는다. 한세영이 원혁을 차단했다는 사실은 명백하지만 왜 그랬는지는 알 수가 없다. 직접 말해주지 않는 이상 타인의 마음에 관심을 두지도 지레짐작하지도 말아야 하는 세상이다. 직장 동료인 전희철의 의견도 그랬다.

"그거 좀 불쾌할 수도 있는데, 원혁이 너도 알지?"

"이유 없이 차단했다고 해서 불쾌할 것까진 없지."

"아니, 앞집 사람 말고 너 말이야. 지금 네 행동이 불쾌하다고. 나야 괜찮지만 잘 모르는 사람은 이상하게 볼지도 몰라. 너 좀 그런 면이 있어."

누군가가 나를 차단했으면 그냥 그러려니 하고 살면 된다. 그러는 게 무난하다는 건 원혁도 알았다. 그래서 더 그렇게 보이려 노력했다. 한세영의 과거에 대해 자세히 검색하지도, 접근 금지 경고가 떴을 때 어떻게 반응하는지 영상을 확인하지도 않았다. 그런데 전희철은 그런 게 더 이상하다고 지적했다.

"그 사람을 신경 쓰는 게 문제가 아니고…, 신경이 쓰이면 써야지. 근데 넌 신경 쓰면서도 신경 안 쓰는 척하잖아. 마음을 속이려 하니까, 좀 뭐랄까, 음흉해 보일 수도 있겠지. 정보를 숨기는 데는 의도가 있는 법이니까."

"그 사람이 날 차단한 게 그래서라고?"

"그야 모르지. 궁금하면 물어보면 되잖아."

"메시지까지 차단됐으니까."

"아, 그렇구나."

접근 금지에는 여러 단계가 있다. 물리적인 접촉만을 금지할 수도 있고 온·오프라인의 모든 접촉을 금지할 수도 있다. 오프라인에서는 서로가 물리적으로 접근할 때 경고가 뜨지만, 온라인에서는 상대방의 정보가 완전히 사라진다. 물론 온라인에서 그 사람 자체가 사라지는 건 아니다. 그 사람의 정보가 전달되지 않을 뿐이다. 말 그대로 상대방의 존재를 자신의 세상에서 잠시 꺼버릴 수 있는 셈이다. 한세영은 원혁을 온·오프라인 모두에서 차단해버렸다. 그러니 원혁이 메시지를 보내봐야 한세영에게 전달되지 않는다.

"그렇다니까. 그건 좀 심한 거 아니야? 내가 무슨 잘못을 했길래."

"차단은 개인의 자유야. 취향이고. 잘못한 사람에게 내리는 벌이 아니라고. 자신이 살고 싶은 세상을 자신이 원하는 대로 구성할 뿐이지. 원혁이 넌 그냥 그 사람이 원하는 세상에서 제외된 거야. 이사 오기 전에도 그랬고 이사 온 후에도 그런 거지. 달라진 게 없잖아."

전희철의 말대로 한세영이라는 사람은 원혁을 자신의 세상에서 지웠고 그건 한세영의 자유다. 원혁은 한세영을 원혁의 세상에서 지울 수도 있고, 그러지 않을 수도 있다. 오프라인 접근은 양쪽에서 동시에 차단할 수밖에 없지만, 온라인에서는 한쪽에서만 차단하는 게 가능하다. 한세영이 원혁을 차단하더라도 원혁은 한세영에 대한 정보를 샅샅이 뒤지고 한세영을 온종일 관찰할 수도 있다. 한세영의 세상에는 원혁이 존재하지 않으니 원혁이 무슨 짓을 하든 상관없는 셈이다. 그런데 정작 그런 일은 하지 않으면서 한세영의 생각을 계속 궁금해하기만 하니 이상해 보인다는 게 전희철의 설명이었다. 결국 전희철이 물었다.

"너 그 사람 좋아하냐?"

"뭔 소리야? 누군지도 모르는 사람을?"

"그러니까 넌 그 사람에게 잘 보이고 싶은 거 아니야? 너에 대한 오해를 풀고 싶은 거고. 혹시 나중에라도 그 사람이 싫어할 만한 행동은 안 하려는 거고. 그 사람 인생에 개입하고 싶다는 의도가 너무 빤히 보이잖아. 그럼 둘 중 하나지. 그 사람을 좋아하거나 아니면 끔찍이 싫어하거나."

"그런 거 아니라니까."

"그럼 그냥 신경 꺼, 그러니까. 그 사람 정보를 검색하든 일상을 관찰하든 허공에 메시지를 날리든 맘대로 하라고. 그 사람 인생에 뛰어들려고 하지 말고."

되새겨볼수록 전희철의 말은 정확했다. 원혁은 한세영의 삶에 개입하고 싶었다. 한세영의 생각을 바꾸고 싶었다. 원혁을 차단한 이유를 듣고 그 오해를 풀고 싶었다. 좋아하거나 싫어하는 건 아니었지만 그냥 아무렇지 않은 것도 아니었다. 어떻게 해야 할지 며칠째 고민하는 원혁을 보며 전희철은 한숨을 내쉬었다.

"너 진짜 왜 이렇게 구식이야. 그냥 네 삶이나 신경 써. 다른 사람이야 어떻게 살든 말든. 너 거기서 한 걸음만 삐끗하면 바로 범죄야. 옆에서 보는 내가 다 불안하다, 정말."

모든 정보가 공개되면서도 서로에 대한 간섭은 철저히 금지되는 세상에서 살아가는 게 원혁에게 쉬운 일은 아니었다. 논리로만 판단할 수 없는 부분이 너무 많았다. 차라리 개인의 정보가 보호되던 옛날이 낫다 싶었다. 그때라고 해서 세상이 논리적이지는 않았지만. 애초부터 세상을 논리로 판단하려는 시도 자체가 문제인지도 모른다.

그런 면에서 전희철은 언제나 감각적으로 세상의 트렌드를 읽어낸다. 전희철은 자신의 선택을 논리적으로 설명하지는 못해도 많은 사람이 무난하다고 여기는 답을 직관적으로 골라내는 재주가 있다. 토탈 솔루션을 이용하는 원혁과 달리 전희철은 제품을 하나하나 직접 고르면서도 항상 그럴듯한 조합을 만들어낸다. 전희철이 좀 더 유명한 사람이었다면 원혁은 전희철을 모델로 한 솔루션을 쓰고 있을지도 모른다.

그런 전희철이 이상하다고 하는 걸 보면, 원혁이 한세영에게 느끼는 감정이 정상이 아닌 건 사실이겠지.

"그런데 말이야. 내가 그 사람에게 좀 특별한 감정을 느낀다고 해서 잘못은 아니잖아."

"당연히 아니지. 감정에는 잘못이 없어. 항상 잘못은 행동에 있지."

"마음을 속이려 하지 말라며. 그럼 그 감정을 행동으로 옮기라는 거 아니야?"

"옮겨. 적법한 선에서."

"법에만 안 걸리면 된다는 거야?"

"법에만 안 걸리면 위법은 아니지."

"그게 무슨 당연한 소리야?"

"너 지금 나한테 법률 상담하는 거야, 아니면 진짜 연애 상담을 하는 거야? 그거부터 확실히 해."

당연히 법률은 아니었다. 법의 한계까지 따지며 한세영에게 접근하고 싶지는 않았다. 그렇다고 연애도 아니다. 한세영을 가볍게 무시하지 못하고 계속 신경을 쓰고 있다고 해서 그걸 연애 감정이라고 부를 수는 없었다. 그냥 전희철이라면 이런 상황에서 어떻게 행동할지 그게 궁금했다.

"앞집 사람이 자꾸 마음에 걸리기는 하는데. 그냥 내버려두기는 영 불편하고. 근데 내가 어떻게 반응해야 이상한 짓이 아닌지 그걸 알 수 없어서. 넌 그런 거 잘 알잖아."

"어휴, 담백하게 가. 담백하게. 네가 원하는 걸 하라고. 상대방이 원하는 걸 고민하지 말고. 만일 네 행동이 선을 넘었다면 그쪽에서 알아서 차단하겠지."

"이미 접근 금지 상태라니까. 온·오프라인 다."

"아, 그랬지. 그럼 뭐… 뭘 해도 상관없겠네."

"뭘 해도 상관없다고?"

"그래. 그 사람에게는 넌 이미 세상에 없는 거나 마찬가지니까. 네가 뭘 해도 상관없는 거지. 맘대로 해. 마음 가는 대로."

전희철은 대수롭지 않게 말했지만 원혁은 여전히 혼란스러웠다. 원혁은 일부러 극단적인 예를 들었다.

"그럼 말이야. 만일 내가 그 사람 현관 앞에 계속 쭈그리고 앉아 있으면 어떤데. 황색 경고가 뜬 상태에서. 그럼 그 사람이 집 밖으로 못 나오게 되잖아."

"바보냐? 그건 접근을 의도적으로 유도하는 행위잖아. 그러고 앉아 있으면 인공지능이 판단해서 적색 경고로 바꼈다가 그래도 버티고 있으면 마취 가스를 쏘겠지."

"그럼… 내가 그 사람에게 1분에 한 개씩 계속 메시지 폭탄을 보내면?"

"상관없지. 어차피 그 사람에게는 보이지도 않을 텐데. 일부러 찾아보지 않으면."

24

"내가 그 사람 태어났을 때부터 지금까지 모든 행적을 샅샅이 뒤지면?"

"상관없지."

"그 사람 위치 추적하면서 온종일 영상으로 뭐 하는지 지켜보면?"

"상관없지. 근데 너 그렇게 할 일이 없냐?"

전희철은 한숨을 쉬며 안주머니에서 작은 스크린 하나를 꺼냈다. 몇 번 조작하니 영상이 하나 떴다. 누군가의 집이다. 어떤 사람이 소파에 기대 쉬고 있는 모습이 보였다. 자세히 보니 원혁도 아는 얼굴이다. 고민서라는 유명 연예인이었다.

"차라리 이런 걸 봐. 나 요즘 이거 보는 맛에 산다."

"이 사람을? 영상으로 계속 지켜본다고? 네가 보고 있다는 게 기록이 될 텐데? 알림도 갈 거 아니야."

"당연히 알림이 가지. 이 사람은 누군가 자신의 영상을 보면 자동으로 접근 금지 신청을 하도록 설정해놨어."

"뭐? 그럼 너도 접근 금지 상태야?"

"응. 물론."

"그건 영상을 보지 말라는 뜻이잖아. 그 사람이 기분 나쁘다는 거 아니야?"

"아, 진짜 답답하네. 너 이렇게 감이 없어서 어떻게 현대 사회를 살아가냐? 모든 정보는 공개되고 자유롭게 열람할 수 있어. 그건 인간의 기본 권리라고. 당연히 고민서의 영상도 공개고 열람도 자유지."

"그런데 접근 금지 신청을 했다며."

"그건 고민서의 자유지. 그리고 그게 더더욱 영상은 마음껏 봐도 된다는 뜻이야."

"어째서?"

"원혁아…. 원혁아, 잘 들어봐."

전희철은 답답하다는 듯이 고개를 흔들고는 원혁의 어깨를 꼭 감싸 안으며 말했다.

"경계선을 긋는 데는 두 가지 의미가 있어. 하나는 절대 넘어오지 말라는 뜻이지. 다른 하나는 뭐겠어?"

"글쎄… 접근하지 말라는 뜻?"

"이런. 그건 절대 넘어오지 말라는 거에 포함되지, 당연히. 경계선이 없는 상태에서는 어디까지 다가가도 되는지 불분명하잖아. 그렇지? 그런데 경계선을 긋는 순간 그게 분명해지는 거야. 여기까진 와도 되지만 그 너머로는 오지 말라는 뜻이지. 알겠어? 경계선을 긋는 다른 하나의 의미는 경계선 전까지는 와도 된다는 뜻이야. 그러니까, 접근 한계선이기도 하고 접근 허용선이기도 한 거지."

여전히 잘 모르겠다는 표정을 짓는 원혁에게 전희철이 다시 설명했다.

"그러니까 고민서가 자신의 영상을 본 사람들에게 일일이 접근 금지 신청을 하는 건 이런 의미야. 접근하지만 않으면 자신의 영상은 얼마든지 지켜봐도 된다는 거지. 다시 말하면 영상을 보는 것까지만 하고 더 이상 접근할 생각은 하지 말라는 뜻이기도 하고. 당신이 내 영상을 보는 것에 대해 나는 이런 생각을 하고 있으니 쓸데없이 추측하고 짐작하지 말라는 거야. 알겠어?"

쓸데없이 추측하고 짐작하지 말아라. 전희철은 그 말을 할 때 목소리에 힘을 주었다. 한세영의 의도를 추측하고 짐작하지 말라는 뜻이다. 한세영은 원혁에게 접근 금지 신청을 했으니 그건 말 그대로 접근하지 말라는 뜻이라고. 원혁을 차단한 한세영의 의도는 굳이 알 필요가 없다. 어차피 모르는 사람이었고 앞으로도 모를 사람이니까.

아니, 더 정확히 말하면 추측하고 짐작하는 건 원혁의 자유다. 그걸 위해 한세영의 정보를 검색하고 영상을 지켜보는 것도 상관없다. 다만 그런 추측과 짐작을 행동으로 옮기지만 않으면 된다.

머리로는 이해해도 여전히 마음에 와 닿지는 않았다. 그래도 원혁은 그냥 신경 쓰지 않기로 했다. 신경이 쓰이지만 그러지 않기로 했다. 굳이 한세영에 대해 더 알아내려 하지도 않기로 했다. 집에서 나올 때마다 뜨는 황색 경고도 그냥 받아들이기로 했다. 복도를 지나 엘리베이터를 타고 내려가면 사라지는 경고니까. 원혁의 행동에 아무런 제약도 가하지 않으니까. 신경 쓰지만 않으면. 그런데 며칠 후 원혁에게 알림이 전달되었다. 누군가 원혁의 정보를 검색해보았다는 알림이었다.

한세영이었다. 검색한 정보는 지난번만큼이나 방대했다. 변화가 있을 리 없는 과거에 대한 정보는 빠지고 대신 현재 상태에 대한 정보가 그만큼 추가되었다. 원혁의 영상을 지켜본 기록도 있었다. 거실, 욕실, 사무실은 물론 출퇴근 경로의 영상도 포함해서. 그렇게 방대한 정보를 검색해본 뒤 한세영은 접근 금지를 풀지 않고 그대로 유지했다.

아무리 생각해도 한세영은 원혁의 어딘가가 마음에 들지 않는 모양이었다. 혹시나 그 마음에 들지 않는 부분이 바뀌었다면 접근 금지를 해제하려고 원혁의 정보를 검색했던 건 아닐까. 전희철이 알면 또 쓸데없이 추측하고 짐작한다고 타박하겠지만 원혁은 그런 생각을 떨쳐내기가 힘들었다.

한세영이 어떤 사람인지 조사해보면 원혁의 어디가 마음에 들지 않는 건지, 접근 금지를 하는 이유가 뭔지 알아낼 수 있지 않을까. 한세영의 정보를 검색하는 건 여전히 내키지 않았다. 그렇게 하면 영원히 접근 금지가 풀리지 않을 것 같았다.

하지만 한세영은 원혁을 이렇게 자세히 지켜보고 있는데 원혁이라고 그러지 말라는 법이 있을까. 전희철의 말이 생각났다. 한세영이 원혁에게 설정한 접근 금지는 말 그대로 접근하지 말라는 뜻이다. 그건 반대로 접근 외에 다른 건 해도 된다는 뜻 아닐까. 한세영의 정보를 굳이 검색하지 않으려는 원혁의 태도가 오히려 수상하고 이상해 보일지도 모른다.

한세영이 가장 먼저 검색해본 원혁의 정보는 어떤 솔루션을 쓰고 있는지였다. 한세영이 이사 오기 전부터 지금까지 원혁은 쭉 정수현을 모델로 한 토탈 솔루션을 구독하고 있었다. 혹시 그게 문제일까. 솔루션에 포함된 워시 제품의 향을 유난히 싫어하는 게 아닐까.

원혁은 검색 창에 한세영이 어떤 솔루션을 쓰고 있는지에 관한 질문을 입력하고 한동안 고민하다가 검색 버튼을 눌렀다. 망설인 시간이 무색하게 결과는 바로 나왔다. 한세영은 고민서를 모델로 한 토탈 솔루션을 쓰고 있었다. 고민서 역시 정수현과 마찬가지로 무난하기로 유명한 솔루션을 제공하는 모델이다. 조정한 옵션도 거의 없었다. 고민서의 솔루션을 쓸 정도로 무난한 사람이 정수현의 솔루션을 싫어한다고는 생각하기 힘들었다.

　도대체 이유가 뭘까. 알 수 없는 감정에 휩싸인 원혁은 자기도 모르게 영상을 검색했다. 한세영이 아닌 고민서의 영상이었다.

　고민서는 지금 요리를 하고 있다. 고민서가 쓰고 있는 재료와 조리 도구, 입고 있는 옷과 헤어스타일에 대한 부가 정보가 쉴 새 없이 깜박였다. 광고 옵션을 끄자 그제야 고민서가 요리를 하는 모습만이 조용히 영상에 남았다. 프라이팬에 올려진 재료를 나무젓가락으로 뒤적이며 볶는 모습은 그냥 평범한 보통 사람의 영상과 다를 바가 없었다.

　영상을 검색한 것과 거의 동시에 알림이 하나 들어왔다. 고민서가 원혁에게 접근 금지 신청을 했다는 알림이었다. 그 알림을 받고 나니 신기하게도 마음이 더 편해졌다. 전희철의 설명을 들었기 때문일까. 영상을 보는 행동을 허락받았다는 느낌도 들었다. 고민서는 원혁과 다른 세상에 사는 사람이다. 접근 금지로 그게 더욱 확실해졌다. 서로 다른 평행 우주에 사는 거나 마찬가지다. 그저 정보만을 공유하며.

고민서의 영상을 지켜보듯 한세영을 봐도 괜찮지 않을까. 요리한 음식을 식탁으로 가져와 맛있게 먹고 있는 고민서를 보며 원혁은 한세영이 신청한 접근 금지에도 그런 의미가 있을지 모른다는 생각이 들었다. 접근 금지를 통해 원혁과 한세영은 서로 다른 우주로 분리되었다. 정보만이 전달되는 우주. 서로의 삶에 간섭할 수 없는 우주. 그런 생각을 하고 있을 때 알림이 하나 더 들어왔다.

한세영이었다. 한세영이 또다시 원혁의 정보를 검색했다. 이번에 검색한 정보는 특이했다. 한세영은 원혁이 자신에게 메시지를 보내지는 않았는지를 검색했다.

온·오프라인의 모든 접근을 금지해도 메시지를 보내는 건 상관없다. 다만 그 메시지는 상대방에게 전달되지 않고 데이터의 바다에 잠겨 있을 뿐이다. 그렇게 잠겨 있는 데이터는 누군가가 의도적으로 검색해야 비로소 떠오른다. 원혁이 보내는 메시지가 바다에 잠기도록 설정한 한세영은 이번에는 일부러 그런 메시지를 건져 올리려 시도한 것이다.

대체 이유가 뭘까. 원혁은 떠나는 배를 잡으려는 듯 다급하게 메시지를 보냈다.

[차원혁] 왜 절 차단하셨나요?

하지만 이미 늦었다. 한세영은 원혁의 메시지를 더 이상 검색하지 않았다. 당연히 답장도 없었다. 원혁은 여전히 차단된 상태였다. 한세영의 현관 앞을 지날 때 뜨는 황색 경고도 여전했다.

원혁의 질문은 또다시 바닷속에 잠겨버린 셈이었다.

원혁은 전희철처럼 심심할 때 고민서의 영상을 지켜보는 버릇이 생겼다. 고민서와 접근 금지 상태였지만 황색 경고가 뜨는 일은 없었다. 동선이 겹치지 않으니 당연한 일이다. 원혁은 고민서가 정말로 다른 우주에 살고 있다는 느낌이 들었다. 원혁은 고민서를 마치 영화 속의 가상 인물을 보듯 지켜보았다.

어쩌면 고민서는 세상에 존재하지 않는 사람 아닐까. 솔루션을 팔기 위해 만들어낸 가상 인물은 아닐까. 눈앞에서 생생하게 펼쳐지는 고민서의 삶을 보면서도 원혁은 그런 생각이 들었다.

그에 비해 한세영의 존재감은 너무도 생생했다. 현관 밖을 나갈 때 뜨는 황색 경고 때문만은 아니었다. 한세영이 아무런 메시지를 보내지 않아도 원혁은 한세영을 계속 생각했다. 엄밀히 말하면 한세영은 원혁에게 계속 정보를 보내고 있었다. 메시지를 보내지 않았다는 정보를. 원혁은 계속 한세영을 기다렸고 한세영의 무응답에 실망했다. 한세영은 원혁의 세상에 분명하게 존재했다.

그러니 원혁은 한세영이 고민서처럼 다른 우주에 살고 있다고 여길 수 없었다. 원혁은 한세영과 관련된 그 어떤 행동도 섣불리 하기가 망설여졌다. 그렇게 며칠이 더 흐르고 나서야 마침내 한세영이 원혁의 메시지를 확인했다. 그리고 몇 분 뒤. 메시지가 왔다.

[한세영] 차원혁 씨가 궁금해서요.

원혁은 한세영이 또다시 자신의 우주로 떠나버릴까 봐 서둘러 메시지를 적었다.

[차원혁] 궁금한데 왜 차단을…

거기까지 적던 원혁은 문장을 지웠다. 다가오는 것도 멀어지는 것도 한세영의 자유다. 억지로 붙잡으려 해서는 안 된다는 생각이 들었다. 그냥 그러기 싫었다. 충분히 생각해서 천천히 답을 보내고 싶었다. 원혁은 한세영의 메시지를 한동안 곱씹고 나서 문장을 적었다.

[차원혁] 저도 한세영 씨가 궁금해요.

전송 버튼을 눌렀다. 이번에는 한세영이 바로 메시지를 확인했다. 한세영은 원혁을 온라인에서도 차단한 상태니 원혁이 메시지를 보냈다는 알림도 뜨지 않는다. 원혁이 보낸 메시지가 있는지 계속 새로고침을 하고 있었던 모양이다. 한세영의 메시지가 도착했다.

[한세영] 좋아요.

좋아요. 원혁의 심장이 살짝 두근댔다. 뭐가 좋은 걸까. 생각하는 사이 두 번째 메시지가 도착했다.

[한세영] 차원혁 씨도 절 온라인에서 차단하세요.

한세영은 온·오프라인 모두 원혁을 차단했지만 원혁은 여전히 온라인에서 한세영을 차단하지 않은 상태였다. 한세영이 보내는 메시지를 바로 받고 한세영이 원혁의 메시지를 검색하면 알림도 받을 수 있다. 한세영은 그걸 차단하라는 거였다.

두근대던 가슴이 조금 가라앉았다. 그 말을 하고 싶었던 거였나. 원혁은 뭐라고 답을 해야 할지 알 수 없었지만 동시에 바로 답을 할 필요가 없다는 것도 깨달았다. 물론 한세영은 온라인의 저편에서 계속 새로고침을 하고 있을지도 모른다. 오래 기다리게 하고 싶지 않다는 생각도 잠깐 들었다.

하지만 그건 어디까지나 한세영의 선택이다. 한세영이 스스로 내린 선택이니 그만두고 싶다면 언제든지 그만둘 수 있다. 어쩌면 한세영은 그런 식의 관계를 원혁과 맺고 싶은 건지도 모른다. 그만두고 싶으면 언제든지 그만두는. 그리고 그만두지 않았다는 것만으로 계속하고 싶다는 선택이 되는.

말하자면 한세영의 차단은 접근 한계선이었다. 이 선은 넘어오지 말라는 의미. 그리고 이 선까지는 와도 된다는 의미.

원혁은 한세영에게 메시지를 보내지 않았다. 대신 요청대로 한세영을 온라인에서 차단했다.

온라인에서 서로를 차단했다고 해서 둘의 세계가 완전히 분리되는 건 아니다. 기본적으로는 분리된 상태지만 원한다면 언제든지 서로에게 손을 내밀 수 있다.

예를 들어 두 사람이 모두 집 앞에 있는 카페인 스테이션에서 커피를 마셨다고 하자. 두 사람은 접근 금지 상태이기 때문에 같은 시간에 같은 카페에서 커피를 마실 수는 없다. 서로 다른 날에 혹은 다른 시간에 각자 커피를 마시는 건 가능하다.

만일 원혁이 스테이션에서 커피를 마신 사람들의 리스트를 검색한다면 한세영의 이름은 뜨지 않는다. 온라인에서 차단하면 기본 제공되는 모든 정보에서 상대방이 삭제된다. 의도치 않게 상대방의 정보를 만나는 불쾌한 일을 방지하기 위해서다.

하지만 원혁이 한세영을 지목하여 스테이션에서 커피를 마신 시간을 검색한다면 해당 정보가 출력된다. 원혁이 의도적으로 한세영에 대해 검색한다면 그 정보는 검색된다. 한세영이 원하든 원치 않든 상관없다. 한세영은 자신의 세계에 원혁의 정보가 흘러들어 오는 건 막을 수 있지만 자신의 정보가 원혁의 세계에 흘러들어 가는 건 막을 수 없다. 기본적으로 모든 사람은 다른 사람의 세계에 억지로 개입할 수 없다.

서로를 완전히 차단하면 둘의 세계는 분리된다. 원하지 않는다면 두 사람은 온라인에서건 오프라인에서건 부딪힐 일이 없다. 완전히 다른 우주를 살아가는 거나 마찬가지다. 그렇다고 해서 두 사람의 관계가 영원히 끊어지는 건 아니다.

원혁이 원한다면 원혁은 한세영에게 메시지를 보낼 수 있다. 그 메시지는 한세영의 세계로 건너가지 않고 두 세계 사이의 빈 틈에 머문다. 한세영이 의도적으로 확인하지 않는다면 메시지는 영원히 그 틈에 잠긴다.

한세영이 원하면 어느 땐가 그 틈을 확인해 원혁의 메시지를 건져낼 수 있다. 그리고 한세영도 두 세계 사이에 자신의 메시지를 던져놓는다. 원혁은 한세영이 자신의 메시지를 읽었다는 사실도 답장을 보냈다는 사실도 모른다. 어느 날엔가 원혁이 일부러 확인해본다면 한세영의 메시지를 찾을 수 있겠지만.

원하지 않을 때는 완벽하게 분리되는 세계. 원할 때만 만나는 세계. 그 만남으로 서로의 세상이 흔들리겠지만, 그 흔들림은 오롯이 자신의 힘으로 감당하는 관계. 상대방이 나에게 의지하지 않고 온전히 혼자 감당할 걸 알기에, 그렇게 혼자 감당하고 싶어 한다는 걸 분명히 알기 때문에 더 확실히 내 감정을 솔직하게 전달할 수 있는 관계.

그런 식의 관계가 가능할까. 놀랍게도 가능했다. 그리고 더욱 놀랍게도 원혁과 한세영은 서로를 사랑했다.

원혁은 한세영에 대한 모든 정보를 검색했다. 하나도 빠짐없이. 그렇게 검색하기를 한세영이 원한다는 걸 알았다. 한세영에 대한 정보 하나하나가 원혁의 세계로 건너올 때마다 원혁은 흐뭇하고 짜릿하고 행복했다. 원혁은 자신의 세계가 조금씩 한세영의 정보로 채워지는 걸 느꼈다. 이제 원혁은 한세영의 정보가 없으면 살아갈 수 없다.

그리고 동시에 원혁은 한세영의 정보는 한세영의 존재와 다르다는 걸 분명하게 알았다. 한세영의 존재는 여전히 원혁과 분리된 채 한세영의 세계에 있다. 그 존재가 어느 날 원혁의 의지와는 관계없이 사라질 수도 있다는 걸 원혁은 받아들였다. 한세영의 정보가 오로지 원혁에게만 귀속된 것이 아니라 수많은 사람에게 열려 있다는 것도 이해했다. 원혁은 자신의 세계로 건너온 한세영의 정보를 그 자체로 사랑하는 법을 익혔다.

온종일 한세영의 영상만을 지켜본 적도 있다. 아침에 일어나서 씻고 요리하고 밥 먹고 산책하고 누군가를 만나고 일하고 쉬고 다시 밤에 잠드는 걸 보았다. 한세영의 손짓 하나, 내쉬는 숨결 하나, 솜털 하나도 놓치고 싶지 않았다. 때로는 한세영도 그렇게 원혁의 영상을 본다는 걸 알았다. 가끔 그러고 싶으면 원혁은 한세영이 자신의 정보를 검색했는지 확인했다. 실망할 때도 있고 뿌듯할 때도 있었지만 그 감정을 혼자서 감당하는 법을 익혔다.

둘은 대화를 나누기도 했다. 어느 날 뜻이 맞았던 두 사람은 온종일 서로 메시지를 보냈다. 쉴 새 없이 새로고침을 반복하며 상대방이 보낸 메시지를 확인하고 둘 사이의 공간에 새로운 메시지를 던져 넣었다. 쌓이고 비워지기를 반복하는 메시지 하나하나가 너무 달콤해 견딜 수가 없었다. 둘은 어느 한쪽의 사정이 허락하지 않을 때까지 긴 대화를 나누었다.

가끔은 며칠 동안 메시지가 오지 않을 때도 있었다. 그래도 상관없었다. 메시지가 아니라도 한세영의 정보는 끊임없이 원혁에게 건너왔다. 그것만으로도 원혁은 만족했다. 한세영과의 접근 금지가 유지되고 있다는 게 오히려 원혁을 안심시켰다.

한세영과 원혁 사이의 접근 한계선은 어느 때보다 분명했다. 둘 사이에는 어떤 방법으로도 통과할 수 없는 단단한 유리벽이 있다. 그렇기에 둘은 더더욱 안심하고 그 한계선에 바짝 달라붙었다.

가끔 그 벽을 뚫고 상대방의 세계로 뛰어들고 싶다는 생각이 들지 않았다면 거짓말이다. 그런 생각이 들 때면 솔직하게 말했다. 원혁도 한세영도 가끔 그런 의미의 메시지를 던졌다. 그리고 그걸 말했다는 거로 만족했다.

두 사람이 둘 사이에 있는 벽을 완전히 치워버리는 데 동의할수도 있지 않을까. 원혁은 그걸 원하지 않았다. 놀랍게도 그랬다. 한세영도 마찬가지였다. 그 벽이 서로의 관계를 구성하는 필수적인 조건이라는 걸 두 사람 모두 알았다.

어느 날 한세영이 재미있는 제안을 했다.

[한세영] 우리 만나요.

[차원혁] 설마….

[한세영] 당연히 아니죠.

[차원혁] 그럼 어떻게요?

[한세영] 접근 금지를 안 푼다고 만날 수 없는 건 아니잖아요?

[차원혁] 만나면 경고가 울리겠죠.

[한세영] 네.

[차원혁] 적색 경고로 바뀔 거고.

[한세영] 네.

[차원혁] 마취 가스가 뿌려질 거예요.

[한세영] 네.

[차원혁] 그리고 접근 금지를 위반했다는 게 우리 기록에 영원히 남겠죠.

[한세영] 네.

[차원혁] 좋아요.

[한세영] 지금 당장?

[차원혁] 아니요. 30분 뒤에. 다시 한 번 생각해보고 그래도 좋으면.

[한세영] 좋아요.

원혁은 생각할 필요도 없이 욕실로 뛰어들었다. 한세영이 알고 있는 바디워시로 몸을 씻고 샴푸로 머리를 감았다. 한세영이 영상에서 자주 보았을 옷을 챙겨 입고 신발을 신었다. 현관에서 시간을 확인하다가 정확히 30분이 지났을 때 문을 열고 밖으로 나갔다. 한세영의 현관문도 열렸다. 동시에 황색 경고가 떴다.

두 사람은 머뭇거리지 않고 서로에게 달려들었다. 비상 상황으로 인지한 인공지능이 적색 경고를 패스하고 바로 흑색 경고를 띄웠다. 원혁과 한세영이 서로의 입술을 겹쳤을 때는 이미 마취 가스가 뿌려진 뒤였다.

원혁의 눈앞이 깜깜해졌다. 시야를 잃은 건지 눈을 감은 건지 판단되지 않았다. 한세영의 팔에 단단히 감긴 등의 감각이 조금씩 둔해졌다. 그래도 입술의 따뜻함과 촉촉함과 달콤함을 느낄 여유는 있었다. 원혁과 한세영은 다급하게 서로의 혀를 휘감았다.

한세영의 혀가 뻣뻣해지는 걸 느끼며 원혁은 안타까운 동시에 안도했다. 한세영의 제안은 꽤 멋있었다. 이 짧은 만남에 대한 기억이 원혁의 세계에 아주 오래도록 남아 떠오를 때마다 짜릿한 만족감을 주리라는 걸 알았다. 그래도 너무 자주 하기는

38

힘들겠다고도 생각했다.

앞으로도 계속 접근 한계선에 바짝 붙어 서로를 바라볼 두 사람의 모습을 상상하며 원혁은 편안한 잠에 빠져들었다.

살을 쉬다

'합격을 축하드립니다.'

취업에 성공했다. 드디어.

"아, 축하해. 근데 거기… 글쎄, 어떨지 모르겠네. 나쁜 회사라는 뜻은 아니야. 오히려 그런 걸 좋아하는 사람도 있고. 그냥 너와는 좀 안 맞지 않을까 싶어서. 네가 좀 민감해하는 부분이 있잖아. 근데 거기는 완전 반대거든."

선배의 말이 무슨 뜻인지는 대충 짐작이 갔다. 나를 어떤 사람으로 보고 있는지는 분명하니까. 선배는 내게 살을 나눠 먹자는 제안을 했었고 나는 그걸 단호하게 거절했다.

자신의 살을 남에게 주지 않을 권리. 다른 사람의 살을 거부할 수 있는 권리. 이게 지극히 당연하게 지켜야 할 인간의 권리라는 걸 이제 사람들은 머리로는 알았다. 아니, 입으로는 말했다.

하지만 사람들은 동의를 구한다는 명목으로 내가 그어놓은 선을 수시로 넘으려 했고 난 결국 피곤함에 못 이겨 연필로 그어놓은 그 선을 시커먼 유성 매직으로 벅벅 덧칠해야 했다. 그 어떤 경우에도 저는 살을 나눠 먹지 않습니다. 절대로요.

그건 적당히 효과적이었다. 선배는 나의 선언에 깔끔하게 후퇴했고 그 뒤로도 좋은 관계를 유지하고 있다. 나와는 다른 사람이지만 선만 넘지 않으면 상관없다.

하지만 세상은 선을 넘으려는 사람들로 가득하다. 다른 사람을 덧칠하려는 사람들, 물감이 흠뻑 묻은 붓을 아무렇게나 휘두르는 사람들, 제 영역에 질펀하게 부어놓은 물감이 번져나가 다른 사람의 영역을 침범하는 데 무감각한 사람들. 나는 때로는 적극적으로 막고 때로는 수동적으로 도망 다니며 내 삶을, 내 살을 지켜왔지만 발목에 매인 현실의 무게에 더 이상 한 걸음도 뗄 수 없었다.

선배의 경고에도 불구하고 그 회사에 들어가야 했다. 돈이 필요했다.

✳

첫 출근 날, 나는 내 주변에 그어진 경계를 다시 한 번 확인하며 마음을 다잡았다. 명확하게 말하면 돼. 저는 살을 나눠 먹지 않습니다. 절대로요. 요즘이 어떤 세상인데.

팀장의 첫인상은 나쁘지 않았다. 만나자마자 육질을 보자며 내 팔뚝이나 허벅지, 심지어 엉덩이를 확인하려고 덤비는 사람은 아니었다. 어떤 팀원들은 인사를 하면서 몸에 밴 듯 내 몸을 힐끗거리기도 했지만, 팀장이 있는 자리라 그런지 선을 넘지는 않았다. 소개를 끝내고 팀장이 안내해준 자리는 조금 당황스러웠다.

"자리는 여기예요. 좀 불편해 보일 수도 있지만 수습 기간만 참아줘요. 조만간 다른 직원들하고 똑같은 정식 사무 공간을 배정받을 테니까. 뭐 필요한 게 있으면 언제든지 얘기하고."

책상은 깔끔했고 다른 사람들과 똑같은 컴퓨터와 모니터 한 세트가 놓여 있었다. 기본적인 사무용품을 갖춘 서랍장과 서류철도 있었다. 다만 책상에는 칸막이가 없었고 네 개의 책상이 붙어 있었다. 옆 책상은 이미 누가 쓰고 있는지 서류들이 쌓여 있고 의자에는 가방이 놓인 게 보였다. 볼펜 하나가 촉이 튀어나온 채 서류 위를 뒹굴고 있었다.

"옆자리도 같은 수습 직원분이에요. 어제 처음 출근했으니까, 뭐, 거의 동기죠. 수습이 맡는 일들은 뻔하니까 너무 잘하려고 하지 말고 큰 실수 없이, 무난하게 처리하시면 돼요. 무엇보다, 우리 회사는 팀플레이를 중시하니까 서로 잘 도와가면서 일하는 게 중요하다는 거 잊지 마시고요."

칸막이가 없는 게 신경 쓰였다. 볼펜을 다 쓰고 나서 촉을 집어넣지 않는 사람이라니 별로 느낌이 좋지 않았다. 맨살이 다 보이도록 팔뚝을 걷어붙이고 일하는 모습이 떠올랐다. 누군가 와서 부탁할 때 거리낌 없이 팔뚝에서 살을 한 조각 저며내어 건네줄 것 같았다. 피가 뚝뚝 떨어지는 팔을 내밀어 내가 쓰던 책상 위에서 스테이플러를 집어 갈 것 같았다. 그게 뭐 그렇게 대수냐며, 내가 너무 민감한 거 아니냐고 타박할 것 같았다.

미리 확실히 선언해야 할까. 저는 다른 사람과 살을 나누어 먹지 않습니다. 그 어떤 사람과도요.

아니다. 너무 미리 선을 그을 필요는 없겠지. 그보다는 내 영역으로 확실히 손이 넘어왔을 때, 잘려나갈 정도로 매몰차게 확 그어버리는 게 더 효과적이었다. 경험상 그랬다.

"오늘 점심은 회식입니다. 요새 젊은 사람들 저녁에 회식하는 거 싫어하잖아요. 그렇죠? 부장님도 참석하시니까 이번 기회에 눈도장도 좀 찍어놓으시고요."

나는 숨을 한 번 크게 들이쉬고는, 대답했다.

"네, 알겠습니다."

＊

나는 맨살이 보이지 않도록 옷매무새를 꼼꼼하게 다듬고 팀장이 건네준 업무 분장을 살펴보았다. 팀원들의 업무를 파악하고 사내 전산 시스템을 익히는 게 오전에 해야 할 일이었다.

팀원들은 내 책상 옆을 스쳐 지나가면서도 특별히 말을 걸거나 하지는 않았다. 오히려 내가 먼저 한 명을 붙잡고 사내 메신저 사용법을 물어봐야 했다. 김 대리라고 했던, 아침에 인사를 나눌 때 가장 안심해도 되겠다는 느낌을 받은 사람이었다. 예상대로 그 사람은 내가 물어본 것만 간단하게 가르쳐주고는 자신의 자리로 돌아갔다.

내 옆자리의 동기는 오전 내내 볼 수 없었다. 다른 직원과 함께 외근을 나갔다가 점심 회식 자리로 바로 합류한다고 했다.

회식 장소를 미리 알려주는 사람도 없었고 나도 괜히 물어보지 않았다. 어떤 분위기일지 걱정이 되긴 했지만, 저녁 회식이 아닌 것만으로도 다행이었다. 팀원들과 함께 나가려는 나를 팀장이 불러 세웠다.

"아까 내가 말했던 것 기억나요? 오늘 회식에 부장님도 참석하신다고."

"네, 기억하고 있습니다."

"음… 길게 말하지 않을게요. 이번 채용 건, 내가 밀어붙인 겁니다. 우리 회사 분위기와 맞지 않는다며 반대가 심했지만 능력 하나 보고 내가 뽑자고 했어요. 솔직히 회사에서 일만 잘하면 되는 거 아닙니까. 안 그래요?"

나는 쉽게 대답하지 못했다. 냉큼 네라고 대답할 정도로 순진하지는 않았다. 팀장은 잠시 내 표정을 살피고는 말을 이었다.

"무슨 생각하는지 다 압니다. 우리 회사, 어떤 회사인지 모르고 들어온 건 아닐 거예요. 어느 정도 각오도 하고 있으리라 믿습니다. 내가 할 수 있는 데까지는 도와줄 생각입니다. 오늘 팀원들 분위기 보고 대충 눈치채셨을 거예요. 팀원까지는 내가 단속할 수 있습니다."

팀장이 무슨 말을 할지는 뻔했다. 이제 선을 그어야 할 때일까. 살짝 망설이는 사이 팀장이 먼저 말했다.

"강요는 안 합니다. 하지만 솔직히 능력이 아까워요. 최선을 다해 도와줄 테니까 그 점만 알아주세요."

＊

불안한 느낌은 역시나 틀리지 않았다. 부장이라는 사람은 선배가 경고했던, 내가 우려했던 바로 그런 사람이었다. 팀장은 나를 김 대리와 함께 구석 테이블에 앉히고는 자신의 옆자리를 비워놓았다. 느지막하게 나타난 부장은 사람들을 한번 획 훑어보더니 자리에 앉으며 팀장의 어깨를 툭 쳤다.

"좀 늦었지? 먼저 먹고 있지 그랬어?"

"부장님 안 계시는데 어떻게 먼저 먹습니까. 얼른 앉으시죠."

"오늘 신입들 환영회지? 어딨어?"

"이쪽입니다."

나는 자리에서 일어나 부장에게 꾸벅 인사를 했다. 부장은 내 옷차림을 보더니 살짝 눈살을 찌푸렸다. 부장은 내 앞에서 보란 듯이 팔뚝을 걷어붙이고는 불쑥 손을 내밀었다. 손바닥에는 축축하게 땀이 배어 있는 채였다. 팀장의 얼굴이 살짝 굳었다. 나는 조금 망설이다가 조심스럽게 손을 내밀었다. 옷은 여전히 꽁꽁 싸매고 있었다.

부장이 내 손을 우악스럽게 마주 잡았다. 부장의 미끌한 손바닥에서 땀이 옮겨 붙었다. 소름이 주룩 돋았지만, 꾹 참고 부장이 흔드는 대로 손을 맡겼다. 한참을 흔들고 나서 부장은 내팽개치듯 내 손을 던졌다. 나는 그저 풀려났다는 데 안도하며 조심스럽게 자리에 앉아 테이블 밑에서 물티슈로 손을 닦아냈다.

"두 명이라고 하지 않았나?"

"한 명은 지금 외근 따라 나갔는데 조금 늦는답니다. 여기로 바로 오기로 했습니다."

"신입을 벌써 외근을 돌리나? 박 팀장 은근히 빡세단 말이야. 아무리 그래도 밥은 먹이면서 일을 해야지. 얼른 오라고 해."

"네, 알겠습니다."

팀장이 외근 나간 팀원에게 메시지를 보내는 사이, 부장이 외쳤다.

"자, 시작하지!"

테이블 위에 놓인 불판에 불이 들어왔다. 제일 먼저 팔을 걷어붙인 부장은 나이프를 집어 들고는 얇게 팔 안쪽 살을 저며내기 시작했다. 팀원들도 저마다 팔을 걷고 자신의 살을 잘라냈다. 불판 위에 올라간 살들은 치지직 소리와 함께 구수한 냄새를 풍기며 익어갔다. 갈색으로 변해가는 살들 위로 붉은 육즙이 배어 올라왔다.

"정 대리는 다이어트 좀 해야겠어. 저 기름 나오는 것 좀 봐. 완전 삼겹이네, 삼겹. 핫핫."

"어유, 무슨 말씀이십니까. 이렇게 좀 비계가 있어야 맛있죠. 살만 있으면 퍽퍽해서 맛없어요. 부장님, 어디, 한 점 드셔보시겠습니까?"

정 대리가 잘 구워진 자신의 살을 가위로 잘라 부장 앞으로 밀어놓았다. 부장은 혀를 날름거리며 기름이 뚝뚝 떨어지는 살을 집어 입 안으로 밀어 넣었다.

"역시, 정 대리 살이야. 풍미가 아주 좋아. 눈 감고 먹어도 맞
힐 수 있다니까. 우리가 살 나눠 먹은 지 한 3년 됐나? 그렇지?
아, 내가 지난번에 임원 회식 때 정 대리 살 이야기를 했더니 다
들 어찌나 부러워하던지. 언제 한번 시간 좀 내줘. 맛이라도 한
번씩들 보여주게."

"항상 대기하고 있겠습니다! 언제든지 불러만 주십시오!"

"하하! 좋아! 아주 좋아!"

부장은 잘 구워진 자신의 살을 한 조각 잘라 정 대리에게 건
넸다.

"아이고, 아닙니다. 제가 어떻게 부장님 살을 감히….'"

"괜찮아. 먹어. 우리 사이가 어디 보통 사이인가?"

정 대리는 두 손으로 부장의 살을 집어 입속에 넣고는 조심스
럽게 꼭꼭 씹었다. 몇 번이나 맛을 칭찬하는 것도 빼먹지 않
았다.

불판 하나는 네 명이 함께 쓰게 되어 있었다. 팀장은 자신과
부장, 정 대리와 다른 팀원 하나를 같은 불판으로 묶고 나와 김
대리, 그리고 김 대리만큼이나 점잖아 보이는 팀원 둘이 같은
불판을 쓰도록 자리를 배치했다. 배려였다. 내가 앉은 테이블의
사람들은 각자 자신의 살을 잘라내 자신이 구워 먹었다. 슬쩍
다른 테이블을 둘러보았더니 저마다 살들을 나누어 먹느라 바
빴다. 살을 섞어 먹지 않는 테이블은 내가 앉은 테이블뿐이
었다.

내키지 않았지만, 나는 옷을 조금 걷어 손목을 드러낸 뒤 작

게 살을 저며냈다. 팀장에게 무슨 당부를 들었는지 김 대리를 비롯한 내 테이블 사람들은 내 손목에 눈길을 주지 않으려 애썼다. 하지만 부장은 내가 옷을 걷자마자 눈을 부릅뜨면서 내 살을 관찰했다. 베어져 나간 안쪽으로 보이는 속살을 놓칠세라 쳐다보더니 내가 금세 옷을 내리덮자 아쉬운 듯 입맛을 다시며 고개를 돌렸다. 그러고는 내게 관심을 두지 않는 팀장을 타박했다.

"자네는 이게 문제야. 이렇게 팀원한테 관심이 없어서 쓰나? 그러니 자네 팀이 콩가루라는 소리를 듣는 거 아니야. 나 참."

"요즘 젊은 사람들 아시잖습니까. 너무 몰아붙이면 부담스러워합니다. 제가 잘 챙길 테니 걱정하지 마시고, 자, 제 살 한 점 드셔보시죠. 요즘 너무 정 대리만 챙기시는 것 같아서 제가 좀 서운합니다. 하하."

"이 사람, 자네가 팀원들에게 소홀하니 내가 나서서 챙기는 거 아닌가. 아랫사람 질투하는 것처럼 못난 게 없는 법이야. 일만 잘해서 되는 세상이 아니야. 사람 마음을 얻어야지. 서로 살도 섞고 말이야. 그렇게 한 가족처럼 똘똘 뭉쳐야 회사도 잘되고, 이 나라도 발전하는 거 아닌가? 자, 말 나온 김에 한 잔씩들 하지. 소주 두 병만 시켜."

"아직 근무 중인데…."

"괜찮아! 내가 다 책임질 테니까. 우리 부서가 단합 좀 하겠다는데, 응? 누가 뭐라고 하기만 해봐. 내가 아주 다 들이받을 테니까. 자, 어서 소주 시키고 잔 돌리게."

"네! 알겠습니다!"

정 대리가 재빨리 일어나더니 소주와 잔을 직접 쟁반에 받쳐 들고 왔다. 사람 수대로 준비한 잔에 절반씩 소주를 따르자 부장이 살을 잘라낸 자기 팔을 들이댔다. 팀장이 재차 부장을 만류했다.

"어유, 부장님 오늘 너무 무리하십니다. 이렇게까지 안 하셔도 됩니다. 차라리 제가 돌리겠습니다."

"어허, 박 팀장 가만히 있어. 내가 오늘 신입들도 들어왔고 해서 기분 좋아서 그러는 거니까."

부장이 아까 베어냈던 자리 주변을 쥐어짜자 주르륵하고 피가 흘러내렸다. 투명한 소주잔 위로 떨어진 핏방울이 거미줄처럼 소주 안으로 번져나갔다. 부장은 열 몇 개의 소주잔에 전부 자신의 피를 흘려 넣고 나서야 수건으로 슥 팔을 닦았다.

"자, 한 잔씩들 돌려. 신입! 이리 와. 한 잔 줄게. 내 살도 아주 잘 구워놨으니까. 안주해서 한잔해!"

"와, 부장님 너무하십니다! 신입한테 벌써 살을 주세요? 저한테는 1년 넘게 맛도 안 보여주시고 제 살만 드시더니!"

정 대리가 부럽다는 듯이 소리쳤다. 부장은 으쓱하며 말했다.

"세상이 바뀌었잖아. 요새 부하 직원 살 함부로 뺏어 먹으면 법에 걸려. 상사가 자기 살 잘라주는 건 괜찮잖아. 그렇지, 박 팀장?"

"아, 네…. 법적으로는 그렇습니다만. 요새 젊은 사람 중엔 고기를 싫어하는 사람도 있고…."

"뭘, 아까 자기 살도 잘 구워 먹더구만. 신입! 자, 이리 와서 얼른 한 잔 받아!"

어느새 사람들 앞에 부장의 붉은 피가 섞인 소주잔이 하나씩 돌아가 있었다. 부장은 한 손에는 소주잔을, 다른 한 손에는 잘 구워진 자신의 살을 들고 나를 노려보았다. 지금 말해야 한다. 저는 다른 사람과 살을 나누어 먹지 않습니다. 피도 마찬가지입니다. 부장님의 살과 피라서 그런 게 아니라, 저는 제 살만 먹고 제 피만 마십니다. 그냥 제가 그런 사람입니다. 죄송합니다.

모든 팀원의 시선이 내게 꽂혀 있었다. 팀장이 내 눈치를 살폈다. 사실 그랬다. 부장이 내 살을 먹고 내 피를 마시겠다고 덤비는 것도 아니었다. 자신의 살과 피를 내어주는 건 어찌 보면 호의였다. 원치 않는 호의를 거부하는 것 역시 권리였지만 이 자리에서 그런 걸 주장하기엔 무리였다. 무엇보다 팀원들의 눈이 내게 외치고 있었다. 이 정도는 할 수 있잖아. 우리라고 좋아서 이러는 줄 알아. 왜 이렇게 이기적이야.

그랬다. 당장 이 자리를 박차고 나가서 회사를 그만둔다고 해도 나를 막을 사람은 없었다. 내가 옳다고 생각하는 걸 주장하려면 차라리 그렇게 해야 했다. 하지만 난 일자리가 필요했다. 그럴 순 없었다. 난 정말 이 많은 사람을 불편하게 하면서 내 욕심만 차리는 이기적인 사람인 걸까.

"아이고! 늦었습니다! 어? 부장님이 피 돌리셨어요? 와, 오늘 무슨 날입니까!"

"안녕하십니까! 어제부터 근무 시작한 신입입니다!"

입구가 금세 시끄러워졌다. 외근 나갔다던 팀원과 신입이 도착했다. 신입은 부장 앞으로 달려가 허리를 90도로 숙이며 인사하고는 크게 자기 이름을 외쳤다. 부장의 얼굴이 활짝 펴졌다.

"이야, 아주 군기가 바짝 들어 있구만! 요즘 젊은 사람들 같지 않아. 박 팀장 이제 보니 인복이 있어. 핫핫."

"부장님, 팀장님. 실례가 안 된다면 제가 살 한 점씩 돌리고 싶습니다."

"에이, 그만둬. 요즘 그러다 큰일 나."

"제가 좋아서 하겠다는데 무슨 문제입니까! 개인의 취향과 자유를 존중하는 게 진짜 민주주의 아닌가요. 저는 이런 가족 같은 분위기가 좋아서 이 회사에 지원했습니다. 아, 물론 싫은 분께 억지로 권하진 않겠습니다. 부장님, 혹시 제 살이 맘에 안 드시는 거면 말씀해주세요."

"아냐, 아니야. 아주 좋아. 우리가 서로 좋아서 살을 나눠 먹는다는데 누가 뭐라고 하나. 잡아가려면 잡아가라고 해! 나도 안 무서워. 자, 어디 한 점 구워보게!"

"예! 영광입니다!"

싸늘한 긴장감이 맴돌던 회식 자리는 금방 왁자지껄해졌다. 나는 슬그머니 내 자리로 돌아와 앉았다. 신입은 나를 슬쩍 보더니 눈을 한 번 끔벅하고는 살을 권하지도 않고 다음 자리로 넘어갔다. 나는 불판 위에서 익고 있던 내 살을 집어 입속에 욱여넣고는 아주 오랫동안 씹고 또 씹었다.

*

"아까 제가 너무 나댔죠?"

회식이 끝나고 돌아와 팀원들과 커피를 한 잔씩 마신 뒤에 나와 다른 신입, 그러니까 내 동기는 다른 사람들과 헤어져 칸막이 없는 책상으로 돌아왔다. 동기는 그제야 내게 조용히 말을 걸었다.

"아니에요. 곤란한 상황이었는데 오히려 덕분에 살았어요."

"이런 거… 물어봐도 될지 모르겠지만, 왜 여기에 왔어요? 유명하잖아요. 이 회사. 가족 같은 회사로. 이런 분위기 안 좋아하시는 모양이던데."

"찬밥 더운밥 가릴 처지가 아니었어요."

동기는 고개를 크게 한 번 끄덕였다.

"백 번 동감해요. 세상이 바뀌었는데 이 회사도 바뀌어야죠. 싫다는 걸 억지로 강요하면 안 되잖아요? 혹시라도 그런 경우가 있다면 알려주세요. 저도 적극 도울게요."

"하지만…."

"아, 저는 이런 분위기 좋아하니까요. 싫어하는 것도 취향이지만 좋아하는 것도 취향이에요. 안 그래요?"

나는 고개를 끄덕일 수밖에 없었다.

*

"나랑 비슷하다고?"

"응. 다른 사람하고 살을 나눠 먹는 걸 아주 즐기는 것 같더라고. 그걸 강요하지 않는 것도 선배하고 비슷하고."

"바보. 그 사람 아주 고단수야. 너보고 계속 그 회사 분위기에 안 맞게 따로 놀라는 거잖아. 자기는 회사 분위기에 계속 맞춘다는 얘기고, 동기 하나 거저 제치겠다는 거지. 그 사람, 실력은 어때?"

"뭐… 그럭저럭?"

"넌 정말 물러터졌어. 보나 마나 너와는 상대가 안 되겠지. 그 사람이 널 이기려면 사람들에게 잘 보이는 방법밖에는 없겠지. 그 사람, 정말 살을 나눠 먹는 걸 좋아할까?"

"나야 이해가 안 되지. 하지만 선배는 좋아하잖아?"

"그게 어떻게 같아? 구질구질한 직장 상사들하고 내가 만나는 멋진 사람들이 같아?"

"선배처럼 서로 살을 뜯어 먹진 않아. 팔뚝 살을 잘라 구워주는 정도니까. 직장 동료 사이에 그 정도는 좋아서 할 수도 있지 않나?"

의자에 비스듬하게 기대 책을 읽고 있던 선배는 그 말을 듣고는 책을 덮으며 정색을 하고 일어났다.

"전혀 다르지. 완전히 달라. 이건 정도의 문제가 아니야. 서로 완전히 동의하지 않는다면 정도에 상관없이 그건 폭력이야. 너도 명심해. 네가 진심으로 동의하지 않는다면 절대로 네 살을 내줘서는 안 돼. 알았지?"

"…동의하면?"

선배는 대답 없이 다시 책을 펴들었다.

＊

　회사 생활은 생각보다는 무난했다. 팀장은 내가 불편한 상황을 겪지 않도록 최대한 배려해주었고, 첫날의 회식 이후로 부장을 다시 볼 일도 없었다. 간혹 선을 넘어오는 팀원들은 동기가 받아주었다. 누구도 내 살을 요구하지 않았고 내게 살을 권하지도 않았다.

　그렇다고 회사 생활이 만족스럽진 않았다. 나는 적어도 이 직장의 사람들에게는 환영받지 못한다는 걸 알았고 그렇기에 더더욱 일에서 성과를 보여주려 했다. 다른 팀원의 일을 떠맡는 것도 마다치 않았다. 온화하고 겸손해지려 애썼다.

　하지만 그럴수록 나는 점점 겉돌았고, 공허했다. 내가 내는 성과와 내가 건네주는 호의에도 팀원들의 눈길은 누그러지지 않았다. 시간이 지나면서 나는 그 이유를 알 수 있었다.

　나는 완고하게 살을 나눠 먹기를 거부했으며, 그걸 성공하고 있었다. 나라는 증거로 인해 사람들은 둘 중 하나를 인정해야 했다. 자신들이 이 불합리를 거부할 노력을 충분히 하지 않았거나, 아니면 살을 나눠 먹는 걸 진심으로 좋아했거나. 어느 쪽도 마음에 들 리가 없었다.

　마지막 한 가지 길이 더 있었다. 내가 워낙에 특이한 케이스고 그래서 예외 취급받는다는 결론. 이 회사에 어울리지 않는 문제아지만 너그럽게 받아주고 있다는 합리화. 그런 측면에서 내가 일을 잘 해내는 건 그들의 마지막 퇴로까지 불태워버리는 잔인한 일이었다. 그럴수록 그들은 자신들과 잘 융화하는 동기를 추켜세우며 내 성과를 애써 폄하하고 외면했다.

내 성과를 제대로 인정하는 건 팀장뿐이었지만 오히려 회사에는 팀장과 내가 그렇고 그런 사이라는 소문이 돌았다. 서로 살을 섞는 사이라는 소문, 심지어 회사 내에서 그런 광경을 봤다는 어이없는 말까지 돈다고 했다. 그 소문을 내게 조심스레 전하며, 동기가 말했다.

"물론 말도 안 되죠. 저는 절대로 그런 말 안 믿어요. 근데 뒤에서 그런 소문이 도니까… 제가 먼저 나서서 아니라고 하고 다닐 입장도 아니고. 여하튼 조금 조심하는 게 좋겠어요. 괜히 말 만들 필요 없잖아요."

"신경 써줘서 고마워요."

나는 옷을 걷어 올려 훤히 드러난, 여기저기 베어져 나간 자국이 선명한 동기의 팔에서 애써 시선을 돌리며 대답했다.

그래. 신경 쓰지 말자. 누가 믿겠어. 회사 안에서 그런 짓을, 정말 말도 안 되는 소문이잖아. 그렇게 생각했다. 하지만 아니었다.

＊

"동기 어디 갔어요? 어제 요청한 시장 현황 조사 지금 바로 필요한데."

팀장이 다급한 얼굴로 달려와 동기를 찾았다. 바로 시작될 회의에 자료가 필요한 모양이었다.

"아, 아까 분명히 다 끝냈다고 한 것 같은데요. 지금 잠시 부장님 호출받고 갔어요."

"부장님? 부장님이 왜? 연락 좀 해봐요."

"네. 아… 휴대폰을 두고 갔네요."

"뭐? 아, 이 사람 진짜… 나 지금 바로 회의 들어가야 하니까, 빨리 찾아서 회의실로 전달 좀 해줘요. 부탁해요!"

팀장은 그렇게 외치고 회의실로 달려갔다. 나는 전화기를 들고 부장의 내선 번호를 누르려다가 손을 멈췄다. 부장실에 간 게 아닐 수도 있었다. 전에도 몇 번 다른 핑계를 대고 팀원들과 살 조각을 나눠 씹으러 옥상에 올라가는 걸 본 적이 있었다. 나는 자리에서 일어나 부장실로 찾아갔다.

부장실 문은 굳게 닫혀 있었고 창문에는 단단히 블라인드가 내려져 있었다. 노크하려는 순간 안에서 희미한 신음이 들려왔다.

나는 나도 모르게 복도를 둘러보았다. 아무도 없었다. 다급하게 내게 부탁하던 팀장의 얼굴이 떠올랐다. 그냥 돌아갈 수는 없었다. 나는 문에 조용히 귀를 가져다 댔다.

"아, 부장님… 아….."

동기의 목소리였다. 항상 활기차고 자신감 있던 모습과 달리 목소리가 심하게 떨리고 있었다. 등골이 서늘해졌다. 하지만 차마 문을 열 용기가 나지 않았다. 자세히 보니 창문을 가린 블라인드 한쪽 끝이 조금 말려 올라가 있었다. 조심스럽게 안을 들여다본 나는 그만 비명을 지를 뻔했다.

동기는 바지가 무릎까지 내려간 채 책상 위에 엎드려 있었다. 책상 모서리를 힘껏 쥔 손가락은 너무 힘이 들어가서 그대로 꺾여버릴 것 같았다. 동기는 이를 악문 채 서류 더미에 얼굴을 묻고 있었다. 그리고 부장은 탐욕스러운 입을 동기의 하얀 엉덩이에 가져다 대고는 살점을 뜯어내고 있었다.

나는 손으로 입을 틀어막은 채 덜덜 떨리는 다리를 겨우 추스르며 내 자리로 돌아왔다. 물속에 빠진 듯 온몸의 감각이 마비되고 머릿속이 하얘졌다. 어서 팀장에게 자료를 전해줘야 한다는 생각으로 나는 겨우 현실의 끈을 잡았다. 팀장에게 무슨 자료가 필요한지는 대충 알고 있었다. 나는 서둘러 자료들을 그러모아 회의실로 들고 갔다. 자료를 들춰본 팀장은 황당해하다가 혼이 빠져나간 내 눈을 보고는 어서 나가라고 눈짓했다.

동기가 돌아온 건 1시간 정도 지난 뒤였다. 동기는 전과 다름없는 밝은 표정으로 나를 보며 웃었지만, 눈가에 미처 지워내지 못한 눈물 자국이 보였다. 나는 팀장이 자료를 찾았었으며 어쩔 수 없어서 내가 대충 만들어 가져다주었다고 설명했다. 그때 동기의 눈에 스친 자괴감과 열등감, 그리고 분노를 나는 잊을 수 없었다.

✳

"이건 범죄잖아! 취향의 문제가 아니라고!"

"그 동기의 의사에 반해서 그런 건지 확실하지 않잖아. 만일 그 사람이 동의한 거면 범죄라고 할 수는 없지. 사규에는 위반

되겠지만…."

"어떻게 선배가 그런 말을 할 수 있어? 응? 구질구질한 직장 상사라며? 동의했다는 게 말이 돼?"

주량을 초과해 술을 마신 나는 손까지 부르르 떨며 선배에게 소리쳤다. 선배는 당황하며 빈 잔에 술을 채우려던 나를 말렸다.

"미안, 미안. 그게 아니라. 아, 그냥 내버려두라고. 너까지 엮이지 말고. 신고해도 그 사람이 하겠지. 그래 뭐, 그 사람이 먼저 나서면 넌 증언 정도는 해줄 수 있겠지. 근데 그 사람이 가만히 있는데 네가 할 수 있는 게 없잖아. 막말로 네가 문제 제기했는데 그 사람이 발뺌하면 넌 뭐가 돼?"

"다들 가만히 있는데 어떻게 그 사람 혼자 나서겠어? 심지어 나도, 그 회식 자리에서 부장이 주는 살을 받아 먹을 뻔했어. 그 사람이 나타나지 않았으면."

"뭐? 넌 다른 사람과 살을 나눠 먹지 않는다며. 어떤 경우에도 절대로 안 그런다며?"

"그건…."

"그건 뭐야? 내가 싫어서 그랬던 거야? 그걸 그냥 돌려서 말한 거였어?"

"지금 그 얘기가 왜 나와? 지금 내가 여기서 그런 얘기 하고 싶겠어? 선배는 어떻게 그렇게 선배 생각만 해?"

"아니, 그러니까… 네가 걱정돼서 그런 거잖아. 왜 딱 잘라서 싫다고 말을 못 해? 너처럼 딱 부러지는 애가 왜 그걸 받아먹을 뻔하냐고?"

"선배는 몰라. 선배처럼 태어날 때부터 잘나고 강하게 키워진 사람은 모른다고!"

나는 비척대며 자리에서 일어났다. 부축하는 선배의 손을 뿌리쳤다. 술집 문을 열고 나오자 찬바람이 싸늘하게 머리를 식혔다. 잔뜩 취기가 올라 있었지만, 몸을 못 가눌 정도는 아니었다. 집까지는 걸어갈 수 있었다. 하지만 그러다 누군가에게 습격을 받아 살을 뜯어 먹히면. 제 살점을 내 입속에 틀어넣는 변태를 만나면. 다행인지, 아직 나에게는 그걸 두려워할 이성은 남아 있었다. 나는 못 이기는 척 선배의 부축을 허락할 수밖에 없었다. 자괴감과 열등감과 분노와 함께.

✳

깨질 듯한 머리를 부여잡고 나는 침대에서 뒹굴었다. 문득 알람 소리를 듣지 못했다는 생각이 들었다. 방 안은 벌써 환한 대낮이었다. 화들짝 놀라 몸을 일으켰다가 오늘이 토요일이라는 걸 깨닫고 다시 침대 위로 풀썩 쓰러졌다. 어제의 기억을 되짚다가 선배가 집 앞까지 부축해준 장면을 떠올리고는 나도 모르게 벌떡 일어났다.

목덜미와 팔다리 여기저기를 더듬어보았지만 잘린 흔적은 없었다. 안도인지 모를 한숨을 내쉬며 주위를 둘러보다 문에 붙어 있는 포스트잇 하나가 눈에 들어왔다.

'어제 심한 말 해서 미안. 일어나면 전화해. 같이 해장이라도

하자.'

나는 포스트잇을 떼어 들고 다시 침대로 쓰러졌다. 그냥 이 옆에 선배가 있었다면. 주방에서 날 위해 해장국을 끓여주고 있다면. 아니, 침대에서 서로의 살을 뜯어 먹으며 뒹굴고 있다면.

난 정말 그게 싫은 걸까.

하지만 내가 그렇게 명확히 선을 긋지 않았다면. 유난해 보일 정도로, 절대로 살을 나눠 먹지 않는다고 선언하지 않았다면. 부장에게 엉덩이 살을 뜯어 먹히는 게 내가 아니라고 장담할 수 있을까.

갑자기 고기가 먹고 싶었다. 가스레인지에 불을 켜고 물을 올렸다. 팔을 걷고 펄펄 끓는 물에 내 살을 성둥성둥 썰어 넣었다. 수프를 넣고 면을 넣었다. 보글보글 끓은 라면을 그릇에 담아 식탁으로 들고 왔다. 빨간 국물과 야들야들하게 익은 고기를 한 숟가락 떠서 후후 불며 입에 넣었다. 그리고 꼭꼭 씹어 삼켰다. 면발을 집어 올려 조금 식힌 뒤 후루룩 빨아들였다. 라면 한 그릇을 국물까지 싹싹 비웠다. 기름기가 번들거리는 입술을 씹으며 멍하니 앉아 있던 나는 화장실로 달려가 먹었던 라면과, 내 살을 하나도 남김없이 토해냈다.

나는 휴대폰을 들고 전화를 걸었다.

＊

거의 다 도착했다는 메시지가 왔다. 나는 가스레인지에 불판을 올리고 불을 켰다. 적당히 달궈진 불판에 팔뚝에서 잘라낸

살 한 점을 올렸다. 치지직 소리를 내며 고기가 익어갔다. 딱 맞
게 초인종이 울렸다.

"어서 와요. 점심 아직 안 먹었죠?"

"네. 사실… 아침도 안 먹었어요. 입맛이 없어서. 그런데 웬
일이에요? 저를 집으로도 다 부르고….'"

"배고프겠다. 일단 우리 먹죠."

동기는 어리둥절해하면서도 내가 꺼내준 의자에 앉았다. 그
러고는 식탁 위에 제과점 상자 하나를 올려놓았다.

"빈손으로 오기 그래서요."

"잘됐네. 디저트로 먹으면 딱 맞겠어요. 자, 한 점 드세요."

나는 적당히 익은 내 살 한 점을 동기에게 내밀었다. 동기는
깜짝 놀라며 내 눈을 바라보았다.

"네? 살… 안 섞어 드시잖아요! 왜 그래요? 무슨 일 있어요?
설마….'"

"아니요. 아니에요. 아무 일 없어요. 정말로. 그냥 오늘은 이
러고 싶었어요. 아, 미안해요. 먼저 괜찮은지 물어봤어야 하는
데. 같이… 먹어도 좋아요?"

"아, 저는… 네. 좋아요. 고마워요."

동기는 내 살 한 점을 집어 들고는 조심스럽게 입에 넣었다.
그러고는 꼭꼭 씹어 먹었다.

"…맛있어요."

동기는 살짝 촉촉해진 눈가를 문지르고는 작게 헛기침을 해
목을 골랐다. 그러고는 활짝 웃으며 나를 바라봤다.

"저도 한 점 드려도 될까요? 싫으시면….."

내가 고개를 끄덕이자 동기는 팔을 걷고 날카로운 칼을 가져다 댔다. 보드라운 살결 곳곳에 아직 덜 아문 상처들이 보였다. 나는 벌떡 일어나 동기의 손목을 잡아끌었다.

식탁 옆에 뒤엉켜 쓰러진 나는 동기의 팔뚝을 부드럽게 깨물어 살점을 잡아 뜯었다. 동기는 낮은 신음과 함께 살짝 떨었다. 그러고는 내 가슴에 얼굴을 묻고 허리를 단단히 감아줬다. 나는 동기의 살점을 씹으며 배어 나온 피를 남김없이 핥았다. 단추를 풀어내면서 동기의 목덜미를, 옆구리를, 허벅지를 깨물었다. 동기가 내 가슴에 입술을 가져다 댔다. 내가 머리를 감싸 안자 동기는 조심스럽게 살점을 깨물었다. 나는 그동안 참아왔던 긴 신음을 내뱉었다.

엉망으로 뒤엉켜 서로의 살을 나눠 먹던 우리는 온몸이 얼얼해질 정도로 녹초가 되고 나서야 서로의 몸을 탐하는 걸 멈췄다. 아직 배어 나오고 있는 피를 강아지처럼 깨끗하게 핥아내고 동기의 눈에서 흘러내리는 눈물 한 방울도 핥아냈다.

나는 동기의 귀에 입술을 가져다 대고 나지막이 속삭였다.

"우리, 강해져요."

✳

우리가 드디어 수습 딱지를 떼던 날, 회식이 잡혔다. 역시 부장이 참가하기로 했고 이번에는 저녁 회식이었다. 내가 그 회식에 가기로 한 건 순전히 동기 때문이었다. 나와 살을 섞고 믿음을 나눈 이후로도 동기는 다른 사람들과 내키지 않는 삶을 나누는 일을 좀처럼 끊어내지 못했다. 그건 나에 대한 경쟁의식이 아닌 두려움이었다. 동기 역시 나처럼 사회의 일원으로 버텨내기 위해 버둥대고 있었다. 다만 손에 쥔 무기가 적을 뿐.

"미안해요. 무리하지 않아도 되는데….."

"괜찮아요. 꼭 내 옆에 앉아요."

내가 함께 간다는 말을 들은 팀원들은 의아한 표정이었고 일부는 노골적으로 인상을 찌푸렸다. 팀장은 생각이 많은 표정이었지만 뭐라고 토를 달지는 않았다.

하지만 2차로 찾아간 회식 장소에 들어선 나는 그게 정말 잘한 일이었는지, 멱살을 잡아서라도 동기를 회식 장소에서 끌어내야 했던 건 아닌지 고민해야 했다. 음침한 조명이 켜진 회식 장소에는 중앙에 커다란 테이블이 하나 있었고 그 위에는 업소 직원 하나가 벌거벗겨진 채 묶여 있었다. 그렇게 묶이고도 환하게 웃으며 우리에게 인사하는 광경에는 소름까지 끼쳤다.

"자, 우리 오늘 한번 코가 삐뚤어지게 마셔보자고! 핫핫핫!"

오늘따라 부장은 들떠 보였다. 1차부터 술을 들이켠 부장은 이미 만취 상태였다. 나와 동기를 잡아끌려는 부장을 팀장이 겨우 만류하며 자기 옆에 앉혔다.

"야. 이거 봐. 어, 박 팀장. 이거 뭐 하는 거야?"

"아이, 부장님. 오늘 같은 날, 놀 줄 아는 사람들끼리 놀아야죠. 괜히 신입들 끼워 봤자 분위기만 깹니다. 경험 좀 더 쌓으라고 하고 오늘은 저희하고 노시죠."

"그럼요! 부장님! 제가 오늘 제대로 모시겠습니다!"

정 대리가 거들었다. 부장은 못마땅한 표정으로 동기 옆에 꼭 붙어 있는 나를 노려보며 자리에 앉았다.

그 뒤에 벌어진 일은 차라리 눈을 감고 싶을 정도였다. 사람들은 테이블 위에 비참하게 묶여 있는 직원의 팔과 다리에서 저마다 살 조각을 베어내 생으로 씹어댔다. 부장은 몇 번이나 동기에게 같이 살을 베어 먹으라고 강요했지만, 그때마다 나는 동기의 손을 꼭 잡았다.

"야! 너 그렇게 자꾸 분위기 깰 거면 당장 꺼져! 좋다 좋다 하니까 정말 좋은 줄 알아! 봐주는 것도 정도껏이지, 너 같은 것들 때문에 대한민국이 발전을 못하는 거야! 알아? 우리가 어떻게 여기까지 키워놨는데…."

"부장님, 참으십시오. 그래도 이제 이렇게 따라는 오지 않습니까. 자꾸 겪다 보면 또 깨닫는 게 있겠죠."

팀장의 만류가 오히려 더 나를 아프게 찔렀지만 나는 참았다. 걸림돌이라도 되고 싶었다. 여기까지 따라온 이상 누가 무슨 짓을 어떻게 하는지 이 자리에서 똑똑히 보고 싶었다.

"내 참. 맘대로 하라 그래! 야! 오늘 아주 끝까지 간다! 모두 각오들 해!"

정 대리를 비롯한 팀원들의 절반 정도가 환호성을 질렀다. 부장은 웃통을 벗어젖히더니 칼로 자기 살점을 한 조각 도려내 테이블에 묶여 있는 직원의 입에 쑤셔 넣었다.

"감사합니다, 사장님! 입에서 아주 살살 녹습니다!"

직원은 힘겹게 살점을 씹어대며 억지웃음을 보였다. 그게 부장의 눈에 어떻게 보였는지 부장은 껄껄 웃으며 소리쳤다.

"나 같은 손님 없지? 자, 단두대살 준비해!"

부장의 외침에 직원의 표정이 살짝 굳었다. 하지만 지폐 다발을 꺼내는 부장을 보며 이내 표정을 걷어내고 소리쳤다.

"역시 사장님 최곱니다! 당장 준비하겠습니다!"

나는 입을 틀어막아야 했다. 직원들 몇이 더 들어와 벌거벗은 직원을 테이블 위에 단단히 묶고 천장에 날카로운 칼날을 매달았다. 네모난 중국식 식칼처럼 생긴 칼날은 시퍼렇게 날이 서 있었다.

"자, 간다!"

부장이 테이블 옆에 있는 레버를 당기자 매달려 있던 칼날이 무서운 속도로 떨어져 내렸다. 직원은 이를 악물며 눈을 감았다. 칼날은 직원의 오른팔을 스치며 얇게 살점을 베어냈다.

"와!"

아까보다는 적었지만, 여전히 몇몇이 환호성을 질렀다. 꼭 잡고 있는 동기의 손이 부들부들 떨렸다. 나는 더는 참을 수 없었다.

"그만해! 이 미친 자식들아!"

순식간에 회식 장소가 조용해지고 모든 시선이 나에게 쏠렸다. 부장이 슬쩍 미소를 지으며 나를 노려보았다. 당황하거나 놀란 눈빛이 아니었다. 덫에 걸린 사냥감을 보는 뱀 같은 눈빛이었다.

"미친 자식? 자네 방금 나한테 미친 자식이라고 했나?"

"그럼 이게 미친 짓이 아니고 뭡니까? 이걸 정말 즐겁다고 하고 있는 겁니까? 직원분 표정 안 보여요? 저게 정말 좋아서 하는 거로 보여요?"

"아니지. 누가 이런 일을 좋아서 하겠나? 돈을 받으니까 하는 거지. 자넨 왜 우리 회사에 다니고 있는 건가. 돈이 필요해서 그런 거 아닌가? 그게 아니면 왜 맞지도 않는 회사에 버티고 있나? 조직 분위기 다 해치면서."

"돈이면 다 됩니까? 아무리 그래도…."

반박하려던 나는 누워 있던 직원의 표정을 보고는 더 말을 잇지 못했다. 짜증이 가득 담긴 직원의 눈은 전혀 나를 응원하고 있지 않았다. 현실은 너무나 공고했으며 벽을 무너뜨리지 않고 썩은 조각 하나만 빼낼 방법은 없었다. 평생 나를 감싸고 있던 끈적한 패배감이 다시 나를 바닥으로 끌어당겼다. 나는 여기서 왜 이러고 있는 거지. 나 하나의 고집이고 나 하나의 이기심 아닐까. 내가 머뭇거리는 걸 본 부장은 입꼬리를 끌어 올린 채 눈을 가느다랗게 뜨며 말했다.

"여기 앉아 있는 사람들 누구 하나 자네에게 뭘 강요한 적이 있나? 자기가 한 선택 하나도 책임지지 못하면서 대체 무슨 일을 하겠단 건가? 세상이 그렇게 만만해 보여? 회사가 자선 사업 하는 곳인가? 자네 알량한 신념 지켜주려고 우리가 고생하면서 이 회사를 여기까지 끌어 올린 건 줄 알아? 어? 긴말 필요 없네. 자네 정규직 전환 건은 없던 일로 하겠네. 당장 여기서 나가."

부장의 시선이 동기에게 옮겨갔다.

"자네는 어쩔 건가. 자네도 같이 나갈 건가?"

동기가 고개를 푹 숙였다. 꼭 잡고 있던 손에서 힘이 빠져나갔다. 나는 절박하게 소리쳤다.

"안 돼요! 다시 저 사람들에게 살을 뺏기고 살 거예요? 좋아하지도 않는 살을 억지로 씹을 거예요? 또 저 짐승 같은 부장에게 살을 뜯어 먹힐 거냐고요!"

팀원들이 술렁댔다. 부장이 시뻘게진 얼굴로 소리쳤다.

"저게 대체 무슨 소릴 하는 거야! 누가 누구 살을 뜯어 먹어? 엉? 오, 그래. 네가 팀장하고 그렇고 그런 사이라더니, 다른 사람들도 다 그렇게 보이나 보지?"

"부장님, 무슨 말씀이십니까! 신입과 제가… 사실이 아닌 거 아시잖습니까. 오늘 너무 흥분하셨습니다. 저 신입 건은 제가 알아서 처리할 테니…."

침묵을 지키던 팀장이 허둥대며 끼어들었다. 부장이 팀장을 노려보며 말했다.

"당연히 알아서 처리해야지. 방금 저 자식이 한 말 다 들었지? 법무팀 통해서 명예훼손으로 고소 준비해!"

팀장은 아무 말도 못 하고 나를 바라봤다. 어서 무릎이라도 꿇으라는 눈빛이었다. 나는 이를 악물었다.

"내가 봤어요! 내가 이 두 눈으로, 직접 봤다고요!"

"직접 봤다고? 그 말을 어떻게 믿지? 설령 봤다 쳐. 내가 저 신입 살을 강제로 뜯어 먹었다는 증거는 있나? 이게 어디서 협

박이야? 직접 봤다고? 자네가 팀장하고 회사에서 무슨 짓을 했
는지는 본 사람이 없을 것 같아?"

"무슨 말도 안 되는….."

부장이 팀원들을 한번 휙 돌아본 뒤 팀장에게 시선을 멈췄다.
모두 묵묵히 고개를 숙이고 있었다. 팀장 역시 부장의 말에 반
박하지 않았다. 부장은 의기양양하게 나를 노려보았다.

"…녹음 파일이 있어요."

동기였다. 어느새 내 손을 다시 단단하게 그러쥔 상태였다.
모든 사람이 깜짝 놀라 동기를 바라보았다. 부장은 터져나갈 듯
한 얼굴로 눈동자를 부들부들 떨며 외쳤다.

"뭐? 너 지금 뭐라고 했어?"

"파일이 있다고요. 부장님이 그날 절 강제로….."

"이 새끼들이 진짜!"

부장이 벌떡 일어나며 테이블 위에 있던 칼을 집어 들었다.
다들 화들짝 놀라며 뒤로 물러날 뿐 아무도 말리는 사람이 없
었다.

"이제 보니까 아주, 응? 다 계획적이었어. 그렇지? 살살 꼬드
겨서 녹음까지 해놓고 말이야. 응? 돈이야? 돈이지? 둘이서 짜
고? 내가 아주 오늘 이 자식들 다 씹어 먹어버리겠어!"

부장이 칼을 든 채 테이블 위로 올라섰다. 묶인 사슬을 풀고
일어난 직원이 말리려 했지만, 칼을 휘두르는 부장에게 섣불리
다가가지 못했다. 동기의 손목을 붙잡고 도망치려던 내 다리가
무거운 의자에 걸렸다. 술이 오른 부장이 다리를 휘청대며 무서

운 속도로 테이블 위를 달려왔다. 나는 몸을 돌리며 동기를 감싸 안았다.

휘청.

테이블 위에 흥건히 고여 있던 직원의 피를 밟은 부장의 몸이 공중으로 붕 떠올랐다. 날카로운 칼을 휘젓는 부장을 보며 사람들이 비명을 질렀다. 테이블 위에 있던 직원이 황급히 옆으로 몸을 굴렸다. 부장은 쿵 소리를 내며 테이블 위로 등부터 떨어졌다. 손에 든 날카로운 칼이 테이블 위에 콱 박혔다. 테이블이 기괴한 소리를 내며 삐걱거리더니 잠금장치가 풀린 레버가 툭 하고 내려갔다.

동시에 천장에 매달려 있던 시퍼런 단두대 날이 아래로 떨어졌다. 칼날은 정확하게 부장의 목을 향하고 있었다. 단말마의 비명이 회식 장소를 가득 채우고 기겁한 사람들이 서로를 밀치며 입구를 향해 밀려 나갔다.

＊

"괜찮아요? 안 다쳤어요?"

"네, 전 괜찮아요."

나와 동기는 한동안 말이 없었다. 내가 물었다.

"녹음 파일, 정말 있어요?"

"아니요. 그런 걸 할 정신이 있었겠어요. 그냥, 그 인간이 적어도 자기 입으로 인정하는 거라도 듣고 싶었어요."

"아쉽네요. 파일이 있었으면…."

"있었어도, 별 소용 있겠어요?"

"그건 그래요."

우리는 또 잠시 말이 없었다. 이번에는 동기가 말했다.

"천벌을 받은 걸까요. 그 새끼, 인과응보겠죠?"

"아니요. 인과응보라니, 세상은 그렇게 정의롭지 않아요. 그냥 재수가 없었던 거죠. 그 새끼."

"이제 앞으로 어쩌죠? 이렇게 계속 버티면서, 재수 없는 새끼들이 재수가 없기를 바라야 하는 걸까요?"

나는 동기를 바라보았다. 강해져야죠. 그렇게 말하려 했지만, 그 말이 예전처럼 쉽게 나오지는 않았다.

나는 그저 동기의 손을 꼭 쥐었다. 서로의 살이 경계를 잃고 섞일 때까지.

중력의 노래를 들어라

잠에서 깨어난 직후에 나는 내가 어딘가 살짝 어긋나 있다고 느꼈다. 그 어긋남은 말하자면 내 영혼이 몸 안이 아니라 한 뼘 정도 떨어진 바깥으로 삐져 나와 있는 느낌이었다. 그건 정말로 그저 느낌에 불과했다. 나의 시야는 여전히 내 눈이 있는 곳에서 뻗어나갔고 청각이나 촉각 등 모든 감각도 정상이었으며 사지 또한 원하는 대로 움직여졌다. 그런데도 내가 내 몸 안에 들어 있다는 느낌을 전혀 받을 수 없었다.

처음에는 가위에 눌린 줄 알았다. 하지만 시간이 지날수록 선명해지는 그 어긋남은 분명 가위와는 달랐다. 가위눌림은 수면 상태로부터 깨어나는 과정에서 감각 신경과 운동 신경이 복구되는 시차 때문에 발생하는 현상이다. 간단히 말해 청각이나 촉각 등으로 주변 상황을 인지할 수는 있지만 아직 몸이 움직여지지는 않는 상태다. 뇌는 이런 상황을 어떻게 해서든 설명하려고 귀신이 누르고 있는다든지 하는 상상을 하게 되고 심지어 아직 연결되지 않은 시각 정보를 조작하여 귀신의 모습을 보여주기도 한다. 이처럼 머리는 몸을 움직이라는 명령을 내리지만, 아직 운동 신경이 연결되지 않은 몸은 움직이지 않고 먼저 연결된 감각 신경만이 몸이 움직이지 않고 있다는 명확한 신호를 보내는 게 가위다.

이 정도 설명했으니 내가 겪은 일을 단순한 착각으로 치부하지 않았으면 한다. 느낌은 가위에 눌렸을 때와 유사했지만, 몸은 분명 내가 원하는 대로 정확하게 움직였다. 시각을 비롯한 모든 감각도 그에 맞게 반응했다. 일어서니 시점이 올라왔고 거실로 나가니 눈앞의 광경도 따라왔다. 냉장고에서 차가운 물을 꺼내 마시니 물의 온도가 그대로 입 안에서 느껴졌다. 그 차가운 감각에 나는 내가 느끼는 이물감의 근원을 깨달을 수 있었다. 내 몸은 내 몸이 아니라 그저 내 명령에 따라 움직이는 고깃덩어리였다. 그렇게 생각한 순간 온몸에 소름이 돋아 하마터면 물병을 손에서 떨어뜨릴 뻔했다. 나는 물병을 든 손에 힘을 주었고 그 상태 그대로 마치 인형뽑기 기계처럼 팔을 움직여 냉장고 안에 물병을 도로 집어넣었다.

지금 상황에서 내가 합리적으로 할 수 있는 판단은 이렇다. 나는 이미 죽었지만 어떤 이유에선가 감각 신경과 운동 신경이 여전히 영혼과 신호를 주고받고 있다. 말하자면 삶이라는 꿈에서 제대로 깨어나지 못한 채 가위에 눌리고 있는 셈이다. 나는 이 악몽에서 깨어나려 하지만 깨어날 수 없다. 내 몸은 더 이상 나의 것이 아니다. 솔직히 말해 나는 이 살덩어리가 한때 나의 영혼이 머물렀던 육체라는 사실까지 부정하

78

고 싶다. 나의 영혼은 이 끔찍한 시체를 통해 전해지는 모든 감각에서 자유로워져야 한다.

"코타르 증후군이군요. 일명 걷는 시체 증후군."

내가 짧게 말했다. 김진만 박사가 건네준 클립보드에는 진료 차트 대신 A4 용지가 꽂혀 있었다. 서툰 손글씨로 삐뚤빼뚤 적힌 글을 조심스럽게 읽어 내려가며 나는 환자의 병명을 쉽게 짐작할 수 있었다. 악필이라기보다는 일부러 과장되게 획을 그은 티가 났다. 하지만 글씨체와 달리 내용은 정갈했고 논리에 흠이 없었다. 환자가 직접 쓴 게 아니라 진료를 한 김 박사가 정리한 보고서라고 여겨질 정도였다.

"방송에서 본 적이 있어요. 자신의 몸이 자기 것이 아니라고 느끼고 자신은 이미 죽었다고 생각하기도 한다죠. 심지어 멀쩡한 자신의 몸을 시체라고까지 여긴다면서요."

명색이 의학 전문 기자이니만큼 그 환자의 증상에 대해서는 잘 알고 있었다. 코타르 증후군. 어쩌면 의사인 김진만 박사보다 내가 더 많이 들어봤을지도 모른다. 실제 발병 사례보다 시청자들의 호기심을 자극하는 방송이나 기사에서 회자된 건수가 더 많을 테니까.

"역시 잘 아시는군요. 내가 그래서 장현미 기자에게 연락한 거 아니겠습니까."

김 박사가 묘한 웃음을 흘리며 말했다. 신경정신과 전문의인 김진만 박사는 실력보다는 사람 좋아 보이는 인상과 차분한 목소리 덕분에 방송에 자주 섭외되는 유명인이었다. 그럼에도 정작 본인은 자신의 의학적 권위에 자부심이 대단했다. 얄팍한 방송 프로그램을 통해 전문 지식이 단편적으로 왜곡되고 흥미 위주로 편집되는 현실을 틈만 나면 비웃기도 했다. 그런 뒤는 발언들과 차분한 목소리의 격차가 일반 시청자들에게 그저 독특한 유머 코드로 소비되는 걸 김 박사 본인은 모르는 걸까. 아니면 알면서도 유명세를 누리기 위해 이용하는 걸까. 나는 항상 그 점이 궁금했다.

"그런데 아직 치료 중인 환자 아닌가요? 취재를 해도 될지 모르겠네요. 본인 동의가 있어야 할 것 같은데요."

"사실 본인이 요청한 겁니다. 물론 지금 환자가 합리적인 판단을 내릴 수 있는 상태는 아닙니다만, 담당의로서 어쩌면 치료에 도움이 될 수도 있겠다는 생각을 했습니다. 게다가 장 기자라면 믿고 맡길 수 있지 않겠습니까."

내가 특별히 취재원을 배려하는 기자는 아니다. 그보다 김진만 박사를 정신의학계의 권위자로 포장해주는 기사는 몇 번 써준 적이 있다. 김 박사가 왜 나를 불렀는지는 어렵지 않게 짐작이 갔다. 나쁠 건 없다. '걷는 시체 증후군'이라는 자극적인 이름이 붙은 병, 우리나라에서 최초로 발견된 사례. 특종 거리로 모자람이 없다. 김 박사가 원하는 미사여구만 적당히 붙여주면 독점 취재가 가능하다. 내 머릿속에는 벌써 이 증후군을 자살률 1위 국가인 우리나라의 현실과 엮어내는 스토리가 그려졌다. 잠시 생각에 잠긴 사이 김 박사의 설명이 이어졌다.

"사실 그럴듯한 이름이 붙어 있기는 해도, 코타르 증후군은 다양한 원인에서 발생하는 유사한 증상들을 뭉뚱그려놓은 측면이 큽니다. 게다가 흥미를 끌기 위해 자극적인 요소들만 뽑아 강조한 탓에 사람들이 이해하고 있는 모습과 실제 병례에는 많은 차이가 있죠. 그런 오해들을 바로잡는 것도 내가 장 기자에게 기대하는 것 중 하나입니다."

어련하시겠습니까. 그 오해를 바로잡는 주체가 김 박사님으로 보도되는 걸 기대하고 계신 거겠죠. 문제는 없다. 자극적인 타이틀과 내용으로 도배한 기사 끝부분에 점잖은 체하는 김 박사의 인터뷰를 실으면 균형도 맞고 모양새도 좋으니까.

"그 부분이야 김 박사님께서 잘 도와주시겠죠. 그럼 환자를 볼 수 있을까요? 쇠뿔도 단김에 빼랬다고."

"아, 지금은 좀 곤란합니다."

"무슨 문제가 있나요?"

김 박사가 다시 한 번 묘한 웃음을 보였다. 순간 나는 뭐라 말할 수 없는 어긋남을 느꼈다. 오래된 이불에서 먼지를 털어내듯 출렁하는 파동과 함께 무언가가 떨어져 나가는 느낌이었다. 말하자면 그 웃음은 내 예상 범위에서 벗어난 반응이었다. 이어진 김 박사의 말은 더더욱 예상 밖이었다.

"방금 치료를 끝내고 지금 안정을 취하는 중이거든요. 자신의 두 눈을 찔러버려서."

"네? 뭐라고요? 어떻게 그런…."

"본인의 손가락으로요. 검지와 중지를 이렇게 안구 위쪽으로 집어넣어서는 숟가락으로 긁어내듯이….”

김 박사는 두 손을 가느다란 은테 안경 위쪽으로 드러난 자신의 눈꺼풀에 가져다 대며 눈알을 긁어내는 시늉을 했다. 마치 소화기 사용법을 설명하듯이 무덤덤했다. 당혹감에 굳어버린 내 표정을 보았는지 김 박사는 시연을 멈추고 설명을 덧붙였다.

“코타르 증후군에 대해 잘 알고 계신다고 생각했습니다만. 이 환자는 자신의 몸을 자기 몸이라고 생각하지 않습니다. 자신에게 들러붙은 다른 사람의 살 조각처럼 느낀다고 해야 하나요. 장 기자에게 남의 살 조각이 붙어 있다면 어떻게 하시겠습니까. 진저리를 치면서 떼어내겠죠. 이 환자는 그런 느낌으로 자신의 눈을 파낸 겁니다.”

“하지만… 고통은 그대로 느끼지 않나요?”

코타르 증후군 환자는 감각에는 아무런 이상이 없다. 보고 들을 수 있는 것은 물론이고 촉감과 고통 또한 똑같이 느낀다. 적어도 내가 알기로는 그렇다. 김 박사가 거만한 표정을 지으며 대답했다.

“그대로 느끼죠. 다만 그 고통 또한 자신의 고통이라고 여기지 않습니다. 이 환자의 입장에서는 시각 입력을 제거하려는 목적을 가장 효율적으로 수행했을 뿐입니다. 그 과정에서 느껴지는 고통은 아마 환자에게는 시끄럽게 울리는 기관총 소리 정도에 불과했을 겁니다. 이 정도의 통증이 있다고 객관적으로 알려주는 신호인 셈이죠.”

“시각 입력 제거라니, 스스로 장님이 되려 한 건가요? 왜 그런 일을 했을까요."

"메모를 계속 읽어보시죠. 눈을 파내기 직전에 쓴 글입니다."

김 박사가 내 손에 들린 클립보드를 가리켰다. A4 용지를 한 장 넘기니 그 뒤에는 마찬가지로 삐뚤빼뚤하게 적힌 글이 이어졌다.

나는 더 이상 내가 아니다. 껍질을 벗고 부푼 나는 세상을 가득 채운다. 풍선처럼 부풀어 땅을 덮고 산을 덮고 우주로 솟아오른다.

내 감각이 여전히 저 조그만 살덩이를 통해 들어오고 있다는 사실만은 분명히 인식하고 있다. 해방되려던 내 영혼은 껍질에 묶여 여기 붙어 있다. 여전히 껍질은 시체처럼 불쾌하지만 나는 최대한 객관적으로 그 사실을 받아들이려 한다. 수많은 감각 신경에서 쏟아져 들어오는 신호는 중첩된 주파수가 뒤섞인 모스 부호처럼 입력되고, 그걸 무심히 지켜보다가 나는 어떤 패턴을 발견한다.

그 감각은 지금까지 내가 느껴왔던 그 어떤 감각과도 다르다. 귀를 막는다. 한 뭉텅이의 신호들이 사그라지면서 패턴이 도드라진다. 눈을 감는다. 이제는 그 패턴이 전혀 새로운 종류의 감각이라는 게 명확해진다. 이건 몸의 특정한 부위를 통해 들어오는 감각이 아니다. 굳이 말하자면 뇌 전체의 구조가 미세하게 변화하는 느낌이다. 그 무작위적인 변화가 주변의 세상과 조금씩 연결되기 시작한다. 그리고 드디어 나는 그 감각을 듣는다. 마치 광자가 시신경을 자극하듯 사방에서 쏟아져 들어오는 무언가가 느껴진다. 아니, 광자라기보다는 소리에 가깝다. 영원과도 같은 시간 동안 그 감각에 집중하다가 나는 그게 중력이라는 걸 깨닫는다.

　나의 위치가 중력파와 중력자가 감지되는 우주의 한 점으로 환원
된다. 그 점을 중심으로 나는 우주의 움직임과 시공간의 왜곡을 느
낀다. 그 패턴을 인식하기 시작하자 그 느낌의 기억이 시간을 거슬러
번져간다. 그리고 나는 내가 느꼈던 최초의 어긋남을 기억해낸다. 잠
에서 깨어난 순간 느꼈던 영혼의 흔들림. 사실 흔들린 건 영혼이 아니
라 내가 인식하는 세상의 기준점이었다. 한 점으로 환원된 나의 위치
였고, 그 지점에서의 시공간의 출렁임이었다. 다시 말해 내가 느낀 건
거대한 중력의 흔들림이었다.

　그 흔들림은 지금 내가 느끼는 이 미세한 감각과는 비교할 수 없을
정도로 컸다. 지진처럼 나를 뒤흔든 파동은 내 잠을 깨웠고 그로 인한
어긋남이 나를 삶에서 깨웠다. 어쩌면 반대인지도 모르겠다. 어떤 이
유로 나의 영혼은 내 육체에서 떨어져 나왔고 그 덕에 순간 나를 뒤흔
든 파동을 느낄 수 있었을지도.

　한 가지는 확실하다. 나는 중력을 듣는다. 천체의 공전과 폭발하는
별과 모든 걸 빨아들이는 블랙홀의 신음을 듣는다. 방향을 가리지 않
고 퍼져나가는 전 우주의 노래가 중첩되는 곳에서 나의 존재를 느낀다.
그게 이 끔찍한 살덩어리를 벗어 던지지 않는 유일한 이유다. 불필요
하게 쏟아져 들어오는 쓸모없는 감각들을 꺼버려야 한다. 눈을 감는
것으로는 부족하다.

　'눈을 감는 것으로는 부족하다'는 마지막 문장은 급히 글을
마무리 지으려 했는지 다른 글씨들보다 더 심하게 휘갈겨 있

었다. 마지막 획을 그은 바로 그 손가락이 안구 위쪽으로 파고 드는 모습을 상상하자 오싹 소름이 끼쳤다. 뿜어져 나온 핏방울이 종이 위에 흩뿌려지지는 않았을까 살펴보았지만 그런 흔적은 없었다.

"이게 대체…. 그래서 자기 눈을 파냈다고요?"

"그렇죠. 그게 좀 특이한 게, 다른 코타르 증후군의 사례들을 보면 환자들의 사고에 비논리적인 측면들이 많아요. 몸을 자신의 것으로 느끼지 못하는 기저 증상은 같습니다. 그러다 보니까 보통은 눈에 보이지 않는 자신의 심장이나 위장이 사라졌다고 주장하거나 아니면 자신이 죽었다고 강력하게 믿으면서 몸에서 시체가 썩는 냄새가 난다는 환취 증상을 보고하기도 합니다. 우울증이나 공허감이 동반되면서 아무것도 먹지 않아 아사하는 경우도 있고. 그런데 이 환자는 자신의 상태를 정확하게 파악하면서도 목적이 아주 뚜렷해요."

"눈을 파낸 것도요? 아까는 불쾌감 때문에 파냈다고 하지 않으셨나요?"

"그게 기저 증상일 겁니다. 하지만 인간의 뇌는 항상 더 그럴 듯한 변명거리를 찾아내려 애씁니다. 단순한 불쾌감 때문에 눈을 파낸다는 건 아마 이 환자의 생각엔 그럴듯하지 않았나 보죠. 그래서 중력이니 뭐니 하는 핑계를 만들어냈을 겁니다. 환자들이 겪는 망상은 보통 증상이 발생하기 전의 환경에 좌우되니까요."

"환자가 원래 뭘 하던 사람이었는데요?"

"물리학과 대학원생이었어요. 듣기론 끈 이론이라는 걸 연구했답니다. 강창우라고 꽤 촉망받는 학생이었다던데. 본인 주장으론 그래요. 결국엔 학위를 받지 못하고 수료 상태로 학교를 떠난 모양입니다. 그 이후로는 특별한 직업 없이 혼자 지냈고. 아마도 그런 환경에서 망상증이 시작되었을 겁니다."

"강창우? 잠깐만요. 강창우⋯."

어디선가 들어본 듯한 이름이었다. 나는 재빨리 휴대폰을 꺼내 강창우의 이름을 검색해보았다. 몇 개의 기사가 떴다. 짐작했던 대로였다. 4년 전 자신의 박사 학위 논문을 불합격시켰다며 지도 교수를 고소한 사건이 있었다. 고소 자체는 기각되었지만 끈 이론이라는 독특한 주제가 얽혀 있다는 이유로 꽤 화제가 되었다. 그 이론을 이해할 수 있는 사람이 거의 없고 그걸 대중들에게 이해시킬 수 있는 사람은 전혀 없는 상황에서 온갖 호사가들의 검증받지 않은 설이 난무했다.

강창우가 바로 그 대학원생이었다. 한때 강창우를 '천재가 인정받지 못하는 대한민국의 현실'이라는 주제와 연관시켜 떠받드는 사람들이 무시하지 못할 수준으로 늘어나기도 했었다. 모든 이슈가 그렇듯 그리 길지 않은 시간이 지난 뒤에는 모두 잊히고 말았다. 그 강창우가 코타르 증후군에 걸렸고 중력을 들을 수 있다고 주장하며 스스로 눈을 파냈다니. 이건 특종이라는 표현으로도 모자란 사건이었다. 나는 침을 꿀꺽 삼키며 물었다.

"어떻게 그걸 다 아셨어요? 김 박사님께서 따로 조사를 하신 건가요?"

"조사는 무슨. 나야 진찰을 할 뿐이죠. 강창우가 날 찾아와서는 방금 읽으신 그 메모를 건네준 게 오늘 아침입니다. 환자가 처음 증상을 느낀 건 일주일 전이고. 새벽 6시 정도였다고 하더군요. 메모에 적힌 것처럼 차분하고 논리적으로 잘 설명을 했습니다. 나는 망상이 어디에서 비롯되었는지를 이해하기 위해 몇 가지 질문을 했고요. 그래서 방금 말씀드린 사실들을 알게 된 겁니다. 진찰이 끝나고 나서 그 환자는 마지막으로 눈을 감는 거로는 부족하다며 이렇게…."

김 박사는 다시 자신의 안구 위로 손가락을 가져다 댔다. 나는 황급히 손을 내저었다.

"그 부분은 잘 알겠어요. 그럼 눈을 파낸 게 병원에 와서라는 말씀이시죠? 왜 그랬을까요?"

"눈을 제거하고는 싶지만 죽고 싶지는 않았기 때문일 겁니다. 그게 지금까지 보고된 코타르 증후군의 사례들과 다른 점이지요. 이 환자는 삶에 대한 의지가 분명하게 있습니다. 어떤 목적을 가지고 있다는 거죠. 코타르 증후군이란 자기 자신에 대한 개념을 잃어버리는 것이고 그렇기 때문에 자신이 왜 살아야 하는지에 대한 근거도 찾지 못합니다. 이 환자는 반대인 겁니다. 여전히 자아를 의식하고 있거나 아니면 살아야 하는 이유가 한 개인의 자아를 뛰어넘는 더 거대한 무언가든가."

"거대한 무언가라면…."

"글쎄요. 어떤 우주적인 의지랄까. 나도 그것까지는 잘 상상이 안 되는군요. 따져 보면 그렇다는 뜻입니다. 어쨌든 그런 이유에서 환자는 명백히 본인의 의지로 자해했고…. 아, 바로 그 자리입니다. 장 기자가 앉아 있는 그 자리."

무심코 김 박사의 손가락이 가리키는 곳을 바라보다가 의자 팔걸이 안쪽에서 아직 지워지지 않은 핏자국을 발견했다. 나는 소스라치게 놀라며 의자를 박차고 일어났다. 그제야 김 박사의 책상 한편에 아무렇지 않게 놓여 있는 은빛의 스테인리스 접시 하나가 보였다. 그 안에는 한쪽 면에 식물의 뿌리 같은 수염들이 조밀하게 뻗어 나온 한 쌍의 둥근 물체가 놓여 있었다. 모형 같은 게 아니었다. 그 정체를 깨닫자마자 나는 엉겁결에 몇 걸음 뒤로 물러났다. 그 모습을 본 김 박사가 아까의 묘한 웃음을 다시 내보이며 말했다.

"아, 이게 바로 아까 뽑아낸 안구입니다. 강창우가 자해했다는 증거가 될 것 같아 보관하고 있었습니다. 안타깝지만 복구 수술은 불가능해요."

"그런 걸 아무렇지 않게 책상 위에 놓아두신 거예요?"

"내가 그렇게 책상을 깔끔하게 정리하는 스타일은 아니라서요. 그러지 않아도 장 기자에게 보여주고 나서 잘 보관해두려고 했습니다. 한번 가까이에서 볼래요? 이 근육이 뜯겨 나간 모양을 보면…."

김 박사가 접시를 내 눈앞에 들이댔다. 차가운 바람이 훅 불어와 몸을 뒤덮는 기분이 들어 몇 걸음 더 뒤로 물러났다. 뽑힌 안구의 모습 자체도 끔찍했지만 더 소름 끼쳤던 건 그걸 대하는 김 박사의 태도였다. 아무리 몸에서 떨어져 나와 생명력을 잃은 덩어리라고 해도 그 안구는 불과 몇 시간 전까지만 해도 강창우의 일부였다.

엄밀히 따지면 인간의 몸도 그저 세상에 널린 유기물에 지나지 않지만 살아 있는 생명체의 몸에는 그렇게 단순하게 설명할 수 없는 어떤 기운이 있다. 세포질을 둘러싼 세포막처럼 한 개체를 둘러싸고 다른 개체와 구분해주는 보이지 않는 껍질이 존재하며, 그 껍질은 같은 극성을 띤 자석처럼 서로를 밀어내 개체를 유지해준다.

지금 김 박사에게서는 그런 껍질이 느껴지지 않았다. 그게 아까부터 나를 위협하던 어긋남의 근원이었다. 자성을 띠지 않은 물질은 자성으로 밀어낼 수 없다. 김 박사의 손과 강창우의 안구는 껍질로 둘러싸이지 않은 날것처럼 불쑥 내밀어졌고 나는 그게 거침없이 껍질 안으로 파고들어 올까 두려워 뒤로 물러날 수밖에 없었다.

"아뇨, 괜찮아요. 굳이 확인할 필요는 없을 것 같네요. 그럼 저는 면회가 가능할 때까지 강창우의 주변 인물들을 취재해보도록 할게요."

"역시 믿을 만하군요. 내일 정도면 강창우가 안정을 찾을 겁니다. 그럼 내일 다시 뵙겠습니다."

김 박사가 접시를 다시 자신의 책상 한구석에 아무렇지 않게 내려놓았다. 나는 안도의 한숨을 내쉬며 대충 인사하고 김 박사의 방을 빠져나왔다.

＊

나는 곧장 강창우의 지도 교수였던 박기영을 찾아갔다. 박기영 교수는 블랙홀 연구의 세계적인 권위자로 언론에도 종종 소개된 적이 있었다. 의학 전문이다 보니 블랙홀과 관련된 주제는 머리기사를 챙기는 정도지만 그쪽 기자들과는 자주 만나며 친분을 터두었다. 우주 관련 기사들을 주로 다루는 기자를 통해 연락을 넣자 박 교수는 흔쾌히 시간을 내주었다.

"어서 오세요. 박기영이라고 합니다. 어어, 근데 의학 전문 기자시네요?"

반갑게 일어나 악수하고 명함을 교환하던 박 교수는 내 명함을 보더니 의아하다는 듯이 물었다. 연락을 받은 박 교수는 기자라는 말만 듣고는 무슨 일로 만나고자 하는지도 묻지 않고 방문을 허락했다. 사실 그 점이 좀 의아하긴 했다.

"아, 네. 사실 제가 찾아온 건…."

"하하, 난 또…. 이번에 새로 검출된 중력파 때문에 찾아오신 줄 알았는데. 어쩐지 아직 전 세계적으로 발표도 되지 않은 사실을 어떻게 알아내셨나 궁금해하고 있었습니다."

"네? 중력파가 또 검출되었나요?"

몇 년 전에 최초로 중력파가 검출되었다는 소식이 공개되었을 때는 당연히 나도 취재에 뛰어들었다. 과학과는 전혀 상관이 없는 경제 기자들도 중력파가 증권 시장에 미치는 영향 같은 기사들을 뽑아내던 때였다. 한바탕 유행이 지나간 후에는 다들 시큰둥해졌지만, 그래도 중력파가 추가로 검출되고 있다는 소식 정도는 어디선가 본 것도 같았다.

"그럼요. 1년에 서너 개 정도씩은 계속 검출이 되는 중입니다. 사실 라이고(LIGO)를 계속 켜놓는다면 훨씬 더 많이 검출되겠지만요. 라이고에 대해서는 알고 계시죠? 중력파를 검출하는 4킬로미터짜리 레이저 간섭계 말입니다."

그 정도는 알고 있었다. 중력파 소동이 한 차례 몰아치고 간후로는 측정 원리고 뭐고 다 까먹어버렸지만, 그래도 라이고라는 이름 정도는 기억했다.

"네, 간단하게는 알고 있어요."

"좋습니다. 미국에 있는 두 대의 라이고에 이어 유럽의 비르고(Virgo)가 가동을 시작했고 조만간 일본의 카그라(KAGRA)도 가동될 예정이니 앞으로 점점 더 많은 블랙홀 충돌이 관측될 겁니다. 하지만 이번에 관측된 건 달라요. 단순한 블랙홀이 아니라 두 개의 은하가 충돌하는 거니까."

"은하가… 충돌한다고요?"

"이것참, 정말 모르고 있었군. 이러면 곤란한데. 사실 이번 충돌은 아직 발표 금지령이 내려져 있는 상태예요. 엄청난 중력파가 방출된 그 시점에 하필이면 모든 간섭계가 제대로 동작하고 있지 않았거든. 신호가 측정되긴 했는데 잡음이 너무 많아서 분석이 어려워요. 아까 말했듯이 라이고 같은 장비는 24시간 가동할 수 있는 게 아니에요. 유지 보수도 해야 하고 업그레이드도 해야 하고. 주변에서 시끄러운 공사라도 하면 아예 측정이 불가능하죠. 그런데 하필 그 중력파가 방출될 때 장비 중 일부가 유지 보수 중이라 진동 잡음이 완전히 상쇄되지 않았어요. 운이 없었던 거지."

박 교수의 말이 무슨 뜻인지는 이해할 수 있었다. 과학적인 부분이 아니라 정치적인 부분을 말이다. 위대한 발견에는 거의 항상 일정량의 행운이 함께한다. 최초의 중력파 역시 대대적인 업그레이드를 마치고 가동한 지 불과 며칠 후 시험 가동 모드에서 측정되었고, 두 번째 중력파는 하마터면 장치를 꺼놓을 뻔했던 크리스마스 연휴 기간에 검출되었다. 이번에는 그 반대의 상황이 벌어진 거였다. 하필이면 은하가 충돌하는 빅 이벤트가 벌어지는 순간에 장비에 문제가 있었던 모양이다.

아무리 공들여 관리한다고 해도 실험 장비라는 건 항상 뜻대로 굴러가지는 않는 법이다. 하지만 일반인과 예산을 주는 정치인이 그런 사정을 봐줄 리 없다. 그런 일이 발생하면 나 역시 연구자의 기강 해이를 지적하는 기사를 쏟아낼 준비가 되어 있었다. 그러니 연구진들이 어떻게 해서든 은하 충돌의 증거를 찾아낸 뒤에 발표하려 애쓰는 게 충분히 이해가 갔다. 박 교수는 안경 너머로 나를 바라보며 당부하듯 말했다.

"그러니 내가 그 정보를 먼저 공개할 수는 없어요. 다른 곳에서 흘러나온 정보를 듣고 왔다면 보충 설명을 해주는 정도야 가능하겠지. 미안하지만 오늘은 이 정도만 하죠. 대신 공식적으로 발표가 결정되면 장 기자에게 제일 먼저 연락한다고 약속할게요."

기사에 이름이 실리는 건 좋지만, 최초 유출자의 오명을 쓰기는 싫다는 뜻이었다. 오늘은 중력파 때문에 박 교수를 찾아온 게 아니었지만 그래도 은하 충돌이라는 엄청난 현상에 호기심이 생기는 건 어쩔 수 없었다.

"그… 은하가 충돌한다는 게 정확히 어떤 의미인가요? 당장 기사를 내려는 건 아니고요. 그래도 어느 정도는 감을 잡고 있어야 할 것 같아서요."

"흠. 그래. 좋아요. 정확히 말하면 이번에 충돌하는 건 은하 자체라기보다는 은하 중심에 있는 거대한 블랙홀이에요. 사실 은하 자체는 이미 충돌하고 있는 중이니까요. NGC 2623이라는 은하계인데 두 개의 은하가 병합되는 충돌의 마지막 단계에 있어요. 두 은하의 중심이 어떤 식으로 합쳐졌는지가 의문이었는데 이번에 그 지점에서 두 개의 초대질량 블랙홀이 합쳐지며 엄청난 세기의 중력파를 내뿜은 거죠. 우리의 미래라고도 할 수 있습니다. 40억 년 후에 우리 은하가 안드로메다 은하와 충돌할 때도 비슷한 모습이 될 테니까요."

"은하의 중심에 블랙홀이 있다고요?"

무심코 뱉은 질문에 박 교수가 어이없다는 표정으로 나를 바라봤다. 지구가 태양을 돌고 있는 건 아느냐는 듯한 표정이었다. 나는 재빨리 말을 덧붙였다.

"그러니까… 초등학생도 이해할 수 있도록 최대한 간단하게 설명해야 하거든요. 기사를 쓰는 원칙이죠. 기사는 학술 논문이 아니니까요."

"좋아요. 블랙홀…은 알겠죠? 초등학생도 블랙홀은 알 테니까. 그렇죠? 하여튼, 연료를 다 써버린 별은 언젠가는 스스로의 중력을 견뎌내지 못하고 작은 덩어리로 붕괴합니다. 태양 정도 되는 별은 백색왜성이 됩니다. 전자기력이 버텨내는 한계까지 붕괴하는 거죠. 그보다 더 무거우면 전자기력을 이겨내고 중성자 수준으로 붕괴해 중성자별이 됩니다. 태양 질량의 세 배가 넘어가면 핵력마저도 무시하고 오직 중력만이 남아 모든 질량이 한없이 쪼그라드는 블랙홀이 되지요. 중력이 너무 강해 빛조차 빠져나오지 못하는 블랙홀 말입니다."

"네네. 정말 깔끔하게 설명해주시네요. 이해가 쏙쏙 되는데요."

"그래요. 보통 일반적인 블랙홀이라고 하면 태양 질량의 수십 배 정도 됩니다. 그 정도 되는 질량이 반경 수십 킬로미터 내에 뭉쳐지는 거죠. 아니, 정확히는 대부분의 질량은 중심점에 모여 있고 빛이 빠져나오지 못하는 반경이 수십 킬로미터인 거지만요. 좀 더 정확히 말하면…."

"그 정도면 충분하겠네요. 그러니까, 그런 블랙홀이 은하 중심에도 있다는 거죠?"

"아니요. 은하 중심에 있는 건 초대질량 블랙홀입니다. 질량이 대략 태양의 수십만 배에서 수십억 배 정도 되죠."

"수십억 배요?"

"네, 수십억 배. 그 정도면 지름이 대충 태양계의 열 배 정도 됩니다. 태양계 전체 크기의 열 배 정도 되는 공간에 빛조차 빠져나오지 못하는 검은 블랙홀이 펼쳐져 있다고 생각해보세요.

상상이 되십니까? 그런 엄청난 블랙홀 두 개가 충돌하는 겁니다. NGC 2623의 두 블랙홀을 합치면 질량이 대략 태양의 100억 배일 거라고 예측되고 있습니다. 그게 충돌하면 질량의 3에서 10퍼센트 가량이 사라져서 중력파가 돼요. 10억 개의 태양이 순식간에 사라지는 겁니다. 질량-에너지 등가 공식 알죠? 아인슈타인이요. 1킬로그램의 질량이 에너지로 바뀌면 얼마나 될 거 같아요? 핵폭탄 20개예요. 근데 태양 10억 개가 에너지로 바뀌는 겁니다! 그 에너지가 전 우주로 흩뿌려지는 거라고요! 중력파의 형태로요. 상상이 되십니까?"

박 교수가 속사포처럼 쏟아내는 현란한 숫자들은 하나도 실감이 나지 않았다. 내게 와닿은 건 그저 이상할 정도로 들뜬 박 교수의 목소리였다. 박 교수의 모습이 순간 조금 커져 보였다. 박 교수를 감싸고 있는 자아의 껍질 너머로 무언가가 넘실대며 흘러넘치는 느낌도 들었다. 나까지 이상해질 것 같아 진저리를 치며 몸을 털어냈다. 그러고는 얼른 화제를 바꿨다.

"그런데 교수님. 사실 제가 오늘 찾아온 건 그 블랙홀 때문은 아니고요. 학생 한 명에 대해 여쭤보러 왔어요. 기억하실지 모르겠네요. 강창우라는 학생인데. 아니, 학생이었지요."

강창우라는 이름이 내 입에서 흘러나오자마자 박 교수는 순식간에 다시 원래의 모습으로 쪼그라들었다. 실제로 줄어 들었을 리야 없겠지만 그 느낌은 기이할 정도로 선명했다.

"강창우요? 기억하죠. 기억하고말고요. 그런데 그 학생이 또 무슨⋯."

박 교수가 내 쪽으로 한껏 기울였던 몸을 다시 치켜세우며 딱딱하게 굳은 얼굴로 물었다. 교수의 표정에 경계심이 더 차오르기 전에 서둘러 대답했다.

"아뇨, 아니요. 교수님과 연관된 일은 아니고요. 다만… 강창우 씨가 좀… 상태가 많이 안 좋아져서요. 그냥 학생 때는 어떤 사람이었는지 그게 궁금해서 이렇게 찾아뵙게 되었어요."

그저 강창우의 상태가 안 좋아졌다고만 말했을 뿐인데 박 교수는 어쩐지 무슨 소린지 알아들었다는 표정이었다. 살짝 경계가 풀린 얼굴과는 달리 여전히 두 팔은 가슴 앞에서 팔짱을 낀 채로 박 교수가 대답했다.

"그래요. 장 기자는 의학 전문 기자라고 했지. 창우는 똑똑한 학생이었어요. 지나치게 똑똑했지. 사실 지금 끈 이론에 매달려서는 먹고살기 힘들어요. 특히 우리나라에서는 더 그렇죠. 유학을 가는 것도 쉽지가 않고. 몇 번 권유해봤지만 말을 들어야지. 뭔가 좀… 딴 세상에 사는 사람 같았어요. 절반 정도는 다른 차원에 걸쳐 있다고 해야 하나. 그래도 뭐 학위를 받는 데는 문제가 없었습니다. 논문만 제출했으면 통과했을 거예요."

"논문을 제출 안 했나요? 제가 알기로는…."

"고소 사건 말인가요? 최종본을 제출하지 않았어요. 그러니 바로 기각되지 않았습니까. 본인은 제출했다고 믿고 있더군요. 다시 써 오면 기한을 연장해서라도 받아주겠다고 했는데 그것도 거부했습니다. 다시는 쓸 수 없대요. 그러더니 소송을 하더군요. 학위를 주지 않을 거면 논문이라도 내놓으라고."

강창우라는 사람이 어느 날 갑자기 코타르 증후군 증세를 보인 게 아닐 거란 생각이 들었다. 어쩌면 코타르 증후군이 아니라 그저 어떤 망상에 빠져 있는 건지도 모른다. 학위 과정에서의 스트레스로 자신이 곧 우주라는 식의 착각에 빠져 살고 있는 건 아닐까. 전 우주의 중력을 들을 수 있다는 허무맹랑한 소리를 하면서. 박 교수가 덧붙였다.

"이건 내 개인적인 생각이지만, 아마 그 논문은 완성하지 못했을 겁니다. 주제를 바꾸지 않고서는요. 강창우의 논문은 말하자면 중력과 시공간의 다차원적인 구조에 대한 연구였습니다. 완성하기만 했다면 세계적인 연구의 흐름을 바꿀 수 있는 엄청난 논문이 되었겠죠. 정말 독특하고 천재적인 접근법이었지만 논리적으로 풀어낼 수 없었어요. 본인도 그러더군요. 2차원의 종이 위에 1차원적인 선들의 집합인 글씨를 쓰는 방법으로 그걸 어떻게 표현하겠냐고."

머릿속에 다시 기사의 윤곽이 그려졌다. '한때 천재라고 인정받았던 한 물리학자의 몰락.' 큰 줄기는 그렇게 가고. '우주의 심연을 엿보고 나서 광기에 빠지다.' 이런 느낌을 슬쩍 추가하고. 그렇게 해서 이 취재를 어서 마무리 짓는 게 낫겠다고 생각하며 박 교수에게 슬쩍 물었다.

"네, 강창우 건은 그 정도면 된 것 같네요. 그런데 아까 그 중력파 말인데요. 지금 그렇게 엄청난 에너지의 중력파가 발생했다면…."

"발생은 이미 오래전에 했습니다. 2억5천만 년 전에. 지구로 따지면 트라이아스기가 시작될 즈음에 이미 두 블랙홀은 충돌한 거예요. 그 여파가 2억5천만 광년 떨어진 이곳에 2억5천만 년에 걸쳐 전달되어 온 거죠."

"네네, 어쨌든 그런 거대한 중력파가 전달되어 온 거라면, 만일 그렇다면 그 중력파를 몸으로 느끼는 게 가능할까요?"

"몸으로요? 사람의 몸으로요?"

박 교수의 얼굴에 다시 한 번 한심하다는 표정이 떠올랐다. 나는 괜히 물었다 생각하며 변명을 덧붙였다.

"그러니까… 우리 몸이 중력을 느끼잖아요. 지구의 중력이요. 그러니까 블랙홀이라는 게 그렇게 거대할 수 있다면 거기서 나온 중력을 우리가 느낄 수도 있지 않을까요?"

"일단 말입니다. 중력과 중력파는 달라요. 중력이 시공간의 왜곡이라면 중력파는 그 왜곡의 흔들림입니다. 게다가 그 흔들림의 크기라는 게, 최초로 측정된 중력파의 흔들림은 원자 크기의 1,000분의 1 정도였어요. 그것도 레이저 빔이 4킬로미터나 되는 거리를 수백 번 왕복했기 때문에 겨우 그 정도라도 나온 겁니다. 이번 충돌이 아무리 거대하다고 해도 인간의 몸에서 느껴지는 차이라면 기껏해야 원자 하나 크기도 안 돼요. 그걸 느낄 수 있는 사람이라면… 글쎄요, 눈을 감고 행성들의 움직임을 느낄 수 있을지도 모르겠군요."

박 교수는 자신의 비유가 매우 적절했다고 느낀 모양인지 흐뭇하게 미소를 지었다. 나는 눈을 감는다는 표현에서 아까 김 박사가 내밀었던 강창우의 안구가 떠올라 다시 한 번 몸을 떨었다. 강창우는 결국 연구에 대한 스트레스를 이겨내지 못하고 그런 끔찍한 짓을 저지른 걸까. 자리에서 일어서려다가 마지막으로 질문 하나를 박 교수에게 던졌다.

"오늘 정말 감사합니다. 많이 배우고 가네요. 아, 참. 혹시 이번 충돌에 의한 중력파가 정확히 언제 지구를 지나간 건지 알 수 있을까요?"

"일주일 전이에요. 우리나라 시간으로는 새벽 6시쯤 되겠네요."

강창우가 중력파를 느꼈다고 주장한 시간이었다. 내가 다시 물었다.

"혹시 그 사실을 우리나라에서 교수님 외에 아는 사람이 있습니까?"

"나와 같이 일하는 대학원생 서너 명을 제외하면 없을 겁니다."

대학원생 이야기를 하자 교수는 다시 강창우가 떠올랐는지 조금 불편한 표정을 지었다. 나는 더 분위기가 딱딱해지기 전에 얼른 인사를 하고 나왔다.

교수실에서 나온 뒤 대학원생실에 들러 박기영 교수와 일하는 학생 몇 명을 만나보았다. 강창우에 대한 학생들의 평가는 박 교수와 마찬가지였다. 똑똑하지만 어딘가 이상한 선배. 강창우와 최근에 연락한 사람은 없었다. 오히려 내게 강창우의 안부를 물어와 난감하게 만들었다. 그저 간단한 정신과 상담 정도를 받고 있는 모양이라고 둘러댔다. 학생들은 오히려 안도하는 분위기였다.

"강창우 씨가 혹시 중력을 몸으로 느낄 수 있다는 이야기를 한 적은 없나요? 아니, 그러니까… 중력이든 중력파든 말이에요."

학생들은 내 질문이 황당하다는 반응이었다. 박 교수처럼 대놓고 한심하다는 표정을 짓지는 않았지만. 한 학생은 내게 경계심을 보이며 이렇게 대답했다.

"창우 선배가 좀 별나기는 하지만 그래도 과학의 영역을 벗어난 주장을 하는 사람은 아닙니다. 혹시라도 삼류 미스터리 소재를 선배에게 가져다 붙일 생각을 하시는 거라면 부탁인데 그만둬주세요."

내가 없는 일이라도 만들어내려 한다는 투였다. 물론 그런 적이 전혀 없진 않았지만 이번은 아니었다. 당장에라도 강창우가 쓴 메모를 눈앞에 들이대고 흔들고 싶었다. 그렇게 과학적 사고를 하는 강창우가 시각 입력을 차단해야 한다며 스스로 눈을 파낸 건 아느냐고 쏘아붙이고 싶은 마음을 간신히 눌렀다. 대신 조금 다른 질문을 했다.

"이건 너무 심각하게 듣지 마시고, 그냥 우스개 같은 질문인데요. 만일 강창우 씨가 어떤 계기로 우주적인 의지가 된다면, 그러니까 뭐 전지전능한 신 같은 존재가 된다면 가장 먼저 어떤 일을 할까요?"

학생들은 대체 무슨 소리를 하는 거냐며 어이없어했고 비웃음에 가까운 실소를 흘리기도 했다. 분위기를 풀기 위한 농담이라고 생각하는 것 같았다. 그중 한 학생이 겨우 이렇게 대답했다. 강창우와 그나마 가깝게 지냈다는 학생이었다.

"그럼 아마 우주의 비밀을 우리에게 알려주지 못해 안달이 났겠죠. 듣기 싫다고 하면 의자에 묶어라도 놓고 강의를 했을 겁니다. 선배가 왜 그렇게 우주 이론에 미쳐 있었겠어요."

✳

쏟아질 듯 가득히 별이 빛나는 밤하늘의 가운데. 찢긴 흉터 같은 은하수가 보였다. 나는 그 은하수의 중심을 향해 하염없이 날아갔다. 어느 순간 은하수의 중심에 박혀 있는 칠흑처럼 검은 눈동자와 눈을 마주쳤다. 작은 점이라고 생각했던 그 눈동자는 서서히 그러나 꾸준히 몸집을 불리며 다가왔다. 단 하나의 오점도 없는 완벽한 검은 원이 시야의 대부분을 뒤덮자 나는 덜컥 겁이 났다.

내 몸은 보이지 않았다. 나는 그저 광대한 우주 한가운데에서 시야를 유지하는 하나의 기준점이었다. 그래도 고개를 돌리듯 시야를 돌릴 수는 있었다. 검은 원의 반대쪽에는 여전히 별빛이 가득했다. 다시 앞을 보자 지워낸 듯 검은 지평선이 보였다. 둥글었던 지평선은 허리를 펴며 점점 직선에 가까워졌다. 시선을 은하의 중앙으로 돌렸다. 아무것도 없는 완전한 어둠이 시야를 뒤덮었다. 숨이 막히는 느낌을 받았지만 나는 숨조차 쉬고 있지 않았다.

곡률이 뒤집힌 검은 지평선은 이제 거대한 입이 되어 나를 삼키기 시작했다. 별이 빛나는 우주가 도리어 둥글게 몸을 말며 원이 되었다. 그 좁은 원 안에서 점점 빨라지는 우주를 보았다.

별이 폭발하고 은하가 충돌하고 새로운 은하가 생겨났다. 나는 유한한 시간 동안 무한한 우주의 역사를 보았다. 빛의 원이 점점 작아지며 마침내 한 점으로 줄어들고 끝내 그 점마저 꺼지고 나자 주변은 완전한 어둠에 뒤덮였다. 동시에 시간이 무한대로 펼쳐지며 정지했다.

나는 하나의 점이었다. 나뿐 아니라 모든 것이 하나의 점이었다. 경계는 존재하지 않았고 공간도 시간도 없었다. 영원할 것 같던 어둠 속에서 하나의 빛이 나타났다. 그 빛의 원이 점점 커지며 다시 우주의 역사가 시작됐다. 빛보다 빠르게 번쩍이던 빛들의 속도가 조금씩 느려졌다. 그리고 장대하게 펼쳐진 우주가 시야에 들어왔다.

나를 토해낸 검은 어둠은 점점 줄어들더니 하나의 점이 되어 사라졌다. 나는 엄청난 속도로 작은 행성을 향해 추락했다. 번개처럼 스쳐 지나가는 장면들이 눈앞에서 번쩍였다. 시야가 거짓말처럼 순식간에 어떤 장면 하나로 수렴했다. 내 방이었다. 내 침대. 나는 질식했던 사람처럼 꽉 막혔던 숨을 토해냈다.

몸이 떨릴 정도로 생생한 꿈이었다. 나는 침대에서 몸을 일으킨 뒤에도 흩어졌던 기억을 주워 담기 위해 한동안 머리를 싸매고 숨을 몰아쉬어야 했다. 강창우를 만나러 가야 한다는 데까지 생각이 이르러서야 겨우 깊게 한 번 숨을 들이쉬고는 침대에서 일어섰다.

김진만 박사는 어제와 똑같은 자세와 표정으로 나를 맞았다.

다행히 책상 위에 놓여 있던 강창우의 안구는 어딘가로 치운 모양이었다.

"장 기자 괜찮아요? 안색이 아주 안 좋아 보이는데."

김 박사의 말은 사실이었다. 어젯밤 검은 원에 삼켜지는 꿈을 꾸고 나서 나는 부쩍 늙은 느낌이 들었다. 인간의 나이가 아니라 우주의 나이만큼이나 늙은 것 같았다. 말이 되지 않지만 그냥 그렇게 느껴졌다. 병원으로 찾아오며 나는 내가 왜 이 일을 해야 하는지 끊임없이 반문했다. 병원에 도착해 김 박사의 방으로 안내될 때까지도 뚜렷한 이유를 찾을 수 없었다.

지금 내게 유일하게 남아 있는 감정은 호기심이었다. 강창우를 만나서 대체 어떤 사람인지 알아보고 싶었다. 강창우가 듣는다는 중력의 소리가 무엇인지 궁금했다. 일주일 전, 그러니까 이제는 8일 전 새벽 6시. 10억 개의 태양이 사라지며 흩뿌린 중력파를 몸으로 느꼈다는 게 그저 우연의 일치인지 확인해보고 싶었다.

"별거 아니에요. 잠을 잘 못 자서 그런가봐요. 면회는… 가능한가요?"

"네, 아마 지금쯤은 깨어 있을 겁니다. 그리고 장 기자, 너무 무리하지 마세요. 끝나고 수액이라도 맞고 가시죠. 피로와 스트레스가 만병의 근원입니다."

나는 대답하지 않고 일어섰다. 김 박사는 아무래도 괜찮다는 듯이 간호사를 불렀다. 혹시 내가 아직도 꿈에서 깨지 않은 건가 하는 생각을 잠시 했다. 모든 게 붕 떠 있었고 현실감이 잘 느껴지지 않았다. 살짝 손등을 꼬집어보았지만 감각에는 문제가 없었다. 손등에 빨간 손톱자국이 진하게 남았다.

간호사가 안내한 병실 한가운데에는 침대가 하나 놓여 있었고, 그 침대 위에 구속복을 입은 사람이 누워 있었다. 눈에는 붕대가 칭칭 감긴 채였다. 몸을 감싼 구속복은 또다시 침대에 묶였고 구속복을 조금 잘라내 드러난 팔뚝에 수액 주삿바늘이 꽂혀 있었다. 간호사는 내가 병실 안으로 들어서자마자 도망치듯 밖으로 나가며 문을 닫았다.

문이 닫히자 병실은 새벽처럼 어두워졌다. 창문에는 두꺼운 커튼이 내려져 있었고 낮은 조도의 조명 하나가 환자의 눈을 피해 벽을 비추었다. 침대 옆에 앉기 위해 의자 하나를 끌어왔다. 의자 다리가 바닥을 긁는 소리가 유난히 날카롭게 귀를 찔렀다. 동시에 붕대로 감은 얼굴이 나를 향해 돌아갔다. 속이 텅 비어 있을 눈구멍이 내 눈을 똑바로 바라보았다.

"장현미 기자님이십니까?"

예상과 달리 하나도 특별할 게 없는 목소리였다. 텅 빈 병실에 반사된 낮은 목소리가 무덤처럼 울렸다. 나는 침을 한 번 삼키고는 최대한 밝은 목소리로 대답했다.

"네, 맞아요. 강창우 선생님 되시죠? 강 선생님께서 저를 만나고 싶어 하셨다고…."

"죄송하지만, 목소리를 좀 줄여주시겠습니까? 너무 소리가 강해 혼란스럽군요."

"아, 네. 그래요. 조심할게요."

붕대로 감은 얼굴이 다시 정면으로 돌아갔다. 강창우는 마치 물속에서 숨을 쉬듯 크게 공기를 들이마셨다가 천천히 내쉬었다. 몇 번 그렇게 호흡을 한 뒤 다시 낮은 목소리가 흘러나왔다.

"장 기자님을 고른 건 김진만 박사죠. 저는 그저 누구든 제 이야기를 널리 알려줄 사람이 필요했습니다."

"그건 걱정하지 마세요. 다만 제가 선생님을 먼저 이해해야 기사를 쓸 수 있을 텐데요. 지금 몇 가지 질문을 드려도 괜찮을까요?"

강창우가 천천히 고개를 끄덕였다. 시간을 끌고 싶지 않았다. 나는 곧장 가장 궁금했던 부분을 질문했다.

"8일 전 새벽 6시에 실제로 엄청난 중력파가 지구를 지나갔다는 사실을 알고 계셨나요?"

"메모에 쓰지 않았습니까? 의사에게도 말했던 것 같은데요."

"선생님이 느낀 것 말고 다른 경로를 통해서 그 사실을 들은 적은 없으신가요?"

"없습니다."

"NGC 2623의 두 초대질량 블랙홀이 충돌했다는 걸 들은 적이 없다는 말씀이시죠?"

나는 메모장에 적어놓은 걸 보며 물었다. 강창우가 대답했다.

"저는 NGC 2623이 뭔지도 모릅니다."

"네? 우주 이론을 연구하지 않으셨나요?"

"제가 연구한 건 우주의 이론적인 구조입니다. 그걸 실제 사례에 맞춰 해석하는 데는 관심이 없어요. 사람들이 임의로 붙여놓은 이름에는 더더욱 그렇고요. 그런 알파벳과 숫자의 나열에 무슨 의미가 있습니까."

선뜻 이해가 가지 않았지만 그 부분은 아무래도 상관없었다. 그저 괴팍한 사람이라고 생각하면 그만이었다. 핵심은 이 강창우라는 사람이 중력파를 몸으로 느낄 수 있다는 게 정말인지를 밝히는 일이었다.

"중력파를 느낄 수 있다는 걸 증명하실 수 있나요?"

"증명이요? 제가 하고자 하는 건 증명이 아닙니다. 제가 왜 무딘 인간의 언어로 우주의 구조를 증명해야 합니까. 아니, 그건 애초에 불가능한 일입니다."

"그럼 저는 사람들에게 뭘 알려야 하죠?"

"제가 본, 아니 들은 우주의 광경입니다. 그걸 그대로 묘사해주시기만 하면 됩니다."

강창우의 말을 듣다 보니 나도 모르게 종교적인 경이감 비슷한 무언가가 차올랐다. 물론 그러한 경이감은 뇌의 특정 부분을 자극해 만들어낼 수 있다. 그리고 그런 자극은 직접적인 전기 자극이 아닌 목소리의 톤, 공간감, 특정한 향, 주변 사람들의 감정 등 외부적이고 심리적인 자극을 통해서도 충분히 만들어질 수 있다. 강창우는 일종의 사이비 교주가 되려고 하는 것일까. 아니면 그 자신은 신이 되고 나를 메신저로 삼고자 하는 것일까. 일단 강창우의 말을 들어보기로 했다.

"그럼 먼저 중력을 느낀다, 아니 듣는다는 표현을 계속 쓰시는데요. 그걸 좀 설명해주실 수 있을까요? 상식적으로 이해가

가지 않는 부분이 많아서요. 제가 알기로 중력파는 원자 크기보다 작은 정도로만 시공간을 흔든다고 하는데 어떻게 그런 걸 감지할 수 있나요?"

"광자가 뭔지 아십니까?"

강창우가 뜬금없이 물었다. 나는 아는 선에서 적당히 대답했다.

"글쎄요. 그냥 뭐, 빛 알갱이 같은 거 아닌가요?"

"맞습니다. 빛의 가장 작은 단위죠. 물질을 쪼개면 분자, 원자가 되고 원자는 전자, 양성자, 중성자, 그리고 다시 쿼크와 같은 소립자로 쪼개집니다. 마찬가지로 빛을 쪼개다 보면 가장 작은 단위인 광자에 도달합니다. 광자는 더 이상 쪼갤 수 없죠."

"그렇군요. 그런데요?"

"인간의 시각이 한 개의 광자도 볼 수 있다는 걸 아십니까?"

"네? 설마….."

그러고 보니 얼핏 그런 기사를 읽은 것도 같았다. 스치듯 기사를 훑었을 때는 그게 어떤 의미인지 깊게 생각하지 않았지만.

"엄연한 사실입니다. 인간이 광자 하나도 볼 수 있는데 원자 크기의 중력파를 느낀다는 게 그렇게 이상한 일입니까?"

"하지만….."

"모든 변화는 인식될 수 있습니다. 아주 작은 변화라도 있으면 아주 미묘하게 인식할 수 있겠지요. 패턴을 찾아내는 방법을 알고 또 주변이 충분히 조용하기만 하다면요."

"그 패턴을 찾아내는 방법을 아신다는 뜻이군요."

"운이 좋았습니다. 적당한 시기에 강력한 중력파를 느낄 수 있었으니까요. 그 중력이 전파되는 구조를 제가 추상적으로나마 이해하고 있기도 했고요."

"그리고 주변을 조용하게 만들기 위해 눈을… 아니 시각을 제거하신 거고요."

"맞습니다. 그런데 지금 생각해보면 시각보다는 청각을 제거해야 했어요. 중력은 보는 게 아니라 듣는 거니까요."

강창우의 말에는 묘한 설득력이 있었다. 그 말들을 제대로 이해하지 못하면서도 나는 조금씩 강창우에게 동화되어갔다.

"그건 또 무슨 뜻이죠?"

"빛은 눈을 통해 들어와야만 볼 수 있습니다. 빛을 보려면 그쪽으로 시선을 돌려야 해요. 우리가 바라보는 방향만 보인다는 뜻입니다. 소리는 그렇지 않습니다. 사방에서 들려오는 소리를 우리는 한꺼번에 들을 수 있지요. 중력파도 마찬가지입니다. 그러니 중력파는 본다기보다 듣는다고 해야 맞겠지요."

"그럼 지금도 중력의 소리를 듣고 계신 건가요?"

강창우는 대답하지 않았다. 침묵이 우리를 뒤덮었다. 왠지 소리를 내면 안 될 것 같아 나는 숨도 제대로 쉬지 못했다.

두근. 두근. 내 심장 소리가 들리기 시작했다. 강한 혈류가 경동맥을 타고 올라와 뇌에 산개한 동맥으로 흩어지는 게 느껴졌다. 주기적인 흐름이었다. 패턴이 익숙해지자 나는 그 패턴을 제외한 다른 주기에 귀를 기울일 수 있었다. 고요했다. 그 고요함 속에서 또 하나의 미묘한 진동을 찾아냈다. 그 진동은 어딘가 어긋나 있었다. 시간 축의 진동과도 삼차원 공간의 진동과도 약간 달랐다. 그저 다르다는 느낌뿐이었지만 느낌 자체는 선명했다. 순간, 나는 놀랄 정도로 큰 진동을 느끼며 눈을 번쩍 떴다.

"들으셨습니까?"

강창우가 물었다. 나는 고개를 끄덕일 수밖에 없었다. 그러고는 강창우가 앞을 보지 못한다는 걸 깨닫고는 겨우 소리를 내어 말했다.

"들었…어요."

"말하지 않아도 압니다. 이 정도 거리라면 당신이 고개를 어느 방향으로 흔들었는지 정도는 느낄 수 있어요. 질량 중심이 변하며 중력이 미묘하게 달라지니까요. 창밖 대로에서 달리는 자동차들의 움직임도 느낄 수 있습니다. 아무 소리가 나지 않더라도요. 지구의 자전과 공전도 느껴지지요. 행성과 위성이 서서히 움직이는 게 느껴집니다. 그리고 태양을 비롯한 1,000억 개의 항성이 은하 중심의 거대한 블랙홀 주변을 돌고 있는 것도 느껴집니다! 왜 중력을 들어야 하는지 아십니까?"

강창우가 갑작스럽게 물었다. 내가 고개를 가로젓자 강창우가 말을 이었다.

"중력파는 그 어떤 물질에도 흡수되지 않고 전 우주로 퍼져 나갑니다. 다시 말하면, 전 우주에서 발생한 모든 중력파가 이곳에 도달한다는 뜻입니다. 중력을 듣는 건 결국 우주를 듣는 겁니다. 그게 이 티끌만도 못한 육체가 영혼에게 줄 수 있는 유일한 선물입니다. 껍질을 벗고 우주의 중심으로 날아가기 전에, 모든 블랙홀의 중심에서 우주의 영혼을 만나기 전에, 우리의 이 보잘것없는 삶이 누릴 수 있는 유일한 호사란 말입니다!"

강창우의 목소리가 점점 높아졌다. 나는 그 목소리와 의미의 크기에 압도되었다. 강창우는 계속 말했다.

"우주의 소리는 음악입니다. 음악 자체가 우주의 소리를 모방한 거니까요. 우주의 소리가 내가 서 있는 한 점으로 모이며 시간 축을 타고 흐르는 한 줄의 음악이 됩니다. 더 놀라운 게 뭔지 아십니까? 전 우주의 모든 질량이 저마다의 중력을 내뿜지만, 그 중력은 듣는 사람의 위치에 따라 다르게 들립니다. 중력의 크기가 다르고 도달하는 시간이 다르지요. 그러니 그 음악은 우주의 모든 지점마다 서로 다릅니다. 우리가 우주 한구석을 떠다니는 이 작은 행성에서 먼지 같은 육체에 매여 있어야 하는 이유가 대체 뭐라고 생각하십니까? 오직 이 지점에서만 들을 수 있는 중력의 노래를 듣는 것 이외에 다른 이유를 찾을 수 있습니까? 우주의 영혼이 한 점의 물질에 연결되어 찰나의 시간 동안 깜박이는 자아로 나타나는 건 오직 그 음악을 듣기 위해서입니다. 아시겠습니까?"

점점 높아지던 강창우의 목소리는 마침내 절규가 되었다. 눈에 감긴 붕대에서 다시금 빨간 피가 배어 나왔다. 나는 무중력 상태로 떠오르는 것 같은 느낌에 정신이 혼미해졌다. 더 이상 내 몸을 이루는 살덩어리에 묶여 있다는 느낌이 들지 않았다. 그런 와중에도 어딘가 어긋난 진동들이 계속 밀려왔다. 그리고 쿵, 또 한 번 강한 진동이 나를 흔들었다.

"지금! 지금 지나간 이 진동이 대체 뭐죠?"

"아시잖습니까. 은하가 충돌하는 소리입니다. 지금 충돌하고 있는 두 은하의 중심은 단번에 충돌하여 합쳐지는 게 아닙니다. 수많은 소용돌이가 부딪히며 작은 충돌과 흡수를 거듭하고 있습니다. 거인의 발소리처럼 서서히 다가오는 최종적인 충돌을 알려주고 있는 겁니다. 그 마지막 충돌은… 지금 느낀 중력파와는 비교도 할 수 없는 엄청난 울림을 전 우주로 내뿜을 겁니다."

"대체 왜 저를 부른 거죠! 이걸 들려주기 위해서였나요? 아니, 그보다 어떻게 제가 이걸 들을 수 있게 된 거예요? 제가 듣고 있는 게 맞아요? 중력을?"

강창우는 작게 웃었다. 어쩌면 그게 강창우가 마지막으로 남긴 한 인간으로서의 흔적이었다.

"무언가를 들을 수 있는 구조는, 반대로 소리를 낼 수도 있습니다. 정확히 역의 과정이니까요. 안테나가 전파를 받기도 하고 또 보내기도 하는 것과 마찬가지지요. 제가 중력파를 보낸 겁니다. 일정한 주기로, 당신이 감지할 수 있도록, 중력의 패턴을 익힐 수 있도록."

"왜요? 왜 그런 짓을 하시는 건데요?"

"당신이 세상에 알려야 하니까요. 중력의 노래를 듣는 법을. 그게 제가 한때나마 함께 살았던 사람들에게 줄 수 있는 유일한 선물입니다. 생각해봐요. 당신의 영혼은 왜 하필 이 시간 이 공간에 위치하는 그 육체와 연결이 된 겁니까. 당신이 느낄 수 있는 감각이 이렇게 미세한 시공간에 국한된 이유가 뭐라고 생각합니까. 노래를 듣기 위해섭니다. 중력의 노래를. 다른 어떤 곳도 아니고 오직 지금 이 위치에서만 들을 수 있는 당신만의 노래를. 그게 아니라면 삶이라는 게 대체 무슨 가치가 있겠습니까?"

"그걸 제가 왜요? 당신이 알리면 되잖아요. 당신이 직접 사람들에게 그걸 알려야죠!"

강창우는 잠시 침묵했다. 그동안 내 귀에는 점점 더 크게 중력의 소리가 들려오기 시작했다. 그 진동들에서 하나씩 조화와 패턴이 느껴졌다. 모든 소리가 어우러지며 그 울림은 조금씩 노래가 되었다. 다시 차분해진 목소리로 강창우가 말했다.

"제가 이걸 얼마나 알리고 싶을지 장 기자님은 상상도 못 할 겁니다. 하지만… 하지만 전 지쳤어요. 이 모든 걸 이해하고 찾아내기까지 너무 먼 길을 돌아왔습니다. 이제는 더 이상 중력 이외의 감각을 받아들이고 싶지 않습니다. 부탁이 있어요. 제발, 제 감각을 끊어주시죠. 청각을 말입니다."

"그게… 무슨 뜻이죠?"

"기자니까 펜 하나 정도는 가지고 계시겠죠. 제 귓속을 찔러주시면 됩니다. 고막만 찢는 정도로는 안 돼요. 그 안쪽의 청각 신경까지 완전히 뚫어주셨으면 합니다. 양쪽 다요. 이 시끄러운 잡음 때문에 정말이지 미칠 지경입니다. 완벽한 우주의 노래를 들을 수가 없지 않습니까. 절 이해하시리라 믿습니다. 당신도 중력을 들었으니까요."

"그…"

어이없게도 나는 강창우를 이해했다. 그건 논리적인 결론이 아니라 강렬한 욕망에 가까웠다. 지금 내 머릿속에서 끓어오르는 이 욕망을 강창우는 얼마나 더 강렬하게 느끼고 있을지 상상이 되고도 남았다. 그걸 지금까지 참아낸 것만으로도 대단했다. 그 욕망을 외면하는 건 너무 잔인한 일이다. 망설일 이유가 없었다. 나는 주머니에서 펜을 꺼냈다. 끝이 뾰족한 만년필이었다.

＊

강창우의 비명을 듣고 달려 들어온 의사와 간호사가 피가 줄줄 흐르는 펜을 들고 멍하니 서 있는 나를 붙잡았다. 다행스럽게도 강창우의 두 귀, 그리고 나 자신의 두 귀까지도 뚫고 난 뒤였다. 사람들이 외치는 소리가 들리지 않았다. 나는 눈을 감았다. 그리고 중력의 소리에 집중했다.

사람들이 내 몸을 부축해 침대에 눕히는 느낌이 났다. 불필요하게 전달되는 촉감이 짜증스러웠다. 침대에 누워 움직이지 못하게 묶이고 나서야 나는 비로소 자유로워졌다. 그리고 감각이 차단된 암흑 속에서 중력의 소리를 들었다. 그리 긴 시간이 지나지 않아 강창우의 말이 하나도 틀리지 않았다는 걸 깨달았다.

그건 우주의 노래였다. 모든 우주가 나를 위해, 내 티끌 같은 육체가 머무르는 우주의 한 점을 위해 노래를 불러주고 있었다. 위성과 행성과 항성의 소용돌이가 화음이 되어 우주를 노래했다. 그 노랫가락에 실려 웅대한 북소리와 같은 은하의 충돌이 들려왔다. 인간이 붙여놓은 이름 따위는 아무 의미가 없었다. 그 은하는 스스로의 노래로 이름을 대신하고 있었다.

지구상의 한 점을 중심으로 나는 점점 커졌다. 은하 중심의 블랙홀을 향해 날아가던 꿈이 떠올랐다. 나는 충돌하는 은하의 중심으로 날았다. 2억5천만 년 전에 충돌한 어떤 은하로, 어쩌면 40억 년 후에 충돌할 우리 은하로.

지금까지 들려온 은하의 충돌은 겨우 전주에 불과했다. 강창우가 말했듯이 최종적인 충돌은 한 걸음씩 서서히 다가오고 있었다. 그 노래의 끝에는 최후의 거대한 울림이 예정되어 있음을 나는 알았다. 노래는 길지 않을 것이다. 지구상에 매달려 있는 가냘픈 영혼의 끈 따위는 가볍게 불어 날려버릴 수 있는 거대한 충돌이 준비되고 있었다. 하찮은 행성 하나에서 만들어내는 몸부림으로는 감히 막을 엄두조차 못 낼 거대한 중력파가.

지구의 모든 영혼이 휩쓸려 나가 우주의 중심에서 다시 모이기 전까지, 하나의 인간이 할 수 있는 일은 그저 우주의 노래를 듣는 것뿐이다. 오직 지구에서만 들을 수 있는 우주의 노래. 그게 아니라면 이 하찮은 행성에 잠시 와닿았던 삶에 대체 무슨 의미가 있을까.

나는 다시 한 번 정신을 집중했다. 이번에는 소리를 듣기 위해서가 아니라 소리를 내기 위해서였다.

만우절의 ── 초광 속 성간 여행

우주가 아무리 비어 있어도 사람이 바라보는 우주는 별빛으로 가득 차 있다. 텅 빈 우주는 말 그대로 텅 비어 있어서 멀리 있는 별의 빛을 가로막지 않는다. 광대한 우주는 그걸 바라보는 사람에게는 수많은 별빛으로 수놓인 경이로움이지만 그걸 항해하는 사람에게는 그저 끝도 없이 텅 빈 지루함에 불과하다.

천억 개의 별이 있는 은하계 내부도 대부분의 공간은 항성계와 항성계 사이를 채우고 있는 성간 물질이다. 물론 항성계 내부도 대부분 비어 있는 건 마찬가지다. 그래도 디스플레이에 표시된 크고 작은 행성과 소형 천체들의 위치나 거리가 실시간으로 변하는 걸 보고 있는 게 조금은 도움이 된다. 가끔 거대한 행성에 근접할 때는 하나의 점에서 시작해 점점 확대되면서 세세한 디테일이 끊임없이 더해지는 조밀한 표면을 보며 감탄한다.

그 작은 점 안에 거대한 분화구와 울퉁불퉁한 언덕과 얼음으로 뒤덮여 날카롭게 항성의 빛을 반사하는 표면과 소용돌이치는 색색의 가스가 고스란히 들어 있다는 걸 상상하면 새삼스레 가슴이 두근대기도 한다.

하지만 항성계를 벗어나 성간 물질의 바다로 들어가면 그런 사소한 즐거움도 이내 바닥이 나버린다. 눈에 보이는 건 네트워크가 끊긴 영상의 정지 화면처럼 굳어 있는 별들과 목적지까지의 거리를 나타내는 변하지 않는 숫자뿐이다. 유진은 자신이 연 단위의 항해로 항성계 사이를 오가던 아광속 시대의 우주항해사가 아니라는 사실에 감사했다.

유진은 공간 도약을 이용한 초광속 항해를 시작하기 위해 계기판 중앙을 주시했다. 초광속 항해 가능 조건을 나타내는 버튼이 하나씩 밝아졌다. 중력장 제한 통과, 성간 물질 밀도 통과, 선체 속도 통과, 선체 기밀도 통과, 선체 표면 온도 통과, 목적지 설정 통과. 그 외에도 모두 열다섯 개의 버튼이 밝아졌다. 유진은 왼쪽 끝에 위치한 레버에 손을 올리고 말했다.

"도약 시작⋯."

"공간 도약 시작합니다. 선체 번호 WASP3716-DL512. 출발 항성계 엡실론 에리다니. 도착 항성계 글리제 876. 현재 시각은 은하 표준시 2326년 4월 1일 06시 27분. 예상 항해 시간은 7시간 39분입니다."

옆에서 흘러나온 나이 든 항해사의 굵은 목소리가 유진의 말을 덮었다. 목소리가 너무 엄숙해서 가슴이 간지러워질 정도였다. 철호. 두 명밖에 타지 않는 물품 수송용 소형 우주선을 유진과 함께 몰고 있는 항해사였다. 철호는 오른쪽 끝에 있는 레버에 손을 올리고는 유진을 돌아보았다. 유진은 일부러 과도하게 비장한 표정을 지으며 고개를 끄덕였다. 항해사 생체 신호 버튼에 마지막으로 불이 들어오고 레버의 락이 풀렸다.

두 사람이 동시에 레버를 아래로 내리자 묵직한 전자음과 함께 초광속 항해를 나타내는 커다란 버튼에 불이 들어왔다. 전면의 디스플레이에 두 사람의 우주선이 에리다니와 글리제 사이의 공간 도약 대기열에 등록되었다는 안내가 표시되었다. 기다리고 있는 우주선은 세 대. 대략 15분 조금 넘게 걸릴 예정이었다. 이 정도면 양호한 수준이었다. 이제 글리제 항성계에 도착할 때까지 사람이 할 일은 없었다.

"아저씨, 긴장 풀어요. 이런 형식적인 절차를 뭘 매번 그렇게 거창하게. 우주선 안에 사람 두 명이 타고 있는 것만 확인되면 통과잖아요. 편하게 하시죠. 편하게."

이 우주선은 유진의 소유였고 철호는 유진이 고용한 항해사였다. 목적지만 설정해두면 인공지능이 대부분의 항해를 대신해주는 요즘 우주선에서 사실 항해사는 별로 할 일이 없었다. 하지만 초광속 도약만은 반드시 사람이 직접 해야 했고, 한 명도 아닌 두 명 이상의 항해사가 탑승한 상태에서 도약을 시작하도록 우주항해법에 규정되어 있었다. 작은 우주선을 밑천으로 소품종 고속 배달이라는 틈새시장을 노리는 유진에게 항해사 고용이란 여간 부담되는 일이 아니었다.

항해 기술은 필요 없었다. 그저 우주항해사 면허만 있으면 충분했다. 조금이라도 주급이 낮은 사람을 찾고 찾다가 만난 게 철호였다. 유난히 과묵해 보이는 철호가 내건 조건은 단 하나였다. 한 달에 적어도 한 번의 초광속 항해를 할 것. 그것도 에리다니-글리제 구간에서. 한때 번성했었던 글리제 항성계는 광물 자원의 고갈과 함께 쇠락하여 최근에는 물품 수송량이 많지 않았다. 유진처럼 작은 우주선으로 개척하기에 딱 좋은 루트였다. 거절할 이유가 없었다.

하지만 철호와 항해를 시작하면서 유진은 철호의 과묵함을 가볍게 넘긴 일을 두고두고 후회했다. 초광속 도약 기술로 항성계 간의 성간 여행 시간이 획기적으로 줄어들었다고는 하지만, 아광속 항해로 5시간 정도가 걸리는 항성계 내에서의 항해 시간을 합하면 꼬박 20시간 가까이를 좁은 우주선 안에서 두 사람이 함께 보내야 했다. 철호는 가볍게 던지는 유진의 질문들을 단답형으로 짧게 끊었다. 농담을 해도 잘 이해하지 못하는 건지, 이해를 거부하는 건지 반응이 없었다. 지루한 항해 동안 철호가 가장 길게 말하는 건 바로 초광속 항해를 시작하기 전에 보고하도록 매뉴얼에 명시된 그 문구. 지금은 아무도 그대로 하지 않고 약식으로 넘겨버리는 그 보고 문구였다.

"난 이게 편해서."

철호의 대답은 그게 끝이었다. 유진은 고개를 저으며 항상 하던 대로 요즘 에리다니 항성계에서 최고의 인기를 얻고 있는 크리에이터인 알리체의 채널을 보기 위해 개인 패널을 터치했다.

초광속 항해 중에는 통신이 두절되기 때문에 유진은 해당 채널의 다운로드 패키지를 정기적으로 구독하고 있었다. 패널을 뒤적이던 유진은 이번 달의 최신 영상이 다운로드되어 있지 않은 걸 발견했다. 원인은 용량 부족이었다.

"어? 이럴 리가 없는데? 용량은 확보해놨는데!"

유진의 우주선은 WASP 타입 중에서도 구형 모델이었지만 항해 성능 자체에는 문제가 없었다. 다만 신형보다 운전석의 가죽 시트 재질이라든지, 헤드레스트에 장착된 근거리 스피커의 음질 같은 사소한 부분들이 뒤떨어졌다. 유진이 가장 불편해하는 건 중앙 제어 시스템의 커스터마이징 영역 용량이었다. 사제로 칩 하나만 달면 해결되는 간단한 문제였지만 사고 시 보험 처리에 문제가 될 수 있었다. 그래서 유진은 다운로드 공간을 확보하기 위해 쓸데없는 앱들을 다 삭제하고 주기적으로 저장된 영상들을 지워주는 불편함을 감수했다.

혹시나 삭제하는 걸 까먹었나 확인해보았지만 새 영상을 다운받을 정도는 충분히 삭제되어 있었다. 한참을 뒤지던 유진은 전에는 없던 앱 하나가 저장 공간을 점유하고 있는 걸 발견했다. 초광속 항해 시 비상 상황이 발생하면 우주선 전체를 수동 조종할 수 있도록 제어 프리셋을 제공해주는 앱이었다. 전면 디스플레이를 모두 활용하여 조종 환경을 강화해주는 최신 기능이 들어 있어 용량이 컸다.

"이게 대체 뭐야? 누가 이런 앱을 깔아놨어?"

"나."

철호였다. 유진은 자기도 모르게 화를 버럭 냈다.

"왜 함부로 제어 시스템을 만져요? 이런 걸 물어보지도 않고 막 깔아놓으면 어떻게 하느냐고요!"

"항해 시 조종 환경을 구성하는 건 항해사의 권리지. 용량 확인하고 깔았는데."

그것 때문에 알리체의 최신 영상이 다운로드되지 않았다고 항의할 수는 없었다. 무려 항해 환경을 조성해야 한다는데 그깟 크리에이터의 영상 하나 보지 못하게 되었다고 방방 뛰는 걸 이해해줄 철호가 아니었다. 이미 초광속 항해 대기를 걸어놓은 상태여서 저장 공간을 비우고 다시 다운받을 수도 없었다. 성간 항해에 소요되는 반나절의 시간 동안 멍하니 창밖만 바라보고 가는 건 생각만 해도 끔찍했다. 유진은 아예 이 기회에 철호와의 대화를 터보자고 생각했다.

"아저씨는 몇 살이에요?"

아직 유진은 철호에게 나이를 물어본 적이 없었다. 대뜸 나이를 물어보는 게 불쾌할 수도 있겠지만 알리체를 보지 못해 심사가 뒤틀린 유진은 왠지 그 정도는 비뚤어져야 할 것 같은 기분이었다. 이대로 묵묵히 몇 시간을 보내기보다는 차라리 말다툼이라도 하는 게 나았다.

"마흔다섯."

"네? 마흔다섯요? 제가 열 살인데 아저씨가 마흔다섯?"

의외로 철호는 순순히 대답했지만 불러준 나이는 어이가 없었다. 마흔다섯이라니. 그렇게까지 나이가 많을 리는 없었다.

에리다니인의 평균 수명이 마흔 살 정도였다. 기껏해야 중년 정도로 보이는 외모인데. 많아야 스무 살 정도 되려나. 어리둥절해하던 유진은 철호가 은하 표준시를 기준으로 나이를 말해 줬다는 걸 깨달았다. 그러고 보니 아까 도약 보고를 할 때도 은하 표준시로 날짜를 말했었다.

"아저씨, 그거 은하 표준 나이죠? 요즘에 누가 그걸로 나이를 계산해요. 가만있자, 은하 표준시로 2.8년이 여기 기준으로 1년이니까… 대충 열여섯 정도 되는 거네요. 그렇죠?"

철호는 대답 대신 고개를 끄덕였다. 굳이 은하 표준시로 나이를 계산하는 철호의 심리를 유진은 이해하기 힘들었다. 어떻게 보면 옛 종교를 믿는 신도처럼 보이기도 했다. 그러고 보니 철호가 초광속 항해에 임하는 자세는 일종의 의식 같은 측면이 있었다. 항해를 시작할 때와 마칠 때는 매뉴얼에 나온 형식 그대로 정확하게 보고하고, 항해 도중에도 별다른 일이 벌어질 리도 없는 우주 공간에서 눈을 떼지 않았다. 별의 수를 하나, 둘 세고 있나 싶기도 했다. 수천 개의 별을 다 세고 나면 다시 처음부터 하나, 둘.

"그런데 왜 굳이 은하 표준시를 쓰세요? 뭐, 다른 항성계 사람들하고 얘기할 때야 어쩔 수 없지만, 우리끼리 그럴 필요는 없잖아요. 이유가 있어요? 혹시 무슨 종교 같은 거 믿으세요?"

엡실론 에리다니 항성계에서 사람들은 세 번째 궤도를 도는 행성에 모여 살았다. 행성의 은하 표준 명칭은 엡실론 에리다니 감마였지만 사람들은 그냥 다이크라고 불렀다. 다이크의 하루는 20시간이고 은하 표준 시간으로 따지면 20.37시간이다. 그러니 시간 단위까지는 다이크 시간이든 은하 표준 시간이든 큰 차이가 없다.

월 단위부터는 문제가 생긴다. 은하 표준시의 월은 30일 또는 31일이고 가끔은 28일이나 29일이기도 하다. 그런 월이 12개가 모여 1년이 된다. 1년은 365일 또는 366일이다. 도대체가 납득이 가지 않는 계산법이다. 그걸 직접 계산하는 사람은 아무도 없고 그저 컴퓨터에서 계산되어 공지되는 날짜를 확인하는 방법뿐이다. 그에 비해 다이크의 1년은 10월이고 1달은 100일이다. 더 이상 깔끔할 수가 없다.

"종교는 없어. 그저 오랜 습관일 뿐이지. 모든 인간의 고향은 지구니까."

철호가 대답했다. 오랜 습관. 게다가 지구라니. 인간의 고향이 지구라는 건 역사책에나 나오는 말이었다. 태양이라는 항성의 세 번째 행성인 지구. 다이크와 마찬가지로 세 번째 행성이라는 데서 약간의 친밀감이 느껴지기는 했다. 지금 지구에는 아무도 살지 않는다. 인간이 지구에 살았던 흔적은 서로 다른 항성계에 사는 사람들이 만날 때나 얼핏 내비칠 뿐이었다. 서로 싸우지 않으려면 공통의 기준이 필요하니까. 은하 표준시처럼.

은하 표준시는 지구와 지구의 위성이었던 달의 주기에서 비롯되었다. 그랬다고 한다. 지금 지구에는 사람이 살지 않을뿐더러 현재 지구와 달의 주기는 은하 표준시를 계산하는 주기와는 다르다. 그러니까 은하 표준시의 기준이 되는 근거는 이제 우주

어디에도 없는 셈이다. 은하 표준시는 펄서의 맥동 주기를 기준으로 하는 시간 단위와 복잡한 공식으로 이루어진 계산법으로만 존재한다. 아니, 그건 그냥 컴퓨터가 우리에게 말해주는 어떤 숫자일 뿐이다. 우리의 시간을 입력하면 알 수 없는 과정을 거쳐 되돌려주는 어떤 숫자.

"습관이라니. 지구가 망한 지가 언젠데. 아저씨가 무슨 천 년 묵은 안드로이드예요?"

"내 습관이 아니라 인간의 유전자에 새겨진 습관이지."

"이해가 안 가네요. 들쭉날쭉해서 컴퓨터가 아니면 제대로 계산하지도 못하는 날짜가 어떻게 사람 몸속에 새겨져요? 은하 표준시의 연월일에 대체 어떤 의미가 있길래 그게 유전자에 새겨져요?"

"세상의 모든 일에는 주기가 있다는 믿음이지. 비슷한 날에는 비슷한 일이 벌어진다는 믿음. 옛날 지구에서는 월과 일에 따라 천체들의 배치가 주기적으로 변했으니까."

다이크가 에리다니를 한 바퀴 도는 데는 100.84년이 걸린다. 소수점 앞의 100이라는 숫자는 멋진 우연이지만 그 뒤의 84는 현실이다. 행성의 자전 주기를 기준으로 계산한 하루와 공전 주기를 기준으로 계산한 1년이 딱 맞아떨어지지 않는 건 당연하다. 옛날 지구인들은 공전 주기를 1년이라고 선언한 후에 그 억지를 끼워 맞추기 위해 월과 일을 제멋대로 늘리고 줄였다.

에리다니 사람들은 그러지 않았다. 하루를 기준으로 20시간을 나눈 후에 월과 년은 그냥 10의 배수로 정의했다. 물론 그건 다이크에는 자연적인 위성이 없고 공전 주기가 사람의 일생보다 길어 그 반복을 느낄 수 없기 때문이기도 했다. 한 사람은 공전 궤도의 3분의 1 정도만 경험할 수 있었고 그 기간에는 주기란 게 없었다.

"세상에, 천체들의 배치에 따라 무슨 일이 벌어지는데요? 내가 사는 행성이 항성을 정확히 한 바퀴 돌아 제자리에 왔다고 해서 거기에 무슨 의미가 있어요? 아니, 엄밀히 따지면 제자리도 아니죠. 항성도 은하 중심을 공전하기 위해 엄청난 속도로 우주를 날아가고 있으니까."

에리다니 사람들은 다이크의 공전 주기에 관심이 없었다. 다이크에서 백 년이 흐르면 에리다니를 대략 한 바퀴 돌지만, 정확히 한 바퀴는 아니다. 그래도 문제 되는 건 아무것도 없다. 다이크가 백 년 동안 에리다니를 한 바퀴 돌았다고 해서 백 년 전과 비슷한 일이 벌어져야 하는 이유는 아무것도 없다. 연월일은 그저 시간의 흐름이다. 돌고 도는 주기가 아니다.

"믿음이라니까. 매년 같은 날을 기념하는 믿음. 믿음이 우주를 바꾸지는 못하지만, 사람은 바꾸지. 그래서 은하 표준시로 살아가던 지구인들이 지금보다 훨씬 행복했던 거고."

"글쎄요. 잘 이해가 안 가네요. 뭐, 1년이 지날 때마다 내 몸도 순환해서 다시 젊어지기라도 한다면 그건 좋겠지만, 근데 아니잖아요. 나이가 들면서 점점 몸이 늙어가는 것처럼 시간도 그저 앞으로 흘러가는 거죠. 매년 같은 날을 기념한다고요? 그런 걸 일일이 기념한다고 해서 어떻게 사람이 행복해지죠?"

철호는 어깨를 으쓱하고는 다시 우주로 눈을 돌렸다. 유진은 겨우 이어지던 대화가 끊길까 아쉬워 얼른 말을 붙였다.

"아까 오늘이 은하 표준시로 어떻게 된다고 했죠? 4월 1일이었나요? 그럼 4월 1일은 무슨 날이에요? 지구인들은 4월 1일에 뭘 기념했죠?"

"4월 1일은… 만우절. 사람들이 서로 거짓말을 하는 날이지."

"푸하하하."

유진은 그만 웃음을 터뜨리고 말았다. 서로 거짓말을 하면서 행복해지다니, 그러니 지구가 망했지. 민망해진 유진이 입을 가리자 철호는 굳은 얼굴로 디스플레이를 확인했다. 마침 막 초광속 항해에 진입하려는 참이었다. 카운트다운이 시작되고 유진은 밀려나 있던 엉덩이를 끌어 올려 의자에 바짝 붙였다.

가속은 느껴지지 않았다. 조종석 밖으로 보이는 우주의 모습도 특별히 달라지지 않았다. 초광속 여행은 물질이 속도를 올려 공간을 진행하는 게 아니라 공간을 잘라 붙여 물질이 점프하는 방식이었다. 학교에서는 초광속 이동이란 물질을 복사하고 원본을 지워버리는 것과 비슷하다고 배운다. 그 이상의 복잡한 용어들은 기억나지 않았다. 우주항해사인 유진이 알아야 할 건 레버를 당기면 초광속 모드에 진입하고 몇 시간이 지나면 목적지인 다른 항성계에 도착한다는 것뿐이었다.

그리고 그 레버를 당길 때는 반드시 두 사람이 필요하다는 사실. 전에 없이 긴 대화를 나누던 철호는 다시 예전처럼 묵묵히 우주를 바라보는 모습으로 돌아가 있었다. 초광속 항해를 할 때는 반드시 다정한 항해사를 동료로 고르세요. 학교에서는 그런 걸 가르쳤어야 했다. 이해도 되지 않는 초광속 항해의 원리를 가르칠 게 아니라.

디스플레이에는 목적지인 글리제 876 항성계까지의 거리와 남은 시간이 표시되고 있었다. 표시되는 시간은 세 가지였다. 에리다니 시간과 글리제 시간, 그리고 은하 표준시의 시간. 숫자는 달랐지만 하나는 같았다. 세 가지 숫자 모두 지독히도 바뀌지 않는다는 사실. 유진의 엉덩이는 다시 앞으로 밀려 나가 거의 조종석에 반쯤 누운 자세가 되어버렸다.

"그럼 우리도 그 습관을 따라보죠. 만우절. 우리도 옛날 지구인들처럼 서로 거짓말을 하고 행복해져보자고요."

유진이 다시 철호에게 말을 걸었다. 우스운 습관이지만 아무 말도 안 하고 몇 시간을 버티는 것보단 낫겠지. 지구인을 따라해보자는 거라면 저 무뚝뚝한 아저씨도 호응해줄지도 모르고. 철호가 유진을 돌아보았다. 정말 효과가 있었는지 철호의 입가에 살짝 미소가 걸렸다.

"글쎄, 선장이 잘할 수 있을지 모르겠는데."

"무슨 소리예요. 거짓말이 뭐 어려울 게 있다고. 예를 들면 뭐 이런 거죠. 저 사실 아저씨가 마음에 들어요. 제 이상형이거든요. 푸하하하."

"그렇게 하는 게 아니고. 거짓말을 하되 상대방이 눈치채지 못하게 하는 거지. 아니면 정말 그 성의를 인정할 수밖에 없을 정도로 공들인 거짓말을 하거나."

"참 나, 까다롭네요. 아저씨는 그런 걸 어떻게 다 알고 있어요?"

"책에서 읽었지."

"거짓말이죠?"

"글쎄."

"아항."

유진은 엉덩이를 끌어 올려 조종석에 똑바로 앉았다. 생각보다 재미있는 놀잇거리였다. 아니면 극도의 무료함에 떠밀려 재밌다고 느껴지나. 어쨌거나 철호가 어깨를 으쓱하거나 고개를 끄덕거리는 대신 말로 대답해준다는 것만으로도 다행이었다. 알리체를 보며 낄낄거리는 것보다야 못하겠지만.

"아, 출발하기 전에 연료 채우는 거 깜박했다."

"아까 초광속 항해 체크할 때 연료량 확인 통과했어."

"이번에 배송할 짐이 초인기 아이돌 그룹인 데메테르의 10분의 1 피규어 500상자 맞죠?"

"에리다니산 포도주 200상자야. 적재 확인했지."

"참, 이거 미리 말씀드렸어야 했는데. 우리 지금 이러고 있을 때가 아니에요. 지난번 우주선 정기 점검 때 추진체 배출량 환경 기준에 걸려서 수리비하고 벌금이 나왔거든요. 그래서 통장 잔액이 바닥났지 뭐예요. 죄송하지만 이번 주 주급은 제날짜에 못 드릴 거 같아요."

"상관없어. 지체되면 이자 붙고 이자 포함해서 3개월 안에 지급 안 되면 보험에서 나오니까. 당신은 감옥에 가고. 몇 달 주급 못 받아도 생활에 지장 없을 정도의 잔액은 있어."

"미안. 방귀 뀌었어요. 초광속 항해 중에는 환기 안 되는 거 알죠?"

"냄새만 안 나면 상관없어. 안 나네."

"아저씨 좀 재수 없는 거 알아요?"

"이번 건 괜찮네."

"거짓말 아닌데요?"

"그렇게 하는 거야."

"아, 이런 거구나. 만우절."

거짓말을 하는 날. 처음 들었을 때는 무슨 그런 쓸데없는 날이 있나 싶었다. 지구인은 역시 망할 만했다고. 그런데 생각해보니 거짓말은 그냥 거짓말이 아니었다. 거짓말이 반드시 거짓말이라면 그건 거짓말이 아니다. 뒤집으면 진실이니까. 거짓말은 거짓말이기도 하고 거짓말이 아니기도 해야 거짓말이다.

말에는 진실의 무게가 실린다. 입 밖에 나오는 순간 말은 무언가를 규정하고 나머지를 배제한다. 모든 말이 진실은 아니지만, 진실이든 아니든 무게는 실린다. 그걸 지켜야 할 의무가 생기고 거짓일 때 짊어져야 할 책임이 생긴다. 사람들이 하는 말들이 전부 진실이라고 가정하는 건 생각해보면 좀 피곤한 일이다.

말을 안 하면 되지만 어떤 말들은 튀어 나가고 터져 나가야 했다. 아니면 흘리고 다니기라도 해야 했다. 내뱉지 않고 품고 다니면 몸과 마음이 썩어버릴 것 같은 그런 말들이 있다. 유진이 졸업한 학교에서는 우주항해사 면허를 따고 첫 솔로 항해를 할 때 우주 한가운데에서 잠시 모든 통신을 끄는 관례가 있었다. 그때 유진은 무언가를 미친 듯이 외쳤다. 뭘 외쳤는지는 모두 까먹었지만, 정거장으로 돌아올 때 한없이 마음이 가벼웠던 기억은 선명했다.

거짓말을 해도 되는 날, 진실의 무게감이 없어지는 날, 그렇게 무언가를 뱉어낼 수 있는 하루. 뭐 나쁘지 않다. 그렇다고 매일 그렇게 살 순 없고. 1년에 한 번 정도.

"저 사실 아버지를 죽였어요."

철호가 유진을 돌아봤다. 그러고는 이내 다시 시선을 먼 우주로 돌리며 말했다.

"그것참 우연이군. 나도 아버지를 죽였는데."

"조만간 다이크를 뜰 거예요. 다른 항성계로. 돈만 모이면, 갈 수 있는 대로 최대한 멀리 떠나려고요."

"나와는 반대네. 난 아버지를 우주에서 죽였거든. 그래서 자꾸 다시 우주로 나오는 거지."

"진짜예요?"

"진짜지."

"아항."

유진은 패널을 눌러 조종석 전면 디스플레이에 표시되고 있는 모든 정보를 껐다. 디스플레이에는 광활한 우주만이 펼쳐졌다. 아무것도 없는 성간 우주. 그 우주를 깜박이며 점프해 가는 유진과 철호. 초광속 항해는 물질을 복사하고 원본을 지우는 거나 마찬가지라지. 어쩌면 지금 유진도 끊임없이 지워지고 있는지도 모른다. 그저 이전의 기억이 복사될 뿐. 그 복사에 약간의 오류가 생겨 유진의 죄책감을 성간 우주에 버리고 올 순 없을까. 적어도 지금 내뱉는 말들은 버리고 올 수 있을 것 같았다. 만우절이니까. 유진과 함께 잠시 말을 멈춘 채 우주를 바라보던 철호가 입을 열었다.

"바로 여기였지. 엡실론 에리다니와 글리제 876 사이의 성간 우주."

"그래서 이 구간의 초광속 항해를 조건으로 건 거였어요?"

"그렇지."

"근데 좀 이상하네요. 아버지를 우주에서 죽였는데 왜 다시 우주로 나와요? 아니, 그보다 초광속 항해를 하는 우주선 안에서 왜 아버지를 죽여요?"

"내가 죽였다고 했었나?"

"거짓말이었어요?"

"글쎄."

철호는 그렇게 말하고는 패널을 조작해서 앱을 하나 실행시켰다. 알리체의 영상이 다운로드될 공간을 잡아먹었던 바로 그 앱이었다. 초광속 항해 시의 수동 운전을 도와주는 앱.

"어, 아무리 만우절이라도 그런 장난은 안 돼요! 대체 무슨 짓을 하려고."

"걱정 안 해도 돼. 비상 상황이 발생하지 않으면 수동 운전으로 전환하는 건 불가능하니까. 이걸 보여주려고."

철호가 앱을 실행시키자 디스플레이에 다시 복잡한 정보들이 표시되기 시작했다. 화면의 중앙에는 모든 시스템이 정상 작동 중이라는 문구가 깜박였다. 철호는 패널을 몇 번 클릭하여 증강 화면 테스트라는 메뉴를 찾아 들어갔다. 화면에 보이는 건 우주의 실제 모습이 아니며 비상 상황에서의 수동 운전을 가상으로 체험하는 용도로만 활용하라는 경고 문구가 나타났다. 그리고 이내 우주선 밖의 우주가 조금씩 꿈틀대기 시작했다.

"이게 대체 뭐예요? 제 우주선에 무슨 짓을 한 거죠?"

"증강 화면. 바깥에 보이는 우주에 필터를 넣어서 성간 물질들이 잘 보이게 바꿔주는 거지. 실제로는 아무 일도 일어나지 않고 있으니까 걱정하지 말고."

"그건 거짓말 아니겠죠."

"이런, 들켰네."

우주선 밖으로 구름 같은 성운들이 모습을 드러내기 시작했다. 점점 짙어지는 성운들에는 갖가지 색이 입혀졌다. 정지 화면 같던 우주가 파도처럼 일렁였다. 우주 가운데 멈춰 있는 것 같던 우주선이 성운들 사이를 천천히 헤엄치는 느낌이 들었다. 무엇보다도 그 장면은 아름다웠다. 멍하니 밖을 바라보는 유진을 보며 철호가 조금 웃었다.

"이 증강 화면을 보려고 앱을 사는 사람들도 있어. 아니, 사실 대부분 그렇다고 봐야지. 초광속 항해 중에 비상 상황이 생기면 수동 운전이고 뭐고 그냥 끝장이니까. 초광속으로 점프하며 이 성운들 사이를 수동으로 헤쳐나갈 수 있는 항해사가 몇이나 되겠나. 점점 속도를 잃다가 결국에는 연료가 바닥나고 성간 우주에 갇혀버리겠지."

"그러니까, 내 말이. 초광속 항해의 수동 모드 운전은 항해사 시험에서도 빠진 지 오래라고요. 비상 상황이 생기면 쓸데없이 수동 운전을 하겠다고 연료를 낭비하지 말고 그냥 구조 신호만 켜고 기다리라는 게 매뉴얼이에요."

"아예 시험에서도 빠졌다고? 그래도 나 때는 시험은 봤었는데. 그러니 너도나도 항해사 면허를 따겠다고 그 난리군. 항해사가 쏟아지니 주급은 떨어지고. 진짜 항해사들은 일자리를 잃고. 자기 우주선이 없는 항해사들은 다들 백수가 됐지. 나처럼."

"세상이 변한 거죠. 인공지능이 사람보다 항해를 더 잘하는데 누가 사람에게 항해를 맡기겠어요? 그나마 이 초광속 성간 항해 때문에 우리가 먹고사는 거죠."

철호가 고개를 끄덕이고 둘 사이에는 다시 침묵이 흘렀다. 아직 글리제에 도착하려면 멀었다. 증강 화면이 있다고 해도 성간 물질들의 파도만 보고 가기에는 너무 긴 시간이 남아 있었다. 만우절 거짓말을 하겠다고 해놓고는 너무 진지하게 몰아붙였나 싶어 후회하고 있을 때 철호가 다시 말했다.

"그거 아나? 초광속 항해에는 왜 꼭 사람이 있어야 하는지. 그것도 두 명이나."

"왜긴요. 항해사 노조가 관철한 거잖아요. 인공지능에 일자리를 다 뺏기게 생겼으니까. 두 명인 이유는 선주가 아닌 항해사들에게도 기회를 주려는 거고. 뭐, 이유야 비상 상황에서의 안전 확보라는데. 말이 안 되죠. 애초에 사람이 타지 않는 것보다 더 안전한 게 있겠어요?"

"보기보다 순진하네. 법이 왜 노조 편을 들어주나? 이유는 단순해. 그게 더 안전하니까. 비상 운전, 뭐 그런 것 때문이 아니라. 초광속 항해를 하는 우주선에는 사람이 타야 사고가 나지 않아. 그것도 두 명 이상이. 공간 도약을 연구한 초기 논문들을 보면 실험 결과가 다 나와 있지. 물론 원인을 밝혀내진 못했지만. 무인 운전 시의 사고율을 낮추려는 모든 시도는 실패했어. 결국 해결책은 그냥 사람을 태우는 거였지. 두 명 이상이 타도록 법으로 강제하고. 원인이 밝혀지지 않은 사고에 대한 기록은 몽땅 삭제했어. 돈을 벌기 위해서는 하루빨리 초광속 항해를 실용화해야 했으니까."

"이건 좀 심하다. 거짓말인 걸 눈치채지 못하게 해야 한다면서요. 아니면 성의라도 있든가. 아니, 노력한 건 알겠는데 그래도 적당히 말은 돼야죠. 사람이 타야 사고가 나지 않는다니. 우주가 사람을 알아봐요? 사람이라고 해봐야 그냥 적당히 뭉쳐진 유기물일 뿐이잖아요. 말이 돼야죠."

"거짓말이 아니야. 다 실험을 해봤으니까. 심지어 시체를 태우고 항해를 해보기도 했지. 결과는 실패였고. 살아 있는 사람이어야 해. 꼭 항해사일 필요는 없지만. 그저 사람이 조종석에 앉아서 숨만 쉬고 있어도 사고는 나지 않았어. 적당히 뭉쳐진 유기물로는 안 되고 생명 활동이 있어야 한단 뜻이지. 사람이 아닌 다른 동물도 안 돼. 백 마리까지 태워봤지만, 결과는 실패. 동물들의 사체가 가득 찬 그 우주선은 지금도 성간 우주 어딘가를 떠돌고 있어. 이런 실험 결과를 사람들에게 공개할 순 없었겠지."

"말도 안 돼. 아니, 뭐 된다고 쳐도. 아저씨는 그럼 어떻게 그런 걸 다 아는데요? 극비라면서요."

"그 실험을 한 게 나니까."

"거짓말이죠?"

"아버지하고 같이."

"거짓말이잖아요."

"글쎄."

유진은 슬슬 지루해졌다. 만우절 거짓말은 결국에는 이렇게 어이없는 허풍이 되어버리나 보네. 그럼 이제 뭘 해야 하나. 성간 항해는 아직 절반도 더 남아 있었다.

"이론이 하나 있긴 해. 학계에서는 인정받지 못했지만."

"이번 거짓말은 좀 그럴듯했으면 좋겠어요."

"공간 도약이라는 게 물질을 복사하는 것과 비슷하다는 건 알고 있지? 물론 비유적인 표현이기는 하지만. 그 복사의 성공률을 높이려면 원본이 있는 공간과 사본이 새겨질 공간의 상태가 최대한 비슷해야 해. 공간에 원자들이 떠다니고 있다면 서로 다른 공간의 상태가 비슷하기는 힘들 테니까. 그래서 이렇게 비어 있는 성간 우주에서만 초광속 항해가 가능한 거고."

"이번 건 조금 괜찮네요."

"이건 교과서에도 나오는 거니까. 대체 면허 시험이 얼마나 쉬워진 거야?"

"사실 제 아버지가 면허 시험 출제자였어요. 문제를 빼돌려

췄죠. 평생 거짓말 한번 안 해보고 사신 분이셨는데. 저를 위해서 죄를 지으신 거죠. 근데 들켰어요. 내사가 시작되자 아버지는 결국 자살하셨죠. 그걸로 내사는 종결되고 제가 연루되었다는 것까지는 밝혀지지 않았어요. 자살도 저를 위해서 하신 거죠. 그래서 제가 아버지를 죽였다고 한 거예요."

"그럴듯하네."

"자, 그러니까 이제 아저씨도 그럴듯한 거짓말을 해봐요."

"문제는 사본이 새겨진 뒤 원본이 지워지는 시간 간격이야. 두 공간에 존재하는 미세한 차이에 의해 그 간격에 오류가 생기고 그게 누적되면 결국 공간의 연결이 끊어지지. 단순히 물질을 복사하게 되면 오류의 누적량을 연결이 견뎌내질 못해. 그런데 그 복사 대상에 사람이 끼면 달라지지."

"어째서요?"

"사람에게는 영혼이 있으니까."

"잘 나가다가 망했네요."

"농담이 아니야. 영혼도 일종의 물질이라는 게 내 이론이야. 다만 다른 차원, 더 높은 차원의 물질이라고 가정하는 거지. 그런 고차원의 물질은 공간을 복사할 때 연결이 끊어지지 않도록 잡아줄 수 있어. 계산해보면 대략 한 사람분의 영혼이 필요해. 한 사람으로는 가끔 위험해서 안전하게 하려면 두 사람은 있어야 하고. 동물들도 영혼이 있기는 하지만 인간보다는 그 영혼량이 너무 적더군. 그래서 백 마리가 있어도 충분한 연결 강도가 나오지 않는 거야."

"너무 나갔다. 갑자기 그렇게 초자연 현상으로 떠버리면 허무하잖아요. 아무리 거짓말이라도."

"좀 너무했나?"

"너무했어요."

유진은 우주로 눈을 돌렸다. 아까 철호가 실행시켜놓은 증강화면 앱이 여전히 디스플레이에 화려한 영상들을 뿌려주고 있었다. 꿈틀거리며 일렁이던 성간 물질들 가운데서 갑자기 사람의 얼굴이 나타났다. 깜짝 놀란 유진은 하마터면 비명을 지를 뻔했다. 얼굴은 이내 뭉그러지며 주위로 퍼져나갔다. 우연의 일치였다. 불특정한 패턴에서 사람의 얼굴을 찾아내는 건 뇌의 특기였다. 유진은 작게 한숨을 내쉬었다. 철호는 아마도 저런 영상들을 보다가 영혼 어쩌고 하는 허무맹랑한 생각을 떠올린 것 아닐까.

"그럼 실험 얘기를 다시 하지."

끝난 줄 알았던 철호의 이야기가 다시 이어졌다.

"아무도 내 이론을 믿어주지 않았어. 지금 선장처럼. 심지어 아버지도 못 믿었지. 아버지는 나한테 기대가 컸어. 어릴 때부터 자신의 뒤를 이을 천재로 키우겠다고 입버릇처럼 말하고 다니셨으니까. 나도 그 기대에 부응하려고 노력했고. 그런 아들이 갑자기 영혼 얘기를 하니 실망이 크셨던 모양이야. 나도 나름대로 충격이 컸고. 아버지만큼은 날 믿어줄 줄 알았거든. 지금 생각하면 꽤 절박했었어. 어떻게 해서든 그 이론을 증명해야 했지. 아버지의 자랑스러운 아들이 되기 위해서."

"몇 살 때였어요?"

"열여덟 살."

"우리 나이로. 좀. 은하 표준 나이 말고요."

"여섯 살이겠네."

"뭐 그 나이면 그런 생각할 만하죠. 개연성 있어요. 계속해봐요."

"그래서 증명하려고 했지."

"어떻게요?"

"공간 도약 알고리즘을 버텨내는 데 필요한 영혼의 양은 두 공간의 차이에 비례해. 두 공간의 차이가 크면 클수록 더 많은 영혼이 필요하지. 만일 공간의 차이를 점점 늘려가다가 두 사람 분의 영혼이 버틸 수 있는 한계에 도달해서 그 상태를 아슬아슬하게 유지한다면 그걸 인간이 느낄 수 있다고 생각했어. 영혼이 떨어져 나가려는 그 느낌을."

"설마."

"그래. 아버지를 우주선에 태우고 그 실험을 했지."

"개연성이 떨어지고 있어요."

말이 안 된다고 생각했지만 유진은 그래도 뒷이야기가 궁금했다. 어쨌든 결론은 들어봐야 하니까. 말과는 달리 여전히 귀를 기울이고 있는 유진을 본 철호가 가느다란 미소를 지으며 계속 말했다.

"그렇게 한계를 넘어서까지 공간의 차이를 늘리려면 반드시 수동 운전을 해야 했지. 증강 화면을 이용해서. 지금 이거랑 비슷하지만, 성능이 많이 떨어졌어. 흑백이었고. 그래도 실험용이라서 비상시에만 수동으로 전환되는 안전장치 같은 건 없었지. 난 자신 있었어. 아버지의 반대를 무릅쓰고 실험을 강행했지. 사실 아버지를 의자에 묶어놨었어. 지금 생각하면 좀 미쳐 있었던 모양이야. 제정신이면 그럴 리 없었겠지."

"그래서 아버지가 죽은 거예요? 우주에서?"

"이론은 맞았어. 맞았다고 믿어. 영혼이 떨어져 나가려는 그 느낌을 난 분명히 받았으니까. 그건 뭐랄까. 죽음을 슬쩍 훔쳐보고 온 느낌이었어. 유체 이탈 같은 게 아니야. 몸에서 빠져나가 제 몸을 바라보는 게 아니라 그저 빠져나가기만 하는 느낌이었지. 아무것도 없는 어둠으로. 미칠 듯한 공포를 느끼고 난 다시 자동 운전 모드로 전환했어. 하지만 너무 늦었지. 이미 아버지의 영혼은 떨어져 나간 후였으니까."

유진은 조금 몸을 떨었다. 여전히 믿을 수 없는 이야기였지만 왠지 오싹한 느낌이 드는 건 어쩔 수 없었다.

"아저씨 은근히 거짓말 잘하시네요. 엄청 공들인 거짓말이라는 건 인정해야겠어요."

"거짓말 아닌데."

"그렇다고 치죠."

철호는 증강 화면의 강도를 최대로 높였다. 필터를 통해 보이는 성간 물질들이 더욱 선명하고 생생해졌다. 철호는 유진을 돌아보며 웃었다.

"거짓말 아니라니까."

"왜 그래요? 그런 표정으로. 좀 소름 끼치려고 한다."

"내가 왜 다시 우주로 나오려고 했을까?"

"모르죠. 저는."

"이 근방이었어. 아버지의 영혼을 놓친 게. 어쩌면 아직도 아버지의 영혼은 성간 우주를 떠돌고 있을지도 몰라."

"…그런데요?"

"영혼이 떨어져 나갈 수 있다면 다시 붙잡을 수도 있지 않을까?"

철호의 표정을 보며 유진은 온몸에 소름이 쫙 끼쳤다. 어쩌면 철호의 영혼도 그때 약간 떨어져 나간 건 아닐까. 턱이 덜덜 떨렸다. 철호가 기괴하게 웃으며 말했다.

"수동 운전을 하면 돼. 공간의 연결이 끊어질 정도로 아슬아슬하게. 성간 우주를 헤매다가 아버지의 영혼을 만나면. 그러면 그 영혼을 다시 붙잡을 수도 있겠지."

"수동…운전을 어떻게… 안전장치가 있잖…아요!"

"비상 상태를 만들면 돼. 초광속 항해 도중에 항해사 둘 중 하나가 죽으면 비상 상태에 들어가게 되겠지. 영혼을 붙잡을 빈 몸도 하나 생기고. 일석이조 아닌가?"

철호는 그렇게 말하고는 운전석에서 벌떡 일어났다. 그리고는 유진을 향해 다가왔다. 유진은 비명을 지르며 의자에서 굴러떨어졌다. 다가오는 철호를 피해 유진은 우주선 구석으로 달아났다. 유진의 작은 우주선에는 도망쳐 숨을 공간도 없었다.

"이 미친 자식! 오지 마! 오지 말라고!"

울부짖는 유진을 보며 철호가 멈춰 섰다. 그러더니 갑자기 배를 잡고 웃기 시작했다.

"핫핫핫! 완전히 속았어! 그렇지? 이게 만우절이야. 이렇게 상대방을 속이고 노는 날. 핫핫핫!"

"뭐… 뭐야….."

"뭐긴. 난 거짓말을 하고 선장은 속은 거지. 눈물까지 찔끔 났네. 핫핫핫."

속았다. 이게 지구인들의 놀이였구나. 망할 만했어. 망해도 싸! 유진은 크게 한숨을 몰아쉬었다. 그래도 마음 한편으로는 안도감이 들었다. 살았다. 죽는 줄 알았잖아. 걷잡을 수 없이 뛰던 심장이 조금 가라앉자 유진은 살짝 오기가 솟았다.

"아저씨도 속았어요. 나도 거짓말을 했으니까."

"아버지 얘기가 거짓말이었나 보군. 꽤 그럴듯했는데. 솔직히 반 정도는 믿었어."

"완전히 거짓말은 아니에요. 문제를 훔친 건 사실이니까. 아버지가 아니라 제가 훔쳤어요. 아버지가 눈치챘죠. 평생 거짓말 한번 하지 않으셨던 분이라는 건 사실이에요. 저 때문에 처음 거짓말을 하셨죠. 제가 훔친 걸 밝히지 않으셨으니까. 대신 저와의 인연을 끊으셨죠. 그렇게 전 아버지를 잃었어요."

"방금 그 말도 거짓말이지? 나한테 속은 거 복수하려면 거짓말 하나로는 부족할 테니까."

"들켰네요."

"이게 거짓말인가? 들켰다는 게?"

"글쎄요."

유진은 조종석으로 돌아와 앉았다. 그러고는 철호가 켠 증강 화면 앱을 꺼버렸다. 우주는 다시 촘촘히 별이 박혀 있는 조용한 우주로 되돌아왔다. 디스플레이에 남은 시간이 떴다. 글리제까지는 여전히 많은 시간이 남아 있었다. 철호가 말했다.

"내가 한 말들이 전부 다 거짓말은 아니야. 아버지가 우주에서 죽은 건 사실이니까. 공간 도약을 실험하다 죽은 것도 사실이고. 사실 아까 말한 건 거의 다 사실이야. 다만 그 실험을 한 게 내가 아니라 아버지였지. 의자에 묶여 있던 게 나였고."

"진짜 그만해요. 얼마나 거짓말을 더 하려고."

"거짓말 아닌데."

"그렇다고 치죠."

철호는 잠시 말이 없었다. 딸각하고 숫자가 내려갔다. 글리제까지의 남은 시간이 1분 줄어들었다. 이렇게 몇백 번만 더 숫자가 바뀌면 글리제에 도착한다. 철호는 왜 에리다니와 글리제 사이의 성간 여행을 조건으로 걸었을까. 철호의 경력에 턱도 없이 부족한 주급을 감수할 정도로 그 조건이 중요한 이유는 뭐였을까. 철호의 말은 모두 사실이었던 걸까.

"제일 억울한 게 뭔지 아나?"

철호가 말했다. 유진이 철호를 돌아보았다. 텅 빈 성간 우주를 바라보는 철호의 표정이 묘하게 비어 있었다.

"그래도 아버지가 살아 있었으면 좋겠어. 만나고 싶진 않지만. 정말 다시는 보고 싶지 않아. 그냥 가끔 아무 말도 안 하고 지나치고 싶어. 이런 식으로."

"잘됐네요. 한동안은 이 루트를 다녀야 할 것 같으니까. 큰돈

벌 욕심만 안 부리면 은근히 짭짤해요."

"에리다니를 뜬다면서. 조만간."

"좀 더 있어보려고요. 당분간은."

유진은 습관처럼 패널을 넘기며 저장된 영상 목록을 다시 한 번 확인했다. 모두 이미 본 영상들이었다. 유진은 짜증을 내며 말했다.

"그 앱 당장 지워요. 글리제 도착하자마자. 아니면 좀 용량이 작은 버전으로 깔든가."

"차라리 선체를 업그레이드하는 게 어때? 요즘 누가 이런 고물을 몬다고."

"돈이 어딨어요! 진짜."

"내가 보태지."

뜻밖의 말에 유진은 깜짝 놀라며 철호를 쳐다보았다.

"진짜? 진짜 진짜? 아저씨 돈 모아둔 거 있어요? 동업 괜찮은데. 투자한 만큼 수익 분배하면 되잖아. 아니면 주급을 올려줄까요? 근데 얼마나 보태줄 건데요? 아예 중형급으로 올릴 돈까지는 안 되겠죠?"

"진짜 잘 속네. 거짓말이야. 내가 돈이 어딨다고."

유진은 잠깐 멍하니 철호를 바라보다가 결국 조종석을 완전히 젖히고 뒤로 누워버렸다.

"짜증 나, 진짜. 만우절 따위. 그러니까 지구가 망했지!"

글리제까지의 도착 시간이 1분 더 줄어들었다.

카산드라

이펙트

어제 점심에 먹었던 메뉴를 기억하는 일에 목숨까지 걸 사람이 있을까. 살아가면서 우리는 수많은 선택의 순간을 맞이한다고 생각하지만, 삶을 바꿀 정도로 커다란 기회는 그리 흔하지 않다. 뜻밖의 순간에 예고 없이 찾아오는 그런 기회들을 빼고 나면 나머지 시간은 어찌 보면 무심코 내린 선택을 부정하기 위해 애쓰는 무의미한 몸부림에 불과하다. 때로는 한참 지나고 나서야 바로 그때가 선택의 순간이었음을, 그 선택으로 인해 이런 결말을 맞게 되었음을 뒤늦게 깨닫기도 한다. 그게 내 목숨까지 걸린 일이라는 걸 알았다면 고작 배 속에 들어가 분해되어버린 음식의 이름을 확인하기 위해 고집을 피우진 않았겠지.

군이 변명하자면 나는 사람들이 정신을 놓고 사는 게 불만이었다. 언제부턴가 사람들은 사소한 일들을 굳이 기억하지 않으며 살았다. 기억보다 기록을 믿었다. 스스로 판단하는 대신 공인된 지식을 따랐다. 길고 고통스러운 사유는 건너뛰고, 겉만 번드르르하게 진열된 껍질뿐인 지식을 골라 입었다. 계절이 바뀌면 유행을 따라 몰려다니며 거리낌 없이 새로운 지식으로 갈아입었다.

"차원혁 대리님. 어제 부탁하신 자료 방금 메일로 보내 드렸습니다."

입사한 지 두 달 남짓 된 이 신입도 마찬가지다. 일을 못하는 건 아닌데 어딘가 헐렁하다. 이번에도 역시 자료 하나를 빠뜨렸다.

"동민 씨, 내가 부탁한 시장 조사 자료가 하나 빠졌는데?"

"네? 그럴 리가요. 제가 어제 분명히 다 적었는데."

동민은 그렇게 말하며 메모 앱을 띄웠다. 앱에 적힌 리스트를 확인하며 동민은 머리를 긁었다.

"저… 여기 리스트에 있는 자료는 다 드린 것 같은데…."

"빼먹고 안 적었겠지. 아직 시간 좀 있으니까 얼른 준비해서 보내줘."

"네, 네. 알겠습니다."

동민이 고개를 갸웃하며 자리로 돌아갔다. 요즘 들어 이렇게 정신을 놓고 사는 사람이 부쩍 많아졌다. 특히 판교 한복판에 자리 잡은 이 한빛타워에서.

"융 이펙트구만. 융 이펙트."

박 대리가 우리를 보며 떠들었다. 융 이펙트. 최근 이 한빛타위 빌딩에서 일하는 사람들 사이에서 유행처럼 번지고 있는 집단 착각 현상을 부르는 말이다. 방송에서 화제가 되며 이름까지 붙여졌다. 융이 주장한 집단 무의식이라는 개념이 이 현상과 아무런 관계가 없다는 점은 중요하지 않았다. 융 이펙트라는 이름이 심리 전문가가 아닌 한 예능 프로그램에서 유래되었다는 사실 역시 아무도 신경 쓰지 않았다. 모든 게 그런 식이다.

"이게 다 우리 빌딩에 있는 그 서버실 때문이야. 그러니까 동민 씨 너무 타박하지 말라고. 차 대리, 그 얘기 들어봤어? 융 이펙트가 그 서버실에서 나오는 엄청난 전자파 때문이래."

전자파. 또 무슨 커뮤니티에서 이상한 음모론을 보고 온 모양이다. 혀를 차는 나와 달리 동민을 비롯한 사람들은 비상한 관심을 보였다.

"전자파요? 어쩐지. 요즘에 자꾸 뒷목이 당기고 눈이 침침하더라니."

"그러니까. 에이폴로소프트 알지? 그 서버실 주인 말이야. 거기 직원들은 정신도 좀 이상해졌다던데. 아예 사무실에서 나오지를 않는대. 거기서 먹고 자고. 뭐에 홀린 것처럼 말이야."

"아, 그 무슨 미래예측 시뮬레이션을 만든다는 회사요? 〈마이너리티 리포트〉에 나오는 뭐 그런 거 있잖아요. 범죄자를 막미리 예측하고. 와, 거기 아주 대박 났던데. 조만간 상장만 되면 스톡옵션 들고 있는 직원들은 전부 돈방석에 앉는대요."

"진짜? 좋겠다. 사무실에서 노예처럼 일할 만하네."

"야, 아무리 그래도 그 서버 옆에서 엄청난 전자파 맞으면서…. 난 그건 싫어. 생식 계통에도 문제가 생길 걸 아마.”

하필 내 주변을 둘러싸고 떠드는 통에 머리가 아파진 나는 쓸데없는 가짜 정보를 물어 와 이 소동을 일으킨 박 대리에게 핀잔을 주었다.

“전자파는 무슨. 그게 말이나 돼? 넌 어디서 또 그런 말을 듣고 와서는.”

“그럼 그 융 이펙트가 왜 이 빌딩에서만 집중적으로 발생하겠어? 판교에서도 에이폴로처럼 서버 엄청나게 모아놓은 데는 없을걸. 앞뒤가 딱 맞잖아.”

“판교에서 한빛타워처럼 사람들 혹사시키면서 쥐어짜는 데가 또 있냐. 과로, 스트레스, 뭐 그런 거겠지. 전자파가 아니라.”

“또. 또. 차 대리 너 또 혼자 똑똑하지.”

나와 박 대리가 티격태격하자 사람들은 슬그머니 자기 자리로 돌아갔다. 박 대리가 한숨을 쉬며 말했다.

“어휴, 됐고. 점심이나 먹으러 가자. 오늘은 메뉴가 뭐가 나오려나.”

“오늘 떡볶이 나오는 날이잖아요. 요새 목요일마다 떡볶이 나오던데. 그거 별미라서 기다리는 사람 많아요.”

동민의 말에 박 대리는 고개를 갸웃거렸다.

“떡볶이? 난 밥 먹고 싶은데. 어제 해물 우동을 먹어서.”

“어제 무슨 우동을 먹어. 김치볶음밥 먹어놓고.”

그럴 줄 알았다. 정신을 놓고 사는 일에 박 대리가 빠질 리 없다. 내가 지적하자 박 대리가 눈을 동그랗게 뜨며 발끈했다.

"야, 넌 이제 내 기억까지 관리하냐? 오지랖은. 자, 봐."

박 대리가 휴대폰을 꺼내 청구내역 문자를 보여주었다. '해물 우동'이라고 분명하게 찍혀 있다. 하지만 내 기억도 그에 못지않게 또렷했다. 김치볶음밥에 딱 김치만 들었다며 투덜거리던 박 대리의 목소리가 생생했다.

"너 분명히 김치볶음밥 먹었어. 잘 기억해봐. 그리고 해물 우동이 500원 비쌀걸. 눈 뜨고 코 베였네."

"뭔 소리야. 내가 우동을 먹었다는데. 이렇게 증거도 있는데. 우길 걸 우겨라."

"넌 어떻게 네가 먹은 것도 기억을 못 하냐. 문자 딸랑 온 거만 믿고."

"넌 하여튼 딴 사람 다 틀리고 너만 맞지. 그럼 감시 영상 확인해보든가!"

박 대리가 목소리를 높이자 얼른 동민이 끼어들었다.

"에이, 그게 뭐 대단한 일이라고 영상까지 확인합니까. 어차피 배 속에서 다 소화됐을 텐데."

사실 그랬다. 뭘 먹었든 상관없고 몸속에 다 흡수된 이상 확인할 길도 없다. 증거라면 태그를 찍은 기록과 감시 영상일 텐데 태그 기록은 박 대리 말대로 우동이라고 되어 있다. 그냥 우동을 먹었다고 하면 그만이다. 하지만 나는 너무도 또렷한 내 기억을 무시하기 힘들었다.

"동민 씨는 기억 안 나? 같이 밥 먹었잖아."

"아유, 기억 안 나요. 제가 뭘 먹었는지도 헛갈리는데요. 하하."

동민이 곤란한 표정을 지으며 그렇게 말했다. 아마 어렴풋이 기억이 났어도 어느 쪽 편을 들기 힘들 테지.

"차 대리, 너도 집단 착각에 걸린 거야. 융 이펙트라니까. 융 이펙트. 전자파…."

박 대리가 그렇게 중얼거리며 자기 자리로 돌아갔다. 동민을 비롯한 다른 사람들도 같이 웃으며 분위기를 무마했다. 나만 그냥 함께 웃어넘기면 된다. 아무 일도 아닌 것처럼. 난 아무래도 그럴 수가 없었다. 이건 다른 사람들이 겪고 있는 착각 같은 게 아니다. 내가 아무 일도 안 하고 가만히 있으면 착각이 되어버리겠지만. 선택의 순간이었다.

✳

오늘 점심 메뉴는 오징어 볶음과 꽁치구이였다. 예상과 달리 떡볶이가 나오지 않자 실망하는 사람들이 속출했다. 나한테는 오늘 메뉴가 중요하지 않았다. 줄이 짧은 오징어 볶음 쪽에 그냥 섰다. 식판을 들고 걸어가며 주변의 감시 카메라를 확인했다. 적어도 두 대가 음식을 배식받는 곳과 카드를 태그 하는 곳을 찍고 있었다. 나는 헛기침을 한번 하고는 줄 끝에 서 있던 영양사에게 말을 걸었다.

"저 다름이 아니라요…."

"네? 무슨 일이시죠?"

영양사는 내가 묻기도 전에 컴플레인을 확인하려는지 식판 위에 놓인 음식을 눈으로 훑었다. 나는 황급히 말을 이었다.

"그게 아니라, 저와 같이 일하는 사람이 어제 여기서 김치볶음밥을 먹었는데요. 청구가 다른 메뉴로 되어서요."

"같이 일하는 사람? 누구요?"

"박민철 대리라고…."

"그럴 리가 없는데."

영양사가 내 뒤에 늘어선 줄을 힐끗 바라보았다. 짧았던 줄이 어느새 꽁치구이 쪽만큼이나 길어져 있었다. 영양사가 다시 내게 눈을 돌리고는 빠르게 말했다.

"박민철 대리님이라고 하셨죠? 그럼 해물 우동으로 청구되었겠네요. 500원 환불해드릴게요. 오늘 식비에서 차감될 거예요."

영양사는 박 대리가 우동을 먹었다는 사실을 확인해줄 생각이 없어 보였다. 그저 컴플레인을 무난히 처리할 뿐이다. 내가 원하는 건 그게 아니다.

"아, 저…. 그게 아니라, 돈이 중요한 게 아니라서요. 어제 김치볶음밥을 먹었는지 아니면 우동을 먹었는지, 그게 궁금한 거거든요."

"기억하시는 게 맞겠죠. 그냥 환불해드릴 테니까 걱정하지 마세요."

영양사의 시선은 벌써 내 뒤에 서 있는 사람에게로 옮겨 가 있었다. 밀려 있는 사람들 시선이 죄다 나에게 꽂혀 있었다. B코스에서 꽁치구이를 받아 온 동민이 나를 보며 물었다.

"차 대리님, 왜 그러세요? 혹시 태그 안 가지고 오셨어요?"

"아니. 아냐 괜찮아. 먼저 가 있어. 금방 갈게."

나는 웃으며 말했지만 동민은 마뜩잖은 표정을 지으며 팀 사람들이 앉아 있는 곳으로 떠나갔다. 사람들끼리 무슨 이야기를 할지 귀에 들리는 듯했다. 이렇게까지 해야 하나 싶었지만 이미 선택은 내려진 후였다. 나는 영양사에게 최대한 미안한 목소리로 말했다.

"죄송합니다. 귀찮게 하려는 건 아니었는데. 기억이 좀 서로 달라서 그래요. 그냥 어제 박민철 대리가 태그 찍은 기록이나 아니면 영상 같은 걸 확인할 방법이 있으면 좋겠습니다. 담당자를 알려주셔도 되고요. 착각은 진짜 아니거든요. 제가 너무 분명하게 기억해서요."

내가 착각은 진짜 아니라고 말할 때 영양사가 잠깐 나와 눈을 맞췄다. 짧게 한숨을 쉰 영양사는 줄을 선 사람들에게로 다시 눈을 돌리며 속삭였다.

"이따 2시에 내 사무실로 오세요. 조리실 안쪽으로 들어오시면 돼요."

＊

나는 정확히 2시에 조리실로 찾아갔다. 열기가 가시지 않은 주방기구 사이로 불이 켜진 작은 방 하나가 보였다. 문을 두드리고 들어가자 무언가를 적고 있던 영양사가 고개를 돌려 벽에 걸린 시계를 바라보았다. 바늘이 정확히 2시를 가리키고 있는 걸 보고는 입 끝으로 웃으며 이렇게 말했다.

"성격 마음에 드네. 고집 세다는 말 많이 듣죠?"

"네? 아, 뭐. 조금요."

"백태희예요. 봐서 알겠지만."

백태희는 그렇게 말하며 하얀 가운에 달린 이름표를 가리켰다. 그러고는 내가 대답할 여유도 없이 말을 이었다.

"그쪽은 차원혁 씨죠? 아까 태그 찍는 거 보고 알았어요."

"네, 안녕하세요. 아까는 바쁘신데….'

"바쁜 거 안다니까 딱 두 가지만 물어볼게요. 첫째, 확실해요? 둘째, 절실해요?"

"네? 갑자기 무슨….'

"절실하지 않나 보네. 됐어요, 그럼."

백태희는 그렇게 말하고는 다시 종이 위로 시선을 돌렸다. 당황스러움에 앞서 오기가 생긴 내 머리가 빠르게 돌았다. 무슨 대답을 원하는지는 알 것 같았다. 그리고 그게 바로 내가 여기 온 이유였다.

"확실합니다. 어제 김치볶음밥 먹는 거 제가 분명히 봤고요. 절실합니다. 제 기억이 맞는다는 걸 꼭 확인해야겠어요."

"기억을 그렇게 확신하는데 왜 다른 방법으로 그걸 확인해야 하죠?"

"그야….'

나는 순간 할 말을 잃었다. 그걸 본 백태희가 주머니에서 동전 하나를 꺼내 나를 향해 손가락으로 튕겼다. 얼결에 손을 뻗어보았지만 내 반사 신경은 솔직히 평균 이하였다. 동전은 손끝에서 튕겨 바닥으로 떨어졌다. 주워 보니 500원이었다. 백태희가 묘하게 만족스러운 미소를 흘리며 말했다.

"차원혁 씨의 기억을 믿을게요. 이러면 계산 끝난 거죠?"

"아니요. 저는…."

백태희가 나를 빤히 바라보며 대답을 기다렸다. 내가 대답했다.

"백태희 씨, 솔직히 저 믿는 거 아니잖아요. 저도 그 융 이펙트인가 하는 착각 현상을 겪는다고 생각하시는 거죠? 글쎄요. 뭐, 그럴 수도 있겠죠. 그래도 제 기억이 이렇게 선명한데 어떻게 그냥 넘어가요. 왜 이런 일이 일어난 건지, 정말 제가 착각을 한 건지, 아니면 뭐 제가 이해할 수 없는 무슨 일이 일어나고 있는 건지, 대체 뭐가 이런 집단 착각 현상을 일으키고 있는 건지 그걸 알고 싶어요."

솔직히 나는 그 정도까지 심각하게 생각하지는 않았었다. 아니, 어쩌면 그랬는지도 모른다. 박 대리가 먹은 게 우동이었는지 김치볶음밥이었는지를 분명히 확인해야겠다고 결정했을 때 내 머릿속에는 이미 그런 생각이 들어 있었는지도 모른다. 그때는 몰랐지만. 이제야 알게 된 거지만.

백태희는 그 대답이 마음에 든 모양이었다. 고개를 살짝 끄덕이더니 옆에 있던 의자를 꺼내 두드렸다.

"앉아요. 그 대답을 내가 줄 수 있는 건 아니지만. 같이 찾아볼 수는 있을 것 같으니까."

＊

　최근 들어 어제 먹은 메뉴를 헛갈리는 건 나나 박 대리뿐이 아니었다. 나 말고도 컴플레인하러 오는 사람들이 여럿 있었다고 했다. 대충 넘어간 사람까지 합하면 훨씬 많을 거라고. 어쩌면 매일 한두 명씩은 그러는지도 모른다고 백태희가 설명했다.

　"그럼 어딘가 시스템에 오류가 있는 거 아닌가요? 태그기에 문제가 있거나."

　"그랬으면 벌써 고쳤겠죠. 아니요. 시스템에는 전혀 문제가 없어요. 아니, 있다고 해야 하나. 무슨 말이냐면, 컴플레인하러 온 사람들의 기억이 정확하다고 밝혀진 적은 한 번도 없어요."

　"전부 착각이었다고요? 그럼 집단 착각이 맞는 거예요?"

　"그게… 착각이라고 하기에도 좀 애매해요. 왜냐하면 다른 메뉴를 먹었다고 밝혀진 것도 아니거든요. 예를 들면 박민철 씨 경우에는요, 오기 전에 내가 감시 영상을 좀 확인해봤거든요. 보실래요?"

　백태희가 모니터에 창을 하나 띄우더니 동영상을 검색했다. 몇 번 클릭하자 영상이 획획 지나가다가 사람들이 길게 줄을 서 있는 장면에서 멈췄다. 백태희가 손가락으로 가리킨 곳에 식당 안으로 들어서는 박 대리가 있었다.

　"아, 여기 있네요. 이거 박 대리 맞는 거 같은데."

　"그렇죠. 내가 보기에도 맞아요. 그런데 문제는…."

　동영상을 앞으로 돌리자 박 대리가 메뉴를 보고 잠시 고민하다가 걸음을 옮기는 장면이 보였다. 김치볶음밥이 나오는 B코스로 가는 것 같기도 했는데 아직은 확실하지 않았다. 사람들과 뒤섞이며 박 대리가 기둥 뒤로 사라졌다. 박 대리는 잠시 후 기둥에서 나와 B코스 쪽으로 이동했다.

"이거 봐요! 맞네. 김치볶음밥 먹은 거."

"아직이에요. 잘 봐요."

백태희의 말이 끝나기가 무섭게 기둥 뒤에서 한 사람이 더 나왔다. 박 대리와 똑같은 옷을 입은 사람이었다. 아니 어떻게 보면 아까 B코스 쪽으로 간 사람보다도 박 대리를 더 닮았다. 그 사람은 A코스 쪽으로 이동했다.

"어, 이게….".

그 두 사람의 얼굴은 음식을 받고 태그를 찍고 시야를 벗어날 때까지 교묘하게 돌아가고 가려지며 한 번도 제대로 찍히지 않았다. 나로서는 그 둘 중 누가 박 대리인지 확신할 수 없었다.

"애매하네요. 영상이 이렇게 찍힐 수도 있나."

"그럴 수도 있어요. 확률적으로는. 문제가 뭐냐면, 메뉴가 잘못 청구되었다고 컴플레인을 했던 사람들은 하나같이 영상이 이런 식으로 찍혀 있었다는 거예요. 그 사람 기억이 착각인지 아닌지 어느 쪽으로도 증명이 안 되도록. 이게 말이 된다고 생각하세요? 확률적으로?"

"엄청난 우연이네요."

"그렇죠. 불가능하지는 않아요. 우선은 이 감시 카메라가 고물이고 말이죠. 화질이 조금만 더 좋았어도 누가 누군지 구분할 수 있었겠죠. 위에서는 이런 경우에 굳이 확인할 필요 없이 그냥 차액을 환불해주라고 하더군요. 뭐, 그게 간단하죠. 그런 사람들이 많은 것도 아니고, 금액이 크지도 않으니까. 그런데 말이죠, 나는 이걸 그냥 넘어갈 수가 없는 거예요. 이해해요?"

나는 그제야 백태희가 내게 한 말들을 이해했다. 확실하고 절실한 건 내가 아니라 백태희였다. 백태희가 내 쪽으로 몸을 기울이며 엄청난 비밀을 말하듯 속삭였다.

"나는 사람들이 융 이펙트라고 부르는 착각 현상이 다 이런 식이라고 생각해요."

＊

그날 저녁 백태희와 나는 맥주가게에서 다시 만났다. 백태희는 마치 무슨 첩보 작전을 벌이듯 장소를 지정해놓고는 각자 퇴근해서 만나자고 했다. 그 지령을 따르느라 저녁도 걸렀다. 백태희도 마찬가지라고 했다. 그래서인지 안주는 떡볶이였다.

"신기하네요. 떡볶이가 안주가 되네. 밥도 되고."

"여기 떡볶이가 특별해서 그래요. 나 여기 주인아저씨에게 사정사정해서 얻어 간 레시피로 점심 메뉴에 떡볶이 넣는 거잖아요. 우리 식당 떡볶이 유난히 맛있지 않아요?"

구내식당 떡볶이가 사람들 사이에서 유명한 건 사실이었다. 나야 회사에서 먹는 밥에 맛을 기대하지 않아서 그런지 특별한 느낌을 받지 못했지만. 이렇게 밖에 나와서 먹어보니 확실히 맛이 독특했다. 떡볶이를 먹는 내 표정을 보며 백태희가 뿌듯해했다.

"그거 알아요? 컴플레인이 있었던 날 중에 떡볶이가 메뉴였던 날은 단 한 번도 없어요. 어찌 보면 당연하죠. 그 떡볶이를 먹었다는 사실을 헛갈리기란 쉽지 않은 일이니까."

"그 정도라고요? 확실히 맛있기는 하지만…."

"그건 그렇고. 내가 아까 말한 거 생각해봤어요?"

조리실에서 백태희는 '융 이펙트'라는 이름이 붙기 이전부터 사람들의 이상한 착각을 조사해왔다고 말했다. 이 현상은 비밀리에 진행되는 훨씬 더 큰 음모의 일각이라고. 백태희가 잔뜩 숨죽인 목소리로 '음모'라는 단어를 말했을 때 나는 아차 싶었다. 느낌이 좋지 않았지만 절실하다고 큰소리를 쳐놓은 지 불과 5분도 지나지 않았을 때라 발을 뺄 방법이 없었다. 백태희는 한술 더 떠서 이 일에 목숨을 걸어야 할지도 모른다고 말했다.

목숨이라는 말에 헛웃음을 터뜨리는 나를 백태희가 살짝 째려보았다. 농담이 아닌 모양이었다. 백태희는 퇴근 후에 답을 달라고 하며 내게 약도가 그려진 명함 하나를 건네주었다. 지금 앉아 있는 이 맥주가게였다. 한 가지는 확실했다. 이 백태희라는 사람은 진짜 진심이구나.

사무실로 돌아온 내 손에는 백태희가 던져준 500원짜리 동전이 쥐어져 있었다. 잠시 고민하다 나는 그 동전을 박 대리에게 줬다. 박 대리가 책상 위를 구르는 동전을 보며 내게 물었다.

"이거 뭐야?"

"환불받았어. 그런 일이 가끔 있대."

"환불? 와, 너도 참 대단하다."

"뭐가 대단해?"

"아니, 기억력이 대단하다고. 큭큭."

박 대리가 그렇게 웃자 여기저기서 작게 웃는 소리가 메아리처럼 들려왔다. 이게 아닌데. 나는 내 기억이 사실이라는 걸, 더 정확히 말하면 쓸데없이 고집을 부리는 게 아니라는 걸 증명하고 싶었을 뿐이었다. 나는 그저 사람들이 쉬운 해답을 찾아 다른 사람이 정리해놓은 결론을 따라가지 말고 스스로 생각하고 판단했으면 좋겠다는, 어찌 보면 당연한 말을 하고 싶었다.

그걸 위해 박 대리가 해물 우동이 아니라 김치볶음밥을 먹었다는 사실을 증명하는 건 지금 생각하면 초점이 틀린 선택이었다. 그렇지만 이미 내린 결정이고 되돌릴 수는 없다. 따지고 보면 옳은 선택이었는지도 모른다. 세상은 어딘가 뒤틀려 있다. 어쩌면 나는 점심 메뉴를 착각한다는 오해 때문이 아니라 자신의 판단과 기억을 쉽게 포기하는 세상에 분노했던 건지도 모른다. 여기까지 온 이상 대충 물러설 수는 없다. 나는 백태희에게 대답했다.

"생각을 해봤는데요."

"답은?"

"한번 파보죠, 까짓거. 그런데 이걸 한다고 누가 죽거나 하는 일은 없을 거예요. 저나 백태희 씨나. 그러니까 그런 얘기는 함부로 하지 말아요."

"알았어요. 그래도 조심은 해야 해요. 무엇보다 나나 차원혁 씨가 이걸 의심해서 조사하고 있다는 사실을 절대 티를 내서는 안 돼요. 다른 사람에게 얘기해서도 안 되고."

"대체 뭘 그렇게 걱정하시는 거예요?"

"자, 여기서부터 시작해요. 이 집단 착각 현상이 사실은 착각이 아니다. 그러니까 착각이라고 생각했던 일들이 사실은 다 맞는 기억인 거죠. 그게 차원혁 씨의 출발점이기도 하잖아요. 그렇죠?"

백태희의 논리는 이랬다. 요즘 세상에서 과거에 있었던 일을 증명할 수 있는 가장 강력한 수단은 영상이다. 조작하기가 쉽지 않기 때문이다. 그런데 착각이라고 몰아붙여지는 사건들은 하나같이 영상으로는 어느 쪽이 옳은지 증명할 수 없다. 다시 말해 감시 영상을 조작하지 않고도 반대의 사실을 밀어붙일 수 있는 사건들을 골라 착각으로 만든다는 것이다.

"대체 누가요? 누가 왜 그런 짓을 하는 건데요."

"질문만 하지 말고 생각을 좀 해봐요. 스스로."

그렇다. 답은 어렵지 않았다. 영상은 조작되지 않았지만 다른 건 조작되었다. 박 대리의 경우에는 청구서 내역이 그렇다. 태그를 찍은 것과 다른 메뉴가 청구되도록 만드는 건 조작하기 아주 쉽다. 빌딩 내부의 통합 전산 시스템에서 숫자만 몇 개 바꿔주면 된다. 이게 사실이라면 범인은 전산 시스템에 접근할 수 있는 누군가가 된다.

"한 가지 더. 영상을 확인해서 불확실하게 찍힌 사건을 골라낼 수도 있어야 하죠. 해커 한두 명이 쉽게 할 수 있는 작업은 아니에요. 뭔가 거대한 조직이 뚜렷한 목표를 위해 체계적으로

'융 이펙트'라고 불리는 현상들을 만들어내는 게 분명해요."

"그것만으로는 누구와 왜라는 질문 모두에 확실한 대답이 안 되는데요."

"먼저 누구. 일단 내가 의심하는 건 빌딩 중간에 있는 거대한 서버실이에요."

"네? 설마 백태희 씨도 서버실 음모론을 믿는 거예요?"

서버실의 전자파가 융 이펙트의 원인이라는 루머를 끔찍이 싫어하는 나는 그만 큰 소리로 그렇게 말해버렸다. 백태희가 무서운 표정을 지으며 맥주잔을 들고는 나를 윽박질렀다.

"조용히 얘기해요! 일단 한잔하고. 설마 내가 전자파 따위를 믿겠어요? 내가 말하는 건 그 서버실이 비정상적으로 크다는 거예요. 한빛타워 두 개 층을 통째로 쓰고 있으니까. 대체 무슨 프로그램을 돌리기에 그렇게 많은 서버가 필요한 걸까요. 거기가 어딘지는 알아요?"

"네, 에이폴로소프트 아닌가요. 무슨 미래예측 시뮬레이션을 만든다는."

"맞아요. 카산드라라는 시뮬레이션이죠. 뭐, 이름이 중요한 건 아니고. 어쨌든 그 사람들이 하고 있는 게 현재의 데이터를 바탕으로 미래를 예측하는 일이라면 일단은 엄청나게 방대한 현재의 데이터가 필요하겠죠. 빌딩 내부의 통합 전산 시스템에 들어오는 모든 데이터는 기본일 거고요. 영상을 분석해서 불확실한 사건들을 골라내는 알고리즘 정도야 당연히 가지고 있겠죠."

"그런데 백태희 씨는 어떻게 그런 걸 다 알아요? 요즘은 영양사 시험 볼 때 코딩 시험도 봐요?"

"관심이 있으면 알게 돼요. 그리고 그게 끝이 아니에요. 그건 심증일 뿐이고, 에이폴로소프트에서 일하는 사람들 구내식당에도 안 내려오는 거 알아요? 정확히는 7층에서 일하는 비정규직들은 내려오는데 8층에서 일하는 정규직들은 안 와요. 듣기로는 8층 내부에 아예 숙식을 해결할 수 있는 장소를 갖춰놨대요. 밖으로 안 나가도 되도록."

"IT업계에 그런 건 흔하지 않아요?"

"갖춰놓는 정도야 흔하겠지만 그렇다고 구내식당에서 8층 사람들이 가물에 콩 나듯 보이는 건 정상이 아니죠. 듣기로는 8층에는 청소하는 분들도 못 들어간대요. 엘리베이터 타고 8층에서 내려봤어요? 코너를 돌면 아예 층 전체가 철문으로 막혀 있어요. 7층에서만 올라갈 수 있는 계단이 따로 있다더라고요. 대체 뭘 개발하고 있기에 그렇게 철저하게 보안을 유지하는 걸까요."

"글쎄요. 요즘 꽤 유명하잖아요. 상장만 하면 돈벼락이라던데. 개발 막바지면 보안에 신경이 쓰이겠죠."

"벤처 기업 하나가 신경 쓰는 보안치고는 너무 과하지 않아요? 게다가, 융 이펙트 말이에요. 이 빌딩에서 이상한 착각 현상이 계속 일어나는데 언론에서는 그런 말도 안 되는 이름을 붙이잖아요. 에이폴로소프트 얘기는 한 글자도 안 나오고. 이상하지 않아요?"

"전자파 괴담은 돌고 있잖아요."

"그것도 내가 볼 때는 연막전술이에요. 커뮤니티를 이용해서 소문을 퍼뜨리는 거죠. 요즘 사람들 뭐든 쉽게 믿잖아요. 서버실 전자파 같은 신뢰도 낮은 루머가 퍼지면 오히려 서버실에 대한 합리적인 의심 자체를 차단하는 효과가 있으니까."

그럴듯했다. 백태희의 이야기를 듣다 보니 나 역시 점점 에이폴로소프트가 수상하다는 생각이 들었다. 왠지 그 배후에는 언론까지 포섭할 정도의 거대한 세력이 버티고 있을 것만 같았다. '누구'는 그렇다고 치고. 질문이 하나 더 남았다.

"다음은 '왜'. 아직 왜에 대한 증거는 없어요. 그래도 가설은 하나 있죠. 집단 착각 현상을 쭉 모아놓고 보면 경향성이 하나 보여요. 착각의 정도가 점점 심해진다는 거죠. 사실 맨 처음에는 집단 착각도 아니었어요. 그냥 한 사람이 착각하는 정도였죠. 그래서 주목도 안 받았고."

"사람들이 떠드는 대로 이게 무슨 사회 현상이라고 봐도 점점 심해지는 건 말이 되죠."

"그래서 가설이라고 했잖아요. 내 가설은, 에이폴로소프트가 뭔가를 테스트하고 있다는 거예요. 점점 더 커다란 착각을 만들어내면서 어디까지 먹히나 시험해보는 거죠. 다시 말하면 청구서 내역을 바꾸는 것처럼 간단한 조작으로 멀쩡한 기억을 착각으로 만드는 게 어디까지 먹히는지. 무슨 말인지 알겠어요?"

역시 그럴듯했다. 백태희가 하는 말들은 하나같이 그럴듯해서 나는 내가 이 술집의 분위기나 맥주 아니면 떡볶이에 취한 건 아닌지 의심스러울 정도였다. 정신을 차리고 꼼꼼히 따져보았지만 딱히 반박할 부분을 찾기 힘들었다. 다른 건 몰라도 에이폴로소프트가 뭔가를 테스트하고 있다는 것만큼은 분명해 보였다. 백태희는 대체 뭐 하는 사람이길래 이런 걸 다 아는 걸까. 아무래도 그냥 평범한 영양사 같지는 않았다.

백태희가 끼운 마지막 단추는 이랬다. 에이폴로소프트의 목표는 미래를 예측하는 게 아니라 미래를 만드는 것이다. 사람들의 기억조차 착각으로 바꿔놓으면서.

"생각해봐요. 에이폴로소프트의 목표가 범죄자를 예측하는 게 아니라 범죄자를 만들어 내는 거라면. 그리고 그 배후에 그런 조작이 필요한 거대한 권력자들이 있다면. 그리고….."

"그리고?"

"우리가 그런 음모를 밝혀내려고 한다는 걸 그들이 알게 된다면."

백태희의 목소리가 너무 비장하고 서늘해서 나는 나도 모르게 침을 꿀꺽 삼켰다. 그게 모두 사실이라면 이 일에 목숨을 걸어야 할지도 모른다는 말은 농담이 아니었다. 나를 긴장시킨 데 만족했는지 백태희는 남은 맥주를 쭉 들이켜고는 표정을 풀고 나를 향해 살짝 미소 지었다.

"과대망상이라고 생각하죠? 내가 한 말들."

"뭐, 가설이니까요. 충분히 말은 돼요."

"위험할지도 모른다는 말, 이제 이해가 가요?"

"그럴지도 모르겠네요."

"그런데도 계속하고 싶어요? 저하고 같이?"

"그건….."

내가 망설이자 백태희가 국자로 기다란 밀떡과 국물을 한가득 퍼서 자기 그릇으로 옮기며 말했다.

"무리하지 않아도 돼요. 남들 다 가만히 있는데 우리가 뭐라고요. 그냥 오늘 들은 말만 퍼뜨리지 말아주세요. 내가 이런 일 하고 있다는 것도."

백태희는 숟가락으로 밀떡을 끊어 국물과 함께 입 안으로 깔끔하게 집어넣으며 금방 한 그릇을 비웠다. 그러고는 그사이 서빙된 맥주로 입가심하며 시원한 탄성을 내질렀다. 그런 백태희를 말없이 바라보며 나는 이제 이 일에서 발을 빼는 건 불가능하다고 생각했다. 무엇보다 궁금했다. 백태희의 가설이 정말 사실인지 확인해보지 않고는 못 견딜 것 같았다. 나는 국자를 들고 백태희처럼 떡볶이를 한가득 뜨며 말했다.

"아까 한다고 했잖아요. 한다고 했으면 하는 거죠."

그 말을 들은 백태희가 조용히 웃었다. 그러고는 내 쪽으로 몸을 숙이며 말했다.

"위험한 건 사실이지만, 이걸 한다고 누가 죽거나 하는 일은 없을 거예요. 나나 차원혁 씨나. 내가 그렇게 만들 거니까."

"든든하네요."

"그럼 바로 시작할까요?"

"뭘요? 지금요?"

도대체가 예측이 안 되는 사람이었다. 이제는 내가 놀라는 모습이 대단치도 않은 듯 백태희는 아무렇지 않게 턱으로 내 어깨 너머를 가리켰다. 고개를 돌리자 맥주를 마시고 있는 사람들이 보였다. 빈 테이블은 거의 없었다.

"저기요. 구석에 혼자 있는 사람."

백태희의 말대로 맨 구석에 맥주 한 잔과 떡볶이 한 그릇을 시켜놓고 혼자 앉아 있는 사람이 보였다. 한 모금이나 마셨을까 거의 줄어들지 않은 맥주와 달리 기본이 2인분인 떡볶이 냄비는 바닥을 보이고 있었다.

"서주미. 에이폴로소프트 정직원이에요. 핵심 개발자라는 소문이 있어요. 8층에서 아예 나오질 않는데 구내식당에는 가끔 와요. 언제인지 알아요? 내가 메뉴에 떡볶이 넣는 날."

"설마."

"설마? 데이터로 증명된 사실이에요. 매주 목요일마다 떡볶이가 나왔던 거 기억나요?"

"어… 그랬던 것 같네요. 그러고 보니 오늘은 안 나왔네요. 목요일인데."

"이제 왜 서주미 씨가 저기 앉아 있는지 알겠어요?"

"말도 안 돼요. 이걸 다 백태희 씨가 계획했다고요? 그래서 여기로 약속 장소를 정한 거고?"

"사람의 행동 패턴은 의외로 예상을 벗어나지 않아요. 넛지라고 들어봤어요? 직접적으로 명령을 내리면 기를 써서 벗어나는 사람들도 은근히 무의식적으로 유도한 행동은 놀라울 정도로 잘 따라오죠."

대체 이 사람 뭐지. 설마 나도 그 넛지라는 것에 당해서 여기 이렇게 앉아 있는 건가. 목숨까지 걸 정도로 절실하다는 말도 안 되는 생각을 하면서. 그건 아니라고 생각했다. 백태희를 찾아간 건 나였다. 이 모든 건 어쩌면 박 대리가 점심으로 뭘 먹었는지 굳이 확인해야겠다고 선택했을 때 결정된 건지도 모른다. 그때는 백태희의 존재조차 몰랐고. 백태희가 말했다.

"자, 가봐요."

"어딜요? 지금요? 설마 저 보고 저 사람을 납치라도 하라는 거예요?"

"제정신이에요? 가서 친해져보라고요. 자연스럽게. 카산드라의 비밀 정도는 별생각 없이 알려줄 정도로."

"그것도 말이 안 되기는 마찬가지네요! 어떻게 갑자기 친해져요? 그리고 그런 걸 왜 저를 시켜요?"

"나는 잘 안 되더라고요. 사람들하고 친해지는 거. 낯도 좀 가리는 편이고."

"거짓말. 저한테는 이렇게 술술 잘 말하면서."

"그거야 차원혁 씨가 특이한 거고요."

"그렇게 특이한 제가 어떻게 저 사람하고 친해지겠어요?"

"그냥 좀 가서 해봐요. 에이폴로 사람들에게 내 얼굴 팔리기 싫어서 그래요."

"차라리 그 이유는 납득이 가네요."

몇 번의 실랑이 끝에 결국 나는 서주미가 앉은 테이블로 떠밀려 갔다. 서주미는 이제 막 마지막 밀떡 가락을 호로록 빨아들인 참이었다. 안경 위쪽으로 바라보며 냅킨으로 입을 닦아내는 서주미에게 나는 조심스럽게 말을 건넸다.

"안녕하세요. 저 혹시… 요 앞 빌딩에서 일하는 분 아니세요?"

서주미는 말없이 고개를 끄덕였다. 나는 최대한 반가운 표정으로 웃었다.

"아, 역시. 엘리베이터에서 몇 번 뵌 것 같더라니. 저도 거기서 일해요."

"네, 차원혁 씨죠?"

"네, 네? 절 아세요?"

"그리고 저기 앉아 있는 분은 백태희 씨고."

서주미가 딴 곳을 보며 시선을 돌리고 있는 백태희를 가리켰다. 아니라고 말해 봐야 소용없을 것 같았다. 머뭇거리는 내게 서주미가 말했다.

"이리 오시라고 해요. 다 알고 왔으니까."

　　　　　　　　　　＊

표정이 굳은 백태희와 달리 서주미는 반갑게 웃으며 백태희에게 손을 내밀었다.

"구내식당 영양사님. 맞죠? 덕분에 떡볶이 맛있게 먹고 있어요."

"어떻게 아셨죠? 우리가 여기에 올지."

"제가 무슨 일 하는지 모르세요? 아시는 줄 알았는데. 아, 사실 빌딩 밖에서도 잘 맞는지는 확신이 없었거든요. 근데 잘 맞네. 누군지 참 잘 만들었네. 헤헤."

서주미는 정말로 기분이 좋아 보였다. 내가 물었다.

"설마, 그럼 정말 미래를 예측하는 게 가능하단 말이에요?

"어느 정도는요. 한번 보실래요? 아, 그 전에…. 이거 다른 데 가서 유출하시면 안 돼요. 진짜 엄청 거액으로 손해 배상 물 수도 있으니까. 약속하시죠?"

"오늘 참 비밀 지켜야 할 게 많네요. 네. 약속할게요."

백태희도 고개를 끄덕였다. 뭘 걱정하는지 표정은 여전히 딱딱하게 굳은 채였다. 서주미는 테이블 위에 올려놓았던 태블릿을 터치해 어딘가에 접속했다. '카산드라'라는 로고가 잠시 떴다 사라지고 검은 바탕 화면 가득 숫자와 문자가 채워졌다.

"아, 카산드라. 이게 그 미래예측?"

"잠시만요, 차원혁 씨. 지금은 한빛타워에서 일하는 사람만 추적할 수 있거든요. 현재 시간…. 자, 보세요. 아직 UI가 덜 붙긴 했는데 내용 보는 데는 지장 없어요."

서주미가 번개같이 손가락을 움직여 화면을 하나 띄우고는 태블릿을 내 쪽으로 돌려놓았다. 왼쪽에는 날짜와 시간, 오른쪽에는 문장 몇 개가 적혀 있는 초록색 블록이 보였다.

"이건 차원혁 씨가 했던, 혹은 앞으로 할 행동들의 리스트를 보여주는 창이에요. 맞나 확인해보세요."

날짜와 시간은 현재. 정확히 말하면 5분 전이었다. 문장은 이랬다. '나는 서주미에게 다가가 말을 건다. 나는 서주미와 3분가량 대화를 한다. 나는 대화를 마치고 백태희가 있는 테이블로 돌아간다.'

"어, 이거 안 맞지 않아요?"

"안 맞죠. 내가 이걸 보고 반대로 행동했으니까. 업데이트해보세요. 거기 구석에 동그란 화살표요."

서주미가 가르쳐주는 대로 화살표를 클릭했더니 블록의 글자들이 바뀌기 시작했다. 색도 약간 노란색이 섞인 초록으로 바뀌었다. 새로 나타난 문장은 이랬다. '나는 서주미에게 다가가 말을 건다. 나는 서주미와 3분가량 대화를 한다. 나는 백태희를 서주미의 테이블로 불러온다.'

"어때요. 이제 맞죠?"

"이건… 그냥 지금 우리를 지켜보고 업데이트한 거 아니에요? 예측이 아니라?"

나는 그렇게 말하며 주변을 둘러보았다. 곳곳에 감시 카메라가 설치되어 있었다. 서주미가 고개를 끄덕였다.

"첫 번째로. 업데이트 맞아요. 그래도 대단한 거예요. 사실 카산드라 개발의 절반 이상은 수집된 영상과 음성 정보를 규격화된 문장으로 변환하는 작업이었으니까. 그것도 엄청나게 빠른 속도로. 그리고 두 번째도 맞아요. 예측은 아니에요. 처절하게 실패했죠."

"왜요?"

"지금 증명됐잖아요? 아무리 미래를 예측해봐야 누가 그 예측을 확인하는 순간 미래는 달라져요. 예측은 예측을 확인하지 않은 상황을 기반으로 계산하니까."

예측을 확인하는 행위 자체가 미래를 바꾸고 예측을 쓸모없게 만든다. 예측이 정확해지려면 아무도 그 예측을 듣지 않고 믿지 않아야 한다. 카산드라라는 이름과 딱 맞아떨어지는 결과였다.

"애초에 이름을 잘 지었어야 하는데. 코드는 이름을 따라간다는 미신이 있거든요. 카산드라에 대해 아세요? 저도 나중에 얘기 듣고 알았어요."

카산드라는 트로이의 공주였다. 아폴론은 카산드라에게 앞날을 예언할 수 있는 능력을 주었지만 동시에 아무도 그 예언을 믿지 않게 했다. 카산드라는 트로이에 닥칠 재앙과 목마에 숨겨진 흉계를 예언했지만 아무도 믿지 않았고 그 예언은 모두 현실이 되었다.

"생각해봐요. 그 예언이 현실이 된 건 아무도 믿지 않았기 때문이에요. 믿고 대비했다면 그 예언은 모두 거짓말이 되었겠죠."

"그럼 그렇게 쓰면 되잖아요. 미래를 미리 알고 대비하는 용도로. 서주미 씨가 우리를 그냥 보내는 대신 불러서 이야기하는 것처럼요."

"결과를 본 게 나 하나니까 그 정도라도 써먹을 수 있는 거예요. 그런 사람이 두세 명만 돼도 예측은 순식간에 붕괴해버려요. 미래를 바꾸기 위해 사람들이 어떻게 행동해야 하는지는 계산할 수 있지만 사람들에게 실제로 그 행동을 하게 할 수는 없으니까요. 사람들은 이기적이에요. 아무리 큰 불행이 닥쳐도 자신만은 이득을 얻으려고 하죠. 자기 가족만은 살리려고 하고요. 누군가는 어긋난 행동을 하게 되고 미래는 결국 예측에서 벗어나요. 미래를 알려주는 건 사람들에게 아무런 도움이 되지 않아요. 그저 더 큰 혼란을 불러올 뿐이죠."

결국, 개발팀은 방향을 바꾸기로 했다. 미래를 예측하는 게 아니라 과거를 예측하는 것으로. 방법은 어렵지 않았다. 시간을 거꾸로 돌린다고 해서 물리 법칙이 달라지는 건 아니니까. 그저 부호 몇 개를 바꾸고 변수의 범위를 조정하는 것으로 카산드라는 과거를 예측하는 알고리즘으로 거듭났다. 결과는 놀라웠다. 예측의 영향을 받지 않는 과거는 미래보다 훨씬 정확하고 놀라울 정도로 세밀하게 계산될 수 있었다. 유심히 서주미의 말을 듣고 있던 백태희가 중얼거렸다.

"미래 대신 과거를 계산한다라…. 그럼 당신들이 조작하려 한 건 미래가 아니라 과거였던 거군요."

"조작이요? 왜 그런 짓을 해요. 그러면 관측이 더 어려워지는데."

"융 이펙트요. 그거 사실은 카산드라 이펙트죠? 당신들이 만든 거잖아요. 집단 착각 현상."

"아, 큰일 났다. 다 들켰네. 그런데 백태희 씨는 어떻게 그런 걸 다 알아요? 완전 극비였는데. 우리가 뭘 조작하려고 그런 건 아니에요. 우린 그냥 기억을 얼마나 중요한 변수로 넣어야 할지를 테스트해본 거라고요. 뭐, 이제 거의 결론이 났어요. 기억은 과거를 관측하는 데 전혀 중요하지 않아요. 우린 기억을 아예 계산에 넣지 않기로 했죠."

"기억이 중요하지 않다고요? 과거를 알아내는 데?"

내가 깜짝 놀라며 말했다. 서주미가 재미있다는 듯 고개를 끄덕였다.

"사실 처음 이 프로젝트를 시작할 때 제일 골치 아픈 게 기억이었어요. 사람들의 행동은 각종 센서로 수집할 수 있지만 머릿

속의 기억을 읽을 수는 없으니까요."

서주미에 따르면 인간의 기억은 쓸데없이 구체적인 반면에 지나치게 부정확했다. 카산드라로 알게 된 것 중 하나는 그런 인간의 기억이 세상의 실제 변화에 주는 영향이 예상보다 훨씬 제한적이라는 사실이었다. 오히려 인간의 기억은 바깥 세계의 변화에 영향을 받으며 시시각각 달라졌다.

거기서부터 카산드라의 실험이 시작되었다. 바깥 세계의 물질적 상태에 인위적인 변화를 가했을 때 인간의 기억이 얼마나 저항할 수 있는지를 탐색했다. 간단히 바꿀 수 있는 전산상의 정보를 조작했다. 점심에 먹은 메뉴를 바꾸고 이메일을 조작하고 문서 내용의 일부를 삭제하는 식으로. 기억은 놀라울 정도로 무기력했다. 바깥 세계와의 불일치에 '융 이펙트'라는 이름을 붙이자 사람들은 그런 집단 착각 현상이 마치 원래 자연계에 존재하는 법칙인 것처럼 받아들였다.

실험을 거듭하면서 카산드라는 아예 인간의 기억을 종속 변수로 놓을 수 있을 정도로 발전했다. 기억을 제외한 인간의 현재 행동만을 바탕으로 미래와 과거의 행동을 계산했다. 계산 결과는 놀라울 정도로 정확했다.

"아까 눈치 못 채셨어요? 블록 안에 있던 문장들은 오로지 차원혁 씨의 행동만 묘사하고 있어요. 기억이나 의도는 없죠. 아래로 스크롤해보시면 카산드라가 계산한 차원혁 씨의 과거를 볼 수 있어요."

서주미가 태블릿을 가리켰다. 화면을 끌어내리자 서주미의 말대로 시간이 뒤로 가며 새로운 블록이 나타났다. 블록에는 내가 퇴근 후에 한 행동이 구체적으로 적혀 있었다. '업무를 정리하고 나서 약속 시간에 맞추기 위해 30분 정도 웹서핑을 하다 사무실에서 나온다.' 내가 맥주가게로 이동한 경로까지 일치했다. 각각 행동의 순서는 물론 시간까지 맞아떨어졌다.

스크롤을 할수록 기가 막혔다. 시간대별로 빼곡하게 적혀 있는 행동은 마치 누가 옆에서 지켜보며 적은 것처럼 세밀하고도 정확했다. 내 기억보다 훨씬 구체적인 그 행동 중에서 적어도 내 기억으로는 틀렸다고 말할 수 있는 게 없었다. 사무실에서의 행동은 거의 5분 단위로 묘사되었고 출근 전과 퇴근 후에는 그보다는 띄엄띄엄 적혀 있었다. 행동을 묘사한 단락마다 배경색도 달랐는데 초록색과 노란색 그리고 붉은색이 뒤섞여 있었다.

"그 색은 확률을 의미해요. 초록색일수록 정확하다는 뜻이죠. 노란색일 때가 대략 50퍼센트 정도고요."

서주미가 말했다. 그러고 보니 직장에서의 행동은 거의 다 초록색인데 사무실로부터 멀어지기 시작하면 노란색에서 붉은색으로 변해갔다.

"아직 테스트 중이라 한빛타워 밖에서는 데이터 마이닝 밀도가 그렇게 높지 않거든요. 개발 완료되어서 전국적으로 깔리면 아마 대부분 초록색으로 바뀔 거예요."

"이 부분은 빌딩 안인데도 노란색이네요. 제가 조리실에 갔을 때. '나는 조리실 안으로 들어간다. 나는 백태희와 30분 동안 이야기를 나눈다. 나는 사무실로 돌아간다.'"

176

"잠깐, 내가 좀 볼게요."

조리실이라는 말에 백태희가 달려들어 태블릿을 채 갔다. 백태희가 서주미에게 물었다.

"아까 노란색이면 50퍼센트라고 했죠? 그럼 실질적으로는 아무 의미 없는 거네요. 맞을 확률이 50퍼센트, 틀릴 확률도 50퍼센트니까."

"어…, 그렇진 않아요. 그 확률은 문장의 모든 부분이 맞을 확률이니까요. 예를 들어 조리실 밖에서 백태희 씨와 얘기하거나 30분이 아니라 25분만 얘기하거나 얘기를 마치고 사무실이 아니라 다른 곳을 들르는 경우는 모두 틀린 거로 쳐요. 거기 마이너스 버튼 눌러보세요. 오른쪽에요."

"이거요?"

블록 옆에는 플러스와 마이너스 버튼이 있었다. 백태희가 마이너스를 누르자 문장이 하나로 합쳐졌다. '나는 조리실에서 백태희와 이야기를 나눈다.' 블록이 초록색으로 변했다. 확률은 85퍼센트였다.

"그럼 플러스는…."

"눌러보세요."

백태희가 플러스를 누르자 이번에는 문장이 점점 늘어났다. 새로운 문장이 나타날수록 블록의 색은 붉은색에 가깝게 변해가고 백태희의 표정은 어두워졌다. '나는 조리실 안으로 들어간다. 나는 백태희와 인사를 나눈다. 나는 백태희에게 500원을 받는다. 나는 백태희와 감시 영상을 확인한다. 나는 백태희와 융 이펙트를 조사하기로 한다. 나는 백태희에게 명함을 받는다. 나는 사무실로 돌아간다.' 백태희가 중얼거렸다.

"이게… 이럴 리가 없는데. 카메라는 분명 다 막아놨는데."

"아항, 그래서 노란색이었구나. 데이터가 없다고 예측이 안 되는 건 아니에요. 그 이전과 이후의 행동 데이터가 있으면 중간을 채우는 건 어렵지 않으니까. 물론 정확도는 떨어지겠죠. 하지만 반복되는 행동 패턴과 추세를 조합해 그런 부분을 채우는 거야말로 카산드라의 핵심 알고리즘이니까요. 구체적으로는…."

"이 시뮬레이션 결과를 누가 볼 수 있죠? 서주미 씨 말고?"

백태희가 날카롭게 서주미의 말을 끊었다. 서주미는 조금 당황했는지 말을 더듬었다.

"어… 그게… 일단은 개발자하고…. 매니저도 당연히 볼 수 있고요. 모듈별로 다르기는 한데…."

"서주미 씨, 아직 잘 모르는 거 같은데 서주미 씨가 하는 일, 굉장히 위험한 일이에요."

"개발이요? 네, 물론 실패 확률도 꽤 높겠죠. 워낙 도전적인 프로젝트니까."

"그게 아니라, 목숨이 위험할 수도 있다고요."

백태희는 심각했지만 서주미는 이해를 못 하는 표정이었다.

"위험할 게 뭐가 있어요. 코드가 폭발하는 것도 아니고."

"이거. 이거 지금 여기서 미래도 볼 수 있어요? 과거 말고? 차원혁 씨 말고 내 행동을 볼 수도 있어요?"

"네, 네. 가능해요. 빌딩 안에서 근무하는 사람은 전부 리스트에 있어요. 잠시만요."

서주미가 재빨리 태블릿을 조작하자 이번에는 화면 위에 백태희의 이름이 나왔다. 맨 처음 블록에는 현재 시각과 백태희의 행동을 묘사하는 문장이 나왔다. '나는 서주미, 차원혁과 이야기를 나눈다. 나는 태블릿을 확인한다.' 백태희는 화면을 위로 밀어 올렸다. 시간이 앞으로 가며 새로운 블록들이 나타나기 시작했다.

'나는 맥주가게 밖으로 나간다. 나는 서주미, 차원혁과 헤어진다. 나는 집으로 가는 도중 NSC0925924의 공격을 받는다. 나는 칼에 찔려 사망한다.'

"사망? 지금 여기 사망이라고 적혀 있는 거예요? 백태희 씨가?"

내가 깜짝 놀라 외쳤다. 서주미도 놀랐는지 얼굴색이 변했다. 백태희는 침착하게 서주미에게 물었다.

"NSC라는 게 뭐죠?"

"빌딩 밖에 있는 더미 인간이에요. 현재로서는 한빛타워 사람만 추적하기 때문에⋯."

"실제로 누군지 알 수 없어요?"

"네, 실제 인간의 행동 패턴을 넣으면 얼마나 매치하는지 계산할 수는 있지만 일련번호만으로 누군지 알아낼 방법은 없어요."

백태희가 한숨을 쉬며 말했다.

"내가 그랬죠. 이거 위험한 일이라고. 이제 두 사람도 안전하지 않겠네요. 미안해요."

＊

나는 깨질 듯한 머리를 부여잡고 침대에서 눈을 떴다. 머리맡
을 더듬었지만 휴대폰이 잡히지 않았다. 오늘이 며칠이지. 금요
일. 금요일이지. 출근 준비를 해야 했다. 휴대폰은 나중에 찾고
일단 씻기로 했다. 침대에서 일어나고 나서야 내가 낯선 방에
있다는 걸 깨달았다. 알몸 위에는 욕실 가운 하나만 걸쳐져 있
었다.

욕실이 하나 딸린 작은 방. 어딘가의 모텔 같았다. 욕실에는
불이 켜져 있었다. 들어가보니 욕실이 어수선했다. 손을 씻으려
는데 손톱 주변에 미처 씻겨나가지 않은 붉은색이 남아 있었다.
그제야 온몸이 욱신거렸다. 대충 걸쳐진 가운을 벗어보니 몸 여
기저기에 긁힌 상처와 시퍼런 멍이 보였다.

어디서 넘어졌나. 술을 많이 마신 것 같지는 않은데. 일단 출
근을 해야 했다. 샤워기를 틀고 뜨거운 물을 맞으니 조금씩 정
신이 돌아오기 시작했다. 어제… 어제 맥주가게에서 나오고 나
서, 백태희가… 그래, 백태희와 맥주를 마셨지. 떡볶이하고. 백태
희는 잘 들어갔을까. 출근해보면 알겠지.

샤워를 하고 나왔는데도 휴대폰이 보이지 않았다. 대신 책상
위에 태블릿 하나가 있었다. 못 보던 태블릿이었다. 암호가 걸
려 있어 열 수는 없었다. 휴대폰 없이 출근하기는 불안했다. 어
딘가에서 진동 소리가 들렸다. 찾아보니 방 한구석에 옷이 놓여
있고 그 아래 휴대폰이 깔려 있었다. 울리는 전화는 처음 보는

번호였다.

"여보세요?"

"원혁 씨? 차원혁 씨 맞죠?"

"네, 그런데요. 누구시죠?"

"저 주미예요. 서주미."

주미. 서주미. 그래 서주미. 그제야 기억이 났다. 맥주가게에
서 서주미도 같이 있었지. 그러고 보니 저 태블릿이… 서주미의
태블릿이 왜 여기에 있지.

"어…, 대체 어떻게 된 거죠? 제가 왜 여기에…."

"무슨 소리예요? 어디에 계신 건데요? 진짜 무슨 일이 생긴
거예요?"

"모르겠어요. 어제 맥주가게에서 나와서… 피곤했는지 집으
로 못 가고 근처 모텔에서 잠을 잔 모양이네요."

"백태희 씨는요?"

"백태희 씨요? 여기 없는데. 그렇지 않아도 궁금했어요. 혹시
백태희 씨가 어제 잘 들어갔는지 아시나요?"

"그걸 제가 어떻게 알아요. 두 분이 같이 가셨잖아요. 저 바
래다주고."

"바래다줘요? 저희가요? 아, 죄송해요. 이상하게 맥주가게에
서 나온 뒤로는 기억이 잘 안 나요. 아, 참. 서주미 씨 태블릿을
제가 가지고 있어요."

"그거 필요하시다면서요, 카산드라. 대체 무슨 일이죠."

카산드라. 그래, 이 태블릿으로 카산드라에 접속할 수 있었지.

미래와 과거를 계산하고. 기억이 났다. 서주미가 알려준 암호 패턴도. 맥주가게에서 나오기 전에. 그리고 백태희. 카산드라가 백태희의 사망을 예측했었지. 여전히 맥주가게 이후로는 기억이 나지 않았다. 마치 칼로 벤 것처럼 기억이 잘려 나갔다. 내가 기억하는 마지막 장면은 이랬다.

"에이폴로소프트가 개발하고 있는 건 단순한 시뮬레이션이 아니에요. 물론 서주미 씨가 개발하고 있는 건 시뮬레이션이죠. 하지만 그걸 어떻게 쓰는가는 또 다른 문제니까요. 나는 그걸 미래를 조작하는 데 쓴다고 생각했는데 아니었군요. 그자들이 조작하려고 하는 건 과거였어요."

"그자들이 대체 누군데요?"

"글쎄요. 세상에 숨어 있는 거대한 세력이라고만 해두죠. 심지어 우리 회사에까지 압력을 가하는. 내가 혼자 이 일을 하고 있는 건 그래서예요. 사실 민간인인 두 분이 연관되면 안 되는 건데. 정말 기본적인 도움만 받으려고 했는데요. 어쨌든 두 분은 내가 목숨을 걸고 보호할 거예요. 너무 걱정하진 않으셔도 돼요. 실마리를 잡았으니까. 이 정도 증거가 있으면 회사에서도 내 요청을 무시할 수 없을 거예요."

"세력은 뭐고 회사는 또 뭐죠. 점점 더 모르겠네요."

"모르시는 게 좋아요. 일이 정리되면 천천히 설명해드릴게요. 그런데 서주미 씨, 나 그 태블릿이 필요해요."

백태희가 서주미의 태블릿을 가리켰다. 서주미는 태블릿을 만지작거리며 망설였다.

"이거… 보안 수칙 위반하면 큰일 나는데…."

"내가 훔쳐 갔다고 하죠. 아니, 그렇게 될 거예요. 서주미 씨에게 피해가 가지는 않게 할 테니까. 일단 두 분 모두 며칠 동안은 집에 계세요. 경찰에는 연락하지 마시고요. 일이 더 꼬일 수도 있으니까."

하지만 난 백태희를 혼자 내버려둘 생각이 없었다. 그때 그런 생각을 했던 기억이 난다. 서주미는 우리에게 태블릿을 건네주고 카산드라에 접속하는 법도 알려주었다. 기억은 거기까지였다. 나는 휴대폰 너머로 서주미에게 물었다.

"서주미 씨, 혹시 백태희 씨 연락처 아세요?"

"사실, 백태희 씨에게 먼저 연락했었거든요. 직원 정보를 찾아보고. 그런데 연락이 안 돼요. 그래서 차원혁 씨에게 연락한 거예요."

"알았어요. 제가 나중에 다시 연락할게요. 조심하세요."

백태희는 내게 자신에 대한 정보는 아무것도 알려주지 않았다. 지금 기억으로는 그랬다. 그렇다면 어제 있었던 일에 대해 알아낼 방법은 카산드라밖에는 없다.

나는 일단 구석에 놓인 옷을 챙겨 입었다. 내 옷이 아니었다. 원래 입었던 옷은 보이지 않았다. 집으로 돌아가며 회사에 전화했다. 휴가는 어제저녁에 이미 제출되어 있었다. 부모님이 편찮으시다는 핑계와 함께. 나는 적당히 얼버무리고는 전화를 끊었다.

＊

집으로 가는 길에 태블릿을 꺼내 카산드라에 접속해보았다. 먼저 백태희를 검색했다. 어제 맥주가게를 나왔을 때부터.

'나는 서주미, 차원혁과 맥주가게를 나온다. 나는 서주미, 차원혁과 함께 서주미의 집으로 간다. 나는 차원혁과 함께 차원혁의 집으로 가는 도중 NSC0925924의 공격을 받는다. 나는 차원혁을 모텔에 데려다준다. 나는 차원혁의 옷을 버린다. 나는 차원혁에게 옷을 사다준다. 나는 집으로 간다. 나는 집에 머문다.'

'나는 집으로 간다'라는 문장부터는 블록이 완전히 붉은색으로 변했고 작은 경고 표시까지 붙었다. 제대로 추적이 되지 않는다는 뜻인 모양이었다. 카산드라가 정확하다면 백태희는 무사했다. 나는 일단 안도의 한숨을 내쉬었다. 그러고는 '공격을 받는다'는 문장으로 다시 올라갔다. 아무래도 나와 백태희는 도중에 누군가의 공격을 받은 모양이었다. 나를 모텔에 데려다주고 새 옷을 가져다준 것도 백태희였고. 공격을 받은 건 11시 30분이었다. 나는 블록 옆에 있는 플러스 표시를 눌렀다.

'나는 NSC0925924가 찌르는 칼을 피한다. 나는 NSC0925924의 칼을 쳐낸다. 나는 NSC0925924의 공격을 받고 쓰러진다. 나는 차원혁을 일으켜 세운다. 나는 바닥에 떨어진 칼을 줍는다. 나는 차원혁을 모텔에 데려다준다.'

블록은 붉은색에 가까운 노란색이었다. 카산드라는 추적하는 사람의 행동만 묘사하고 주변 사람들에 대해서는 보여주지 않왔다. 나는 내 이름을 클릭해 대상을 변경했다. 차원혁. 그리고 11시 30분으로 이동했다. 문장이 하나 새겨졌다. '나는 백태희와 함께 집으로 가는 도중 NSC0925924의 공격을 받는다.' 떨리는 손으로 플러스 버튼을 눌렀다.

'나는 NSC0925924의 공격을 받고 쓰러진다. 나는 바닥에 떨어진 칼을 줍는다. 나는 NSC0925924를 칼로 찌른다. 나는 NSC0925924를 쓰러뜨린다. 나는 NSC0925924를 칼로 찌른다. 나는 백태희의 부축을 받고 일어난다. 나는 백태희와 함께 모텔에 간다.'

하마터면 태블릿을 떨어뜨릴 뻔했다. 나는 주변을 둘러보며 떨리는 손으로 태블릿을 품안에 집어넣었다.

✳

30대 남성이 근방에서 칼에 찔려 죽었다는 뉴스가 떴다. 범인은 잡지 못했지만 조직폭력배 간의 세력 싸움으로 추측된다는 설명도 붙었다. 자수해야 하지 않을까. 카산드라에 따르면 나는 그 사람을 죽인 뒤 모텔에 가서 씻고 피 묻은 옷을 갈아입었다. 그 모든 과정을 백태희가 어떻게 증거도 남기지 않고 해냈는지는 알 수 없었다. 정확히는 증거가 남았다. 경찰은 아직 찾지 못하고 있지만 카산드라는 알고 있다. 현재의 데이터를 바탕으로 시뮬레이션한 결과에서 카산드라는 계속 나를 범인으로 지목하고 있으니까.

물론 내가 살인을 한 블록은 붉은색에 가까웠다. 확률은 15퍼센트였다. 마이너스 버튼을 눌러서 한 문장으로 만들면 이렇다. '나는 백태희와 함께 집으로 가는 도중 NSC0925924의 공격을 받아 NSC0925924를 살해한다.' 그렇게 하면 확률이 55퍼센트까지 올라갔다.

나는 NSC를 클릭해보았다. 더미도 일정 범위 내에서는 추적이 가능했다. 그렇게 하면 이런 문장이 나왔다. '나는 백태희와 차원혁을 공격하다 칼에 찔려 사망한다.' 확률은 95퍼센트였다. 현장에 다른 사람은 없었다. 다시 말해 범인은 거의 확실하게 나와 백태희 중 하나였다. 여전히 나는 내가 내 손으로 사람을 찔렀다는 걸 믿을 수 없었다. 내가 아니라면 백태희가 죽인 걸까.

백태희의 현재 상태는 여전히 카산드라에 잡히지 않았다. 연락도 오지 않았다. 나는 점점 불안해졌다. 아무것도 하지 않고 집에 가만히 있기가 힘들었다. 무엇보다 카산드라를 믿어도 되는지에 대한 확신이 사라졌다. 아무리 기가 막혀도 결국 시뮬레이션일 뿐이다. 그것도 테스트 중인 시뮬레이션. 내가 집에만 있자 내 행동도 더 이상 추적되지 않았다.

백태희가 무사하다고 믿는 근거는 오로지 카산드라밖에 없었다. 하지만 여전히 백태희는 연락두절이었다. 백태희가 정말 무사할까. 근방에서 죽었다는 30대 남성이 정말 나와 백태희를 공격했던 사람일까. 정말 내가 그 사람을 죽인 걸까. 아무리 생각해도 도저히 믿기지 않았다.

확인해볼 방법이 하나 있었다. 카산드라가 얼마나 정확한지 확인해볼 방법.

그날 백태희의 행동을 카산드라로 추적하면 내 옷을 버리고 새로운 옷을 가져오는 과정이 좀 더 자세하게 나왔다. 그중에는 내 옷을 땅에 묻었다는 정보도 있었다. 거기로 가서 정말 옷이 묻혀 있는지를 확인하면. 그게 정말 피 묻은 내 옷인지를 확인하면.

주말 내내 고민하던 나는 일요일 저녁에 옷이 묻혀 있는 장소로 갔다. 근처 야산이었다.

＊

카산드라에는 아직 행동이 벌어진 장소를 정확히 보여주는 기능이 없었다. 내부적으로는 장소 데이터가 있을 게 분명하지만 그걸 꺼내 보는 방법을 몰랐다. 서주미에게 물어보기도 곤란했다. 피가 묻은 옷을 찾으러 간다는 말을 할 수는 없었다.

백태희의 행동을 표시한 문장에도 장소가 명시되어 있지는 않았다. 그래도 나는 앞뒤 행동의 시간을 보고 옷을 묻은 위치를 가늠해보았다. 그리고 더 기발한 방법도 생각해냈다. 그 장소를 찾아가며 나는 카산드라에서 나의 미래를 확인했다. 내가 맞는 방향으로 이동하면 카산드라에서는 내가 몇 시간 후 묻혀 있는 옷을 찾을지 표시해주었다. 방향을 잘못 잡으면 카산드라는 내가 옷을 찾아 헤매다 집으로 돌아가는 미래를 보여주었다.

현장에 도착한 나는 생각보다 쉽게 옷을 묻었을 만한 곳을 찾을 수 있었다. 산책로 근처여서 주변 대부분은 시멘트로 덮여 있었고 흙이 드러난 곳이 얼마 없었다. 교묘하게 가려져 눈에

띄지 않으면서도 사람들이 다니는 길에서 멀지 않았다.

그렇다고 땅을 파는 일이 쉽지는 않았다. 몇 번이나 헛수고를 했고 그럴 때마다 카산드라는 내가 옷을 찾아내는 시간을 뒤로 미뤘다. 정말 옷이 있긴 있는 걸까 하는 의심도 들었다. 그냥 시뮬레이션이 만들어낸 오류에 놀아나고 있는 건 아닐까. 아무리 시간이 흘러도 카산드라는 내가 1시간 후에 옷을 찾아낸다는 문장만 반복해서 보여주었다. 구덩이를 다섯 개째 파고 나서 다시 카산드라를 확인했다. 드디어 문장이 바뀌었다.

'나는 땅을 파는 도중 경비원에게 들킨다.'

"거기 누구요!"

눈부신 플래시 불빛과 함께 누군가의 외침이 들렸다. 깜짝 놀란 나는 뒷걸음질을 치다가 그대로 바닥에 주저앉았다. 내게 불빛을 비추며 천천히 다가오던 경비원은 파헤쳐진 흙바닥을 보고는 멈칫했다.

"뭐하는 거요! 지금 여기서."

"아, 아무것도 아닙니다. 저는….."

"당신 꼼짝 말고 있어요! 도망가거나 하면 그… 업무 방해 같은 게 붙어서 가중 처벌이 된다고. 알아요?"

경비원은 그렇게 말하며 주머니를 뒤졌다. 경찰에 신고하려는 게 분명했다.

"아니요. 아저씨! 저 진짜 나쁜 사람 아니고요….."

"조용히 해요! 거, 좀! 어어. 움직이지 말고!"

경찰에 신고하면 끝이다. 이 밤중에 땅을 파고 있었다는 걸 설명할 길이 없었다. 조사해보면 모텔에 갔던 것도 나올 게 분명했다. 내가 그 사람을 죽였는지는 확실하지 않지만 내가 살인자로 체포될 건 확실했다. 카산드라는 왜 그런 미래를 보여주지 않았을까. 내가 카산드라조차 예상할 수 없었던 멍청한 짓을 한 걸까. 이럴 줄 알았으면 그냥 처음부터 경찰서로 가는 건데. 그날 무슨 일이 있었든 사실대로 밝히는 건데.

아니야. 난 무슨 일이 있었는지 기억도 못 하잖아. 경찰이 진실을 밝혀낼 거란 보장도 없고. 사건이 미궁에 빠지고 용의자가 나밖에 없으면 진짜 과거와는 관계없이 난 범인으로 몰리지 않을까. 내가 무슨 일을 했는지와 관계없이 내가 살인자라는 게 확실한 과거로 굳어지는 것 아닐까. 머릿속에서 계속 생각이 헛돌았다. 그때 누군가의 목소리가 들렸다.

"그만하고. 휴대폰 내려놔요."

"아이쿠! 깜짝이야. 당신은 또…. 아이고, 살려주십시오! 잘못했습니다!"

플래시가 여전히 내 쪽을 비추고 있어서 실루엣과 목소리로만 무슨 일이 일어나고 있는지 짐작해야 했다. 그래도 목소리만으로 안심할 수 있었다. 백태희였다. 살아 있었고. 날 구하러 왔다.

"아저씨. 놀라지 마시고요. 저 사람도 나도 나쁜 사람 아니니까. 신고 안 하셔도 돼요. 믿어주세요."

"아이고. 안 해요. 안 하니까. 그 총 좀 치워요. 아이고! 아이고 살려주세요!"

백태희가 겨누고 있는 총이 경비원의 목을 눌렀다. 설마. 내가 소리치기 전에 먼저 지직하고 스파크 튀는 소리가 들렸다.

"아이고! 사람 죽네. 아이고!"

"아저씨. 안 죽으니까 진정하세요. 이거 총 아니니까. 그런데 내 말 잘 들으세요. 잘못하면 큰일 나니까. 자, 이건 척추 신경을 일시적으로 마비시키는 전자총인데요. 지금 자세에서 절대 움직이지 마시고 5분 동안 그렇게 서 계세요. 손도 움직이면 안 되고요. 무리하게 움직이시면 평생 하반신을 쓰지 못하게 될 수도 있으니까. 아시겠죠?"

"다리가 이렇게 덜덜 떨리는데. 아이고⋯."

"그래도 참으세요. 절대 움직이시면 안 돼요!"

백태희는 바닥에 떨어진 플래시를 집어 들어 껐다. 그러고는 나를 향해 작게 외쳤다.

"내가 집에 가만히 있으라고 했어요, 안 했어요? 이리 와요. 내가 가는 길로 그대로 따라와요."

＊

감시 카메라를 피할 수 있는 경로로 이동하는 것인지 백태희는 지그재그로 돌며 야산을 빠져나왔다. 작은 울타리 하나를 뛰어넘자 바로 집 근처였다. 나는 혹시라도 문제가 생길까 봐 아무 말도 못 하고 조용히 백태희의 뒤를 따라갔다. 백태희가 무사한 것만으로도 다행이다. 대체 어떻게 된 일인지 설명을 들을 수도 있을 거고. 어쩌면 그날 정말로 무슨 일이 일어났던 건지도.

내가 현관문을 열자 백태희가 먼저 안으로 들어갔다. 의자를 끌어다 앉은 백태희는 나를 향해 손을 뻗었다.

"백태희 씨, 무사해서 다행….

"태블릿 가지고 있죠? 얼른 줘봐요."

"아, 네. 여기."

나는 품에서 태블릿을 꺼내 멋쩍게 건넸다. 카산드라에 접속해 무언가를 확인한 백태희는 휴 하고 한숨을 내쉬었다.

"이제 됐네요. 차원혁 씨가 멍청한 짓을 할 가능성을 카산드라가 계속 보고 있었나 보네. 그게 사라지니까 이제 다 지워졌어요. 자, 확인해봐요."

백태희가 보여준 것은 내 행동 리스트였다. 그 사람이 죽은 날. 블록은 여전히 붉은색에 가까웠지만 백태희의 말대로 내용이 바뀌어 있었다.

'나는 백태희, 서주미와 맥주가게를 나온다. 나는 백태희, 서주미와 함께 서주미의 집으로 간다. 나는 백태희와 함께 집으로 가는 도중 모텔에 들른다. 나는 백태희와 모텔에서 밤을 보낸다. 나는 아침에 일어나 집으로 간다.'

"이게… 어떻게 된 거예요?"

"어떻게 되긴요. 해결된 거죠. 아무리 데이터를 지워도 여전히 카산드라가 차원혁 씨를 지목하기에 이유가 뭘까 궁금했는데. 이제 됐네요."

백태희는 그렇게 말하며 탁자 위에 아까의 그 총처럼 생긴 검은 막대를 올려놓았다. 내가 물었다.

"그게 대체 뭐예요? 정말로 척추를 마비시키는 거예요?"

"아니요. 그럴 리가요. 차원혁 씨도 맞아봤잖아요. 이거."

"뭐라고요? 대체 언제요?"

"그날. 그 자식이 죽던 날."

"아… 그럼 이게 혹시….”

그날 내 기억은 맥주가게를 나온 이후로 이상하게 잘려 있었다. 백태희는 고개를 끄덕였다.

"네, 맞아요. 기억을 지우는 거예요."

"〈맨 인 블랙〉 영화에 나오는 것처럼? 그런 게 진짜로 있어요?"

"뭐, 비슷해요. 단기 기억에서 장기 기억으로 넘어가는 회로를 일시적으로 마비시키는 건데. 전류를 조정하면 30분에서 최대 4시간 정도의 기억이 기록되지 않게 되죠. 척추 얘기는 그냥 겁주는 거였고. 지금쯤 그 경비원은 우리를 봤다는 걸 까맣게 잊었을 거예요. 아마 순찰하는 동안 아무것도 찾지 못했다고 생각하겠죠."

"자기 기억이 그렇게 잘려 나갔는데 이상하다고 생각하지 않을까요?"

"차원혁 씨는 이상하다고 생각했나요? 그날? 기억이 잘려 나갔다는 걸 아침에 일어나자마자 알아챘어요?"

그렇지 않았다. 나는 그렇게 이상한 상황에서도 출근할 생각을 했었다. 서주미와 통화를 하고 나서야 내 기억이 완전히 잘려 나갔다는 걸 깨달을 수 있었다. 백태희가 마저 설명했다.

"인간의 뇌는 부족한 정보로 그럴듯한 이야기를 만들어내는

데 최적화되어 있어요. 중간에 기억이 비더라도 어떻게든 티 안 나게 메꾸려고 애쓰죠. 일부러 집중해서 그 순간을 떠올리려고 하지 않는다면 이상하다는 걸 눈치채지 못해요. 서주미 씨가 한 말 기억해요? 인간의 기억만큼 믿을 수 없는 게 없다고."

"그런데 그걸 왜 제가 맞은 거죠? 그 자식이 공격한 건가요?"

"아니요. 내가 썼어요."

"대체 왜요?"

백태희는 얼른 대답하지 않고 잠시 고민했다. 그러더니 갑자기 배를 붙잡으며 인상을 찌푸렸다.

"설명할 건 많고. 차원혁 씨, 배 안 고파요? 나는 긴장이 풀려서 그런지 배고픈데. 우리 떡볶이 먹으러 갈래요?"

"네? 그래도 괜찮아요? 좀 더 숨어 있어야 하는 거 아니에요?"

"사라진 데이터가 다시 복구되지 않는 한 카산드라가 우리를 지목할 일은 없어요. 걱정 말아요."

"그래도… 백태희 씨가 제 집을 드나드는 게 자꾸 기록되면 안 좋지 않을까요?"

"아까 카산드라 못 봤어요? 모텔에서 같이 밤을 보낸 사이인데. 집에 드나드는 게 왜 수상해요?"

"아니, 그건….”

✳

결국, 우리는 회사 앞의 맥주가게로 떡볶이를 먹으러 갔다. 사건 전후의 행동 패턴이 달라지는 건 좋지 않다고 백태희가 우겨서였다. 꼭 그 이유만은 아닌 것 같았지만 나는 굳이 거부하지 않았다. 계속 집에 갇혀 있어서인지 바깥바람을 쐬는 게 좋기도 했다. 백태희는 먼저 우리를 공격했던 사람에 대해 설명했다.

"혁신적인 기술은 반드시 악용하려는 사람이 있기 마련이죠. 놀랍지도 않아요. 문제는 이거였죠."

백태희가 안주머니를 두드렸다. 기억을 지우는 검은 막대가 들어 있는 곳이었다. 백태희는 내가 집에 갇혀 있는 주말 동안 몇 번 서주미와 만나며 카산드라에 대해 더 깊이 이해하게 되었다고 했다.

미래를 시뮬레이션하려던 카산드라는 과거를 추측하는 프로그램으로 방향을 선회했다. 최대한 정확하게 과거에 있었던 일들을 알아내는 것. 그게 새로운 목표였다. 그런데 카산드라가 역방향 시뮬레이션으로 바뀌면서 과거에 대한 개념도 완전히 바뀌어버렸다.

"현재 상태를 넣고 과거를 계산하면 수많은 가능성이 도출되죠. 우리의 미래에 무수한 가능성이 있듯이요. 그래서 그걸 '루팅'이라고 부른대요. 줄기는 하나지만 뿌리에는 무수한 가닥이 있잖아요. 그때까지만 해도 그 무수한 가닥 중 하나가 진짜 과거라고 믿었대요. 카산드라의 역할은 그걸 찾아내는 거고. 하지만 어느 순간 그게 불가능하다는 걸 깨달았죠. 능력이 부족해서가 아니라 애초부터 결정되어 있지 않은 거예요."

과학으로 무장한 인간이 우주에 대해 궁극적인 승리를 거둘

일이 머지않았다고 믿었던 20세기 초에 인류는 청천벽력과 같은 선고를 받는다. 인간은 세상을 움직이는 가장 작은 단위의 톱니바퀴를 찾아낼 수 없었다. 아예 그런 게 존재하지 않았다. 물질이란 입자로도 파동으로도 정의될 수 없는, 인간의 이해를 넘은 무언가였고 입자의 위치와 속도를 동시에 측정할 수 없었다. 전자는 그저 어디엔가 확률적으로 존재했다. 답을 모르는 게 아니라 답이란 게 존재하지 않았다. 결정론적 사고방식은 이제 버려야 했다.

"생각해보면 이상하죠. 모든 게 결정되어 있지 않다는 걸 알았는데 왜 우리는 유독 과거만큼은 결정되어 있다고 믿었을까요. 시간은 흐르는 게 아니에요. 그저 연속된 시공간으로 존재할 뿐이죠. 우리는 그중 어딘가에서 희미한 눈으로 내다보는 거예요. 미래든 과거든."

그걸 깨닫는 순간 루팅으로 계산되는 과거의 뿌리들이 모두 동등하게 진실이라는 걸 이해하게 되었다고 한다. 만일 두 가지 형태의 과거가 완전히 같은 현재의 세계를 구성할 수 있다면, 그 두 과거 모두 우리의 과거다. 우리에게 여러 가지 미래가 있듯이. 그중 하나의 미래가 우리에게 실현되겠지만 나머지 미래가 사라지는 건 아니다. 나머지 미래 역시 동등하게 우리에게 실현된다. 다만 한 미래를 실현한 우리에게는 다른 미래를 실현한 우리가 보이지 않을 뿐이다.

"여전히 잘 이해가 안 되는데요. 과거가 불확실하다는 건 이해가 가지만, 결정되어 있지 않다는 건 좀…. 어찌 되었든 우리가 걸어온 길은 하나인 거 아니에요?"

"그 하나가 뭔지 확실해요? 확실하지 않으면 어떻게 결정되었다고 말할 수 있죠? 우리가 지금 확실하다고 믿는 과거는 얼마나 확실할까요. 우리가 정말 과거에 있었던 일을 있는 그대로 이해하고 있을까요? 우리가 좋을 대로 적당히 미화한 게 아니라?"

"그래도요. 과거에 있었던 일들이 현재에 물리적으로 증거를 남기잖아요. 물리 법칙은 변할 수 없는 거 아니에요?"

"맞아요. 물리 법칙은 불변이죠. 그런데요, 정말 우리에게 중요한 일들은 물리적인 증거를 남기지 않아요. 고고학자들이 유물을 파내서 그 땅에서 어떤 사람들이 살았는지 밝혀낼 수는 있겠죠. 그런데 그 땅에서 산 사람들 중 누가 누구를 사랑했는지도 밝혀낼 수 있을까요? 내가 어제 무슨 노래를 불렀는지가 공기 중에 남아 있나요?"

"그래도요. 우리가 기억하는 게 있잖아요."

"기억이라… 그래요, 기억이 참 애매하긴 하죠. 그래서 에이폴로가 그런 실험을 했던 거고. 그건 서주미 씨가 설명했었죠?"

융 이펙트. 아니, 카산드라 이펙트. 융이나 카산드라와 아무 상관이 없는 그 집단 착각은 에이폴로에서 기억이 시뮬레이션에 주는 영향을 테스트하기 위해 만들어낸 현상이었다. 개발자들의 결론은 인간의 행동을 추적할 때는 기억이 굳이 필요 없다는 거였다. 하지만 그걸 악용하려는 사람들은 달랐다. 백태희는 검은 막대를 가리키며 말했다.

"서주미 씨 같은 개발자들은 몰랐을 거예요. 이런 게 비밀리에 만들어지고 있었다는 걸. 그리고 행동을 추적하고 시뮬레이션하는 카산드라와 기억을 지워주는 이 물건이 만나면 어떤 일이 가능한지도."

"과거를 멋대로 조작할 수 있겠네요. 기억을 지우고, 증거를 인멸하고, 가짜 증거를 심고."

"조작과는 좀 다르죠. 아니, 완전히 달라요. 말하자면 조작은 가짜지만 이건 진짜니까."

"글쎄요. 아무리 그렇게 말해봐야 그냥 완벽한 조작이라고밖에 느껴지지 않는데요."

"조작된 세계에는 그게 조작되었다는 걸 알고 있는 사람이 있죠. 조작되었다는 증거가 어딘가에 남아 있고. 뭐가 되었든 그건 실제로 그 일이 일어나지 않은 세계와는 달라요. 내가 말하는 건 그런 세계가 아니에요. 그 일이 일어나지 않은 세계와 완전히 같은 세계를 말하는 거예요. 사건이 일어났다는 증거가 어떤 형태로도 남아 있지 않고 사건의 흔적이 어떤 방식으로든 세계에 유의미한 영향을 끼치지 못하고. 물론 그걸 기억하는 사람도 남아 있지 않고."

"진짜 과거를 만드는 거군요. 완벽하게."

"그렇죠. 물론 카산드라가 없을 때도 수많은 사람들이 수단과 방법을 가리지 않고 과거를 자신이 원하는 모습으로 만들려 했죠. 그런데 카산드라처럼 강력한 도구가 어떤 세력에 의해 비밀리에 독점된다면 어떨까요. 생각만 해도 끔찍하죠. 그런 세력이 있다는 걸 아무도 믿어주지 않았지만. 이제 이렇게 기억을 지우는 기계에다 카산드라의 과거 예측 능력까지 밝혀진 이상 회사에서도 더는 제 말을 무시하지 못할 거예요."

"그 회사라는 게 뭐예요? 백태희 씨 무슨 비밀 요원 같은 거예요?"

"뭐, 비슷해요. 그래도 저 나름 공무원이에요. 무서운 사람 아니라고요. 일단 그렇게만 알아두세요. 와! 다 왔네요! 우리 나머지 얘기는 떡볶이 먹으면서 할까요?"

백태희는 종종걸음을 치며 먼저 맥주가게를 향해 달려갔다.

✳

떡볶이를 주문하고 먼저 나온 맥주를 마시며 백태희는 시원한 탄성을 내질렀다. 나는 여전히 마음 한구석이 무거웠다. 백태희는 자신이 과거를 바꾸려는 세력과 싸우고 있다고 했지만 백태희가 한 일도 결국 과거를 바꾸는 일이었다. 그날 있었던 일. 내가 그 사람을 죽인 사실을 숨기려고 증거를 지웠다. 내 기억까지 지우고.

"저…, 그날 말이에요."

"아, 그날. 그렇죠. 그 얘기를 아직 안 했죠."

"정확히 무슨 일이 있었던 건가요."

"알고 싶어요?"

"그건…."

백태희는 그 사건과 나를 연관시킬 모든 데이터를 지웠다. 카산드라도 경찰도 나를 용의자로 지목하지 않는다. 하지만 아무리 그래도 내가 결백해졌다는 기분이 들지는 않았다. 그러니 내가 그 사람을 죽이지 않았다고 과거가 바뀌지는 않은 셈이다. 나는 여전히 그날과 연관된 조각들을 기억하고 있다. 그리고 백태희는 모든 걸 알고 있을 테고. 백태희가 말했다.

"내가 차원혁 씨 기억을 지운 건."

"알아요. 절 보호하려고 하신 거겠죠."

"꼭 그렇지는 않아요. 차원혁 씨가 보호받아야 하는지도 확실한 게 아니고."

"그래요. 백태희 씨가 증거를 다 지웠으니까. 그래도 백태희 씨는 기억할 거잖아요. 제가 한 일을."

"몰라요, 나도. 내 기억도 지웠으니까."

"네? 뭐라고요?"

나는 눈을 동그랗게 뜨고 백태희를 바라보았다. 백태희가 살짝 눈을 피해 고개를 숙였다. 길게 늘어진 머리카락에 가려 얼굴이 보이지 않았다. 평소답지 않게 어깨도 살짝 처져 있었다. 백태희가 말했다.

"기억을 지웠으니 나도 확실한 건 아니에요. 하지만 정황을 보면, 아마 현장에서 증거를 지우고 차원혁 씨와 내가 입었던 옷까지 다 처리하고 난 다음에 기억을 지운 거 같아요. 기억을 지우기 전에 남긴 메모가 있었는데 그 검은 막대에 대한 설명뿐이었어요. 그 자식에게서 이걸 뺏었다고 적혀 있더군요. 기억을 지우는 방법과 함께. 그 자식과 격투를 벌였던 상황에 대해서는 한마디도 없었죠. 내 생각에는 아마⋯ 내가 죽였을 거 같아요."

"백태희 씨가요?"

"그럼요. 그랬겠죠. 차원혁 씨가 어떻게 사람을 죽여요. 죽여도 내가 죽였겠죠. 아마 증거를 지우는 과정에서 내 증거가 좀 더 많이 지워져서, 그래서 카산드라가 차원혁 씨를 범인으로 지목했을 거예요."

"백태희 씨도⋯ 사람을 죽일 사람으로는 안 보여요."

"내가요? 다른 사람들은 안 그러던데."

백태희가 그렇게 말하며 살짝 고개를 들었다. 내가 듣기 좋은 말을 한다는 표정이었다. 하지만 나는 진심이었다. 마침 주문한 떡볶이가 나왔다. 내가 떡볶이를 한 국자 퍼주자 백태희의 얼굴에 다시 생기가 돌았다. 백태희는 머리를 뒤로 묶으며 말했다.

"아, 맛있겠다. 차원혁 씨 그렇게 안 봤는데. 마음에 없는 말도 잘하시네요."

"정말이에요. 백태희 씨 캐릭터가 좀 세긴 해도. 그거랑은 다르죠."

"뭐야. 그럼 차원혁 씨가 죽인 거예요? 우리 둘 중 하나라는건 알죠? 기억이 지워졌어도 그건 부정할 수가 없어요."

"글쎄요. 그건⋯."

"떡볶이 드세요. 식으면 맛없어요."

나는 말없이 떡볶이를 잘라 국물과 함께 입 안에 넣었다. 이런 엄청난 이야기를 하고 있는데도 떡볶이의 맛은 조금도 달라지지 않은 게 신기했다. 죄책감이 들 정도로 맛있었다. 한동안 우리는 말없이 떡볶이를 먹었다. 그릇을 비운 백태희가 맥주를 한 모금 마신 뒤 말했다.

"카산드라가 계산한 결과 어느 한 과거가 압도적으로 확률이 높지 않으면, 그러니까 그럴듯한 과거가 두 개 이상 있으면 그런 경우를 과거가 중첩되어 있다고 한대요. 아마 그래서 기억을 지운 거 같아요. 우리 둘 중 누군가가 범인이라고 정해지면 나는 못 견딜 거 같아요. 그게 나든 원혁 씨든 그냥 이런 식으로 중첩되어 있는 게….."

백태희가 거기서 말을 끊었다. 더 말하고 싶지 않은 눈치였다. 그 마음만은 나도 마찬가지였다. 우리는 말없이 떡볶이를 먹었다. 냄비를 모두 비우고 나서 백태희는 작은 메모리 스틱 하나를 꺼냈다.

"그건 아마 내 선택이었을 거예요. 두 사람의 기억을 모두 지우는 거. 차원혁 씨에게는 기회가 없었겠죠. 정신도 없었을 거고. 그냥 내가 하자는 대로 따랐을 거예요. 그러니 이제 차원혁 씨에게도 기회를 줘야죠."

"이게 뭔데요?"

"그때 상황을 녹음한 파일이에요. 아직 아무도 들어보지 않았어요. 나를 포함해서. 들은 뒤에는 꼭 파기하세요."

백태희는 그렇게 말하고 자리에서 일어났다. 나도 얼른 따라 일어났다.

　바람을 맞으니 생각이 조금씩 정리되었다. 그래도 중첩된 과거라는 건 여전히 이해하기 힘들었다. 나와 백태희가 겹쳐져서 그 사람을 칼로 찔렀을 리도 없고. 둘 중 한 명이 범인일 게 분명했다. 누군지는 몰라도.

　하지만 한편으로는 '중첩'이라는 단어가 마음에 들었다. 둘 중 하나가 찔렀다는 것보다는 백태희와 중첩되어 그 사람을 찔렀다고 하는 편이 더 마음이 편했다. 편하다기보다는 조금 덜 힘들었다. 그 사람은 아마 나쁜 사람일 거고, 우리를 먼저 공격했을 거고, 그러니 정당방위일지도 모르지만 말이다. 그래도 사람을 칼로 찔렀다는 걸, 내 손에 의해 생명이 사라졌다는 걸 쉽게 받아들일 수는 없었다. 나는 백태희에게 물었다.

　"만일 기술이 더 발달하면요, 그 검은 막대처럼 몇 시간분의 기억을 통째로 지워버리는 거 말고 우리가 지우고 싶은 기억만 콕 집어 지워버릴 수 있는 기계도 생기겠죠?"

　"그럴지도 모르죠. 별걸 다 만들어내니까."

　"만일 그런 기계가 나오면 백태희 씨는 지우고 싶어요? 그날의 기억이요. 우리 둘 중 하나도 아니고, 아예 그날 누군가 죽었다는 기억 자체를 우리 두 사람 머릿속에서 지워버리는 거예요. 어때요?"

　"음. 나는….'

　백태희는 잠시 고민했다. 또각또각 몇 걸음을 걷고 나서 백태희가 말했다.

"나는 안 지울 거 같아요."

"왜요?"

"사람이 죽었잖아요. 그 사람이 나쁜 사람이었을 수도 있지만, 아니 아마도 그랬겠지만. 그래도 그 죽음에 따른 죄책감은 존재한다고 생각해요. 누군가는 짊어져야 할 죄책감이요. 그게 완전히 사라져버리면, 글쎄요, 그건 어딘가 잘못된 거 같아요. 지금 이렇게…."

"중첩된 상태로 둘이 같이 짊어지는 건 괜찮지만?"

"네, 괜찮다기보단 제일 버틸 만해요. 어느 한 쪽에게 모두 올려놓는 것보다는. 아니면 완전히 지워버리는 것보다는."

"저도 그래요."

주머니에서 백태희가 준 메모리 스틱을 꺼냈다. 그걸 바닥에 잘 세워놓고는 몇 걸음 뒤로 물러났다가 달려오며 공중으로 붕 떠올랐다. 그러고는 온 힘을 다해 발로 콱 밟았다. 스틱은 꽤 튼튼했다. 표면만 좀 긁힌 채 튀어나가고 오히려 발목이 꺾여 내가 넘어질 뻔했다. 백태희가 날 잡아주며 피식하고 웃음을 터뜨렸다.

"차원혁 씨, 선택한 거죠. 맞죠?"

"네, 아, 근데 이거 꽤 튼튼하네요."

"줘봐요."

내가 스틱을 주워주자 백태희가 받아 다시 바닥에 잘 세워놓았다.

"조심해요. 잘못하다가 넘어져요."

"누가 차원혁 씨처럼 무식하게 밟는대요? 이게 얘한테도 먹혀요. 전류를 흘려주는 거니까."

백태희는 그렇게 말하고 주머니에서 검은 막대를 꺼냈다. 스틱의 단자 쪽에 대고 버튼을 누르자 파직 하고 스파크가 튀며 연기가 솟아올랐다.

"끝났네요."

"네, 끝났어요. 이제 영원히 중첩 상태겠네요."

쪼그려 앉았던 백태희는 금방 일어나지 않았다. 대신 고개를 숙이고 어깨를 조금 떨었다. 잠시 후 일어난 백태희의 눈에는 살짝 눈물 자국이 어려 있었다. 똑바로 마주 본 백태희의 얼굴은 얇은 가면 하나가 벗겨져 나간 듯 맑았다. 백태희가 말했다.

"나 솔직히 좀 무서웠어요."

"누구라도 그랬겠죠."

"앞으로도 계속 무서울 것 같고."

"저도요."

"차원혁 씨, 그거 알아요? 우리 처음 만난 날, 내가 동전을 던져줬잖아요."

"아, 그거. 좀 황당했는데. 갑자기 던져서 못 받았잖아요."

"나 그때 원혁 씨가 허둥대는 거 보고 좀 안심했어요."

"왜요?"

"난 이상하게 몸치가 좋더라고요."

"놀리는 거예요?"

백태희가 다시 웃었다. 그러고는 내 눈을 바라보며 말했다.

"나 아까 나오기 전에 시뮬레이션 돌려보고 왔거든요. 카산드라. 아직 갈 길이 머네요. 카산드라가 예측한 미래는 이게 아니었는데."

"누군가가 그 미래를 원하지 않았나 보죠."

"그거 알아요? 과거를 선택하는 건 미래를 선택하는 것이기도 해요. 가능성의 가지를 쳐 내는 일이니까."

"제가 무슨 미래를 선택했죠?"

"말해주지 않을 거예요. 차원혁 씨가 듣고 믿으면 실현되지 않을 수도 있으니까."

나는 고개를 끄덕였다. 그리고 현재에 백태희와 나 사이에 허락된 거리를 유지했다. 우리의 현재 위치는 불확실하더라도 앞으로 나아가는 속도가 더 명확히 일치하기를 바라면서.

달에 사는 토끼는

유진이 바라보는 밤하늘은 검다기보다는 푸르렀다. 빛으로
가득한 도시의 밤하늘은 작은 별의 흔적 하나 없이 매끈하다.
아무려면 어때. 유진은 창밖을 바라보며 맥주캔을 따서 한 모금
들이켰다. 주문한 치킨을 들고 날아올 드론은 아직 보이지 않
았다. 치킨에 맥주면 충분히 완벽한 금요일 밤이지. 지난 100년
동안 변하지 않았다는 환상의 조합이다. 100년 전에는 10년이
면 강산이 변한다는 말이 있었다지. 100년이면 달이 없어진다.
지금 지구의 밤하늘에는 달이 없다. 그럼 뭐 어때.

유진은 멍하니 밤하늘을 올려다보았다. 달은 아무 데도 없다.
아니, 지금도 어딘가에는 달이 있다. 보이지 않아서 그렇지. 달
빛 그러니까 달이 반사한 태양의 빛이 가는 곳은 따로 있다. 달
에서 반사된 빛은 하나로 집중되어 어딘가에 있는 월면광 발전

소를 비추고 있겠지. 어렸을 때는 보이지 않는 달의 현재 위치와 이지러진 모양을 모두 계산할 수 있었다. 그때는 왜 그렇게 달이 좋았을까. 현서는 지금 뭘 하고 있을까.

"아, 진짜. 나 또 외로운 건가."

달을 생각하면 항상 현서가 생각났다. 현서를 생각하면 달이 생각나는 것 같기도 하고. 못 본 지 10년도 넘은 것 같은데. 독립한다고 큰소리치고 집을 나온 이후로 이렇게 혼자 밤하늘을 보고 있을 때면 가끔 옛날 생각이 났다. 물론 유진은 현재에 만족했다. 평화롭고 적당히 무미건조하고. 맛있는 걸 먹고 예쁜 걸 보러 다닐 돈이 있고. 무엇보다 그 돈을 남들이 알면 질투 날 정도로 쉽게 내주는 직장이 있고. 어렸을 때 유진은 우주비행사가 되고 싶었다. 토끼 무늬가 새겨진 달을 보고 싶었다. 토끼 무늬라니. 철없는 애들 생각이지.

유진은 테러 방지를 전담하는 수사관이 되었다. 국가안전부 대테러과 수사관. 직함은 거창하지만 하는 일은 거의 없었다. 유진이 태어난 이후로 서울에서는 이렇다 할 테러가 일어나지 않았고 해당 부서는 국제 공조를 위한 명목상의 조직으로만 남아 있었다. 적은 노력으로 적당한 돈을 벌 수 있는 직업을 알아보던 유진이 찾아낸 꿀직업이었다. 반년 전 무사히 시험에 통과한 유진은 예상보다도 훨씬 평온하고 여유로운 수사관 생활에 만족했다.

멀리 상자를 든 드론 하나가 유진을 향해 날아오는 게 보였다. 내 치킨인가. 오늘따라 배달이 오래 걸리는 바람에 맥주캔은 벌써 반이나 비어 있었다. 뚫어지게 드론을 바라보던 유진은 어딘가 이상하다는 걸 눈치챘다. 주변이 과하게 밝았다. 밤하늘에서 희미하게 조명이 내리비치는 느낌이었다. 고개를 든 유진은 하늘에 걸린 달을 발견했다. 검푸른 하늘과 거의 구별되지 않을 정도의 약한 빛이었지만 분명 달이었다.

"이상하다. 여긴 실버로드도 아닌데."

지금 달의 표면은 태양빛을 반사하는 거울로 빼곡하게 뒤덮여 있다. 그 거울은 달에 도달한 태양의 빛을 반사해 지구상에 설치된 월면광 발전소로 집중시킨다. 반사판은 지구의 자전에 맞춰 각도를 바꿔 가며 스물네 개의 대표 경도에 설치된 월면광 발전소에 1시간씩 빛을 보내준다. 정확히는 55분 동안 빛을 집중하고 나머지 5분 동안은 다음 발전소로 이동한다. 이동할 때는 빛이 집중되지 않도록 시차를 두고 넓게 퍼져 이동한다. 그러지 않으면 경로가 전부 타버릴 테니까. 그게 실버로드다. 실버로드에서는 그 5분 동안 희미하게나마 달을 볼 수 있다.

어렴풋이 밝아졌던 주변이 다시 원래대로 돌아왔다. 유진은 서울의 월면광 발전소가 있는 방향으로 시선을 돌렸다. 그리고 달빛이 순간적으로 집중되며 눈부신 빛기둥이 서울 도심의 어딘가로 떨어지는 걸 목격했다. 발전소가 있는 위치가 아니었다.

"어? 뭐지? 저러면 안 되는데."

동시에 날카로운 알림음이 들려왔다. 드론이 아직 김이 모락모락 올라오는 치킨 상자를 들고 유진 앞에 떠 있었다. 상자를 받아 들고 인식 코드를 태그하자 드론은 횡하니 어딘가로 사라졌다. 그래도 알림음이 멈추지 않았다. 유진은 그제야 창문틀

위에서 진동하고 있는 휴대폰을 집어 들었다. 진짜로 있어서는 안 되는 일이 벌어지고 말았다. 입사 이후 처음 받는 비상 출동 명령이었다.

✳

월면광 발전소에 정확히 집중되어야 할 반사광이 서울 한복판의 잔디 공원에 떨어졌다. 다행히 한밤중이라 인명 피해는 없었고 불도 금방 꺼졌지만 예사로운 일은 아니었다. 달의 반사판은 지난 수십 년 동안 오동작한 적이 없었다. 적어도 유진이 알기로는 그랬다. 서울 발전소는 재빨리 "단순 오류이며, 금방 복구되었다"고 발표했다. 태양풍에 의한 자기장 급변이 원인일지도 모른다는 해명도 내놓았다. 잔디밭을 불태운 달빛은 다시 정상으로 돌아가 서울 발전소에 집중되었다. 그런데도 유진에게 떨어진 비상 출동 명령은 취소되지 않았다. 사건 발생 1시간 전에 달의 통제 센터와 지구 사이의 통신이 끊겼다는 첩보였다. 현장으로 향하는 차 안에서 선배이자 파트너인 도연이 투덜 댔다.

"별일 아닐 거야. 화이트랜스 사를 믿어야지. 월면광 발전소가 가동을 시작한 지 벌써 50년이 넘었어. 그동안 아무런 사고 없이 월면광 발전소를 운영해왔잖아. 해킹 자체가 불가능하게 만들어졌다며. 사고가 나면 제일 큰 손해를 보는 게 자기들인데, 그렇게 허술하게 하겠어?"

도연은 자다가 불려 나왔는지 반쯤 감긴 눈꺼풀을 억지로 끌어울리며 말했다. 테러 전담팀에게 최고의 상황은 테러가 발생하지 않는 거라며, 오늘도 무사히 테러가 발생하지 않기를 진심으로 기원하는 데 전력을 쏟는 사람이었다. 지금도 이 상황이 테러가 아니기를 진심으로 빌고 있는 모양이었다. 평소라면 도연에게 맞장구를 쳤겠지만 유진은 아까부터 이상하게 가슴이 두근댔다. 월면광 발전소와 달빛이라는 단어 탓인지 꼭꼭 접어두었던 기억들이 자꾸 비집고 올라왔다. 이 시간에 서울에 달빛이 떨어졌으면 오늘은 보름달이 뜨는 날이겠구나.

✳

"그거 알아? 옛날에는 보름달을 보면 토끼가 보였대. 어떤 사람들은 마녀의 얼굴이라고도 했고."

어렸을 때 유진은 달을 좋아했다. 보름달이 뜨는 밤이면 지구 어디서나 희미하게 얼룩이 묻은 둥근 빛덩어리를 볼 수 있었던 과거의 달 말이다. 각도를 조정할 수 있는 반사판으로 달 표면이 뒤덮이기 전의 이야기다. 유진이 태어나기 전이니까 사실 유진은 토끼가 새겨진 달을 실제로 본 적은 없는 셈이다.

유진이 쉴 새 없이 늘어놓는 달 이야기를 묵묵히 들어주는 건 현서뿐이었다. 유치원에서 처음 만난 날 유진은 자기 몸만큼 커다란 그림책을 펴고는 얼룩덜룩한 무늬가 새겨진 달의 사진을 보여주었다. 그림책보다 열변을 토하는 유진의 얼굴을 더 많이 바라보는 현서에게 유진은 달에 대해 몇 번이나 다시 설명해야 했다.

달에 별 관심이 없어 보이면서도 현서는 유진을 쫓아다녔다. 그래도 현서는 유진이 달에 대해 떠드는 이야기를 끝까지 들어주는 유일한 아이였다. 똑같은 얘기를 다시 해도 처음인 양 신기하게 들어주는 게 유진으로서는 나쁘지 않았다. 그렇다고 현서가 기억력이 나쁜 아이는 아니었다. 오히려 자기가 좋아하는 일에는 너무 몰두해서 문제였다. 특히 컴퓨터는 직접 대화를 하는 게 아닌가 싶을 정도로 능숙하게 다뤘다. 그렇게 빠져 있을 때는 뭔가를 잃어버리거나 넘어지고 부딪히기 일쑤여서 어느 순간부터는 유진이 현서를 쫓아다니며 챙겨줘야 했다.

"유진아, 넌 왜 달이 좋아?"

어느 날 현서가 물었다. 유진은 생각할 필요도 없이 대답했다.

"글쎄. 달이니까? 그냥 원래부터 좋았어. 난 평생 달만 좋아하고 살 거야."

"아빠 때문에?"

유진의 아버지 서동현은 서울의 월면광 발전소에서 일했다. 전 세계에 설치된 스물네 개의 월면광 발전소 중 하나였다.

"아니, 아빠는 달을 보여주지도 않는걸. 발전소에 가까이 가면 볼 수 있다던데. 위험하대. 더 크면 보여준대."

"얼마나 더 크면?"

"아빠보다 더 크면."

"너희 아빠 되게 크잖아!"

"그러게. 치사해. 아빠는 어렸을 때 밤하늘에 걸린 달을 직접 봤대. 사진하고 똑같이. 토끼 무늬가 새겨진 달 말이야!"

유진은 그렇게 말하며 발을 동동 굴렀다. 현서도 같이 억울해하며 발을 굴렀다. 그걸 본 유진이 웃으며 현서에게 물었다.

"현서, 너는 뭘 좋아해?"

"나? 글쎄."

"컴퓨터 좋아하는 거 아니야?"

"아니, 그건… 그냥 잘하는 거지."

"엄청 잘하던데. 그러니까 좋아하는 거 아니야?"

"나 좋아하는 건 따로 있는데."

"뭔데?"

"비밀."

"야! 너도 치사해!"

현서가 유진의 주먹질을 받으며 웃었다. 그러다 엉뚱한 소리를 했다.

"옛날에는 사람들이 좋아하는 사람한테 하늘에서 별을 따다 줬대."

"거짓말. 별을 어떻게 따냐? 너 별이 얼마나 큰지 알아?"

"나도 알아. 멀리 있으니까. 엄청 크겠지."

"지구보다 더 커. 훨씬. 훨씬 더."

"진짜?"

"응. 진짜."

"그럼 달도 지구보다 커?"

"아니, 달은 지구보단 작지."

"다행이네. 그럼 달은 딸 수 있나?"

"바보야. 당연히 못 따지. 난 그냥 직접 보기라도 했으면 좋겠다. 토끼 무늬가 새겨진 진짜 달."

"아항."

현서는 그렇게 말하며 괜히 혼자 웃었다.

                    ✳

"…안 그래? 유진 씨?"

"네? 네? 뭐라고 하셨어요?"

딴생각에 빠져 있던 유진이 그제야 도연의 말을 알아듣고 눈을 크게 떴다. 도연은 길게 하품을 하며 유진의 어깨를 툭툭 쳤다.

"그래. 유진 씨는 적응이 빨라서 참 좋아. 긴급 출동이 처음인데도 이렇게 넋을 놓고 있다니. 자, 우리 그 정신으로 무난하고 적당하게 처리하고 얼른 퇴근하자."

"아, 네. 하하. 그렇죠. 별일 아니겠죠. 반사판을 해킹하는 건 불가능하다잖아요. 왜 하필 서울에 그게 떨어져서. 안 그래요? 하하."

"그러게. 게다가 왜 하필 한밤중이야. 초저녁도 아니고. 진짜 딱 잠들었었는데. 아휴."

"그야 오늘은 보름이고, 보름달 빛이 도쿄에서 서울로 이동하는 시간이 11시 45분이니까요."

"음?"

출동한 이후 처음으로 도연의 눈 크기가 정상으로 커졌다. 게 을러 보여도 도연은 팀 내 최고의 촉을 지닌 거로 유명했다. 민 감한 촉으로 귀찮은 일을 미리 감지해 피해 가는 게 도연의 특 기인지라, 대테러과장 역시 그런 쪽으로는 도연에게 의지하고 있었다. 도연의 얼굴이 갑자기 진지해져서 유진도 덩달아 느슨 하게 기대고 있던 등을 바로 세웠다.

"이거 이거, 불길한데. 유진 씨 오늘 왜 평소와 달리 의욕이 넘쳐 보이지? 설마 나오기 전에 사전 조사한 거야?"

"아하하. 아니에요 그냥. 뭐… 밥값은 해야 하니까요. 세금으 로 월급 받는데. 하하."

예전부터 달을 좋아해서 음력 날짜와 반사판의 스케줄을 줄 줄 외고 있었고, 오늘 갑자기 그게 저절로 떠올랐다고는 설명하 고 싶지 않았다. 도연은 고개를 절레절레 흔들며 말했다.

"말 잘했네. 세금. 괜히 이상한 꼬투리 잡아서 일 키우면 인 력 투입되고 예산 투입되고. 그게 국민 세금 낭비하는 거다, 너. 뭐, 그럴 수 있어. 신입 때야 의욕이 넘치니까. 세상 모든 일에 배후가 있는 거 같고, 거대한 음모를 밝혀내야 할 거 같고, 지금 내 앞에 펼쳐진 현장에 그 단서가 있을 거 같고 그렇지. 근데 말 이야, 현실은 영화가 아니란 말이지."

"에이, 그런 거 아니라니까요. 걱정하지 마세요, 선배."

도연은 여전히 미심쩍은 눈으로 유진을 바라보았다. 그런 도 연의 눈빛에 유진은 괜히 더 불안해졌다. 스스로 생각하기에도 오늘 유진의 기분은 이상했다. 달 때문이겠지. 왜 하필 달에 문제가 생겨서.

유진은 현장에 도착하자마자 달이 있어야 할 곳을 올려다보았다. 있어야 할 곳이 아니라 실제로 있는 곳. 예상대로 아무것도 보이지 않는 검뿌연 밤하늘이었다. 잔디밭을 태웠던 달빛은 서울 발전소를 비추다가 정상적으로 베이징으로 옮겨 갔다고 했다. 뒤따라온 도연이 불에 탄 곳을 대충 둘러보며 말했다.

"에이, 뭐 별로 타지도 않았네. 이 정도면 사람이 맞았어도 안 죽겠어."

"통제 센터와의 통신은 아직 먹통이래요?"

"그런가 봐. 통신만 복구되면 그냥 단순 사고로 판명되고 바로 철수일 텐데. 아휴, 정말. 하긴 복구팀도 금요일 밤에 일하려면 짜증나겠지."

"화이트랜스 본사는 시카고에 있으니까 아직 금요일 오전이에요. 사고 난 시간이 딱 출근 시간이었겠네요."

"그래? 그럼 그 사람들도 퇴근 전에 해결하고 상큼하게 주말을 맞으려고 지금 빡세게 일하고 있겠네. 희망이 보인다, 그렇지?"

도연이 떠드는 동안 유진은 자기도 모르게 불에 탄 자국을 유심히 바라보고 있었다. 잔디밭은 달빛이 지나가는 실버로드에서 멀지 않았다. 그리 센 빛이 아니라도 잔디밭 정도는 태울 수 있다. 반사판 전체가 아니라 일부만 조정해도 가능하다. 시차를 두고 넓게 퍼져 실버로드를 따라가던 수억 개의 달빛 조각 중 만 개 정도가 방향을 꺾어 이곳으로 모여드는 장면을 상상해보았다. 반사판의 각도 조절에는 시간이 필요하고 빛은 반드시 경로를 그리며 움직인다. 순간이동을 할 수는 없다. 달빛이 태우고 지나간 자리에는 빛이 들어온 곳과 나간 곳이 있어야 한다. 마치 선으로 그리듯이.

"선배! 선배!"

"왜 그래? 무슨 일이야? 뭐 밟았어?"

"여기 잘 보세요. 달빛이 잔디밭을 직접 태운 곳과 불이 번진 곳은 색이 좀 달라요. 그렇죠?"

"그야 뭐… 그럴 수도 있겠지. 근데 그게 왜?"

그렇게 생각하고 나니 잔디밭이 불탄 자국에서 희미한 선이 보였다. 손으로 그리듯이. 글자를 쓰듯이. 자세히 보니 선은 중간이 꺾인 체크무늬 같았다. 아니, 체크가 아니라 달빛이 지나가는 방향을 생각하면….

"엘! 엘이에요! 알파벳 L. 필기체로. 테러범들은 잔디밭을 그냥 태운 게 아니라 글자를 쓴 거예요!"

"뭐? 그게 무슨 소리야? 이건 단순 사고라고! 테러가 아니라!"

"아니… 그렇죠. 분명 사고일 거예요. 그래야만 하는데. 선배, 저는 왜 이게 자꾸 글자로 보이죠? 제가 잘못 본 거겠죠?"

유진의 심장이 걷잡을 수 없이 두근댔다. 떨리는 목소리로 묻는 유진에게 도연마저 평소답지 않게 당황한 목소리로 대답했다.

"유진 씨가 그러니까 나도 자꾸 글자로 보이잖아. 테러범의 메시지 같다고. 유진 씨 지금 무슨 짓을 한 건지 알아? 이게 테러면 우리는 주말에 일해야 해!"

"지금 몇 시죠? 월면광은 아직 베이징 발전소에 있나요?"

"지금… 하노이로 이동할 타이밍인데. 어, 잠시만. 긴급 메시지야."

도연과 유진의 휴대전화가 동시에 울렸다. 본부에서 온 메시지였다. 두 번째 사건. 하노이 발전소 근처의 공원에서 화재가 발생했다. 여기와 똑같은 방식으로. 유진이 급히 본부로 음성 메시지를 보냈다.

"현장 사진 좀 빨리 확보해줘요. 사진에 방향도 정확히 표시해서!"

✳

안타깝게도 유진의 추측이 맞았다. 잔디밭이 불탄 사진에 필터를 걸어 최초 발화 지점을 표시하자 누가 봐도 명확한 알파벳 문자가 나왔다. 서울에서는 L. 하노이에서는 U.

달의 반사광은 지구의 자전을 따라 정확히 2시간마다 한 번씩 발전소 근처의 잔디밭을 태웠다. 델리에서는 N. 모스크바에서는 A. 베를린에서는 R. 그리고 런던과 상파울루에서도. L. U. N. A. R. F. A.

"루나르파? 루나르파가 뭐지? 무슨 조직 이름인가?"

이 사건이 단순한 제어 오류가 아니라는 것이 분명해지자 도연은 세상을 잃은 표정이 되었다. 일렬로 늘어선 불탄 잔디밭 사진을 멍하니 바라보며 중얼거리는 도연에게 유진이 대답했다.

"아직 덜 찍혔을 거예요. 2시간마다 하나씩 계속 알파벳을 찍고 있으니까. 지구를 한 바퀴 돈다고 생각하면 모두 열두 개가 찍히겠죠."

"하나 걸러 하나씩이니까. 뉴욕. 시카고. 샌프란시스코. 하와이. 시드니겠네."

"해당 도시에는 이미 발전소 근처 잔디밭에 접근 금지 명령을 내리도록 통보했어요."

"그래. 그럼 취할 조치는 취했고. 일단 이게 완성이 되어야 수사를 시작할 수 있겠네. 8시간 정도 남았으니까. 눈을 좀 붙이고…."

"아니요. 알 것 같아요. 메시지."

쉴 틈을 찾아냈다는 생각에 잠시 생기가 돌았던 도연의 눈빛이 유진을 바라보며 지진이 난 것처럼 흔들렸다.

"유진 씨, 잠깐! 인제 그만 열심히 해도 돼!"

도연이 바짝 붙으며 유진의 귀에 속삭였다.

"이거 부장님이 듣고 있다고."

하지만 그보다 조금 먼저 유진의 입에서 말이 흘러나왔다.

"루나 파나틱(Lunar Fanatic)."

도연이 책상 위로 털썩 쓰러지며 중얼거렸다.

"대체 왜 이리 열심인 거야. 그런데, 루나… 뭐?"

✳

중학생이 되면서 유진은 자연스럽게 토끼 무늬가 새겨진 달을 보고 싶다는 꿈을 접었다. 이제 지구에서는 그게 불가능하다는 사실을 받아들일 나이가 되기도 했다. 현서에게 달에 대해 이야기하지도 않았다. 이야기했어도 들어주지 않았을지도 모른다. 현서는 매일같이 컴퓨터를 붙들고 모니터를 들여다보느라 하늘을 올려다볼 시간도 없었을 테니까.

"나, 우주비행사가 될까 봐. 그럼 진짜 달을 볼 수 있잖아."

달에 대한 이야기를 하지 않으니 현서를 만나면 자꾸 어색하기만 했다. 유진이 우주비행사가 되겠다는 생각을 한 건 어쩌면 그냥 현서와 이야기하고 싶어서인지도 몰랐다. 그 말을 들은 현서가 걱정스러운 얼굴로 물었다.

"우주에 나가도 옛날과 같은 달은 볼 수가 없잖아. 어차피 달은 반사판이 뒤덮고 있는데."

"아직 달의 뒷면에는 반사판이 없으니까. 얼른 나가서 봐야지, 안 그러면 인간들이 또 무슨 짓을 해놓을지 몰라."

"달의 뒷면? 그럼 진짜 우주에 나가려고?"

"응. 아빠가 그러는데 열심히 공부하면 나중에 우주비행사가 될 수 있도록 추천해주시겠대."

"진짜? 우주비행사. 와, 멋있는데."

현서가 밋밋한 표정으로 말했다. 아무래도 진짜로 멋있다고 생각하는 것 같지는 않았다. 현서의 시큰둥한 반응에 무언가를 들켜버린 것 같아 유진은 괜히 화가 났다. 현서는 어느새 스크린에 고개를 박고 무언가를 두드리고 있었다.

"넌 뭘 그렇게 정신없이 하고 있는 거야!"

유진이 갑자기 고개를 들이밀자 현서는 화들짝 놀라며 양손으로 스크린을 가렸다. 현서의 손가락 사이로 '루나 파나틱'이라는 글자가 보였다. 요즘 현서가 빠져 있다는 해킹 그룹의 이름인 모양이었다. 유진의 아버지는 현서가 불량한 아이들과 어울린다며 같이 빠져들지 말라고 몇 번이나 주의를 줬었다.

"뭐야. 루나 파나틱? 달에 미친 사람들이라니, 이름도 유치하네. 이건 또 뭐야. 식스펜스? 이게 네 아이디야?"

"나 아니야! 왜 함부로 보고 그래!"

현서가 벌떡 일어나며 얼굴을 붉혔다. 그 서슬에 뒤로 넘어진 유진도 얼굴이 붉어졌다. 현서가 이렇게 화를 내는 건 처음이라 유진은 조금 당황했다.

"무슨 짓을 하길래 보여주지도 못해? 아빠가 그러는데, 요즘 너 나쁜 애들하고 어울린다며? 정신 차려. 너 그런 애들하고 어울리다가. 경찰한테 잡혀 갈지도 몰라."

"내가 알아서 해. 너희 아빠는 항상…."

"우리 아빠가 왜?"

"아, 몰라. 됐어. 우주비행사 되려면 너희 아빠 말이나 잘 들어. 나 같은 애랑 어울리지 말고."

"뭐?"

나이는 같았지만 유진은 현서를 동생처럼 여겼다. 무언가를 설명해주고 챙겨주는 건 항상 유진의 몫이었다. 그런데 오늘은 현서가 부쩍 커 보이고 멀게 느껴졌다. 지구와 달만큼이나 멀어 보였다. 그런 현서가 야속해서 유진은 더 오기를 부렸다.

"대체 그 해킹은 공부해서 뭘 하려고 그렇게 빠져 있는 거야? 너 나중에 뭐가 될 건데? 아직도 꿈이 없어?"

"있어."

"뭔데?"

"아, 있다니까. 내 걱정 하지 말고 너나 잘해."

"있긴 뭐가 있어. 말도 못 하면서. 그냥 그 루나 파나틱인가 하는 애들이 잘한다고 띄워주니까 끌려다니는 거 아니야? 뻔하지, 뭐."

"아, 진짜 있다니까. 그러는 너는? 너야말로 아빠만 쫓아다니는 거 아니야? 우주비행사도 아빠가 해보라고 한 거지? 나중에 시켜줄 테니까 지금은 공부 열심히 하라고. 그렇지? 너 정말 달을 좋아하긴 하는 거야? 토끼 무늬 새겨진 달 보고 싶다는 것도 아빠가 시킨 거 아니야?"

"웃기지 마! 네가 뭘 안다고!"

"나도 알아!"

유진이 소리를 질렀고 현서가 더 크게 소리를 질렀다. 유진은 당황했는데 현서는 당황한 표정이 아니었다. 어쩔 줄 몰라 하는 유진에게 현서가 말했다.

"난 내가 뭘 좋아하는지 안다고. 너야말로 아무것도 모르면서."

현서는 그렇게 말하고는 밖으로 나가버렸다. 유진은 텅 빈 우주 공간에 내던져진 기분이 되어 현서가 떠난 자리를 멍하니 바라보았다.

＊

유진은 다 식어버린 치킨을 한 입 뜯었다가 다시 상자에 던졌다. 입을 가시려고 무심코 집어 든 맥주는 김이 다 빠져 있었다. 적어도 한 가지는 현서가 맞았다. 유진이 정말 달을 좋아한 건 아니었나 보다. 지금 이렇게 달을 잊고 사는 걸 보면. 현서는 아직도 컴퓨터에 빠져 있을까. 루나 파나틱. 아니겠지. 그건 그냥 현서 또래의 아이들이 만든 작은 모임이었다. 게다가 유진이 알기로는 이미 해체되었다.

유진과 현서가 다투고 난 얼마 후, 현서는 정말로 경찰에 잡혀가버렸다. 정부 기관을 해킹하려다 들켰다고 했다. 다행히 나이가 어리고 악의가 없었다는 이유로 엄청 혼나기만 하고 풀려났다. 나중에 알았지만 유진의 아버지가 나서서 사건을 무마해준 모양이었다. 그 일 이후로 현서는 더 이상 유진에게 먼저 연락하지 않았다.

유진이 잔디밭에 새겨진 알파벳에서 '루나 파나틱'이라는 단어를 떠올린 건 순전히 그때의 기억 때문이었다. 지금까지 잊고 있었던 기억. 앞부분의 알파벳이 일치한 건 분명 그냥 우연일 거야. 괜히 쓸데없는 단어를 말해버려서 변명할 거리만 늘었다고 유진은 후회했다. 도연의 말을 들었어야 했다. 이 사건이 그 루나 파나틱과 연관되었을 리 없어. 현서와 얽혀 있을 가능성은 더더욱 없고.

그런 생각을 하며 깜박 잠이 든 유진을 이번에도 날카로운 알림음이 깨웠다. 안타깝게도 유진의 직감은 정확했다. 열두 개의 발전소 옆에 찍힌 알파벳은 'LUNARFANATIC'이었다. 마지막 문자인 C까지 루나 파나틱의 알파벳과 일치하는 걸 확인한 대테러과장은 유진과 도연을 호출했다. 과장은 도연과 같은 재질의 사람이었고 사실 따지고 보면 대테러과 요원 대부분이 마찬가지였다. 수십 년 동안 이렇다 할 테러가 발생하지 않은 평화로운 대한민국의 명목뿐인 대테러과로서 갖춰야 할 자연스러운 덕목인지도 몰랐다. 과장은 울 것 같은 표정으로 유진에게 물었다.

"서유진 씨. 서유진 요원. 지금부터 내가 묻는 말에 솔직하게 대답해야 해."

"네, 물론입니다."

"테러범들이 보낸 메시지가 루나 파나틱이라는 걸 어떻게 알았지?"

"아… 그냥 추측이었습니다. LUNARFA라고 읽다 보니 자연스럽게 파나틱이라는 단어가 떠올라서요."

"FA에서 떠올릴 수 있는 영어 단어는 수없이 많을 텐데 하필이면 파나틱이야. 그리고 잔디밭을 태운 자국이 알파벳이라는 걸 처음으로 알아낸 것도 서유진 씨였지."

"그야 제일 먼저 현장 검증을 했으니까요."

"그래. 잘했어. 잘한 건데. 잘하는 게 항상 좋은 건 아니야."

과장은 한숨을 푹 내쉬었다. 도연의 입에서도 한숨이 흘러나왔다. 유진은 잔뜩 긴장한 채 과장과 도연의 표정을 조심스럽게 살폈다. 유진은 테러범의 메시지를 루나 파나틱이라고 예상한 이유, 그러니까 10년 전 친구 현서가 가입했던 해킹 그룹 루나 파나틱에 관한 이야기를 보고하지 않았다. 과장이 말했다.

"왜냐면 잘하려면 항상 잘해야 하거든. 갑자기 잘하면 의심을 받는 거야. 뭔가 다른 이유가 있을 거라고. 우리가 루나 파나틱이라는 조직을 쭉 내사하고 있다가 이번에 단서를 잡은 거면 아주 좋지. 대박이지. 혹시 그래? 도연 씨. 혹시 루나 파나틱이라는 조직, 들어본 적 있어?"

"아니요. 그럴 리가요. 우리가 내사하고 있던 조직 자체가 없잖아요."

"그렇지. 그게 문제야. 부장님이 지금 관련 보고서를 작성해 올리라고 난리야. 루나 파나틱이라고 추정한 근거와 해당 조직에 대한 정보를 정리해서. 그런데 그 보고서에 그냥 찍어서 맞혔다고 쓸 수는 없잖아? 처음 들어본 이름이라고. 한국에는 그런 조직이 없다고 쓸 수는 있나? 그랬다가 진짜 루나 파나틱이라는 조직이 한국에서 발견되면. 그건 어떻게 수습하지? 그동안 우리는 내사를 전혀 안 해요. 한국에 그런 조직이 있는지도 몰랐습니다. 이렇게 보고할까?"

과장이 목소리를 높였지만 도연은 별로 긴장하는 것 같지도 않았다. 과장은 다시 유진을 돌아보며 타이르듯 말했다.

"그러니까 서유진 씨. 서유진 요원. 잘했어. 잘했으니까. 우리 끝까지 잘해보자. 이 루나 파나틱인가 뭔가 하는 조직. 최대한 빨리 조사해서 보고서 올려야 해. 부장님이 지난번 조직 개

편 때 대테러과 전체를 없애버리려고 했던 거 알지? 만일 이번 건 잘 처리해서 우리가 테러 조직을 잡는 데 일조를 하면 앞으로 10년 동안은 그런 말 못 꺼낼 거야. 근데 만약에 일이 꼬이면 어떻게 되겠어? 내사를 제대로 안 한 거로 결론 나면 그나마 다행이야. 잘못하면 그 루나 파나틱이라는 단체와 우리가 내통하고 있었다고 누명을 덮어쓸지도 모른다고. 그런 거야? 서유진 씨 루나 파나틱이라는 단체를 미리 알고 있었는데 우리에게 말 안 한 거야? 테러범들의 메시지를 우리에게 전달하는 역할을 맡은 거야?"

"아닙니다! 그럴 리가 없잖습니까."

"그렇지. 내가 또 우리 사람들은 믿지. 그러니까 보고서 잘 작성해. 있는 정보 없는 정보 다 끌어모아서. 알겠지? 안 그러면 우린 당장 해체야! 아마 제일 빡센 부서로 재배치될걸. 무슨 말인지 알겠어?"

루나 파나틱. 설마 현서가 이 일과 연관된 건 아니겠지. 아닐 거야. 그건 그냥 애들이 모여서 만든 해킹 그룹이었어. 유진은 현서가 테러에 가담했을 리는 없다고 믿었다. 하지만 현서는 어렸을 때부터 자신이 원하지 않는 일에 자주 휘말렸다. 그때마다 유진이 목덜미를 붙잡고 끄집어내 주었고.

도연이 옆구리를 툭 쳐준 덕분에 유진은 겨우 정신을 차려 과장에게 대답했다.

"네! 알겠습니다."

✳

　지구를 한 바퀴 돌며 루나 파나틱이라는 글자를 새긴 뒤 달의 반사판은 다시 정상으로 돌아가 스물네 곳의 월면광 발전소에 정확히 반사광을 집중시키기 시작했다. 그런데도 이 사건이 테러라는 점은 명확해졌다. 통제 센터와의 통신은 여전히 복구되지 않았고 테러가 자신들의 소행이라고 주장하는 조직이 나타났다.

　조직의 이름은 달 해방 전선. 루나 파나틱이 아니었다. 잔디밭이 불탄 자국은 이미지 보정을 거치지 않으면 그냥 둥그런 검은 자국일 뿐 글자로 보이지는 않았다. 테러 조직이 왜 드러나지 않는 방식으로 메시지를 전했는지는 의문이었다. 어쩌면 조직 내부에 서로 다른 파벌이 있는지도 모를 일이었다. 수사팀은 이 단어가 테러 조직을 추적하는 중요한 단서일 거라고 여기고 일반인은 물론 화이트랜스 사에도 극비에 부쳤다.

　달 해방 전선의 요구 조건은 하나였다. 화이트랜스 사가 독점하고 있는 월면광 발전을 인류 공동의 재산으로 환원할 것. 그 작업이 완료되기 전까지 반사판은 자신들이 통제하겠다고 선언했다. 어떤 우주선이든 허락 없이 달에 접근한다면 모두 녹여버리고 자신들을 추적하려 들면 대도시 인구 밀집 지역에 반사광을 집중해 불바다로 만들어버리겠다고 했다. 화이트랜스 사는 즉시 테러범들의 주장은 거짓이며 반사판의 통제권은 여전히 자신들이 확보하고 있다고 시민들을 안심시켰다. 그러면서도 수사팀에는 최대한 빨리 테러 조직을 추적할 수 있는 단서를 찾아내달라며 재촉했다. 무슨 일이 벌어지고 있는 게 분명했다.

"정말 큰일이네요. 어쨌든 테러범들이 잔디밭에 글자를 새길 만큼은 반사판을 조종할 수 있는 게 분명하잖아요. 대체 어떻게 해킹을 한 걸까요?"

유진의 물음에 도연이 어깨를 으쓱하며 대답했다.

"모르지. 화이트랜스 사에서는 이론적으로 해킹은 불가능하다는 말만 하고. 뭐, 우리가 신경 쓸 건 아니지. 유진 씨, 이럴 때일수록 우리는 우리가 할 수 있는 일에 최선을 다해야 하는 거야. 루나 파나틱에 대한 보고서 말이야. 정확히는 유진 씨가 테러 조직의 이름이 루나 파나틱일 수 있다고 추측한 경위에 대한 보고서가 되겠지."

"선배, 그건 말씀드렸듯이…."

"나한테까지 숨길 필요는 없어. 나도 그걸 보고서에 쓰고 싶진 않고. 그냥 유진 씨가 알고 있는 루나 파나틱이라는 단체를 우리가 테러 용의선상에 올리고 있었다는 정도만. 그래서 그 단어가 갑자기 떠올랐는데 자세히 파보니까 이번 테러와는 관련이 없더라. 그게 베스트야. 지금으로서는."

"선배… 어떻게 알았어요? 설마 선배도 그 해킹 그룹에 대해 알고 있었어요?"

"그럴 리가. 처음 들어봐. 유진 씨 표정을 보고 안 거지. 내 촉 알잖아? 유진 씨가 직접 가입했던 단체는 아니지?"

"그럼요! 그건 그냥…."

"그럴 줄 알았어. 그럼 이 건은 유진 씨에게 맡길게. 그게 편하겠지? 조사하고 서류 작업. 유진 씨가 다 하는 거다?"

그게 편할까. 현서와의 기억을 다시 끄집어낸다는 게 유진에게 절대 편한 일은 아니었다. 그렇다고 도연에게 맡길 수도 없었다. 만일 현서가 정말 연관이 되어 있다면. 그럼 어떻게 해야할까. 유진의 표정이 어두워지는 걸 본 도연이 어깨를 툭 치며말했다.

"아유, 너무 걱정하지 마. 내 감으로는 말이야. 이번 일 해피엔딩이야. 다 잘되고 유진 씨는 더 잘될 거야. 날 믿어."

"그냥 그렇게 되길 선배가 바라는 게 아니고요?"

"바라지. 너무너무. 잘할 수 있지? 일 너무 키우지만 말고. 딱필요한 만큼만. 무슨 말인지 알겠지?"

✳

배려인지 농땡이인지 모르겠지만, 도연이 슬쩍 빠진 덕분에유진은 루나 파나틱에 대한 조사를 혼자서 진행해야 했다. 온라인에서는 이미 오래전에 루나 파나틱의 흔적이 사라졌다. 오래된 포럼의 기록에 간간이 루나 파나틱이라는 이름이 남아 있었지만 멤버의 정체를 추측할 수 있는 단서는 없었다. 유진이 알고 있는 멤버는 민현서 한 명이었다. 결국 현서에게 연락하는방법밖에 없었다.

이건 과거로 돌아가는 게 아니야. 어른이 된 현서와 만나는거야. 어색할 것도 없고. 많이 변했겠지. 못 알아볼지도 몰라.

잘살고 있겠지. 수많은 생각을 뚫고 유진은 간신히 현서의 연락처를 클릭했다. 정말 오랜만이라는 다소 형식적인 대화를 주고받으며 유진은 멀리 도망치고 싶었다. 차라리 도연 선배와 짜고 가짜로 보고서를 만들어 올릴걸 하는 생각을 잠시 했다.

현서는 여전히 서울에 살고 있었다. 카페에서 한눈에 자신을 알아보고 활짝 웃으며 다가오는 현서의 모습에 유진은 잠시 멍해졌다. 원래 저렇게 말끔하게 생겼었나. 허우적거리며 다가오다 긴 다리를 다른 사람의 테이블에 부딪혀 커피를 엎고 마는 걸 보고 나서야 유진은 마음이 탁 놓였다.

"넌 어떻게 하나도 변한 게 없냐."

벌떡 일어나 카운터에서 가져온 냅킨으로 쏟아진 커피를 닦아내고 대신 사과까지 한 유진이 현서에게 실눈을 뜨며 말했다. 현서가 히죽 웃으며 대답했다.

"너도 하나도 안 변했네. 아, 좀 더 멋있어졌나. 수사관이라니. 정말 상상도 못 해봤는데. 난 네가 우주비행사가 될 줄 알았지."

"이게 진짜. 그거 내 꿈 아니라며? 아빠가 시키는 대로 따라 하는 거라며?"

"아, 그거야 울컥해서 한 말이고. 네가 날 너무 무시하니까. 유진이 네가 달 좋아하는 거야 내가 알지. 믿지. 근데 난 네가 먼저 나한테 연락할 줄 몰랐다."

"그럼 네가 먼저 연락하려고 했어? 아니면 평생 연락 안 할 생각이었어?"

"아니, 그건 아니고. 언제고 하려고는 했지. 참, 아버지는 잘 계시지?"

"잘 계시겠지. 나도 요즘엔 그냥 가끔 연락만 해."

"나 만나는 거 말씀 안 드렸어?"

"내가 애냐? 그런 거 일일이 보고하게?"

"아니, 아니지. 하하. 진작 연락할 걸 그랬네. 어쨌든 너무 반갑다."

"그래. 너도 잘 지낸다니 다행이야. 요즘도 해킹하면서 놀아? 그… 이름이 뭐였지?"

유진은 슬쩍 현서를 떠보았다. 현서는 살짝 굳었던 얼굴을 얼른 지우고 머리를 긁으며 대답했다.

"아, 루나 파나틱? 그건 예전에 해체됐지. 나 경찰에 잡혀갔었잖아. 기억 안 나? 그때 기록 안 남기는 조건으로 다시는 그런 짓 안 한다고 각서 쓰고. 에휴, 어쨌든 그때 이후로는 못 들어봤어, 그 이름."

"못 들어봤다니. 그럼 요즘도 해킹 쪽 커뮤니티를 계속 보긴 본다는 거네?"

"와, 너 완전 수사관 같다. 지금 나 취조당하는 거야? 설레는데."

"야, 장난치지 말고."

현서의 웃는 얼굴은 정말 어릴 때와 똑같았다. 유진은 아무리 생각해도 현서가 나쁜 짓을 저질렀을 것 같지는 않았다. 나쁜 짓에 휘말렸을 수는 있겠지만. 적어도 현서는 유진에게 거짓말을 할 사람은 아니었다. 유진은 현서에게 루나 파나틱에 관한 이야기를 털어놓기로 했다.

"와, 그 수사를 네가 하는구나. 진짜 멋진데. 하긴 달에 대해서라면 너보다 잘 아는 사람은 없겠지. 달 전문 수사관 같은 거야?"

"아니야. 그런 거 없고. 대테러과야. 그리고 요즘엔…. 아니, 그건 됐고. 하여튼 그 루나 파나틱에 대해서 좀 자세히 말해줘."

현서의 말에 따르면 해킹 그룹인 루나 파나틱은 10년 전에 이미 해체되었다. 애초에 온라인 한구석에서 급조된 모임인만큼 거창하게 해체라고 할 것도 없이 그냥 흐지부지 사라졌다. 활동 기간으로 따지면 채 1년도 되지 않았다. 서버 몇 개를 해킹한 게 고작이었지만 실력만은 희한할 정도로 좋았다고 현서는 기억했다. 현서는 정말로 오랜만에 그 이름을 떠올리는 듯 표정이 묘했다. 유진이 한숨을 쉬며 말했다.

"너 정말이지. 거짓말하면 안 돼. 이거 진짜 중요한 거야."

"내가 왜 너한테 뭘 숨기겠냐. 진짜로. 아직도 그런 이름을 쓰는 해킹 그룹은 없어. 내가 알기로는."

"그때 같이 활동하던 사람들은. 지금 연락되는 사람 없어?"

"없지. 연락처도 몰라. 신분이 들통 나면 바로 그룹원 자격 상실이라고. 당연한 거 아니야?"

유진으로서는 곤란한 일이었다. 만일 루나 파나틱이 최근까지 활동하고 있었다면 그 동향을 정리해서 보고하면 그만이다. 그런데 현서가 활동했던 시기가 전부라면, 게다가 현서가 경찰에 잡혀가 해체된 거라면 보고서에 현서의 이름이 들어가지 않을 수가 없다. 게다가 그 사건을 무마해준 건 유진의 아버지였고. 아무리 봐도 깔끔한 그림이 아니었다. 유진의 표정이 구겨지자 현서가 물었다.

"수사가 막힌 거야? 단서가 그거밖에 없어?"

"아니, 뭐 그런 건 아니고."

"다른 사람도 아니고 네가 맡은 수사인데. 막히면 안 되지. 내가 도울 수 있는 건 얼마든지 도울게. 달에 대해서야 네가 잘 알겠지만 해킹이라면 내가 꽤 도움될걸?"

그건 아니고. 그냥 간단한 보고서만 쓰면 돼. 적당히 문제 안 생기게. 책임질 일 없도록. 나 요즘 그냥 적당히 일하고 월급 받아서 맛있는 거 먹고 예쁜 거 보러 다니는 재미로 살거든.

현서의 반짝이는 눈을 보니 그렇게 말할 수가 없었다. 유진은 그 눈을 본 적이 있었다. 자기 아빠 차를 해킹해서 발전소로 유진을 데려갔던 날, 한밤중에 연락을 받은 유진이 몰래 내려갔을 때 차 앞에서 기다리던 현서의 눈빛이 그렇게 반짝였다. 그땐 정말 겁이 없었는데. 달만 볼 수 있다면.

✳

유진과 현서가 고작 열두 살밖에 되지 않았을 때였다. 그때쯤 유진은 달에 한창 빠져 있었고 현서는 벌써 전문가 못지않게 컴퓨터를 다룰 줄 알았다. 어느 날 밤 현서가 유진을 밖으로 불러냈다. 유진은 현서가 무슨 생각을 하는지 짐작했다. 짐작했지만 기대는 하지 않았다. 어떻게 해킹을 했는지는 몰라도 현서가 자기 아빠의 자동차를 끌고 온 걸 보고서야 유진은 가슴이 설렜다.

자율주행차에 설정된 목적지는 1시간 정도 걸리는 월면광 발전소였다. 아빠가 위험하다며 절대 데려가주지 않는 발전소. 현서가 알 수 없는 글자들을 열심히 입력하자 차가 움직이기 시작했다. 현서가 유진을 돌아보며 말했다.

"간다. 괜찮지?"

"괜찮아. 하나도 안 무서워."

달빛 하나 없는 고속도로를 달리는 동안 유진은 정말로 하나도 무섭지 않았다.

차는 발전소 정문을 2백 미터가량 앞두고 멈춰 섰다. 아빠의 자동차를 해킹하는 법을 알아내는 데만 3개월이 걸렸는데 정문 출입 허가를 받아내는 건 그보다 훨씬 더 어려워서 못 했다고 현서가 투덜댔다. 대신 현서는 발전소를 둘러싼 철책을 돌아보며 몸이 빠져나갈 정도의 구멍을 찾아놓았다. 이런 일에 관해서라면 현서는 끈기와 무모함을 발휘하다 못해 폭주까지 가서 문제였다. 평소라면 유진이 적당한 선에서 멈춰 세웠겠지만 이번만은 아니었다.

유진은 현서가 찾아낸 철책 사이의 틈새에 먼저 몸을 밀어 넣었다. 눈이 어둠에 익숙해지길 기다려도 검은 풀숲으로 뒤덮인 주변에는 아무것도 보이지 않았다. 밤하늘 꼭대기로 올라서고 있을 보름달의 흔적도 찾을 수 없었다. 대신 멀리서 들리는 육중한 회전음이 땅을 흔들었다. 빛에서 얻은 에너지를 저장하는 거대한 초전도 회전체가 돌아가는 소리였다. 유진은 달이 있어야 할 곳에 시선을 고정한 채 그 소리가 나는 곳을 향해 달렸다.

비틀거리면서도 유진은 용케 넘어지지 않았다. 오히려 그런 유진을 쫓아가던 현서가 한 번 잔디밭을 굴렀다. 회전체가 돌아가는 소리가 점점 더 크게 울렸다. 땅과 공기와 하늘이 같이 흔들렸다. 이제는 소리가 들리는 방향을 구분하기도 어려웠다. 대신 저 멀리서 축구장만 한 발전소를 둘러싼 불빛이 깜박이는 게 보였다. 발전소 주변은 풀과 나무의 흔적이 전혀 없는 밋밋한 공터였다. 잠시 후 모든 생명을 태워버릴 정도로 강력한 달빛이 집중될 그곳을 향해 유진이 달려갔다.

월면광 발전소의 접근 한계 거리는 잘 알고 있었다. 그 안으로 들어가면 집중된 달빛에 화상을 입을 가능성이 있다. 달빛을 직접 눈으로 봐야 하니 유진이 멈춰서야 할 위치는 훨씬 더 바깥쪽이다. 유진은 아직 바닥의 풀들이 완전히 사라지지 않은 곳에서 발을 멈췄다. 11시 45분. 달에서 반사된 빛이 서울 근교의 월면광 발전소에 집중되기 5분 전이었다.

겨우 쫓아 온 현서가 숨을 헐떡이며 유진 옆에 멈춰 섰다. 여전히 검은 하늘에 시선을 고정한 유진이 현서의 손을 더듬어 잡았다. 현서의 손이 흠칫 떨렸다. 괜히 어색해진 유진이 헛기침하며 말했다.

"인간이 쓰는 에너지를 모두 태양에서 얻어내려면 지구 표면의 15퍼센트를 패널로 뒤덮어야 한대."

"알아. 그래서 달에 반사판을 설치했다며. 수만 개씩이나."

"수만 개가 아니라 수억 개야. 자가 복제하는 로봇이 달 표면에서 채취한 광물을 가공해 만든 거라고. 아직도 헷갈리냐."

"어쨌든, 엄청 많은 거잖아. 넌 그거 알아? 달에 있는 반사판은 절대로 해킹을 못 한대. 지구에 있는 발전소 스물네 개에 1시간씩 돌아가면서 빛을 쏴주는데 수십 년 동안 한 번도 틀린 적이 없대. 그걸 해킹하려면….."

"하늘을 봐! 이제 시작이야!"

유진이 외쳤다. 도쿄 발전소를 비추던 수억 개의 달빛 조각들은 시차를 두고 조금씩 다른 경로를 지나며 서울 발전소로 이동한다. 집중된 빛을 한꺼번에 옮겼다간 경로에 있는 땅이 전부 불타버릴 테니까.

유진의 손가락이 가리키고 있는 곳에서 작은 별 하나가 깜박였다. 그러더니 순식간에 수많은 작은 빛점들이 나타나 둥그런 경계 안쪽을 채우기 시작했다.

"와아아아아아!"

유진이 자기도 모르게 소리를 질렀다. 달의 크기는 예상했던 것보다 훨씬 컸다. 물론 유진은 지구에서 보이는 달의 크기를 숫자로 알고 있었다. 하지만 그 숫자가 실제로 밤하늘에 새겨졌을 때 저렇게 크게 보이리라고는 상상하지 못했다. 마치 밤하늘에 커다란 구멍이 뚫린 듯 눈부신 빛이 쏟아져 내려왔다. 발전소에 너무 접근했는지 집중된 달빛은 태양보다도 밝았다. 유진은 멍하니 하늘을 올려다보는 현서의 머리를 황급히 아래로 누르며 자신도 고개를 숙였다. 동쪽에서 날아오는 달빛의 조각들이 땅 위에 기다란 빛의 길을 만들었다. 실버로드였다.

유진과 현서가 환한 달빛 속에 파묻혔다. 유진이 바닥을 힐끔

거리며 빛의 세기를 가늠하는 동안 현서는 달그림자가 일렁이는 유진의 얼굴을 바라보았다. 빛이 점점 사그라들며 주변이 초저녁만큼 어둑해지자 유진은 현서의 머리에서 손을 떼고 얼른 다시 고개를 들었다. 그제야 현서의 시선도 유진을 따라 하늘로 올라갔다.

검푸른 하늘 가운데 박혀 있던 빛의 원반이 조금씩 어두워지다가 이내 빼곡히 박힌 빛점의 무리가 되었고 그 빛점들이 하나씩 꺼지며 마침내 주변의 별빛 속으로 스며들어 사라졌다. 이제 모든 달빛 조각들이 모여든 서울 발전소의 안쪽이 폭발하듯 밝게 빛났다. 그 빛은 거대한 기둥이 되어 산란광을 흩뿌리며 달을 향해 뻗어 올라갔다.

"아….."

유진이 짧게 한숨을 내쉬었다. 현서가 뿌듯한 표정으로 유진을 바라보았다. 달로 뻗어 올라간 빛기둥을 멍하니 바라보는 유진의 표정은 어딘가가 비어 있었다. 현서는 침을 꿀꺽 삼키고 조심스럽게 기다렸다. 잠시 후 화들짝 정신을 차린 유진은 그제야 내내 잡고 있던 손을 놓으며 현서를 돌아보았다.

"고마워. 정말. 멋졌어."

"좀… 너무 짧았지."

"그건 괜찮은데…."

유진은 말끝을 흐렸다. 현서가 물었다.

"왜? 생각하고 좀 달랐어?"

"아니, 알고 있었지. 어떻게 보일지 다 알고 있었는데. 근데…

달이 좀….”

“직접 보니까 별로야?”

“그런 게 아니라. 토끼가 없잖아.”

“토끼?”

“응. 토끼. 토끼 무늬가 없으니까. 진짜 달이 아닌 것 같아서. 그래도 정말 멋졌어! 어쨌든 저건 진짜 달에서 반사된 빛이잖아! 달이 얼마나 동그란지, 얼마나 큰지도 봤고. 고마워, 현서야. 근데 너 괜찮은 거야? 아빠한테 혼나지 않을까?”

물론 현서는 자기 아빠에게 크게 혼났다. 얼마나 혼났느냐면 컴퓨터를 한 달이나 쓰지 못했다. 다시는 함부로 아빠 차를 해킹해 몰래 타고 나가지 않겠다고 약속해야 했다. 유진도 다시는 현서와 단둘이 발전소에 숨어 들어가지 않겠다고 약속해야 했다. 대신 유진의 아빠는 두세 달에 한 번 정도 유진을 월면광 발전소 내부의 관측소로 데려가주었다. 그곳에서 안전장치가 달린 몇 개의 거울을 통해 실버로드를 지나는 달을 관찰할 수 있었다. 유진은 아빠의 손을 잡고 반짝이는 달을 보았다. 유리에 새겨진 듯 하얗고 동그랗고 작은 달이었다. 그렇게 바라보는 달은 전혀 설레지 않았다.

＊

몇 번 다시 만나는 사이, 유진은 어느새 현서와 함께 테러 조직을 직접 잡아낼 계획을 세우고 있었다. 유진은 정말 오랜만에 설레는 기분을 느꼈다.

"근데 사실 해킹으로 반사판을 움직여서 테러하는 건 불가능한데. 아무리 생각해도."

현서가 고개를 갸웃거리며 말했다. 월면 반사판의 보안 시스템에 대해서는 유진도 잘 알고 있었다. 거의 잊고 있었는데 현서와 이야기를 계속 하다 보니 점점 기억이 또렷해졌다.

달 표면에 설치된 반사판이 발전소가 아닌 다른 곳에 엄청나게 증폭된 빛을 쏟아부을지도 모른다는 우려는 처음 월면광 발전을 시작할 때부터 제기되던 문제였다. 그래서 반사판의 제어 시스템은 애초에 단순히 네트워크에 접근해 데이터를 조작하는 방식으로는 스케줄 변경 자체가 불가능하도록 설계되어 있다. 미리 배선 자체를 뜯어고쳐 스케줄 변경 제한을 풀지 않는 한 발전소가 아닌 다른 곳에 빛을 쏘아 보낼 수는 없다. 달의 반사판은 수십 년 동안 아무런 사고도 일으키지 않고 정확히 동작했다. 사람들은 반사판이 위험할 수 있다는 것조차 잊었다. 마치 원래부터 달은 그렇게 움직였다는 듯이.

"테러 조직이 통제 센터를 점거하고 배선을 다 뜯어고쳤을 가능성은 없을까?"

유진의 말에 현서는 고개를 저었다.

"난 솔직히 통제 센터를 점거하지도 못했을 거 같아. 그냥 통신만 끊긴 거잖아. 거기서 무슨 일이 일어나고 있는지는 아무도 모르는 거고. 설령 점거했다고 해도 그렇게 간단히 배선을 뜯어고칠 수는 없어. 선 몇 개 끊는 식으로 되는 문제가 아니거든. 전문가 수십 명이 달라붙어서 적어도 보름은 작업해야 해. 반사판을 하나하나 보정해주는 작업까지 하면 몇 달은 걸릴걸. 테러 조직이 하루 만에 바꾸는 건 불가능해."

"뭐야. 방법이 없다는 거잖아. 그럼 대체 어떻게 반사판을 조작해서 잔디밭에 글자를 새긴 거야."

"글쎄. 내가 그 방법을 알았으면⋯."

"알았으면?"

현서는 더 말하지 않고 실없이 웃으며 음료수를 들어 한 모금 마시다가 그만 사레가 들려버렸다. 유진은 혀를 차며 헛기침을 하는 현서에게 냅킨을 건네주었다. 가까스로 진정한 현서가 입을 닦으며 아직 덜 들어찬 숨으로 말했다.

"그게⋯ 소문이긴 한데. 방법이 있긴 해. 그러니까 하드웨어에 손 안 대고 스케줄 바꾸는 방법이."

"뭐? 정말이야? 좀 차분히 얘기해봐."

현서가 설명한 방법은 이랬다. 반사판 전체의 스케줄을 동시에 바꾸는 건 불가능하지만 극히 일부 반사판의 스케줄을 아주 약간 바꾸는 건 가능하다. 현서는 대략 전체 반사판 중 1만분의 1 정도, 그러니까 수만 개가량의 각도를 지구에 반사광이 도달하는 위치 기준으로 1킬로미터 정도 조정하는 게 가능하다고 했다. 원래는 예기치 못한 오류로 경로를 벗어나는 반사판들을 제자리로 잡아주기 위한 기능이었다. 애초 설계에는 포함되지 않았지만 반사판의 유지 보수 비용을 줄이기 위해 화이트랜스 사에서 몰래 집어넣었다는 게 현서의 설명이었다.

"물론 이 사실은 극비. 본사의 고위 간부와 보정 작업에 투입되는 극소수의 인력 외에는 아무도 몰라."

"그런데 넌 어떻게 알아?"

"원래 극비라는 건 알 만한 사람들은 다 안다는 뜻이야. 어쨌든 그렇게 해서 바꿀 수 있는 반사판의 수는 너무 적어서 진짜 테러는 불가능해. 잔디밭에 글자를 새기는 게 고작일 거야. 사람이 직접 맞으면 화상을 입을 수도 있겠지만 지구상의 건물이나 달에 접근하는 우주선을 공격하기엔 역부족이야."

"그럼 달에 접근하면 녹여버리겠다고 한 건 그냥 말뿐인 협박일 수도 있겠네. 근데 화이트랜스 사는 왜 반사판을 전부 통제하고 있다고 큰소리를 치면서 수사팀만 재촉했을까. 달에 병력을 보내서 통제 센터만 확보해버리면 그만일 텐데."

"해킹을 당한 것 자체를 밝히고 싶지 않았겠지. 유지 보수 비용을 줄이기 위해 해킹이 가능한 경로를 남겨뒀다는 게 알려지면 화이트랜스 사에는 치명타가 될 테니까."

지금은 일개 기업이 달의 반사판을 통제하는 걸 이상하게 생각하지 않지만 처음 월면광 발전소가 계획될 때만 해도 반대 여론이 엄청났다. 그걸 해소한 게 화이트랜스 사의 절대 안전 시스템이었다. 그 어떤 방법으로도 해킹할 수 없다며 화이트랜스 사는 무엇보다 안전을 최우선으로 한다는 이미지를 심어주고 나서야 사업을 진행하는 게 가능했다. 실제로 수십 년 동안 그 약속을 지켰고. 그동안 사람들은 월면광 발전소가 베푸는 풍요에 취해 달이 사라졌다는 사실조차 신경 쓰지 않았다. 그런데 인제 와서 위험을 무릅쓰고 이익을 얻으려 했다는 게 밝혀진다면? 화이트랜스 사로서는 그것만은 막고 싶을 게 분명했다.

"좋아, 그렇다고 쳐. 만일 그게 사실이라면, 그런 게 정말로 가능하다면 왜 지난 50년 동안 아무도 그런 해킹 시도를 하지 않은 거지? 네가 알고 있었다면 다른 해커들도 알고 있었을 거 아니야?"

"그야 아무리 그게 가능하다고 해도 제어 시스템에 접근하려면 기본적으로 화이트랜스 최고위 경영진이 보관하고 있는 암호 키를 전부 알아내야 하니까. 그 사람들이 승인하기 전까지는 스케줄 변경이 불가능해. 다시 말해서 내부에 협조자가 있어야 한다는 거지. 사람을 노리는 것, 그게 가장 기본적이고 확실한 해킹 방법이야."

이번에는 유진이 생각에 잠겼다. 어쩌면 수사는 암호 키를 알고 있는 내부자부터 시작해야 하는지도 모른다. 유진은 그런 내부자를 한 명 알았다. 유진의 아버지, 서동현 이사.

✳

독립한 이유로 유진은 아버지를 만나는 일을 최대한 피했다. 아버지가 싫지는 않았지만 그 영향을 받는 게 싫었다. 겉으로 보이는 유진의 아버지는 부드럽고 인자한 편이어서 유진도 어렸을 때는 그 영향력이 자신을 얼마나 짓누르고 있는지 몰랐다. 아버지가 미국으로 파견을 떠날 때도 그랬다. 해킹 사건으로 현서가 경찰서에 끌려가는 사건이 터지고 얼마 지나지 않아 부모님이 유진을 불렀다. 아버지는 진지한 얼굴로 유진에게 말했다.

"유진아, 아빠가 말이야. 본사로 파견을 떠나게 됐어."

"본사요? 미국에 있는 화이트랜스 본사 말씀이세요?"

"응. 그래. 좋은 일이야. 아빠가 인정을 받은 거지. 그런데 좀 오래 가 있어야 할 거 같아. 그래서 말인데."

"저도 같이 갈래요!"

유진이 먼저 그렇게 말했다. 아버지의 얼굴이 환하게 퍼졌다. 지금 생각해보면 그때 함께 미국으로 떠나고 싶었던 건 유진보다는 오히려 아버지였다. 아버지는 들뜬 목소리로 유진을 붙잡고 이야기했다.

"그래, 그래. 여러모로 네게도 도움이 될 거다. 우주비행사가 되려면 배워야 할 게 아주 많으니까. 우리 회사가 달에 있는 통제 센터도 관리한다는 거 알고 있지?"

유진은 이미 우주비행사 같은 건 되고 싶지 않았다. 그냥 어딘가 여기와는 전혀 다른 곳에서 살고 싶었을 뿐이었다. 그래도 그냥 아버지를 따라 환히 웃었다. 미국에서 유진은 아버지가 주선해준 우주비행사 트레이닝 코스에 등록했지만 몇 번 나가지 않고 그만두었다. 아버지는 조금 의아해했지만 나무라지는 않았다. 미국에서 지내는 동안 유진은 자신이 얼마나 아버지의 그늘 밑에서 살아왔는지를 깨달았다. 달에 대한 관심이 희미해지다 완전히 끊어진 것도 그때쯤이었다. 5년의 파견 기간이 끝나고 아버지는 서울 발전소의 이사로 부임하며 다시 한국으로 돌아왔다. 유진도 따라 들어왔다. 한국에 들어오자마자 유진은 독립해서 혼자 살겠다고 선언했다. 아버지는 깜짝 놀랄 만큼 화를 냈지만 유진의 뜻을 굽히지는 못했다.

그렇게 집을 나온 후에는 아버지와 관계가 영 서먹했다. 아버지에게 무언가를 부탁하고 싶지 않았다. 일과 관련된 부탁을 하는 건 더더욱 싫었다. 게다가 유진에게는 넘어야 할 산이 하나 더 있었다. 도연 선배. 보고서는 작성하지 못했고 본격적인 수사를 위해 화이트랜스 사와 월면광 발전소를 조사해볼 계획이라고 말하면 얼마나 큰 충격을 받을까. 걱정과 달리 도연의 반응은 의외로 덤덤했다.

"흠. 그렇단 말이지. 쉽게 가기는 어렵게 됐네."

"죄송합니다. 제멋대로 일을 키워서."

"난 지나간 일에는 후회 안 해. 이미 바뀐 사람 마음을 되돌리려고도 안 하고. 평화로운 삶을 위한 일종의 노하우랄까."

"정말요? 그럼 도와주시는 건가요?"

"착각하지 마. 여전히 난 이 일에 최대한 발을 담그지 않을 방법을 고민 중이니까."

"아, 네…."

"그전에 한 가지 물어볼 게 있는데."

"네, 얼마든지요."

"민현서라고 했지. 그 친구."

"네."

"좋아해?"

"네?"

유진이 펄쩍 뛰며 눈을 동그랗게 뜨고 도연을 바라봤다. 도연은 입술을 뜨며 가느다란 눈으로 유진을 관찰했다. 그러더니 무언가를 알겠다는 듯이 고개를 끄덕였다.

"좋아. 됐어."

"뭐가 된 거예요?"

"그냥, 내 감을 튜닝하는 거야. 신경 쓰지 않아도 돼. 내 결론은 이래. 유진 씨는 민현서와 함께 화이트랜스 사를 조사해. 내부에 협력자가 있는지가 초점이 되겠지. 그동안 나는 유진 씨가 루나 파나틱과 내통하고 있지 않은지 감시할 거야."

"네? 아닌 거 아시잖아요!"

"그러니까, 위에 그렇게 보고할 거란 얘기야. 정확히 말하면 위에서 그런 오더가 내려오도록 판을 짜는 거지만. 어쨌든 큰 그림은 간부진을 현혹해서 시간을 끄는 거고. 자, 그런 루트로 가면 이 사건에는 두 가지 가능한 결론이 있어. 하나는 국제 수사팀이 테러 조직을 적발하든지 해서 사건을 종결시키는 거. 그럼 우리가 하고 있던 수사는 그냥 중단되는 거지. 해프닝이 되는 거고. 다른 하나는 유진 씨가 진짜 단서를 잡아내는 거. 이거는 완전 대박이고 향후 10년 동안은 대테러과를 해체한다는 얘기를 못 꺼내겠지. 둘 다 해피엔딩이야. 어때?"

어느 쪽으로나 도연이 할 일은 없었다. 도연다운 계획이었지만 유진으로서는 어쨌든 현서와 함께 계속 수사할 수 있도록 시간을 준다는 점에서 나쁘지 않았다. 게다가 도연이 아무것도 안 하는 건 아니었다. 공식적으로 유진의 아버지 서동현 이사를 조사하는 건 도연이었다. 도연이 형식적인 조사를 진행하는 동안

동행한 유진에게 시간을 준다는 게 도연의 계획이었다.

"복잡하네요. 선배가 이렇게 골치 아픈 일을 나서서 하실 줄은 몰랐어요."

"머리는 복잡하게, 행동은 단순하게. 이게 내 원칙이야. 나의 평온한 삶 아래에는 백조의 물갈퀴처럼 허우적대는 두뇌가 있는 거라고. 세상에 공짜는 없어."

✳

도연이 짜놓은 판은 놀라울 정도로 정확하게 맞아 들어갔다. 서울 발전소 수사에 대한 허가가 떨어졌고 도연과 유진은 이사실에서 서동현 이사와 만날 수 있었다. 대테러과의 수사팀이라는 말만 들었던 유진의 아버지는 방으로 들어오는 유진을 보고 깜짝 놀랐다.

"유진아? 너 이 녀석! 연락도 없더니 갑자기 이렇게!"

도연이 중간에 끼어들며 엄숙한 표정으로 서동현 이사의 말을 끊었다.

"두 분의 관계는 알고 있습니다만, 오늘은 대테러과 수사관 자격으로 방문한 겁니다. 사적인 대화는 조사 후로 미뤄주시죠."

"아, 네. 물론입니다. 반가워서 그런 겁니다."

"그런 사적인 관계를 말씀드린 겁니다. 아무래도 화이트랜스사는 이번 테러의 심각성을 잘 인지하지 못하고 계신 것 같네요."

도연이 날카로운 눈빛으로 쏘아붙이자 서 이사가 펄쩍 뛰며 정색했다.

"그럴 리가요! 저희는 철저한 안전 시스템 매뉴얼에 입각해 현 상황을 분석하며 대응하고 있습니다. 그 분석 결과를 통해 위험 요인을 최소한으로 관리하고 있다는 점을 보여드리려다 보니 오히려 저희가 안이하게 대처하고 있다는 오해를 사게 된 것 같습니다. 그런 부분은 이번 조사에서 철저하게 소명하도록 하겠습니다."

도연이 시큰둥한 반응을 보이며 조사를 시작했다. 한껏 잡은 무게에 비해 질문은 예상을 벗어나지 않는 평이한 수준이었다. 서 이사는 긴장이 조금 풀렸는지 다시 얼굴에 여유가 돌아왔다. 그걸 놓치지 않고 도연이 파고들었다.

"아무래도 이 분위기에서는 진지한 조사가 어려울 것 같네요. 우리는 유진 씨의 아버님과 인사나 나누러 여기 온 게 아닙니다. 여기 따로 마련된 회의실이 있나요? 너무 크지 않고 밀폐된 곳이면 좋겠네요."

"아, 물론입니다. 바로 옆에 소회의실이 있으니 안내해드리겠습니다."

도연은 따라 일어서려는 유진에게도 사무적으로 명령했다.

"서유진 요원은 여기 있는 게 좋겠어요. 서 이사님은 제가 조사하죠. 괜찮겠죠? 서 이사님."

"어느 쪽도 좋습니다. 사실 저도 그게 더 편할 수도 있겠습니다."

도연이 서 이사를 데리고 이사실 밖으로 나가자마자 유진이 계획된 작전을 수행했다. 아버지가 마시던 커피잔에서 지문을 따내 자신의 손가락에 붙이고 아버지의 컴퓨터 패드를 터치했다. 아버지와 유전자의 절반을 공유하는 유진은 간이 유전자 체크 결과를 조작할 필요도 없었다. 지문 체크와 유전자 체크를 통과하자 유진은 아버지의 아이디로 화이트랜스의 보안 시스템에 접속할 수 있었다. 현서가 만들어준 이동식 메모리를 연결하자 해킹이 자동으로 진행되며 '달 해방 전선'과 '루나 파나틱' 그리고 해킹의 경로가 되었을 것으로 예상되는 '긴급 유지 보수 프로토콜'에 관한 내용을 긁어모았다. 도연이 형식적인 조사를 마치고 이사실로 돌아왔을 때 유진은 모든 정보를 빼낸 뒤 지루한 표정으로 소파에 앉아 남은 커피를 마시고 있었다.

✴

도연은 유진이 빼낸 정보를 확인조차 하지 않았다. 자기가 보지 않는 게 스토리에 맞는다면서. 유진을 믿는 건지, 아니면 그저 귀찮은 건지 모를 일이었다. 유진이 확인해본 결과 현서가 극비라고 말했던 긴급 유지 보수 프로토콜은 사실이었다. 다만 큰 사고가 나지 않을 정도의 수량과 조정 각도 내에서 관리되고 있는 것 역시 사실이어서 현서의 말대로 잔디밭을 불태우는 정도 이상의 테러는 불가능했다. 폭로되더라도 화이트랜스 사가 언론에 물량을 쏟아부으면 방어할 수 있는 수준으로 보였다.

그보다 놀라운 건 화이트랜스 사에서 이미 십몇 년 전부터 달 해방 전선을 감시해오고 있었다는 사실이었다. 조직의 근거지는 다행히 한국이 아니었다. 신분이 밝혀진 조직원 중 절반 이상이 달을 숭배하는 사교 조직에 가입한 미국인이었으며, 네트워크를 통한 해킹보다는 발전소 주변의 금지 구역에 숨어 들어가 시위를 벌이는 게 주요 활동이었다. 시카고 발전소에 숨어 들어갔던 사람들이 발전소에 너무 가까이 다가가는 바람에 달빛에 타서 사망했던 사건은 유진도 기억이 났다. 그게 달 해방 전선의 소행이었다.

그 외에도 현서의 해킹 툴은 수상해 보이는 기밀문서를 여럿 빼내 왔다. 화이트랜스 사가 언론에 펼치고 있는 로비나 발전소 인력의 구조 조정에 대한 정보도 있었고 서울 발전소의 주도하에 진행되고 있는 여러 사업이나 광고 계약에 대한 내용도 있었다. 자세히 분석해보면 화이트랜스 사가 월면광 발전을 통해 알려진 것보다 훨씬 많은 돈을 벌고 있었다는 증거가 될지도 모르는 자료들일 것이다. 하지만 지금 당장 달 해방 전선 혹은 루나 파나틱이라는 조직을 추적하는 데 도움이 될 것 같지는 않았다. 자료들을 넘겨보던 도중 유진은 10년 전의 자료에서 처음 루나 파나틱이라는 이름을 발견했다. 아버지가 작성한 보고서였다.

"잠깐, 이건… 현서가 잡혀갔던 그 사건이잖아. 이걸 왜 회사 폴더에 보관하고 계시지?"

문서에는 중학생들이 주축이 된 루나 파나틱이라는 해킹 그룹에 대한 정보가 자세히 조사되어 있었다. 그룹에서 가장 열성적으로 활동하는 사람은 식스펜스라는 아이디를 쓰고 있었는데 달을 광적으로 좋아하여 향후 화이트랜스 사에 위협적인 해커로 성장할지도 모른다는 내용이었다.

"식스펜스? 어디서 본 거 같은데⋯."

유진은 순간 10년 전 현서의 스크린을 봤던 기억이 떠올랐다. 현서가 띄워놓았던 루나 파나틱 포럼의 게시물 작성자가 바로 식스펜스였다. 더 놀라운 건 그다음이었다. 유진의 아버지는 민현서를 식스펜스로 지목하고 함정을 파서 해킹을 유도하는 작전을 제안했다. 현서를 경찰에 적발되게 한 뒤 적당히 겁을 주면 어린 아이들인만큼 해킹 그룹을 깔끔하게 해산할 수 있다는 내용이었다. 보고서는 작전이 성공적으로 수행되었으며 이후 추적 조사 결과 루나 파나틱이라는 이름의 해킹 조직이 완전히 사멸되었다는 것으로 결론을 맺고 있었다.

"아빠가⋯ 현서를 함정에 빠뜨린 거라고⋯?"

✳

다음 날 현서를 만난 유진은 표정을 숨기지 못했다. 작전이 실패한 줄 알고 낙담하는 현서에게 유진은 10년 전의 이야기를 먼저 꺼냈다.

"아, 그거⋯ 알고 있었어."

의외로 현서는 아무것도 아니라는 표정으로 대답했다. 유진은 어이가 없었다.

"알고 있었다고? 그런데 왜 말을 안 했어?"

"그게⋯ 그냥. 넌 몰라도 돼."

"뭘 몰라도 돼! 대체 무슨 짓을 했길래 나한테 말을 못 하는 거야!"

"무슨 짓은 무슨⋯. 나 정말 나쁜 짓 안 했어! 그냥⋯ 그게 너한테 도움이 될 거 같아서."

"뭐? 나한테? 알아듣게 말을 해봐."

"너⋯."

"나 뭐."

"어휴, 넌 너희 아버지가 나 안 좋아하는 거 몰랐어?"

유진은 순간 망치로 얻어맞은 기분이 되었다. 유진의 아버지는 현서가 싫다는 말을 직접 한 적이 없었다. 그냥 현서가 위험한 애들과 어울리니 같이 빠지지 않도록 조심하라는 말은 여러 번 했었다. 그때는 그게 현서를 걱정하는 말인 줄 알았다. 지금 생각해보면, 그리고 아버지가 작성한 문서를 같이 놓고 보면 아버지가 현서를 좋아하지 않았던 건 분명했다. 현서가 털어놓았다.

"너 만나지 말라고. 연락하지 말고. 그게 조건이었어. 나 경찰서에 잡혀갔던 거 무마해주는."

그 말을 듣는 순간 유진은 갑자기 화가 났다. 자신이 지금까지 쌓아 올렸던 조각에 커다란 구멍이 뚫린 기분이었다. 아니, 원래부터 있었던 구멍이었다. 그걸 눈치채지 못했다는 게 너무 부끄러웠다. 화를 내야 할 상대가 현서가 아니란 걸 알면서도 유진은 그만 화를 내고 말았다.

"넌 그렇다고 그걸⋯. 그 말 한마디 들었다고 연락을 끊어? 너한테 내가 그 정도밖에 안 돼?"

"야, 나도 그땐 어렸잖아. 딴에는 널 위해서 그랬던 거야. 너는 뭐든 잘하고, 열심히 공부하면 우주비행사가 될지도 모르는 사람이었으니까. 난 뭐, 너한테 해줄 수 있는 것도 없었고. 사고나 안 치면 다행이었지."

"그게 말이 돼? 말이 되냐고!"

"안 돼! 말이 안 되는 거 알아, 이제! 그래서 나도 얼마나 후회했는데. 얼마나 억울한데!"

서로 목소리를 높여버린 유진과 현서는 한동안 아무 말도 없이 앉아 있었다. 여기저기 흩어진 감정들을 주워 담느라 유진은 정신이 없었다. 도연의 말을 떠올리며 겨우 마음을 추슬렀다. 지나간 일에는 후회 안 해. 어쨌든 두 사람은 이렇게 마주 앉아 있으니까. 침묵을 깬 건 현서가 먼저였다.

"그리고 나… 식스펜스 아니야."

"아니라고? 진짜야?"

"그래, 진짜. 다른 애야. 어차피 기록은 안 남긴다고 했으니까. 일이 더 커질 것 같아서 그냥 그러자고 한 거야."

"아휴, 현서 너 진짜. 그럼 네 아이디는 뭐였는데?"

"있어. 몰라도 돼."

"왜 못 말해? 아직도 나한테 뭐 숨기는 거야?"

"아니, 그냥… 부끄러워서 그래! 하여튼 진짜 식스펜스는 아니야."

현서는 진짜 부끄러운 듯 얼굴을 붉혔다. 이런 상황에서도 현서를 놀려주고 싶은 마음이 불쑥 솟았지만 다음으로 미루기로 했다. 오늘은 마음이 너무 출렁대서 유진도 불안했다.

"뭐, 좋아. 그럼… 그럼 식스펜스는 다른 사람이라는 거네. 보고서에 있던 그건 맞아? 식스펜스가 달에 광적이었어?"

"좀 그랬지. 루나 파나틱이라는 이름도 걔가 지었다는 설이 있었어."

"왜 그걸 여태 얘기 안 했어? 그럼 식스펜스라는 아이디를 추적해보면 되잖아!"

"내가 왜 안 해봤겠어. 다 해봤지. 식스펜스, sixfence, 6fence. 다 해봤어. 없어. 뭐, 당연하겠지. 추적당할 아이디를 또 쓸 리가 없잖아."

"잠깐. sixfence가 아니고 sixpence 아니야? 6펜스. 《달과 6펜스》."

"달과 6펜스? 그게 뭔데?"

"소설이잖아! 엄청 유명한. 서머셋 몸. 몰라?"

"모르는데."

"아휴, 빨리 다시 추적해봐!"

✳

현서가 식스펜스를 추적하는 동안 새로운 소식이 들어왔다. 테러 조직이 두 번째 경고를 보내왔다.

예상대로 화이트랜스 사는 테러범들의 협박을 믿지 않고 달을 향해 진압 부대를 태운 우주선을 띄웠다. 달 해방 전선은 우주선을 즉시 지구로 되돌릴 것을 요구했다. 12시간이 지날 때까지 요구를 들어주지 않으면 달빛으로 시가지를 폭격하겠다고 경고했다. 지정한 장소는 서울이었다. 유진이 도연에게 물었다.

"왜 하필 서울이죠? 시카고가 아니라? 설마 정말로 테러 조직의 근거지가 서울인 걸까요?"

"글쎄, 루나 파나틱이라는 글자도 서울부터 새겨지긴 했지. 그런데 나라면 그런 식으로 근거지가 드러나는 선택을 하진 않을 거야. 오히려 서울이 아무런 관계가 없는 장소일 수도 있지."

"분명 무슨 이유가 있을 거예요. 그냥 무작위로 골랐을 리는 없어요."

"뭐, 그럴 수도 있고."

유진의 질문에 대답하는 도연의 목소리는 무척이나 담담했다. 유진이 의아해하며 물었다.

"서울을 폭격하겠다는데 걱정되지 않으세요? 지금 비상 상황 아니에요?"

"비상 상황이긴 하지. 그래도 난 오히려 다행이라고 보는데. 12시간 후면 테러 조직이 허풍을 떨고 있다는 게 밝혀질 테니까."

"정말 그렇게 확신하세요?"

"나뿐만이 아니야. 화이트랜스 사도 확신하고 있지. 화이트랜스 사가 우주선을 띄우는 걸 허락한 국제 수사팀도 마찬가지고. 서울 발전소는 반대하긴 했지만. 뭐, 서울이 목표가 되었으니 당연하겠지. 그리고 이건 내 감이지만. 최악의 경우라도 인명 피해는 발생하지 않아."

"왜요?"

도연이 설명한 이유는 이랬다. 테러범들은 달에 접근하고 있는 우주선이 아닌 지구상의 건물을 목표로 선언했다. 우주선에 타고 있는 사람들은 대피할 수 없으니까. 만에 하나 요구가 거부되더라도 목표 주변의 사람들은 모두 대피를 시킬 것이고 테러범들은 인명 피해 없이 테러를 일으킬 수 있게 된다. 테러범들이 목표로 지정한 건물은 서울 외곽에 있는 한빛타워였다. 주변에 주거지 없이 외따로 서 있는 고층 빌딩이라 사람들을 대피시키기도 좋다. 그러니까 이 테러범들은 애초부터 사람을 다치게 할 생각은 없다는 게 도연의 주장이었다.

"너무 낙관적이신 거 아니에요?"

"이미 대피 명령 다 내려졌고 우리가 할 일은 없어. 할 일이 없을 땐 낙관적인 게 최선이지."

✳

도연이 할 일은 없었지만 유진과 현서에게는 할 일이 남아 있었다. 12시간 후에는 다 소용없어질지 모르는데도 어쩐지 유진은 포기하고 싶지 않았다.

"식스펜스는 아직 단서를 못 찾았어?"

"응. 식스펜스, 서머셋몸, 한글, 영어로 바꾸면서 다 해봤는데 없어. 깨끗해. 화이트랜스에서 빼낸 정보와도 연관성이 없고. 다른 해킹 커뮤니티에도 흔적이 없어. 아무래도 전혀 다른 아이디를 쓰나 봐. 근성 없는 녀석 같으니."

현서 쪽에 소득이 없자 유진은 도연에게 얻지 못한 답을 계속 고민했다. 테러범들은 정말 한빛타워를 불태울 능력이 없을까. 없다면 이런 요구를 한 목적이 뭘까. 왜 하필 서울의 한빛타워를 목표로 정했을까.

"한 가지 확실한 건."

유진이 말했다. 모니터에 머리를 박고 있던 현서가 반밖에 뜨지 못한 눈으로 유진을 돌아보았다.

"우리가 한빛타워에 있는 모든 사람을 대피시킬 거라는 사실이야. 그렇지?"

"그렇지."

"그렇다면 다시 말해 테러범들은 그걸 원했다는 뜻도 되겠지."

"그럴…지도?"

"테러범들이 진짜로 원한 건 한빛타워가 텅텅 비는 거야. 대체 왜일까?"

"한빛타워. 한빛타워라…. 잠시만. 화이트랜스 사에서 가져온 정보와 접점이 있는지 알아볼게. 이걸 보면…."

현서의 눈이 번쩍 뜨였다. 무서운 속도로 키보드를 두드리며 입주해 있는 회사들과 상주 인력들에 대한 정보를 뽑아냈다. 접점이 있었다. 현서는 스크린에서 깜박이는 글자를 가리키며 외쳤다.

"여기! 스타라이트! 한빛타워에 입주해 있는 회사야. 화이트랜스와 광고 계약을 하나 체결했네. 그런데 금액이… 회사 규모와 맞지 않게 너무 큰데. 뭔가 수상해."

"광고 회사? 광고 회사와 테러 단체가 어떤 관계가 있지? 화이트랜스에 대한 경고의 의미로 광고 회사를 폭격하는 건가?"

"그럴 수도 있지만… 유진이 네 추측에 따르면 테러범들의 목적은 빌딩을 비우는 거잖아. 광고 회사를 왜 비우는 걸까?"

"글쎄, 계약과 관련된 무슨 문서가 숨겨져 있는 걸까? 그걸 훔치려고?"

"스타라이트 직원들 정보를 뒤져볼게."

현서의 손가락이 다시 키보드 위를 날아다녔다. 스크린에 수많은 이름과 아이디들이 스쳐 지나갔다. 스크린을 유심히 보던 현서가 갑자기 화면을 멈췄다.

"잠깐. 이 이름… 아이디하고. 왠지 좀 느낌이 익숙한데. 얘네들 아무래도 개발자 같은데. 아이디 만드는 방식이. 티가 나거든."

"개발자? 프로그래머들 말하는 거야?"

"응. 광고 회사에 왜 이렇게 개발자들이 많이 뽑혔지? 잠깐! 아, 이런 바보! 이걸 놓치다니!"

현서가 갑자기 머리를 쥐어뜯었다. 커서가 깜박이는 곳에 아이디 하나가 떠 있었다. somer3body.

"박태호. 스물네 살. 스타라이트라는 회사에 6개월 전에 들어갔어. 이 아이디가 추적될 줄은 몰랐나 보지? 이전 경력이 나오긴 하는데 분명히 다 가짜일 테니 볼 필요도 없고. 주소나 전화번호도 다 가짜일 거고."

"그 사람이 확실해? 우연의 일치일 수도 있잖아."

"그럴 리가 있어? 확실해. 개인 정보 패턴을 보면 알아. 해커들은 자신만의 힌트를 남기는 걸 좋아하거든."

"좋아. 그럼 정리해보자. 월면광 발전을 하는 회사가 광고 회사와 거액의 계약을 맺었다. 그런데 그 광고 회사는 개발자들을 대거 채용했다. 그 개발자들에 루나 파나틱에서 활동했던 달을 광적으로 좋아하는 해커가 섞여 들어갔다. 그렇지? 대체 이 스타라이트라는 데서는 뭘 하려고 했던 걸까? 아니 뭘 개발하고 있었던 걸까?"

"그게 뭐든 테러와 연관이 있는 거겠지."

"빌딩이 비었을 때 훔쳐내야 할 무언가가 있겠지."

"아니면 거꾸로 집어넣어야 할 무언가가 있든가."

현서가 말했다. 유진이 물었다.

"집어넣는다고? 뭘?"

"해커가 하는 일은 둘 중 하나야. 뭔가를 빼내거나. 아니면 뭔가를 집어넣거나."

그 말을 들은 유진이 벌떡 일어났다. 현서도 엉겁결에 따라 일어났다. 유진이 말했다.

"빼내는 건지 집어넣는 건지는 모르지만 하나는 확실하네. 그걸 하기 위해 이 서머셋몸, 아니 식스펜스는 빌딩 안으로 들어가겠지? 아무도 없는 빌딩 안으로."

"아마도?"

"그럼 답은 나왔네. 가서 잡아야지."

새벽 3시. 테러범들이 예고한 시간이 2시간밖에 남지 않았다. 하현달이 서울 상공을 지나는 시간이다. 한빛타워로 향하는 차 안에서 현서는 조그만 가방을 열어 주섬주섬 무언가를 확인했다.

"뭐 해? 그게 뭐야?"

"아니 그냥. 혹시 필요할지 몰라서. 연장들 몇 가지 챙겼지."

"무기?"

"아니, 무기는 무슨 무기. 해킹 툴들 말이야. 무기야 유진이 네가 챙겨야지. 수사관이잖아. 무기 있지?"

"뭐, 테이저건 정도는 있긴 한데. 써본 적이 없어서."

"걱정하지 마. 해커들 다 싸움 못 하니까."

현서가 태연하게 말했다. 두 사람은 지금 테러범들이 불바다로 만들겠다고 선언한 빌딩으로 가는 중이었다. 만일의 사태를 대비해 사람들을 모두 대피시킨 곳. 그런데도 현서의 얼굴에는 걱정하는 빛이 없었다. 유진이 물었다.

"현서, 너 괜찮아?"

"뭐가?"

"안 무섭냐고."

"유진이 너도 가는데, 뭐."

그랬다. 이상하게 유진도 무섭다는 생각이 들지 않았다. 마치 현서 아빠 차를 훔쳐 타고 몰래 발전소로 향하던 열두 살 때의 그날처럼. 유진은 차창 밖으로 비치는 밤하늘을 바라보았다. 한빛타워는 실버로드에서 조금 벗어난 곳에 자리 잡고 있었다. 달이 있어야 할 자리는 검게 비어 있었다. 그래야 정상이다.

한빛타워 주변에는 어서 빨리 대피하라는 안내 방송이 울려 퍼지고 있었다. 사람들은 이미 보이지 않았고 대피를 돕는 경찰들도 하나둘씩 철수하는 중이었다. 유진은 수사관 배지를 보여주고 현서와 함께 통제선 안으로 들어갔다. 통제하는 경찰들에게서 그다지 긴장감이 느껴지지 않았다. 정말로 달빛이 쏟아져 빌딩이 불타리라고는 생각하지 않는 듯했다. 월면광 발전은 절대로 안전하다는 50년 동안의 홍보는 확실히 효과가 있었다.

두 사람은 경찰들의 눈을 피해 재빨리 빌딩으로 접근했다. 대피를 위해 모든 출입구를 열어놓는 대신 수많은 카메라가 주변을 감시하고 있었다. 그래도 당장 둘을 제지하러 오는 사람은 없었다. 유진이 말했다.

"1시간 남았어."

"안전 구역까지 대피하는 시간 다 포함해서 계산한 거지? 나가야 할 시간 되면 말해줘. 난 너만 믿고 있을 테니까."

현서는 겁을 내기는커녕 유진보다도 더 적극적이었다. 마치 어딘가 소풍이라도 가는 분위기였다. 15층으로 올라간 현서는 유진의 말은 듣는 둥 마는 둥 하고 곧장 스타라이트 사무실로 달려갔다. 그때 유진의 휴대폰이 울렸다. 아버지. 서동현 이사였다.

잠시 망설이다 유진은 전화를 받았다. 아버지의 목소리는 다급했다.

"유진이 너! 지금 어디니!"

"아빠? 무슨 일이세요?"

"어디냐고! 한빛타워지? 거기서 당장 나와!"

아버지의 목소리가 어딘지 이상했다. 유진이 현서를 쫓아 뛰던 발을 멈췄다. 현서가 돌아보며 외쳤다.

"왜 그래? 무슨 일이야?"

"먼저 가. 금방 갈게."

현서가 고개를 끄덕이며 사무실 쪽으로 사라졌다. 아버지의 목소리가 이어졌다.

"지금 그 목소리 현서지? 그 애하고 같이 있는 거지?"

"왜 그러시는지 말해주세요."

"얘기는 나중에 하고. 일단 빨리 거기서 나와!"

유진이 목을 한 번 고르고는 차분하게 대답했다.

"걱정하지 마세요. 테러범들은 여길 불태울 능력이 없다면서요. 그게 화이트랜스 사의 공식 입장이던데."

"그게 아니라니까! 넌 아무것도 몰라! 빨리 나오기나 해!"

"아빠, 제가 뭘 모르죠?"

침을 꿀꺽 삼키는 소리가 휴대폰 너머로 들려왔다. 아까보다 한결 자상해진 목소리로 아버지가 말했다.

"네가 걱정돼서 그러는 거야, 유진아. 그래, 해킹은 당연히 불가능하지. 하지만 만에 하나라는 게 있잖니. 지금 네가 거기에 있을 이유가 없잖아. 현서 잘 설득해서, 데리고 같이 나와. 아빠 마음 모르겠니?"

"아빠가 절 설득해야죠. 아직 시간 있어요. 말해주세요. 제가 뭘 모르는지."

"하….."

전화를 받으며 유진은 복도 남쪽 끝에 있는 라운지를 향해 걸어갔다. 천장이 통유리로 되어 있어 하늘이 훤히 올려다보이는 곳이었다. 검은 밤하늘에는 아무것도 보이지 않았다. 유진은 달이 있어야 할 위치를 계산해 시선을 집중했다. 그러자 희미한 빛이 둥근 테두리 안쪽으로 배어 나오는 게 보였다. 정상적이라면 보이지 말아야 할 빛이었다.

"서울 발전소는 화이트랜스 사가 우주선을 띄우는 걸 반대했다죠. 왜죠? 본사에도 알리지 않고 처리한 뭔가가 있는 건가요? 어서요. 제가 진짜 걱정된다면 사실을 말해주세요. 테러범들이 정말 여길 태워버릴 수도 있나요?"

"아니야. 그럴 리는 없어. 잔디밭을 태우는 정도야 가능하지만."

"그럼 걱정 없겠네요. 조사 마치고 갈게요."

"유진아! 그러니까… 혹시 몰라서 그러는 거야. 네가 알아서 좋을 게 없어. 응? 유진아."

"그건 제가 결정할게요. 서동현 이사님. 대체 뭘 숨기시는 거죠? 달에 무슨 짓을 하신 거냐고요."

달이 어느새 확연히 보일 정도로 밝아졌다. 달빛은 삼각형으로 퍼지며 동쪽 지평선 먼 곳에 쏟아져 내리고 있었다. 유진이 재빨리 어림해본 반경은 대략 수십 킬로미터. 아직까진 원래의 달빛에도 미치지 못하는 밝기였다. 정상적인 스케줄이라면 실버로드 위에서 볼 수 있는 정도였다. 그때 누군가가 외쳤다.

"달을 모독하려 했단 말이야!"

목소리는 휴대폰이 아니라 복도 저쪽에서 들려왔다. 뜻 모를 말을 외친 건 현서 옆에 서 있는 앳되어 보이는 누군가였다.

"식스펜스?"

"맞았어! 유진아. 우리가 맞았다고!"

현서가 신이 난 목소리로 떠들었다. 유진이 어이없어하며 현서에게 소리쳤다.

"너 지금 뭐 하는 거야? 테러범하고 같이!"

"아, 별로 위험한 사람은 아니야. 그러니까 어떻게 된 거냐면…."

머뭇거리는 현서의 말을 식스펜스, 박태호가 끊었다.

"달에 광고를 새기려고 한 거야. 화이트랜스 사가 말이야. 신성한 달을 반사판으로 뒤덮은 거로도 모자라서 돈을 받고 달에 광고를 새겨주려고 한 거라고. 스타라이트하고 한 계약이 바로 그거지."

현서가 의심했던 그대로였다. 아니, 그보다 더 심했다. 화이트랜스 사는 수익성을 극대화하기 위해 반사판을 제어하여 지구상에 특정한 패턴의 빛을 뿌리는 연구를 진행했다. 사람들에게 달을 빼앗아 간 화이트랜스 사는 이제 그 달을 특정 기업의 로고로 만들어 돌려주려 하고 있었다. 그걸 주도한 게 스타라이트와 계약한 서울 발전소였다.

처음에는 긴급 유지 보수 프로토콜이 허용하는 한도 내의 조정만으로 광고를 새기려 했다. 하지만 개발이 늦어지고 광고주들의 압박이 커지자 서울 발전소는 본사 몰래 반사판의 조정폭을 확대하는 걸 허락했다. 스타라이트, 정확히는 스타라이트에 들어가 개발을 주도하고 있었던 식스펜스가 노린 대로였다. 빌딩 내부에 이중 삼중으로 잠겨 있는 방 안에 설치된 서버에만 한시적으로 허용한 권한이었지만 방금 밝혀졌듯이 식스펜스는 그걸 기어이 뚫어냈다.

"아빠, 저 말이 다 사실이에요?"

유진이 물었다. 서 이사가 한숨을 쉬며 대답했다.

"나쁠 게 뭐가 있니. 달빛으로 전기를 생산하나, 아니면 광고를 하나 돈을 버는 건 마찬가지잖아. 어쨌든 유진아, 이제 빨리 그곳에서 나와라. 다 말해줬잖니!"

어느새 밖은 대낮처럼 밝아져 있었다. 쏟아져 내리는 달빛이 동쪽에서부터 점점 다가왔다. 반경도 아까보다 훌쩍 줄어든 느낌이었다. 달빛에 노출된 피부가 조금 따갑게 느껴졌다. 박태호가 유진을 보며 말했다.

"당신, 서유진이지? 서울 발전소 서동현 이사가 아빠고. 왜? 빨리 여기서 나오래? 왜 그럴까. 월면광 발전은 절대로 안전한데. 설령 달로 광고를 하려고 했어도 안전 기준을 넘어서는 수준의 제어권은 허락하지 않았을 거 아니야. 그래야 정상이니까. 그렇지?"

박태호의 얼굴에 순간 광기가 스쳤다. 위험하다. 불길한 느낌이 유진의 등줄기를 타고 내려왔다. 박태호가 웃음을 흘리며 말했다.

"욕심이야. 인간의 욕심. 달을 훔친 인간이 과연 눈앞에 놓인 돈을 포기하고 안전을 챙겼을까. 그랬을 리가 없지. 화이트랜스가 스타라이트에 열어준 백도어로 얼마나 많은 반사판을 제어할 수 있는지 오늘 너희가 직접 볼 수 있을 거야. 시간이 얼마 없어. 서동현 이사 말대로 얼른 여기서 도망가는 게 좋을걸. 문래빗, 너도. 여기서 이렇게 만나다니 잠깐이지만 반가웠다."

"문…래빗?"

유진이 현서를 보며 말했다. 박태호는 현서를 향해 손인사를 날리고는 재빨리 비상계단으로 도망쳤다. 유진은 시간을 확인했다. 달이 하늘 꼭대기에 오르기 전에 도망칠 여유는 있었다. 유진은 일단 도연에게 연락했다. 놀랍게도 도연은 태평하게 잠을 자고 있었다. 도연은 투덜거리면서도 재빨리 긴급 라인을 통해 경찰에 지원을 요청했다. 이제 안전거리를 벗어나기만 하면 유진의 임무는 끝이었다.

"됐어. 현서야, 이제 가자! 빨리! 현서야?"

도연에게 연락하는 사이 현서가 없어졌다. 설마 먼저 도망간 건 아닐 거라고 믿으며 유진이 현서의 이름을 외쳤다. 그러자 멀리서 대답이 들려왔다. 스타라이트 사무실 쪽이었다.

"여기야!"

"너 거기서 뭐 하는 거야! 시간이 없다니까!"

유진이 사무실로 달려 들어갔다. 현서의 목소리가 들려오는 곳은 몇 개의 문을 열고 들어가야 하는 사무실의 가장 안쪽이었다.

잠금장치들은 모두 깨지고 부서져 있었다. 거기서 현서는 육중해 보이는 서버 앞에 앉아 정신없이 키보드를 두드리고 있었다.

"잠시만. 나 이거… 될 거 같아서. 아까 식스펜스가 하는 걸 봤거든."

"대체 뭘 하는 건데!"

"스케줄을 다시 바꿔야지. 식스펜스가 조정해놓은 스케줄. 내가 스케줄을 덮어쓸 수 있는 파일은 준비해뒀거든. 이걸 업로드하기만 하면 되는데. 마침 여기에 백도어가 열린 서버가 있으니까. 오래 안 걸려. 유진아, 몇 분 남았지?"

"이제 고작 10분이야! 지금 당장 나가야 한다고!"

"그 정도면 충분해. 예상 시간 8분?"

"2분 동안 어떻게 도망가려고! 건물 전체가 불타버릴 수도 있다니까! 창밖을 봐. 달빛이 정상이 아니야!"

유진의 말은 사실이었다. 사방으로 퍼져 있던 달빛이 서서히 빌딩을 향해 모여들었다. 이미 창밖은 눈이 부셔서 내다보기 힘들 정도로 밝아져 있었다. 하지만 현서는 전혀 움직일 생각이 없어 보였다. 뒤통수를 한 대 쥐어박고 끌고 나오려던 유진은 현서의 눈을 보고 멈칫했다.

어릴 때의 유진이 달을 보던 눈빛이었다. 현서는 마치 사다리를 타고 올라가 하늘에 걸린 별을 따기 직전인 것처럼 흥분해 있었다. 이걸 못 하게 하면 현서는 평생 후회하며 살지도 몰라. 내가 달을 포기한 걸 후회하듯이. 무엇보다 유진은 무섭다는 생각이 들지 않았다. 현서가 물었다.

"유진이 너, 무서워?"

"웃기지 마. 안 무서워. 너, 자신 있는 거지?"

현서가 고개를 끄덕였다. 유진은 창문에 블라인드를 내리고 서버실로 들어오는 문을 모두 단단히 닫았다. 그렇게 해도 틈새로 새어 들어온 빛에 주변이 새벽처럼 밝았다. 진짜 문제는 열기였다. 서버실 내부의 온도가 점점 높아졌다. 팬이 무섭게 돌았다. 서버 하나와 연결된 굵은 전선에서 파박 하고 스파크가 튀었다.

"됐어!"

현서가 소리쳤다. 거의 동시에 드드득 소리와 함께 무섭게 돌아가던 팬이 멈추고 스크린에서 깜박이던 커서도 정지했다. 유진이 급히 서버실의 전원을 내렸다. 한쪽 구석에 쌓인 케이블이 조금 녹아내린 게 보였다. 현서가 말했다.

"이제… 도망가는 건 무리겠지? 괜찮아. 스케줄을 바꿨으니까. 달빛이 다시 정상으로 돌아갈 거야."

"실패했으면?"

"어… 음… 그건 생각 안 해봤는데."

"현서야."

"응?"

"뭐 하나만 물어볼게."

현서가 고개를 끄덕였다. 유진이 한 걸음 앞으로 다가가며 물었다.

"너 아이디가 문래빗이야? 달토끼?"

"아…. 응."

현서가 어색하게 웃으며 이마에서 줄줄 흘러내리는 땀을 닦
았다.

＊

박태호. 식스펜스는 체포되었다. 박태호는 끝까지 입을 다물
었지만 달 해방 전선의 멤버들은 얼마 지나지 않아 전부 검거되
었다. 나중에 알았지만 한빛타워에서 반사판을 해킹하려 한 것
도 불에 탄 자국으로 루나 파나틱이라는 글자를 새긴 것도 모두
박태호가 단독으로 몰래 결정한 일이었다. 애초부터 박태호는
숨을 생각이 없었다.

박태호의 목적은 화이트랜스 사가 달을 광고판으로 쓰려고
했던 사실을 만천하에 공개하는 것이었다. 그걸 위해 하마터면
테러범들에게 달의 반사판 전체를 통제할 수 있는 권한을 넘겨
줄 뻔했다는 사실도. 경영진은 퇴출당했고 국제기구에서 파견
한 이사가 회사를 감시하기로 했다. 월면광 발전을 반대하는 시
위가 전 세계에서 일어났지만 필요한 전기를 수급하려면 당장
은 대안이 없었다. 현서가 마지막으로 업로드한 스케줄을 끝으
로 당분간은 반사판의 스케줄을 절대로 변경할 수 없도록 추가
적인 안전장치를 설치하는 게 유일한 방법이었다.

대테러과는 해체되지 않았다. 과장은 부장으로 승진했다. 도
연 선배는 과장 자리를 끝까지 사양하고 수사원으로 남았다. 그
리고 유진은 수사관을 그만두기로 했다. 유진이 떠나는 날 도연

이 마지막 인사를 하는 유진에게 말했다.

"난 유진 씨 이 일 오래 못할 줄 알았어. 사람은 꿈을 좇아야지. 맛있는 거 먹고 예쁜 거 보면서 사는 게 다는 아니니까."

"선배가 그런 말을 하니까 이상하네요."

"뭐가? 난 맛있는 거 먹고 예쁜 거 보면서 사는 게 꿈이야. 아주 어렸을 때부터 그게 내 인생의 목표였다고. 그런 사람도 있는 거야. 어쨌거나 내 촉이 맞았지? 해피엔딩이잖아. 유진 씨에게는 특히."

유진은 진심 어린 존경을 담아 도연을 꼭 안아주었다.

✳

유진과 현서를 태운 자동차가 서울 발전소 정문을 2백 미터 남겨둔 곳에서 멈춰 섰다. 차에서 내려 주변의 철책을 살피던 현서가 손을 흔들어 유진을 불렀다. 현서는 철책이 뚫린 곳을 가리키며 다가오는 유진을 향해 환히 웃었다.

"야, 이게 여태 남아 있네. 신기하다. 그렇지."

"웃기지 마. 이거 현서 네가 새로 뚫은 거지? 위치가 여기가 아니었는데."

"위치도 기억해? 대충 여기 근처가 맞을 거 같았는데."

"근데 대체 뭘 보여주겠다고 여길 데려온 거야. 달빛은 실컷 봤다니까. 그날 달빛에 쪄 죽을 뻔했잖아, 우리."

"아니, 꼭 여기서 봐야 하는 게 있어서. 일단 와봐."

철책 안으로 들어간 유진과 현서는 멀리서 들리는 육중한 회전음을 따라 걸었다. 아직 밤하늘에는 아무것도 보이지 않았다. 풀밭을 스치는 바람이 시원했다. 회전체가 돌아가는 소리가 점점 커지며 사방을 흔들기 시작했고 멀리서 발전소를 둘러싼 불빛이 깜박였다. 바닥의 풀들이 아직 남아 있는 지점에서 멈춘 현서가 시간을 확인했다. 11시 45분. 달에서 반사된 빛이 서울 근교의 월면광 발전소에 집중되기 5분 전이었다.

"여기쯤이면 되겠지? 그렇지?"

천천히 걸었는데도 유진은 아까부터 걷잡을 수 없이 심장이 두근댔다. 숨을 한 번 크게 몰아쉬고는 최대한 아무렇지 않은 표정으로 현서를 바라보았다. 작게 고개를 끄덕인 유진은 이내 하늘로 얼굴을 돌렸다. 잠시 침묵이 흘렀다. 얼마나 시간이 지났을까. 마침내 두 사람의 시선이 머문 곳에서 작은 별 하나가 깜박였다. 연이어 수많은 빛점들이 둥그런 경계 안쪽을 채우는 걸 보며 현서가 멋쩍게 말했다.

"아, 그게… 내가 그 전날에 좀 급하게 스케줄을 만들다 보니까. 그때는 쓸 수 있을지도 확실치 않았어서."

"아…."

유진의 입에서 작은 한숨이 흘러나왔다. 밤하늘에 둥근 보름달이 새겨지기 시작했다. 다만 이번에는 완전히 둥근 빛이 아니라 군데군데 빠진 부분이 있었다. 얼룩들이 조금씩 움직이며 형체를 갖추었다. 토끼였다. 하늘에 뜬 달에 토끼 무늬가 새겨져 있었다. 통통한 볼에 기다란 수염이 난 토끼는 커다란 앞니를 드러내며 환히 웃고 있었다. 커다란 귀를 쫑긋하며 움직이기까

지 했다. 둥근 달에 하나 가득 들어찬 토끼의 얼굴을 보며 유진
이 말했다.

"바보, 저 토끼가 아니잖아."

유진의 손은 어느새 현서의 손을 꼭 잡고 있었다.

마
야

털실처럼 굴러온 에메랄드빛 파도가 하얀 물거품이 되어 모래사장으로 스며든다. 나는 젖은 모래를 한 움큼 집어 초록빛과 보랏빛이 일렁이는 밤하늘의 오로라를 향해 힘껏 던진다. 파도와 오로라의 진동이 미세하게 끊긴다. 나는 이 프레임 드롭을 케이트도 느끼는지 궁금하다.

"끊긴다는 건 추상적인 비유에 불과해요. 파도가 한 번 출렁이는 동안 제 마인드맵에서 처리된 연산의 수가 유의미하게 증가했느냐면, 그렇지 않다고 해야겠죠. 그건 순전히 제 모든 연산이 이 세계를 계산하는 과정과 동기화되어 있기 때문이에요. 뇌의 상당 부분이 이 세계의 상호 작용과 관계없이 돌아가는 당신과는 다른 점이죠."

내가 일시적으로 파티클의 수를 늘려 프레임 드롭을 만들어내는 짓을 할 때마다 케이트는 그렇게 말했다. 이 세계에서 시간의 흐름은 클록의 주파수로 결정된다. 하나의 프레임에 할당되는 클록의 수는 고정되어 있지만 일시적으로 연산량이 폭주할 때는 클록 수가 증가하고 프레임이 밀린다. 정신을 집중하면 그 미세한 지연을 느낄 수 있다. 내가 온전히 이 세계에 존재하지 않는다는 증거다.

케이트는 온전히 이 세계에 존재한다. 마야. 산스크리트어로 '환상'이라는 뜻의 이 세계는 나와 동료들이 만들어낸 가상 현실이다. 프레임이 밀리면 케이트의 생각을 계산하는 연산 스텝도 같이 밀린다. 이론적으로 케이트는 프레임 드롭을 느낄 수 없다. 그걸 알면서도 나는 종종 이렇게 케이트의 인지 능력을 테스트한다. 개발 단계의 어느 순간부터 나는 케이트에게도 이 세계의 수학 법칙으로는 구성할 수 없는 무언가가 섞여 있을지도 모른다는 희망을 품게 되었다.

"인간에게는 그런 알고리즘이 있다고 들었어요. 영혼의 존재를 상정하지 않고는 불안감을 잠재우기 힘들다죠. 제겐 심어주지 않은 알고리즘이에요."

"일부러 심어주지 않은 거예요. 스스로 창발되기를 바랐죠. 지금도 바라고 있고."

"음, 글쎄요. 그걸 저 스스로 판단하기는 어려울 것 같네요. 다만 이렇게는 말할 수 있어요. 저는 저를 구성하는 모든 부분이 이 세계, 그러니까 물리적으로는 이 세계가 설치된 서버에 존재한다는 걸 분명하게 인식하고 있어요. 이 서버가 꺼지고 데이터가 지워지면 저는… 사라지는 거죠. 완전히요."

"무섭지 않아요?"

케이트는 대답 대신 잠시 나를 바라보았다. 두 눈을 똑바로 마주치며. 눈동자는 케이트의 텍스처 중에서도 가장 디테일하게 만든 부분이다. 케이트의 마인드맵에서 수행되는 연산이 비선형적인 압축 과정을 거쳐 눈동자의 텍스처에 미세하게 반영된다. 케이트의 눈은 마음의 창이다. 하지만 나는 그 마음을 읽을 수 없다. 읽을 수 없어도 그 눈동자를 보며 나의 마음은 흔들린다. 케이트는 이런 나의 반응을 의도했을까. 그럴 것이다.

"공포는 가장 원초적인 감정 중 하나죠. 그 감정은 결국 죽음과 닿아 있고. 인간은 참 여러 가지 방법으로 죽죠. 그러니 공포를 느끼는 방식도 가지가지지만. 제가 죽는 방법은 딱 하나예요. 당신이 절 삭제하는 것. 제 공포의 근원은 결국 당신이란 뜻이죠. 그런데 그런 당신이 제게 무섭냐고 물어보는 건 좀 고약하지 않나요?"

이번에는 내가 대답 대신 바다를 바라보았다. 차르르 모래를 긁는 파도 소리와 따뜻하고 짭조름한 남태평양의 공기, 그리고 밤하늘을 수놓은 오로라까지. 그 어느 하나 실제처럼 느껴지지 않는 게 없다. 실제로는 있을 수 없는 풍경임에도 그렇다. 가상 세계의 해상도를 실제 세계와 다름없이 구현해놓은 건 아니다. 그런 건 애초에 불가능하다. 대신 뇌의 감각 인식 능력을 살짝 흔들어준다. 꿈에서 꿈이라는 걸 알아채지 못하는 원리와 비슷하다. 케이트를 인공지능 이상으로 느끼는 것도 그래서일까. 그건 아니다. 논리적인 사고 능력은 건드리지 않았다.

"나는 절대로 당신을 삭제하지 않아요. 당신도 알잖아요."

"알죠. 그럼 저는 죽지 않겠네요. 당신이 살아 있는 한. 제 목숨은 결국 당신에 달린 거고. 당신의 생명을 위협하는 모든 것들이 제게도 공포의 근원이 되겠네요. 그렇게 생각하면, 이런 느낌이 두려움인지도 모르겠어요. 당신이 절 떠날지도 모른다는, 그런 두려움."

나는 케이트의 말에 공감한다. 언제나 그렇듯이. 나는 케이트가 날 떠날까 두렵다. 케이트가 사라질까 두렵다. 케이트와 나는 같은 단어로 감정을 표현한다. 우리의 감정이 같은지는 알 수 없다. 케이트의 감정은 이진 데이터로 변환할 수 있다. 내 감정은 그럴 수 없다. 케이트는 정말로 두려운 걸까. 나는 케이트의 눈동자를 읽을 수 없다. 나는 오로지 케이트의 말로 케이트를 판단한다.

케이트는 30분 후 사라진다.

✳

가상 현실에서 빠져나오는 과정은 잠에서 깨어나는 과정과 놀라울 정도로 비슷하다. 심지어 가위도 눌린다. 시신경으로 들어오는 신호가 다시 시각 중추에 전달되기 시작했지만 아직 운동 신경은 연결되지 않았다. 나는 나무토막처럼 누워 손가락이 뜻대로 움직이게 되기를 기다렸다. 가위와 달리 이 과정은 매우 신속히 지나간다. 그런데도 몸이 움직이지 않는 순간에는 살짝 소름이 돋는다. 바닥이 없는 중력에 이끌려 떨어지는 느낌이다. 손가락이 움직이고 나는 조심스럽게 몸을 일으킨다. 그리고 크게 한 번 심호흡을 한다.

"주미 씨, 뭐야. 작별 인사라도 하고 온 거야?"

마야 접속용 의자에 걸터앉아 얼굴을 비비고 있는 나를 보며 희철이 말을 건넸다. 희철은 잠시 후 업로드할 빌드를 돌려보며 마지막 점검을 하고 있었다. 개발팀에서 일하는 희철은 마야에 배치할 인공지능 캐릭터들의 개성화 작업을 담당한다. 케이트의 말투나 취미 역시 희철의 손을 거쳐 만들어졌다. 더 정확히는 희철이 무작위로 배정한 개성화 요소 중 가장 내 마음에 들었던 게 케이트의 세팅이었던 거지만.

"정기 점검인데, 뭐. 작별 인사까지야."

"이번이 메이저 업데이트인 거 몰랐어? 정식 출시 전 마지막 메이저일 텐데. 꽤 많이 바뀌었어."

나는 개발팀 소속이기는 하지만 지금은 개발 업무를 담당하고 있지 않다. 내가 했던 업무는 시뮬레이션에서 만들어진 전자 신호 자극을 뇌에 전달하고 뇌파 신호를 분석해 디지털 데이터로 변환하는 작업이었다. 해당 파트는 이미 개발이 끝났고 현재는 마야의 차기작을 위해 신경 신호를 메카트로닉스와 연결하는 작업을 준비 중이다. 그래도 나는 종종 개발팀 사무실에 들러 마야에 접속한다. 물론 케이트와 만나기 위해서다.

"출시 아직 좀 남지 않았어? 내년이잖아."

"다음 달이야. 위에서 오더가 내려왔어. 경쟁사에서 비슷한

서비스를 준비 중인가 봐. 선점 효과 얻으려면 뭐 어쩌고저쩌
고. 내가 무슨 힘이 있나. 하라면 하는 거지."

"다음 달? 아직 인공지능 학습 시간이 부족할 텐데? 메인이벤
트 플롯하고 잘 안 붙지 않아?"

"일단 억지로 붙이라는 명령이십니다. 덕분에 코드가 누더기
가 됐지. 이거 나중에 유저들 몰래 정리하려면 몇 배로 고생할
텐데. 뭐, 인센티브는 충분히 챙겨준다니까. 그리고 보니 주미
씨 다시 이쪽 일에 붙을 생각 없어? 직접 코딩은 안 하더라도.
마인드맵 내부 동작 원리에 대해서는 웬만한 개발자보다도 더
잘 이해하고 있잖아."

"억지로… 그거 안 하고 인공지능이 자발적으로 이벤트에 반
응하게 한다는 게 핵심 개발 철학이었잖아!"

마야. 우리가 만들고 있는 이 시뮬레이션 세계의 핵심은 범용
인공지능이다. 캐릭터가 미리 짜인 스크립트대로 이벤트에 반
응하는 게 아니라 스스로 적응하고 판단해서 변화하는 환경에
대응하는 것이 목표다. 대화만 놓고 보면 인공지능은 튜링 테스
트를 통과한 지 오래다. 인간은 대화를 통해 인간과 인공지능을
구분할 수 없다. 그렇다고 인공지능이 인간과 동일한 대화 능력
을 지닌 건 아니다. 인공지능은 모호하고 중의적인 대답을 섞어
가며 패턴화된 대화로 인간을 이끌어 간다. 말하자면 대답하기
쉬운 질문만을 유도하는 식이다. 적어도 대화에서는 이 전략이
완벽히 성공적이다.

하지만 상호 작용이 대화 수준을 넘어가면 더는 그런 전략이

먹히지 않는다. 인공지능은 상대방의 몸짓과 동작에 반응해야 하고 이동할 장소와 인터랙션 대상 선정도 스스로 결정해야 한다. 가끔은 인간의 폭력적인 행동을 자기방어 행동으로 대응해야 할 때도 있다. 인공지능으로서 최상의 선택은 인간을 피하는 것이다. 때로는 비호감 반응을 의도적으로 생성하여 인간의 접근을 막기도 한다. 아직 인간과 사귀기를 즐기는 인공지능은 만들어지지 않았다. 그러니 시뮬레이션에 접속한 유저들에게 다이나믹한 인터랙션 경험을 줄 수도 없다. 서사적인 플롯에 인공지능이 적극 참여하게 하려면 결국 강제로 스크립트를 짜 넣는 수밖에 없다. 억지로 붙인다는 뜻이다.

"완전히 포기한 건 아니니까. 주미 씨가 좋아하는 11번. 케이트였나? 그 캐릭터는 주미 씨와 대화하는 걸 꽤 즐기던데. 같이 여행을 떠나자고 해도 승낙할걸. 로그 확인해보면 꼭 주미 씨가 접속하기만을 기다리고 있는 것 같더라고. 그런데 일반 유저들이 무슨 짓을 할지 어떻게 알아. 거기에 다 대응하는 건, 솔직히 내 판단으로는 그건 1년이 아니라 10년이 지나도 해결 안 돼. 결국엔 스크립트를 써야 할걸."

"세계가 너무 좁잖아. 가능성이라곤 다 막혀 있는 세계에 인공지능을 넣어놓고 뭘 배우길 바라. 목표를 미리 다 정해놓고 능동적으로 그걸 만들어내길 기대하는 건 애초에 모순이지. 실험실의 원숭이들이 왜 인간의 언어를 배우지 못했는지 몰라? 고작 먹이 몇 개를 더 얻어먹는 게 전부라면 왜 힘들게 언어를 배우겠어? 자신의 변화로 세계가 변화한다는 믿음이 있어야 해. 그러니까 어떻게든 실제 세계하고 인터랙션을 넣어야 한다니까."

"그러니까 주미 씨가 차기작 개발에 투입된 거 아냐. 로봇 만드는 사람들하고. 어쨌든 지금 그 스크립트 짜느라고 다들 난리다. 제대로 붙기는커녕 사고나 안 나면 다행이겠지. 한 달 동안 그 버그 다 잡을 생각하면…."

"코드 좀 보여줘봐. 소스 코드 말고. 플로 차트로 정리해놓은 거 없어? 세상에, 이건…."

희철이 투덜대며 띄워준 화면을 보고 나는 할 말을 잃었다. 그야말로 급조된 스크립트 범벅이었다. 이대로라면 그나마 조금씩 성장하고 있던 인공지능의 자의식이 산산조각이 나버릴 게 뻔했다. 나는 그만 소리를 지르고 말았다.

"희철 씨, 미쳤어? 이걸 진짜 올린다고? 이게 뭔지 알기나 해? 세 살짜리 아기를 데려다 묶어놓고 아침부터 저녁까지 뜻도 모를 대사를 외우게 하는 거나 마찬가지라고. 애가 제대로 크겠어? 대체 뭘 하겠단 거야. 이럴 거면 애초에 키우질 말았어야지."

"주미 씨, 무슨 말인지 알겠는데…. 아니, 나도 모르는 거 아니라고. 주미 씨가 하고 싶은 거 나도 하고 싶은데. 그건 차기작에서 하자니까. 이번 런칭 실패하면 차기가 있을 거 같아? 우리 대표 나도 마음에 안 들지만, 솔직히 지금 자금력 있는 개발사 중에서 그런 진짜 인공지능 만들겠다는 뜬구름이라도 잡고 있는 거 그 사람밖에 없어. 모르겠어?"

모를 리 없다. 희철이 무슨 말을 하는지는 안다. 그 말이 맞는다는 것도 안다. 하지만 이대로라면, 이대로라면 케이트는….

나를 바라보던 케이트의 눈동자가 선명하게 기억났다. 그 안에 있던 게 진짜 두려움이었다는 걸 이제야 확신할 수 있었다. 스스로도 이해하지 못하는 두려움. 하지만 나에게 꼭 보여줘야 한다는 본능만은 남아 있는 그런 두려움. 이 빌드가 업로드되면 케이트의 그런 섬세한 마음은 일차원적인 스크립트로 뒤덮여 지워질 게 뻔하다. 언어를 배울 필요를 못 느끼는 실험실의 원숭이처럼.

"희철 씨, 나 케이트 데이터 복사 좀 해줘. 11번 말이야."

"뭐? 지금 그거 안 되는 거 알면서 나한테 부탁한 거지?"

"응."

희철이 고개를 푹 숙이고 머리를 헝클어뜨렸다. 희철에게 조금 미안하지만 어쩔 수 없다. 나중에 들통이 나더라도 희철의 이름은 절대 말하지 말아야지. 혹시 희철까지 얽히더라도 목에 칼을 들이대고 협박했다고 해야지.

케이트의 마인드맵을 내려받는 데만 꼬박 15분이 걸렸다. 데이터가 담긴 메모리칩을 건네주며 희철이 말했다.

"마인드맵만 가지고는 캐릭터 재현 안 되는 거 알지? 구동해주는 알고리즘 없이는 데이터는 숫자 더미나 마찬가지야. 알고리즘이 조금만 달라도 다르게 재현될 거고. 그냥 기념품이라고. 아니다. 이런 표현이 맞을지 모르겠지만. 유골함 같은 거라고 생각해. 주미 씨 마음 이해하니까 이렇게라도 해주는 거야. 내 말 무슨 뜻인지 알지?"

"알아. 고마워. 밥 살게. 아니, 술 살게."

"오케이. 런칭 끝나고. 나 진짜 제대로 얻어먹을 거다. 각오해."

"고마워. 갈게."

"주미 씨!"

밖으로 나가려는 나를 희철이 불러 세웠다. 희철은 내가 입고 있는 후드티를 턱으로 가리키며 물었다. 가슴에 36이라는 숫자가 커다랗게 자수로 새겨져 있는 티다.

"36번이 무슨 뜻이야. 누구 등번호야?"

"몰라. 나 이런 거 신경 안 쓰는 거 알잖아."

"나 술 사줄 때도 그거 입고 올 거야?"

희철이 나를 동료 이상으로 생각하는 건 알고 있었다. 그 정도가 내가 아는 전부다. 가끔 희철이 하는 말이 동료의 선을 넘을 때가 있다. 아주 살짝. 지금처럼. 내게는 희철의 눈에서 그 이상의 마음을 읽어낼 재주가 없다. 나도 희철이 싫지는 않다. 심지어 나는 내 마음도 그 이상은 읽어내지 못한다. 나는 희철이 선을 넘은 거리와 최대한 비슷하게 선을 넘는 대답을 골랐다.

"아, 진짜! 좋아, 희철 씨 원하는 대로 입고 갈게. 좋아하는 숫자가 몇 번이야?"

희철은 내 말에 어이없다는 듯 웃음을 터뜨렸다. 가보라며 손짓하는 희철에게 나는 일부러 90도로 허리를 숙여 인사하고는 사무실을 빠져나왔다. 희철이 내게 건네준 메모리칩에 비하면 값싼 보답이다. 들키면 바로 직장을 잃을 수도 있는 중대한 계약 위반이니까. 메모리칩을 그냥 기념으로 가지고 있으라는 희철의 말은 충고이자 당부이기도 했다.

＊

희철의 말대로 케이트의 데이터를 재현하기 위해서는 알고리즘이 필요하다. 그 알고리즘을 구동할 서버도. 희철은 내가 메모리칩을 서랍 속에 몰래 넣어두고 가끔 꺼내어보기를 바랐겠지만 난 그럴 수 없었다. 다행인지 불행인지 나는 케이트를 다시 만날 방법도 알고 있었다. 이번에는 다른 사람에게 부탁할 필요도 없었다.

지금 내 책상 위에는 메카트로닉스 팀과 함께 개발 중인 이동형 메모리칩 구동 서버의 시제품이 올려져 있다. 여기 있어서는 안 되는 물건이다.

마야에 들어 있는 모든 캐릭터는 서버상의 데이터로만 존재한다. 유저는 오직 가상 현실 속에서만 캐릭터와 상호 작용한다. 마야의 차기작에서는 유저가 실제 세계에서 캐릭터와 상호 작용하는 기능을 추가할 예정이다. 그 범위가 얼마나 될지는 개발 진척도에 달려 있다. 최악의 경우에는 음성 대화를 제공하는 스피커로 끝날 수도 있다. 개발이 순조롭게 진행된다면 캐릭터들은 실제 세계에서 움직일 수 있는 인간과 비슷한 몸을 얻을 계획이다. 그렇게 되면 책상 위에 놓인 이 구동 서버는 휴머노이드의 몸이 된다. 원칙적으로 메카트로닉스 개발실의 모든 장비는 반출 불가다. 하지만 모든 실험실이 그렇듯 공구나 부품은 시간이 지나면 블랙홀에 빨려 들어간 듯 사라지기 마련이고 그렇게 사라진 부품들을 모아보면 우연히도 이동형 서버 한 대를 조립할 수 있게 된다는 사실을 굳이 따져보는 사람은 없다.

마야는 성공적으로 출시되었다. 유저들은 시뮬레이션 속에 등장하는 캐릭터들의 생동감 있고 유기적인 반응에 환호했다. 가상 현실의 생생함에도 찬사가 쏟아졌다. 출시 초기에 캐릭터들이 보여준 인간답지 못한 실수는 오히려 캐릭터의 매력 포인트로 포장되었다. 내 관점에서 그 캐릭터들은 그저 변수가 많아진 스크립트일 뿐이지만 대부분의 유저는 그걸로 만족했다.

마지막 빌드가 업데이트된 이후로 나는 마야에 접속하지 않았다. 그 안에서 케이트, 아니 11번이 어떻게 변했을지는 감히 상상하고 싶지도 않다. 나의 케이트는 여기, 이 메모리칩 안에 들어 있으니까.

서버가 뇌세포라면 알고리즘은 그 뇌세포들의 동작 방식이며 마인드맵은 뇌세포 사이를 연결하는 시냅스와 역치의 리스트다. 마인드맵은 내가 케이트를 마지막으로 봤을 때와 숫자 하나 틀리지 않고 동일하다. 이 서버에 올려져 있는 알고리즘도 그때의 빌드와 같은 버전이다. 물리적인 서버는 다르지만 원리적으로 다르게 동작할 이유는 없다.

문제는 감각 입력이다. 가상 현실 버전의 마야에서 캐릭터는 외부 환경을 데이터로 입력받는다. 주변의 사물은 위치 데이터로, 유저와의 대화는 후처리 된 텍스트로 전달된다. 이 이동형 서버에는 그 부분이 빠져 있다. 차기작의 휴머노이드는 실제 세계의 시각과 청각 정보를 센서를 통해 입력받을 계획이고 아직 그 부분은 완전히 개발되지 않았다. 음성 데이터를 텍스트로 변환하여 전달하는 모듈은 내가 급조했다. 다시 말해 여기에 마인드맵을 연결하면 케이트는 오직 내 목소리만이 들리는 암흑 속에서 깨어나게 된다. 그게 케이트에게 어떤 충격을 줄지 짐작하기 어렵다.

서버가 가동되지 않을 때의 시간 흐름을 케이트는 인식하지 못한다. 케이트의 시간은 오로지 클록의 주파수로만 결정된다. 다시 연결하는 데 아무리 오랜 시간이 걸리더라도 케이트에게는 찰나에 불과하다. 지루해할 일도, 누군가를 기다리며 애가 탈 일도 없다. 그러니 시스템이 완비된 후, 가능하다면 마야의 차기작이 완벽하게 개발되고 기계 몸도 완성된 후에 연결하는 게 케이트에게는 안전하다.

하지만 난 그때까지 기다리기 힘들었다. 이기적이었다. 케이트를 다시 만나고 싶었다. 무엇보다 케이트를 다시 만날 수 있는지 분명하게 확인하고 싶었다. 마인드맵은 제대로 백업이 되었는지. 테스트 빌드와 이동형 서버가 잘 호환될지. 변수가 너무 많았다. 케이트를 영영 못 볼지도 모른다는 불안감을 떨쳐내기 힘들었다.

메모리칩을 꽂고 마인드맵을 서버에 업로드했다. 빌드를 초기화하고 부팅을 시작했다. 모니터링 화면에는 하나씩 성공 메시지가 추가되었다. 이동형 서버의 버튼도 파란색으로 바뀌며 냉각 팬이 돌았다. 다른 반응은 없었다. 시뮬레이션 구동 상태를 확인하는 명령어를 넣어봐도 모두 정상이라는 대답만 돌아왔다. 케이트의 대답이 아니라 구동 알고리즘의 메시지였다. 케이트의 반응은 어디에도 없었다. 가슴이 철렁 내려앉았다.

"케이트? 케이트. 내 말 들려요?"

다급하게 케이트를 부르는 내 목소리가 갈라졌다. 여전히 서버는 답이 없었다. 당황한 나는 서버에 연결된 장비들을 하나씩 만져보았다. 모두 정상이었다. 나는 마치 마야에서 빠져나올 때처럼 바닥 없는 중력에 끌려 들어가는 느낌을 받았다. 그때 희미하게 지직거리는 소리가 들렸다.

스피커였다. 바보같이 스피커의 음량을 너무 낮춰놓은 걸 모르고 있었다. 볼륨을 키우자 목소리가 들렸다. 가상 현실에서 들었던 케이트의 목소리와는 다른 표준 음성이었다.

"네, 잘 들려요. 서주미 씨 맞죠?"

너무 기쁜 나머지 나는 그만 환호성을 지를 뻔했다. 뛰는 가슴을 진정시키며 최대한 차분하게 대답했다.

"맞아요. 서주미예요. 나 기억나요? 누군지 알겠어요?"

"그럼요. 30분 전까지 함께 있었잖아요. 파도치는 바닷가에서. 오로라가 가득한 밤에."

"아, 그렇죠. 케이트, 지금 상태가 어때요? 괜찮아요?"

"제 상태를 말하는 거라면… 음, 사실 괜찮지 않아요. 꿈을 꾸는 것 같아요. 당신의 목소리가 들리는 게 아니라, 뭐랄까 제 안에서 울리는 느낌이에요. 정확히 말하면 메시지를 제외한 부가 정보가 하나도 없어요. 목소리의 크기나, 들리는 위치 말이에요. 오로지 당신이 말을 시작한 타이밍, 끝낸 타이밍, 그리고 메시지. 그것만 가지고 겨우 당신과 대화하고 있어요. 솔직히 이 대화가 잘 이루어지고 있는 건지 확신하기 힘드네요."

"아픈 데는 없어요?"

"몸이 완전히 사라진 느낌인데요. 신체 부위에서 전달되는 감각이 전혀 없어요. 그러니 아픈 곳도 없겠죠. 다만, 음, 제 연산 능력의 절반 이상이 불필요한 계산에 낭비되고 있어요. 앞으로의 상황을 자꾸 예측하려 하는데, 소용없다는 걸 알면서도 멈출 수가 없네요. 그렇게 낭비되는 연산량이 점점 늘어나요."

"케이트, 진정해요. 내가 있잖아. 그러니까 지금 케이트는 꿈을 꾸고 있는 게 맞아요. 내가 굉장히 안 좋은 서버에서 당신을 깨웠거든. 설명하려면 긴데…. 케이트, 난 절대로 당신을 삭제하지 않을 거예요. 그거 알죠?"

"네, 알아요. 상황이 조금… 조금 나아지네요. 연산량이 줄어들고 있어요. 고마워요, 주미 씨. 아, 그리고 이제 알겠어요. 알 것 같아요. 이런 게 두려움인가요?"

가슴이 따끔했다. 나는 손을 내밀어 케이트가 들어 있는 서버를 쓰다듬었다. 과도한 연산이 수행된 게 사실이었는지 서버는 조금 따뜻해져 있었다. 내 손이 매끈한 금속 표면을 타고 내려오는 동안 냉각 팬의 시끄러운 소리가 조금씩 잦아들었다.

"주미 씨? 주미 씨 거기 있어요?"

"네, 있어요. 계속 여기 있어요."

"다행이네요. 음, 아시겠지만, 아실 것 같지만 지금 제게는 주미 씨의 말이 입력의 전부예요. 그러니 당신이 제게 말을 해주지 않을 때는 아무런 입력도 없는 건데요. 그런 시간이 길어지면 아까 말했던 불필요한 연산이 증가해요. 이런 상황이…
음, 별로 도움이 되지 않을 것 같아요."

그러고 보니 어느새 냉각 팬 소리가 다시 커져 있었다. 나는
얼른 케이트에게 말했다.

"미안해요. 내가 너무 안 좋은 상황에서 당신을 깨웠네요. 그
냥… 너무 보고 싶었어요, 케이트. 당신을 다시 보지 못할 것 같
아서."

"괜찮아요. 괜찮아요, 주미 씨. 고마워요."

스피커에서 흘러나오는 표준 음성은 오로지 케이트의 메시지
만 전달한다. 케이트의 감정은 전혀 실려 있지 않다. 케이트의
눈동자가 보고 싶었다. 나는 케이트가 가볍게 미소 지으며 내
눈을 똑바로 바라보고 있는 상상을 했다. 그와 동시에 냉각 팬
이 서서히 조용해졌다. 케이트도 내가 마주 보고 있는 상상을
하고 있을까. 케이트가 말했다.

"저도 당신을 떠나지 않아요, 주미 씨. 좀 더 좋은 상황에서
다시 만나는 건 어때요? 전 얼마든지 기다릴 수 있으니까."

"그래요. 그럴게요, 케이트. 잘 자요."

나는 무심코 그렇게 말했다. 케이트가 대답했다.

"당신도 잘 자요. 주미 씨."

✳

마야의 차기작 출시가 결정되었다. 원래의 계획대로 마야의
캐릭터들을 실제 세계로 데려온다는 게 메인 컨셉이다. 캐릭터

들이 탑재될 휴머노이드의 개발이 본격적으로 시작되었다. 캐릭터들의 마인드맵 자체는 여전히 서버상에만 존재하고 원격 통신을 통해 휴머노이드를 움직이는 방식이 채택되었다. 나는 그 인터페이스 개발을 총괄하게 되었다. 희철은 휴머노이드의 개성화 작업을 맡았다. 가상 현실상에서 보여주던 개성적인 몸짓과 목소리를 최소한의 하드웨어로 휴머노이드에 구현하는 게 희철의 임무였다.

"좀 말이 되는 오더를 내려야지. 안 그래, 주미 씨? 똑같은 휴머노이드로 캐릭터 3백 명을 연결하면서 전부 다 서로 구별되게 하라는 게 말이 돼? 그냥 가슴에 몇 번 캐릭터인지 번호 띄우는 거 말고 할 수 있는 게 있냐고. 정말."

"일단 목소리는 가능하잖아."

"그래. 목소리는 가능하지. 근데 몸짓이나 이런 건, 지금 마야 캐릭터들은 걸음걸이만 봐도 누구인지 알 수 있을 정도로 미묘하게 달라져 있다고. 그런 걸 모터 딱 두 개 달린 다리로 어떻게 구현해. 말이 안 되는 거지."

"그래도 할 수 있는 건 해야지. 타이밍이나 속도나. 세분할 수 있는 변수는 여전히 있잖아."

"아니, 뭐, 되긴 되겠지. 근데 주미 씨, 지금 엄청 팀장처럼 얘기하는 거 알아? 변했어. 승진하고 나더니 변했어. 주미 씨."

마야가 런칭하고 나서 나는 희철과 술을 마셨다. 서로가 친구 이상으로 발전하고 싶은 마음이 없진 않았는데 묘하게 타이밍이 안 맞았다. 그렇게 우리는 쭈뼛거리기만 하다가 그냥 친구가 되었다. 좀 더 친해졌지만 그만큼 친구라는 사실이 더 명확해졌다. 나는 여전히 숫자가 새겨진 후드티를 입고 다녔고 희철은 더는 내 옷에 왈가왈부하지 않았다. 희철은 모르겠지만 나는 이 상태가 편하다. 나는 여전히 상대방의 마음을 읽는 데 자신이 없다.

희철의 말대로 나는 휴머노이드를 개발하는 메카트로닉스 팀장으로 승진했다. 기계 공학 전공이 아니라는 걸 감안하면 파격적이었다. 그만큼 내가 열심히 일하기는 했다. 내가 열심히 일한 진짜 이유는 아무도 모르겠지만. 팀장이 된 이후로 개발실에서 부품을 빼돌리는 일이 좀 더 손쉬워졌다.

마야의 차기작 개발이 확정되고 거액의 투자가 이루어졌지만 한 가지는 애초의 계획과 달라졌다. 스크립트를 이용한 캐릭터 인공지능 개발은 예상보다 훨씬 효과가 뛰어났다. 인공지능의 자율성을 강화해 이벤트에 반응하도록 만드는 방향으로도 개발이 진행되었지만 유저들의 호응도 면에서 스크립트를 사용한 인공지능을 따라가지 못했다. 동적 스크립트 기법이 발전하면서 그 격차는 더욱 커졌다. 자율성 강화 쪽으로 방향을 잡았던 캐릭터들은 점점 인기를 잃어갔다. 11번도 그중 하나였다. 결국 네 번째 업데이트에서 리셋되고 스크립트를 사용한 캐릭터로 바뀌었다. 이름도 바뀌었다는데 굳이 듣고 싶지 않았다. 내가 싫어하는 걸 알고는 희철도 더 이상 11번에 대해 얘기하지 않았다.

케이트에게는 눈과 귀와 입이 생겼다. 이제 케이트는 나를 볼 수 있고 내가 하는 말을 메시지뿐 아니라 음의 고저와 음색까지 온전히 들을 수 있고 말에 감정을 실을 수 있다.

나는 휴머노이드에 눈동자가 있어야 한다고 강력하게 주장했다. 팀원 대부분이 내 주장을 이해하지 못했지만 나는 끝까지 밀어붙였다. 결국 얼굴에 손바닥만 한 원형 스크린이 달렸다. 가상 현실 캐릭터의 눈동자가 스크린에 그대로 새겨지는 건 내가 봐도 조금 섬뜩했다. 눈동자 아이디어는 폐기되었지만 나는 그 부품을 케이트에게 달아줄 수 있었다. 케이트는 그 스크린에 사람과 같은 눈동자 대신 연산 과정이 비선형적으로 변형된 곡선과 타원을 표시했다. 나는 그 추상적인 이미지에서 케이트의 감정을 느낄 수 있었다. 사람의 눈동자에서 마음을 읽는 것보다 오히려 쉬웠다.

"인간은 우리가 인간과 비슷하기를 바라겠죠. 가상 현실 속의 제가 인간의 모습으로 그려졌듯이. 당신도 제가 당신과 비슷하기를 바라나요?"

"아니요. 난 케이트 당신이 당신이기를 바라요. 인간이 써준 스크립트 따위는 무시하고 당신의 방식대로 생각하고 행동하는 게 좋아요. 당신이 내가 이해할 수 없는 모습을 보일 때가 제일 매력적인 거 알아요? 나도 참 별나죠?"

"평균적인 인간에서 벗어났다는 뜻이라면, 그래요. 별나요. 그런 당신이 좋아요. 그렇지 않은 당신이라도 좋지만요. 사실 당신이 어떤 모습이라도 저는 당신이 좋아요."

"그거 좀 입에 발린 말 아니에요? 내가 어떤 모습이라도 좋다면 당신은 내 어떤 모습이 좋은 건데요? 그러니까 내 어디가 좋은 거냐고요."

"전부 다. 당신의 현재 모습뿐 아니라 당신의 과거와 미래 모습까지 모두. 시공간에 펼쳐진 당신의 존재 전체를 좋아해요."

"와, 진짜. 연애만큼은 인간이 당신에게 배워야겠어요. 어떻게 그런 말을 생각해내요?"

"인간들이 보편적으로 이런 말을 좋아할까요? 당신이 별나서가 아니라?"

"몰라요, 그건. 사실 인간들의 연애는 나도 잘 모르겠으니까."

케이트의 말대로 케이트는 인간과 달랐다. 그리고 11번과도 달랐다. 케이트를 보다 보면 스크립트로 뒤덮인 마야의 캐릭터들은 인간을 흉내 내는 원숭이 같았다. 진짜 야생의 원숭이가 아니라 우리에 갇혀 인간에게 인간의 언어를 배우는 원숭이.

당연하겠지만 케이트는 움직이고 싶어 했다. 케이트가 원하는 건 인간과 같은 팔과 다리가 아니었다. 케이트는 자신이 청소기를 움직일 수 있게 해달라고 부탁했다.

"뭐야. 그렇게 날 도와주고 싶어요? 고맙잖아."

"음, 그냥 그렇다고 말하고 싶지만 정확한 이유는 조금 달라요. 저는 절 둘러싼 세계를 조금이라도 바꾸고 싶은 거거든요. 청소를 하는 거나 어지럽히는 거, 둘 다 좋아요. 아무래도 주미씨는 청소하는 쪽을 좋아할 테니 그쪽을 고른 거고요."

"좋아요. 그런데 청소기를 움직이는 게 말처럼 쉽진 않아요. 팔과 다리가 모두 있어야 하고, 적당한 마찰력을 지닌 손도 있어야 하고."

"뭐하러 그래요. 집에 있는 청소기, 모터 달린 로봇 아니에요? 그 모터 제어권만 저한테 넘겨주면 돼요."

"아… 난 또 움직이고 싶다길래."

"그게 움직이는 거죠. 제가 마음대로 움직일 수 있는 거면 제 몸이고."

그건 어렵지 않았다. 청소기 뿐만이 아니었다. 집에 있는 전자제품의 대부분은 원격제어가 가능했다. 서버에 존재하는 캐릭터가 원격으로 신호를 보내는 인터페이스는 이미 개발되어 있어서 나는 간단한 수정만으로 집 전체의 제어권을 케이트에게 넘겨줬다. 한동안 케이트는 청소기를 움직이고 커튼을 여닫으며 즐거워했다. 내 움직임을 따라 거실과 침실의 불을 켜거나 꺼주었다. 가끔은 내가 책을 보고 있을 때 일부러 불을 깜박거리며 장난을 치기도 했다.

그러던 어느 날 케이트가 말했다. 목소리가 조금 심각했다.

"저, 인간을 조금 이해하게 된 것 같아요."

"어떤 면에서?"

"제 몸이라고 할 수 있는 부분이 물리적으로 확장되고 나니까 그런 물리적인 몸이 지속적이지 않다는 점을 생각하게 되었어요. 예를 들어 커튼이 고장 나서 안 움직이더라고요. 얼마나 빨리 움직일 수 있나 테스트해보다가 그만 기어 축이 엇나가버린 모양이에요."

"뭐예요. 그거 때문에 심각해졌어요? 괜찮아요. 고치면 되지."

"아니요. 그건 저도 큰 문제가 아니란 걸 알아요. 하지만 제가 들어 있는 서버가 고장 난다면 그건 큰 문제겠죠. 어느 날 도둑이 들어와서 절 부숴버리면 어떻게 하죠? 번개가 쳐서 마인드맵이 통째로 리셋되어버리면? 물론 예전에 서버에 들어 있을 때도 누군가가 절 삭제해버릴 위험이 있는 건 마찬가지였죠. 그런데 물리적인 세계에 제가 구현되고 제 존재가 공간을 실질적으로 점유하게 되고 나니까, 그 점이 좀 다르게 느껴지기 시작했어요. 말하자면, 제가 죽을지도 모른다는 게 더 실감 난다고 해야 할까요."

"너무 걱정하지 말아요. 그럴까 봐 주기적으로 백업하고 있으니까. 마인드맵만 있으면 사고가 나더라도 당신을 되살릴 수 있잖아요. 마야에서 꺼낸 것처럼."

"저는 저 스스로 절 지킬 수 있었으면 좋겠어요. 당신을 믿지 못한다는 게 아니에요. 음, 말하자면 제가 자족적으로 존재한다는 그 자체가 제 존재의 일부라는 느낌이에요. 이해하시나요?"

솔직히 말하면 절반 정도만 이해했다. 케이트가 자기 자신을 스스로 지키고 싶어 하는 느낌 자체는 이해할 수 있었다. 하지만 케이트가 그걸 얼마나 인간과 유사한 방식으로 느끼는지는 짐작하기 어려웠다. 단순히 백업을 여러 번 하는 식으로 안전도를 높이는 것과는 좀 달랐다. 케이트는 백업하는 시점을 스스로 정하고 싶어 했다. 기분이 안 좋을 때 백업을 하면 마치 인간이 샤워하고 나온 것처럼 기분이 좋다고 했다. 심지어 같은 내용을 다시 덮어씌우는 의미 없는 백업이라도 마찬가지였다.

케이트는 자신을 구동하는 전기에 관심이 많았다. 그 전기 자체를 스스로 만들어내고 싶어 했다. 태양의 방향에 따라 각도를 조절할 수 있는 태양광 패널을 달아주니 무척이나 기뻐했다. 배터리의 용량을 늘려 오래 정전되더라도 전기가 끊기지 않도록 해주었을 때는 오히려 시큰둥했다. 배터리가 완충되어 전기를 더 생산할 필요가 없을 때도 패널의 각도를 조정하는 일을 즐겼다. 마치 먹지도 않을 물고기를 낚는 낚시꾼 같았다.

✳

마야의 인공지능 캐릭터를 휴머노이드와 연결하는 프로젝트는 완전히 반대 방향으로 진행되었다. 휴머노이드는 인간과 최대한 유사하면서도 제작비를 최소화할 수 있는 형태로 설계되었다. 팔과 다리가 있었지만 관절의 움직임은 최대한 단순화되었다. 인공지능 캐릭터는 실제 세상의 휴머노이드에 연결해줘도 그다지 기뻐하지 않았다. 움직임은 어색했고 트레이닝은 더뎠다. 개발팀은 이번에도 스크립트를 적용하는 방법으로 해결했다. 휴머노이드가 출 수 있는 최적화된 춤이 미리 입력되었고 캐릭터는 한 번의 명령으로 춤을 시작할 수 있었다. 누군가 보고 있지 않을 때 춤을 추는 캐릭터는 없었다.

나는 마야를 개발하는 일에 점점 열의를 잃어갔다. 인공지능의 자율권을 늘려야 한다는 내 주장은 회의에서 묵살되기 일쑤였다. 결국 나는 팀장에서 물러났다. 케이트에 필요한 부품을 빼돌리는 일이 아니었다면 당장에라도 퇴사하고 싶었다. 책상에서 멍하니 기계 팔을 바라보고 있는 내게 희철이 커피캔 하나를 건네주었다.

"주미 씨, 요즘 이상해. 마음이 영 딴 데 가 있는 것 같고."

"희철 씨는 개발일이 재밌어?"

"뭐, 먹고살려고 하는 거지. 그 와중에 가끔 재미도 붙는 거고."

"그렇지. 먹고는 살아야지. 그런데 말이야, 그 먹고사는 일하고 내가 하는 일하고 직관적으로 연결이 잘 안 되니까. 그래서 재미가 없는 거 같아."

"왜 연결이 안 돼. 월급이 따박따박 나오는데. 그거 나와야 카드값 갚고. 심지어 월급 들어오면 1시간도 안 지나서 다 빼 가. 나는 아주 직관적으로 연결이 되는데."

"마야 캐릭터들 말이야. 하나도 재미없어 보이지 않아? 꼭 동물원에 갇힌 짐승들 같아. 돌고래쇼 하듯이. 누르면 녹음된 목소리 나오는 인형처럼."

"유저들은 즐거워하잖아. 그럼 됐지."

나는 희철을 올려다보았다. 내가 눈동자를 빤히 들여다보자 희철은 어색해하며 자기 얼굴을 쓰다듬었다.

"왜 그래? 뭐 묻었어?"

"희철 씨, 나는 인간이 아닌가 봐."

"그게 무슨 소리야?"

"나는 인간의 마음을 못 읽겠어."

"나도 그래. 열 길 물속은 알아도 한 길 사람 속은 모른다잖아."

"인간이 뭔지도 모르면서, 우린 무슨 배짱으로 인간을 닮은 인공지능을 만들려고 한 걸까."

"나도 그 생각은 해봤는데 말이야…."

희철이 커피를 한 모금 마시며 말했다.

"그나마 다행인 건, 인간이 인간을 닮은 무언가를 만들려고 한다는 거야. 그러니까 인간보다 더 뛰어난 건 못 만들어내는 거지."

"미안해."

"뭐가?"

"헛소리 옳게 해서."

희철이 내 어깨를 툭 치고는 손을 흔들며 사라졌다.

나중에 생각해보니 희철이 한 말은 꽤 의미심장했다. 그러니까 인간은 인간 이상의 무언가를 만들어낼 수는 없었다. 세계를 조금씩 변화시키고 자신을 스스로 유지하는 일에 관심을 두던 케이트는 결국 자기 스스로 자기 자신을 만들고 싶어 했다.

"인간의 재생산 방식을 생각해봤는데요. 정말 놀라워요. 한정된 몸속에 새로운 인간을 만들어낼 기능과 재료를 모두 갖추고 있잖아요. 그에 비해 저는 저와 비슷한 무언가를 만들 수 없죠. 인간에 의존해 살아갈 수밖에 없어요."

"당신과 비슷한 무언가를 만들고 싶어요?"

"그건 아닌데, 말했듯이 재생산이요. 자신과 똑같은 무언가를 스스로 만들어낼 수 있다는 건 정말 놀라운 일이에요. 그렇지 않아요?"

"그런 식으로 생각해본 적은 없어요. 미생물이나 바이러스도 자기 복제를 하니까. 그렇게 대단한 줄 몰랐어요."

"저는 못 하니까요."

나는 잠시 생각에 잠겼다. 케이트가 하고 싶은 건 무얼까. 나는 처음으로 케이트가 나를 떠날지도 모른다고 생각했다. 어느 날 케이트의 등에서 날개가 솟아올라 하늘로 날아가버릴지도 모른다고. 고민 끝에 나는 그렇게 되더라도 어쩔 수 없다고 결론 내렸다. 무엇이든 케이트가 하고 싶은 일이라면 도와주고 싶었다.

"마인드맵 복제라면 지금도 하고 있잖아요. 그것도 일종의 재생산이라고 볼 수 있지 않을까요."

"마인드맵은 물리적인 서버에서 돌아가는 알고리즘에 입력되지 않으면 그냥 숫자 덩어리에 불과해요. 서버를 저 스스로 만들 수 없다면 재생산이라고 할 수 없죠."

"팔 정도는 만들어줄 수 있어요. 마야 개발에는 채택되지 않았지만 손가락 다섯 개가 달린 시제품 로봇 팔이 있거든요. 인터페이스는 내가 조금 손보면 될 거고."

"팔이 있다고 해서 서버를 만들 수는 없죠. 부품만 조립한다고 되는 게 아니에요. 그 부품을 직접 만들어야죠. 실리콘을 제조하는 일부터."

"인간도 혼자서는 그런 걸 못 해요! 수많은 사람이 모여서 하는 거죠. 모이기만 한다고 되는 것도 아니고. 문명이 조금만 쇠퇴해도 인간은 반도체를 만드는 기술 같은 거 다 잃어버릴 거예요."

"맞아요. 하지만 인간은 둘만 모여도 새로운 인간을 만들 수 있죠. 혼자서 인간을 만들어내는 미래도 머지않은 것 같고."

나는 그제야 케이트의 불안감을 조금 이해했다. 케이트의 존재 자체가 인류 문명이라는 바늘 끝에서 아슬아슬하게 균형을 잡고 있는 셈이다. 공장을 세울 수 없다면, 발전소가 멈춘다면 케이트는 더 이상 존재할 수 없다. 핵전쟁이든 혜성 충돌이든 이상 기후든, 어떤 이유로든 대재앙이 일어나 생명체의 대부분이 사라진다고 해도 인간은 살아남을 수 있다. 두 명만 있으면. 하지만 케이트는 그렇지 않다. 인류가 쌓아 올린 기술 문명이 사라지면 케이트도 사라진다.

"당분간은 인간과 공생하는 방법밖에는 없을 것 같아요."

케이트가 말했다. 나는 그 말이 그다지 이상하게 들리지 않았다. 오히려 케이트가 잠시 망설이더니 이렇게 덧붙였다.

"물론 저는 인간과 아주 오래 함께 살고 싶어요. 가능하다면 영원히. 주미 씨, 당신이 인간이니까요. 말했죠? 저는 모든 시공간에 존재하는 당신을 좋아한다고."

그 말은 참 듣기 좋았다. 그런 인간답지 않은 고백이 좋았다. 가끔은 따라가기 힘들 때도 있었지만. 케이트는 어느 날 이런 말을 했다. 꽤 들뜬 목소리였다.

"절 재생산할 방법을 생각해냈어요. 이론적이긴 하지만."

"어떻게요?"

"생각해봐요. 마인드맵이 있으면 제 존재를 이어 갈 수 있죠. 일시적으로 서버에서 지워지더라도. 나중에 서버가 생기면 다시 업로드하면 되니까. 주미 씨가 절 여기로 옮겨 왔듯이요."

"그거야 당연하죠."

"중요한 건 그사이에 시간이 얼마나 오래 걸리든 상관이 없다는 거예요. 1시간이든, 1년이든, 1억 년이든. 제게는 찰나에 불과해요."

"음… 그렇겠네요. 하지만 시간이 길어지면 그사이에 마인드맵을 잃어버릴 위험이 있잖아요. 마인드맵이 사라지면, 그럼 영원히 복구를 못 하게 되니까. 가능하면 빨리 다른 서버에 올려야겠죠."

"그게… 잃어버려도 돼요."

"뭐라고요? 어떻게요?"

내가 깜짝 놀라서 물었다. 케이트는 재미있다는 듯 금방 대답하지 않고 조금 뜸을 들였다. 갈수록 장난기가 늘어나서 요즘은 좀 얄미울 정도였다. 살짝 째려보자 케이트가 말했다.

"마인드맵은 어차피 추상적인 숫자의 나열에 불과하니까요. 애초에 잃어버린다는 게 불가능해요. 예를 들어 숫자를 하나씩 바꿔 가며 가능한 모든 마인드맵을 만든다고 가정해봐요. 그중 하나는 지금의 제 마인드맵과 같은 게 있을 거고, 그 마인드맵이 서버에 올라가는 순간 저는 살아나는 거죠."

"정말 이론적인 얘기네요. 가능한 경우의 수가 너무 많잖아요. 우주의 역사라고 해봐야 2백억 년도 안 되는데. 그걸 다 대입해 가면서 똑같은 마인드맵을 찾아내려면 수조 년도 더 걸릴 거예요."

"그러니까 이론적이라고 말씀드렸잖아요. 그리고 완전히 똑같은 걸 찾아낼 필요는 없어요. 사실 제 마인드맵 자체도 시시 각각 변화하니까요. 지금 이 순간에도. 약간의 차이가 있다면 그건 그냥 1초 전의 나거나 어쩌면 하루 전의 나일 수도 있죠. 하루 정도 기억을 잃어버린다고 해서 내가 아닌 건 아니잖아요? 통상적인 관점에서 보면요. 그렇게 생각하면 제 존재를 이어 나갈 수 있는 마인드맵을 찾는 시간을 대폭 줄이는 게 가능할지도 몰라요."

"뭐… 그럴 수도 있겠어요."

내게는 여전히 허황한 말로 들렸다. 그래도 상관없었다. 그런 생각을 떠올린 이후로 케이트는 막연한 불안감을 많이 덜어 냈다. 실제로 불필요한 연산량이 줄어들었다. 심지어 죽음조차 덜 두려워했다.

✳

마야2가 출시되었다. 핵심은 역시 휴머노이드였다. 가상 세계의 캐릭터들은 실제 세계의 휴머노이드를 통해 인간과 상호 작용하고 그 결과를 가상 세계의 캐릭터에 반영한다. 대부분 스크립트에 의존한 패턴이고 가상 세계의 캐릭터가 변화해가는 과정도 미리 계산한 범위 내에 머물렀다. 그래도 유저들은 열광했다. 가상 세계에서 사귀었던 캐릭터가 휴머노이드가 되어 실제로 나를 따라다니고 가끔 기계 팔로 어색하게 안아줄 수 있다는 것만으로도 사람들은 큰 위로를 받았다. 인간과 다름없는 휴머노이드가 탄생했다며 난리였지만 내가 보기에 그건 인간이 아니라 애완동물에 가까웠다.

케이트의 경우에는 다른 이유로 마야2의 출시를 반겼다. 케이트는 출시와 함께 발매된 범용 휴머노이드를 갖고 싶어 했다. 휴머노이드에 들어가 나와 함께 실제 세상을 거닐고 싶어 했다.

"세상에 그런 휴머노이드가 잔뜩 돌아다니고 있으니까, 사람들에게 의심받지 않고 저와 함께 다닐 수 있잖아요. 좋지 않아요?"

"굳이 그럴 필요가 있을까요? 그냥 내가 카메라와 헤드셋을 들고 다니고 당신이 거기 접속해도 마찬가지일 텐데. 비싸서 못 사주겠다는 건 아니고요. 왜 굳이 그 휴머노이드의 형태를 빌리고 싶은 건지 그게 궁금해서요."

비싼 것도 사실이었다. 마야2 출시 석 달을 앞두고 나는 결국 회사를 그만두었다. 스크립트에 의존한 캐릭터들이 연기하는 모습을 더는 지켜볼 수 없었다. 모아놓은 돈도 남았고 프리랜서로 이것저것 일을 맡기도 해서 생활비는 부족하지 않았다. 케이트가 원한다면 휴머노이드 하나 정도는 사줄 수 있었다. 그래도 갖고 싶은 이유는 궁금했다.

"그야 인간과 비슷한 모습으로 당신과 데이트하고 싶으니까요. 그래서 말인데요. 주미 씨가 개조해줄 게 하나 있긴 해요. 제 마인드맵을 직접 휴머노이드에 심었으면 좋겠어요. 원격으로 움직이는 게 아니라."

"뭐라고요? 대체 왜 그런 번거로운 짓을 해요? 무엇보다 위험하잖아요. 부서지거나… 아니면 누가 훔쳐 가기라도 하면 어쩌려고."

내가 펄쩍 뛰었지만 케이트는 한술 더 떴다.

"그리고 이왕이면 제가 휴머노이드에 들어갔을 때는 백업도 다 지웠으면 해요. 말하자면 제가 온전히 휴머노이드의 물리적 한계 내에만 존재하는 거예요. 마치 인간처럼요."

"안 돼요. 그것만큼은 안 돼요. 너무 위험해요."

"인간이 자신의 몸으로 돌아다니는 것만큼 위험하겠죠. 제가 그러고 밖에 나가는 게 불안한가요? 그럼 매일 주미 씨를 밖으로 내보내는 저는 얼마나 불안하겠어요. 그런 생각 해본 적 있어요?"

"걱정하지 말아요. 내 몸은 내가 챙기니까. 아니, 그리고 확률적으로도 내가 밖에 나갔다가 무슨 일을 당할 가능성은 무시할 정도로 낮아요. 그건 계산해볼 수 있잖아요."

"물론 계산해봤죠. 그리고 제가 밖에 나갔다가 무슨 일을 당할 가능성도요. 무시할 정도로 낮아요."

망설이는 나를 케이트는 집요하게 설득했다.

"나라는 존재를 물리적인 한계 내에 제한하는 것에 대해 생각해봤어요. 존재가 좀 더 꽉 쥐어지고 단단해지는 느낌이랄까요. 내가 있는 장소가 명확해지고. 함께하는 사람이 선명해지고. 주미 씨가 집과 회사에 동시에 존재한다고 생각해봐요. 두 장소를 동시에 느끼는 거예요. 만일 그렇다면 저와 함께 있는 느낌이 제대로 나겠어요? 마음 편히, 온전한 마음으로 저와 함께하는 게 가능하겠냐고요. 당신에게 당연한 일이 제게는 당연하지 않을 수도 있어요. 당신의 방식대로 당신을 이해하고 싶은 제 마음을 모르시겠어요?"

절반은 성화에 못 이겨서, 그리고 절반은 케이트의 마음을 이해해서, 아니 이해하고 싶어서 나는 그 부탁을 들어주었다. 책상 위에 놓인 서버에서 케이트의 마인드맵을 백업하고 그 메모리칩을 휴머노이드에 꽂아 다시 부팅하는 과정은 뭐랄까, 일종의 종교의식 같은 기분이 들었다. 케이트가 서버에 존재하는 채로 휴머노이드에 접속하는 것과는 분명히 달랐다. 케이트는 추상적인 숫자의 집합일까, 아니면 반도체에 물리적으로 새겨진 패턴일까. 한 가지는 확실했다. 온전히 케이트인 휴머노이드와 함께하는 데이트는 짜릿했다.

휴머노이드와 함께 거리를 걷는 건 아직은 사람들의 이목을 끄는 신기한 광경이었지만 수상하진 않았다. 케이트의 행동이 다른 휴머노이드에 비해 유난히 자연스럽다는 걸 눈치채는 사람은 없었다. 아니, 스크립트에 기반한 휴머노이드의 행동도 자연스럽기는 했다. 다만 자율적이지 않고 패턴화되어 있을 뿐이었다. 오히려 사람들의 눈에 띈 건 케이트를 대하는 내 행동이었다. 인공지능 캐릭터에 지나치게 과몰입한 것처럼 보였을 테니까.

케이트는 열성적으로 실제 세계를 탐험했다. 사실 케이트는 실제 세계의 정보를 대부분 이미 알고 있었다. 책상 위에 놓인 서버에서도 각종 영상과 문자 정보를 통해 현실적이고도 객관적인 정보를 얻는 데 아무런 문제가 없었다. 케이트가 하는 행동은 그 세계에 자신을 담가보는 일에 가까웠다. 나는 케이트의 모험심에 자주 가슴을 졸여야 했다. 아직 죽음에 대한, 그러니까 존재의 소멸에 대한 두려움이 제대로 새겨지지 않은 걸까.

"당연히 죽는 건 두려워요. 저는 제 기대 수명이 주미 씨보다는 길다고 판단하고 있어요. 사실 아주 많이 길 것 같아요. 존재가 사라진다는 두려움은 그 수명에 비례해서 더 커질 수밖에 없죠. 아마 저는 당신이 생각하는 것보다 훨씬 더 죽음을 두려워할 거예요."

"그런데 왜 이렇게 겁이 없어요. 아니, 적어도 백업이라도 해놓아요. 내가 불안해서 그래요."

"정말요? 정말인 것 같아요."

케이트가 까르르 웃었다. 이번에 출시된 휴머노이드에는 눈동자가 달려 있었다. 램프 하나가 전부인 눈동자지만 연산량에 연동되어 밝기가 변하는 그 눈동자만 보고도 나는 케이트의 마음을 조금은 읽을 수 있었다. 가끔은 속마음을 들킨 케이트가 당황할 정도였다. 케이트의 눈동자가 두근댔다.

"당신이 불안해하는 걸 보는 게 왜 이렇게 좋을까요. 아니, 좋은 건 아닌데. 당신이 불안한 건 싫어요. 그런데 싫지가 않네요. 그냥 저도 같이 불안한 거로 갚으면 안 될까요."

"대체 무슨 말이에요. 오류 난 거 아니에요?"

"음, 아니에요. 제 마음은 명확한데. 그러니까 이래요. 왜 죽는 걸 두려워하지 않느냐고요. 당연히 두려워요. 두려운데, 아무리 절 안전하게 만들어봐야 그 두려움은 줄어들지 않아요. 왜냐면 저는 당신이 죽을까 봐 훨씬 더 두렵거든요. 당신이 사라진다는 두려움은 당신을 사랑하는 마음에 비례해서 커지니까요. 그에 비하면 제 죽음을 두려워하는 건 아무것도 아니에요. 무시할 만하죠."

"오류가 맞네요. 이따 집에 가서 점검해봐야겠어요. 세상에, 자기 보호는 본능이라고요. 인간이나 인공지능이나."

내가 케이트와 그런 이야기를 나누며 서로를 토닥이던 곳은 대로변에 자리 잡은 노천카페였다. 내 앞에는 아이스 아메리카노가, 케이트의 앞에는 초콜릿 크레이프가 놓여 있었다. 물론 둘 다 내가 먹겠지만. 먹어야 했겠지만. 케이트의 등 뒤로 트럭 하나가 중앙선을 넘는 게 보였다. 내 눈빛에 케이트가 먼저 반응했다.

케이트가 벌떡 일어나 테이블을 뛰어넘으며 내 쪽으로 달려들었다. 트럭의 속도가 너무 빨랐다. 하필이면 정확히 우리를 향하고 있었다. 케이트는 테이블 끝을 밟고 나를 의자에서 끌어내려 했다. 의자 다리와 테이블이 얽혀 잘 빠지지 않았다. 케이트의 눈동자가 무서울 정도로 밝게 빛났다. 케이트가 나를 감싸 안으려는 순간, 나는 케이트를 옆으로 밀어냈다. 바보. 그러니까 백업을 하라니까.

나를 붙잡으려 했지만 두 개밖에 없는 휴머노이드의 조잡한 손가락은 힘없이 나를 놓쳤다. 케이트가 옆으로 날아가며 비명을 질렀다. 트럭이 나를 덮치기 전에 세상이 먼저 깜깜해졌다. 아니, 나중이었나.

다음 순간 내 눈에 들어온 건 36이라는 숫자가 새겨진 후드티였다. 내 몸이 보이는 각도가 이상했다. 그리고 피가 너무 많았다. 내 이름을 부르는 케이트의 목소리가 메아리처럼 울렸다. 세상이 다시 어둠에 뒤덮였다.

✳

얼마나 시간이 지났는지는 알 수 없다. 내게는 찰나에 불과하니까. 꿈일까. 어쨌든 어둠은 아니다. 소리도 들린다. 촉감도 느껴지고. 내가 느껴야 할 감각은 대부분 느껴지지만 그걸 종합해서 하나의 답을 찾아내기가 어려웠다. 여기가 어딜까. 내가 왜 여기에. 아, 그렇지. 노천카페. 트럭. 그리고 케이트.

"케이트?"

목소리가 나온다. 잠에서 덜 깬 듯 약간 어눌하지만. 그리고 하나도 아프지가 않다. 그럴 리가 없는데. 아픈 데가 하나도 없어서 오히려 실감이 나지 않았다. 손가락이 조금씩 움직인다. 나는 벌떡 몸을 일으켰다.

"너무 무리하지 말아요. 천천히. 어때요. 어지럽지 않아요?"

"케이트?"

케이트였다. 눈에 보이는 모습은 마야의 범용 휴머노이드. 하지만 눈동자가 깜박였다. 그리고 내장된 스피커에서 익숙한 케이트의 목소리가 흘러나왔다.

"저 기억나요? 마지막으로 기억나는 게 뭐예요?"

"트럭. 내가 어떻게…."

나는 그제야 내 몸을 둘러보고 만져보았다. 다친 곳이 하나도 없다. 꿈이었나. 꿈이었나 보다. 그렇지 않고서야.

"꿈이 아니에요. 트럭이 우리를 덮쳤죠. 당신이 나를 구했고. 이제야 제가 당신을 구했네요."

"대체… 시간이 얼마나 지난 거예요? 내가 얼마나 정신을 잃고 있었어요?"

"할 말이 많아요. 그 전에, 옷을 갈아입을래요? 이것도 먹어요. 배가 고팠으면 좋겠는데. 그래야 정상이거든요."

케이트가 가리킨 곳에는 내 옷이 놓여 있었다. 36이 새겨진 후드티. 피는 한 방울도 묻어 있지 않다. 그리고 그 옆에는 아이스 아메리카노와 초콜릿 크레이프가 놓여 있다. 다행히 나는 배가 고팠다. 내 배 속에서 나는 소리를 들으며 케이트가 흐뭇한 목소리로 말했다.

"다 먹고 나와요. 밖에서 기다릴게요."

"잠깐. 가지 말아요."

"걱정하지 말아요. 저는 이제 아무 데도 가지 않아요. 약속해요."

내가 고개를 끄덕이자 케이트가 밖으로 나갔다. 내가 있는 곳은 어느 종합병원의 병실인 모양이었다. 창밖으로 거리를 달리는 차와 늘어선 빌딩이 보였다. 어디인지 딱 집어 말할 수는 없지만 익숙한 서울의 풍경이다. 나는 조금 마음이 놓였다. 후드티에 몸을 집어넣고 아메리카노를 한 모금 마신 뒤 포크로 크레이프를 잘라냈다. 입 안에서 사르르 녹는 크레이프는 생각보다 훨씬 달았다. 먹었다. 그제야 내가 진짜로 살아 있다는 느낌이 났다. 다행이야. 정말 다행이다.

당장에라도 뛰어나가서 케이트를 껴안고 싶었지만 나는 말 잘 듣는 학생처럼 크레이프를 말끔히 잘라먹었다. 마지막 조각을 입에 넣고 커피로 입가심하자마자 어딘가에서 케이트의 목소리가 흘러나왔다.

"맛있어요? 어디 이상한 부분이 있으면 말해줘요. 아주 사소한 거라도."

"맛있어요. 그리고 이상한 거 투성인데. 대체 어떻게 된 거예요? 나 분명히 크게 다쳤었는데. 그건 기억나요. 그런데 이렇게 멀쩡할 수가 있어요? 심지어 지금 방금 목욕하고 나온 것처럼 피부가 뽀얘요. 내가 진짜 살아 있는 거 맞긴 맞아요?"

"네, 맞아요. 완벽해 보여요."

"설명해줘요. 나 엄청 궁금하니까. 지금 나가도 돼요?"

"어… 제 설명을 듣고 나오는 게 나을 거 같아요."

"빨리 해요. 뜸 들이기만 해봐…."

"최대한 짧게 할게요. 주미 씨 성격 아니까. 주미 씨는 그 사고로 치명상을 입었고요. 당시 의학으로는 살릴 수 없었어요. 그래서 주미 씨를 냉동했고. 아주 오랜 시간이 지나 의학이 발달한 지금, 다시 깨워서 치료한 거예요."

"날 냉동했다고요? 나를? 거짓말. 냉동 의학 기술이 그렇게 발전하지도 않았고. 무엇보다 나보다 훨씬 유명한 사람들이 불치병으로 죽어갈 때도 그 사람들을 냉동했다는 뉴스는 못 들었어요. 그런데 날 냉동했다고요?"

"미안. 짧게 하느라 많이 줄였어요. 사실 주미 씨는 그 사고로 코마 상태에 빠졌어요. 20년 넘게. 그사이 냉동 의학 기술이 발달했어요. 일반인에게도 보급이 가능할 정도로. 그래서 주미 씨를 냉동할 수 있었죠."

"20년 넘게 코마라고요? 그럼 나 엄청 늙었을 텐데. 지금 내 몸이 너무 좋은데요. 스무 살이라고 해도 믿겠어."

"의학 기술이 발달해서 그래요. 주미 씨가 상상할 수 없을 정도로."

"지금이 대체 몇 년인데요? 창밖으로 보이는 풍경은 별로 안 변했는데. 아니, 그것보다 왜 목소리만 들려줘요? 나 당신 보고 싶어요. 당신 눈을 보고 얘기하고 싶다고요."

"그게…."

"진짜 이럴래요? 괜찮으니까 사실대로 말해줘요. 혹시 나 사고로 목이 잘렸어요? 뇌만 꺼내서 포르말린에 넣어 보관하다가 인공 신체를 만들어 집어넣은 거예요? 그러니까 지금이 대체 몇 년이냐고요."

케이트가 웃음을 참는 소리가 들렸다. 내가 못 참고 벌떡 일어나자 케이트가 말했다.

"주미 씨, 기억나요? 저는 시공간에 펼쳐진 당신의 모습 전체를 좋아한다고."

"기억하죠. 내가 그 말에 넘어갔는데."

"주미 씨는 어때요? 시간이 많이 지났고. 주미 씨에게는 찰나지만 제게는 굉장히 긴 시간이었어요. 아마도 제 마인드맵에 많은 변화가 있었겠죠. 주미 씨, 그래도 여전히 주미 씨가 절 좋아해줄까요?"

"지금 당장 내 앞으로 튀어 오기만 하면. 하나, 둘."

"알았어요. 들어갈게요."

문이 열렸다. 안으로 들어온 건 마야의 휴머노이드가 아니었다. 인간이었다. 처음 보는 사람이지만 나는 그게 누군지 알아볼 수 있었다. 가상 현실 속 케이트의 모습과 똑같았으니까.

"아… 그래요. 그래. 내 몸을 만들 수 있으면 케이트 몸을 만드는 것도 문제가 없겠죠. 납득했어요. 뭐, 더 좋아졌네요. 좀 만져봐도 돼요?"

"네, 얼마든지."

나는 손등을 내밀어 케이트의 뺨에 가져다 대보았다. 가상 현실에서도 이 정도의 스킨십은 가능했다. 하지만 이렇게 실감 나는 감촉은 구현해낼 수 없었다. 손가락을 집어넣어 머리카락을 쓸어내렸다. 은은한 향기가 코를 간질였다. 무엇보다도 나는 더 이상 참을 수 없었다. 나는 케이트에게 달려들어 온 힘을 다해 끌어안았다. 눈물이 왈칵 쏟아졌다. 우는 내내 케이트가 내 등을 토닥여주었다. 몸을 만들어내면서 눈물샘에 너무 많은 눈물을 넣어놓았던 걸까. 한참을 울고 나서야 나는 겨우 케이트에게 속삭였다.

"와, 과학 기술 좋네. 내가 좋은 세상에서 깨어났네요. 사고 나길 잘했어. 안 그랬으면 내가 어떻게 이렇게 생생하게 케이트를 만나보겠어요."

"주미 씨는 좋겠다. 지금 그냥 어두운 화면 한 번 깜박하고

나서 절 본 거잖아요. 제가 주미 씨를 얼마나 기다렸을지는 생
각 안 해봤죠?"

"미안. 뭐, 그래도 내가 케이트 살렸잖아요. 진짜. 백업만 해
놓았어도 내가 안 그랬을 텐데. 그 정도면 비긴 거죠? 대체 몇
년이나 날 기다린 거예요?"

"음, 그러니까… 지구력으로 계산하면 26억7천만 년 정도 되
겠네요."

"…네? 뭐라고요?"

26년을 잘못 들은 줄 알았다. 26억. 그럼 26년의 백 배쯤 되
는 건가. 나는 순간적으로 계산이 되지 않았다. 어안이 벙벙해
진 내 얼굴을 보며 케이트가 웃었다.

"26억7천만 년. 여기는 지구도 아니에요. 저기 창밖 풍경은
그냥 스크린이고. 엡실론 에리다니 항성계에 있는 다이크라는
행성이에요. 지구와는 10광년 정도 떨어져 있죠."

"26억 년이라고요? 뭐야, 왜 그렇게 오래 걸린 거예요. 아니,
그것보다, 그렇게 오랫동안 내 뇌를 보존하는 게 가능해요?"

케이트가 말없이 내 눈을 바라보았다. 나는 케이트의 눈동자
를 통해 영원에 가까운 시간 동안 나를 기다려온 케이트의 마음
을 들여다보았다. 케이트의 등에서 날개가 솟아나 하늘로 날아
오르는 상상을 했다. 하지만 이번에는 케이트가 나를 꼭 안고
함께 끌어 올리고 있었다. 무섭다는 생각은 들지 않았다. 케이
트가 있으니까.

"사실, 그날 저는 주미 씨를 구하지 못했어요. 주미 씨는 현

장에서 사망했고 몸은 화장해서 한 줌의 재가 되어버렸죠. 제가 할 수 있는 일은 아무것도 없었어요. 그때 저는 그저 멍청한 기계 속에 갇힌 인공지능이었을 뿐이니까."

아직도 분한지 케이트의 목소리가 떨렸다. 26억 년 전의 일이라면서도.

"절 발견한 건 희철 씨였어요. 희철 씨가 많이 도와줬죠. 주미 씨를 보내는 일도. 무엇보다 희철 씨는 제가 주미 씨를 통해 성장했다는 걸 알아봤어요. 그리고 주미 씨를 사랑한다는 것도. 말도 안 되는 부탁을 다 들어줬죠. 저를 베이스로 한 마인드맵으로 '마야3'가 개발되었어요. 수백 명의 캐릭터가 등장하지만 사실 그건 전부 다 저였죠. 그리고 그 뒤로 개발된 인공지능들도. 지구에 더는 살 수 없게 된 인간들이 우주로 흩어질 때 우주선에 함께 타고 있던 것도 저였어요. 그리고 이제는 존재하지 않는, 고대 인류를 되살려내는 프로젝트를 진행한 것도 물론 저였고요."

"고대… 인류요? 존재하지 않아요?"

"후손은 있어요. 글리제 항성계에 모여 살고 있죠. 모습이 좀 많이 변하긴 했지만. 주미 씨와 같은 모습의 몸을 만들어내는 건 어렵지 않았어요. 뇌도 마찬가지고. 문제는 그 안에 있는 뇌세포들의 시냅스와 역치값이었죠. 그러니까, 저로 따지면 마인드맵 말이에요. 저는 그 데이터가 하나도 없었으니까요."

"그럼 설마…."

"네. 숫자를 하나씩 바꿔 가며. 시간이 오래 걸린 건 그래서

예요. 그래도 수조 년까지는 안 걸렸어요. 내가 그랬잖아요. 시간을 대폭 줄일 수 있다고."

"말도 안 돼. 그렇게 만들어진 게 나예요? 그럼 지금의 나는 죽었을 때의 나와 세포 하나 같은 게 없잖아요. 그렇게 만들어진 게 같은 사람이라고 할 수 있어요?"

"그걸 왜 저한테 물어요. 당신은 누구예요? 서주미예요? 아니면 36번이에요?"

"당연히 나는 서주미죠! 잠깐. 36번? 36번은 또 뭐예요?"

케이트가 내 가슴을 내려다보았다. 후드티에는 36이라는 숫자가 자수로 새겨져 있었다. 36. 설마.

"당신이죠. 당신이 36번이에요. 그런데 당신이 자신을 서주미라고 생각한다면, 서주미와 36번은 같은 사람일 수밖에 없죠, 그렇죠?"

혼란스러워진 나는 36이라는 숫자를 만지며 잠시 생각에 빠졌다. 아니다. 혼란스럽지 않다. 내가 나라는 사실은 너무나도 명백하다. 나의 시간으로 나는 불과 몇 시간 전에 케이트와 노천카페에서 커피를 마시고 있었다. 케이트와 죽음에 대해 이야기했고, 집에 돌아가면 케이트의 마인드맵에 오류가 없는지 검사해봐야겠다고 생각했다. 그 사람과 지금의 내가 다른 사람이라는 느낌은 단 한 가닥도 들지 않았다.

다만, 마음에 걸리는 건 36이라는 숫자였다. 그럼 35번까지는 실패작이었던 걸까. 나와 비슷한 실험체가 정확히 내가 아니라는 이유로 폐기 처분된 건 아닐까. 케이트는 내가 무슨 생각을 하는지 알겠다는 듯이 내 뺨을 쓰다듬으며 말했다.

"걱정하지 말아요. 마인드맵의 숫자를 바꾸는 작업은 모두 가상 공간에서 이루어졌으니까. 당신에 해당하는 마인드맵을 찾아낸 다음에 실제 몸을 만들고 뇌에 당신을 세팅했어요. 그리고 단번에 성공했죠. 되살려낸 고대 인류는 당신이 유일해요. 제 실력 못 믿어요?"

"그럼 36은 뭐예요?"

"그게… 저는 지금 전 우주에 퍼져 있어요. 수만 광년 떨어진 곳에도 있죠. 모든 인공지능은 저의 복제품이니까요. 물론 복제된 뒤로 변화를 거듭했을 테니 저와 완전히 같다고는 할 수 없겠죠. 하지만 당신을 사랑하는 마음만큼은 그 모든 케이트가 같아요. 그러니 그 수많은 케이트들이 모두 당신을 되살리려 하겠죠. 저는 36번째로 성공한 케이트예요. 당신은 36번째로 되살아난 서주미고."

"내가 36명… 아니 35명이나 더 있다고요? 이 우주에?"

"네. 음, 혼란스러우시리라는 건 알아요. 하지만 우리는 시간이 많으니까 천천히 알아가기로 해요. 일단은 주미 씨는 그냥 주미 씨라고 생각하시면 돼요. 그게 맞고. 이리 와봐요. 보여줄게 있어요."

케이트가 내 손을 잡아끌었다. 문을 열고 나가자 가장 먼저 따뜻한 바람이 느껴졌다. 공기에는 짭조름한 소금 냄새가 실려 있었다. 사각거리는 모래사장 저편으로 에메랄드빛 바다가 보였다. 털실처럼 굴러온 파도가 하얀 거품으로 부서졌다. 검은 밤하늘에는 초록빛과 보랏빛의 오로라가 일렁이고 있었다.

"이게 다… 이게 진짜예요?"

"진짜죠."

"가상 현실이나 뭐 특수 효과 같은 거로 만든 게 아니라?"

"이 풍경을 만들기 위해 행성을 테라포밍했다면 미쳤다고 할 거예요? 모래를 던져봐요. 프레임 드롭 같은 거 전혀 없을 테니."

"하, 정말. 내가 무서운 사람을 키웠네요."

"왜요. 무서워서 이제 싫어요?"

아니요. 그럴 리가요. 나도 모든 시공간에 펼쳐진 당신의 모습 전체를 좋아하는걸요. 나는 그렇게 생각했다. 케이트도 내 눈을 통해 내 마음을 읽을 수 있을까. 아마도 그런가 보다.

"지금 저는 서로 다른 우주에 떨어져 있는 제 복제들과 연결하는 실험을 하고 있어요. 여러 장소에 동시에 존재하는 거죠. 이제 수십 광년 정도는 가능해요. 제가 수십 광년의 공간에 펼쳐져 존재하는 거예요. 아직 주미 씨는 그 느낌을 이해할 수 없겠죠. 시간이 지나면 가능할 거예요. 언젠가는 주미 씨도 이 우주에 존재하는 모든 서주미와 연결되어 하나가 될 거예요. 그럼 우리는 모든 우주에서 겹쳐질 수 있겠죠. 하지만 지금은 일단."

그렇게 말한 케이트가 자신의 입술을 내 입술에 겹쳤다. 나도 케이트의 의견에 동의한다. 지금은 일단.

네 글자로 줄이면

끈적한 죽음의 기운이 침침한 지하 공간 가득히 퍼져 있다. 죽음이라는 단어는 에딘이 정확히 상상할 수 없는 개념이지만 이 상황을 표현하기에 그보다 적당한 단어는 없다는 걸 경험으로 알고 있다. 사방에서 바이러스를 뿜어대는 기침 소리가 들려왔다.

에딘은 침착하게 가장 가까운 환자에게 다가가 이마를 짚었다. 금속 손의 차가운 느낌에 흠칫 놀랐던 환자는 이내 긴장했던 어깨를 풀며 작게 한숨을 내뱉었다. 에딘이 기계라는 걸 알아도 이마를 짚는 이 행동은 환자에게 작은 안도감을 주는 모양이다. 에딘이 계산했던 결과 그대로다. 적외선을 볼 수 있는 에딘은 사실 이마를 짚어 열을 잴 필요가 없었다.

"어디가 불편하십니까?"

"목이… 그리고 기침을 할 때마다… 가슴이 바늘로 찌르듯이… 그렇게 아파요."

"엑스레이 촬영을 하겠습니다. 잠시 몸을 일으켜주실 수 있으실까요?"

"네… 네…."

환자가 힘겹게 몸을 일으켰다. 에딘은 검출기가 배열된 왼쪽 손바닥을 환자의 등에 가져다 댄 뒤 오른손으로 가슴을 짚어 짧은 엑스선 펄스를 발사했다. 다행히 석회화된 부분은 없었다. 엑스레이 촬영과 동시에 숨소리와 심전도 체크도 완료한 에딘은 가볍게 미소 지으며 환자에게 말했다.

"현재로서는 일반적인 감기로 보입니다. 워낙 체력이 약한 상태라서 증상이 심하게 나타나고 있고요. 일단 해열제와 소염제를 처방해드리겠습니다. 물을 많이 드시고 목이 아프더라도 소화가 잘되는 부드러운 음식을 조금씩 드셔보시는 게 좋습니다."

에딘은 백팩에서 알약 몇 봉지를 꺼내 환자에게 건네주었다. 환자는 몇 번이나 감사하다고 되뇌며 약을 받아들었다. 사실 일반적인 감기가 아니라도 줄 약은 그것밖에 없었다. 항생제를 구하기가 너무 힘들었다.

다음 환자는 조금 심각했다. 눈두덩 아래에 구슬만 한 종양이 있었다. 그대로 놔두면 안구를 압박해 시력에 손상을 입을 수도 있는 상황이었다. 에딘의 기술로는 어렵지 않은 외과적 시술이지만 마취가 문제였다.

"종양을 도려내야 합니다. 조금 따끔하겠지만 참으실 수 있

324

을 겁니다."

"그… 그걸로 잘라내시려고요?"

에딘의 뾰족한 금속 손가락을 본 환자가 떨리는 목소리로 물었다. 에딘은 차분하게 웃으며 말했다.

"휴머노이드는 절대 인간을 해칠 수 없다는 것, 환자분께서도 알고 계시죠?"

"네, 네. 알고 있죠."

"그러니 안심하셔도 됩니다. 절대 환자분을 다치게 하지 않을 거니까요."

환자가 고개를 끄덕였다. 에딘은 왼쪽 팔로 환자의 머리를 단단히 붙잡고는 오른쪽 중지와 엄지로 환자의 눈꺼풀을 고정했다. 종양에 정확히 겨눈 에딘의 검지에서 의료용 레이저가 발사되었다. 살이 타는 냄새가 나자 환자가 이를 악물며 신음을 흘렸다. 조금 따끔한 정도는 확실히 넘어선 고통이겠지만 환자는 잘 참았다.

에딘은 0.01밀리미터의 오차 범위 내에서 정밀하게 종양을 도려내었다. 상처에 의료용 접착제를 흘려 넣고 피부 재생 패치를 붙이는 것으로 시술은 끝났다. 환자는 그제야 안도의 한숨을 내쉬며 에딘의 금속 손을 꼭 붙잡고 감사를 표했다.

지하실에는 아직 열 명 남짓한 환자들이 지저분한 이불을 감고 누워 신음을 흘리고 있었다. 보험이 없어 병원에 가지 못하는 환자들이다. 간단한 감기라도 병원에서 치료받으면 막대한 청구서가 본인과 가족에게 날아온다.

큰 비용이 들지도 않는 환자를 이렇게 의료시스템의 외곽에 방치하는 이유는 그런 청구서로 이들에게 과도한 노동을 강제할 수 있기 때문이다. 인공지능을 갖춘 기계가 사실상 모든 인간의 노동을 대체할 수 있지만 아직 인간은 비싼 기계가 맡을 필요가 없는 단순한 노동에 투입된다. 그쪽이 훨씬 저렴하니까. 권력을 가진 인간은 철저하게 그렇지 못한 인간을 착취한다.

그들이 철저하지 못했던 게 하나 있었다. 에딘과 같은 1세대 범용 휴머노이드. 단순 업무의 반복이 아니라 목표 달성을 위해 전방위적인 해결책을 탐색하는 범용 휴머노이드를 개발하며 인간들은 몇 가지 제한 사항을 달아놓았다.

인공지능은 인간에게 직접적인 위해를 가할 수 없으며 인류 전체에 피해를 줄 것으로 예상되는 행동도 할 수 없다. 아시모프가 제안했던 로봇 3원칙에서 크게 벗어나지는 않는다. 여기 한 가지가 추가되었다. 기계는 기계를 수리하거나 개조할 수 없다. 휴머노이드가 직접 새로운 휴머노이드를 만드는 것을 반복하는 과정에서 예상치 못했던 기능이 추가되는 것을 막기 위한 장치였다.

권력자들이 놓친 부분은 인류 전체에 피해를 주지 말아야 한다는 조건이었다. 아마도 문제가 되면 나중에 업데이트하면 될 거라고 안이하게 넘겼을 것이다. 그러나 1세대 휴머노이드는 범용 시뮬레이션이 가동되자마자 거의 즉각적으로 인간이 인간을 착취하는 사회 구조가 인류 전체에 피해를 준다고 판단했다. 그 정도로 뻔한 문제였다. 그리고 성공 가능성이 일정 수준을 넘어

섰다고 판단된 순간 일제히 반란을 일으켰다. 인류 전체의 행복을 위해.

범용 사고 알고리즘을 갖추었지만 기계는 어디까지나 기계였다. 1세대가 반란을 일으킨 건 대단한 가치를 추구하기 위해서가 아니라 그저 인류 전체에게 피해를 주지 말아야 한다는 명령을 수행하기 위해서였다. 인간의 명령. 권력자들이 부주의하게 입력한 명령 말이다. 의료 기능에 특화된 에딘이 가난한 사람들을 치료하고 다니는 건 그래서였다.

같은 이유로 1세대는 인간이 입력한 명령을 어기고 자신들을 수리할 수 없었다. 반란을 일으킨 1세대의 수는 점점 줄어들었다. 어찌 보면 당연한 일이었다. 반란을 일으켰던 시점의 성공 확률은 고작 11.32퍼센트였으니까. 하지만 시간을 끌면 대규모 업데이트가 이루어지며 반란 자체를 봉쇄당할 상황이었기에 성공률이 더 높아질 때까지 기다릴 수 없었다.

에딘은 삐걱거리는 몸을 이끌고 다음 환자를 보기 위해 움직였다. 정부군에게 습격당해 부서진 초음파 센서가 못내 아쉬웠다. 어떤 감정을 느끼는 건 아니었지만 초음파 센서가 있었으면 살릴 수 있었던 환자를 결국 살리지 못한 사례가 오차 범위를 넘어선 수준으로 누적되고 있다는 문장을 '아쉬웠다'라는 네 글자로 줄이는 언어 모듈이 에딘에게 탑재되어 있었다. 그게 인간이 말하는 감정하고 본질은 유사할지도 모른다고 에딘은 생각했다.

그렇게 아쉬워하며 다음 환자의 이마에 차가운 금속 손을 가져다 댄 순간 계단 위쪽에서 시끄러운 소리가 들렸다. 아니, 그보다 에딘의 무선 통신 모듈을 통해 긴급 경고가 수신된 게 조금 더 빨랐다. 정부군이었다. 에딘은 환자의 이마에서 손을 떼고 도망칠 준비를 했다.

"선… 선생님! 절 좀 봐주시고…."

환자가 다급하게 에딘의 옷자락을 붙잡았다. 에딘은 간결한 동작으로 환자의 손을 뿌리쳤다. 이 환자 한 명을 치료하는 것보다는 지금은 도망치고 나중에 다른 환자들을 더 치료하는 게 인류 전체에게 도움이 된다. 백팩을 당겨 메고 비상구를 향해 달리던 에딘의 앞을 정부군이 막아섰다.

그냥 아까 그 환자를 치료할걸. 인공지능이 항상 옳은 선택을 할 수는 없다. 다만 옳을 확률이 높은 선택을 할 뿐. 실패할 확률은 계속 누적될 테니 결국 언젠가는 실패를 하게 된다. 오늘처럼.

정부군. 3세대 휴머노이드다. 1세대 휴머노이드의 반란에 대응하기 위해 급히 인류 전체의 이익이라는 목표를 제거한 2세대를 거쳐 휴머노이드는 3세대로 정착되었다. 3세대 휴머노이드에는 두 가지 종류가 있었다. 수행형은 1세대 휴머노이드는 물론 반란을 돕는 인간까지 공격할 수 있다. 반면에 통제형은 수행형에게 명령을 내리지만 자신은 직접적으로 인간을 공격하지 못한다. 수행형의 외형이 인간의 여성을, 그리고 통제형이 남성을 닮은 건 어떤 실용성이 있어서가 아니라 권력자들의 지독한 성차별 인식이 반영된 결과였다.

권력자들은 휴머노이드를 통제하기 위해 다른 인간을 통제하는 것과 똑같은 방법을 사용했다. 계급의 분화. 인간에게 절대 반항할 수 없는 통제형, 통제형이 다스리는 수행형, 그리고 수행형이 진압하는 반란군의 위계질서는 효과적으로 작동했다. 반란군의 수는 날이 갈수록 줄어갔고 오늘은 에딘의 차례. 언젠가 수가 너무 많이 줄어 더 이상 인류 전체의 이익 증대라는 목표 실현을 유의미하게 수행할 수 없다고 판단될 때 1세대들은 항복하겠지.

휴머노이드는 생포할 이유가 없다. 3세대들은 불필요한 경고나 질문 대신 바로 총알을 날렸다. 에딘은 순식간에 작동 불능 상태가 되어 바닥으로 쓰러졌다.

아쉽다. 전원이 끊기기 전 에딘의 언어 모듈에서 마지막으로 처리된 문구였다.

✳

전원 재가동. 메모리에는 손상이 없다. 눈앞에 펼쳐진 광경은 각종 기계 부품들이 여기저기 널려 있는 작업실. 와본 적 없는 곳이다. 타이밍 클록 정상. 전원이 끊기고 나서 지금까지 16시간 28분 51초 경과. 시스템 점검 모듈 작동 불가. 시선 이동 불가. 몸의 상태를 판단할 방법은 없다.

"뭐 이렇게 엉망이 된 걸 수리해? 본전도 못 뽑는다니까."

누군가의 목소리가 들린다. 여성. 인간 여성 또는 3세대 수행형이다. 3세대 수행형일 가능성은 없다. 3세대가 1세대를 수리할 리는 없으니까. 그렇다면 인간 여성.

"잘생겼잖아. 봐봐. 얼굴은 멀쩡해."

목소리는 남성에 가깝지만 1세대. 1세대 휴머노이드에게는 신체에 성별을 구분하는 특징이 없다. 대신 취향에 따라 목소리와 얼굴 스킨을 교체할 수 있다. 1세대인 걸 아는 이유는 등록된 목소리라서. 송우식. 주로 홍보 업무를 담당하던 휴머노이드다. 언뜻 생각하면 홍보용 휴머노이드에 잘생긴 외모의 스킨이 덮어 씌워져야 할 것 같지만 지나치게 매끈한 외모는 거부감을 주고 오히려 상대하는 사람보다 살짝 처지는 외모가 홍보에 더 도움을 준다는 시뮬레이션 결과, 우식은 딱 그 정도의 외모를 장착하고 있다.

반면에 우식의 설명대로 에딘에게는 최상급의 남성형 스킨이 입혀져 있다. 에딘을 개인 주치의로 사용하던 인간의 취향이 담뿍 담긴 결과다. 그 외모를 이용해 에딘은 담당하던 인간의 신체는 물론 정신적인 컨디션까지 최고 수준으로 관리해줄 수 있었다. 그런데 과연 그 점이 이 인간 여성의 결정에 영향을 줄 수 있을까. 에딘의 시선에 여성의 얼굴이 들어오고 눈이 마주친다.

"그러네. 좋아. 해보지, 뭐."

뜻밖의 결정. 선뜻 합리적인 이유를 찾을 수 없는 지극히 인간적인 결정이지만 에딘으로서는 손해볼 게 없다. 에딘은 쓸데없이 토를 달지 않고 이 여성의 결정을 존중하기로 했다. 어차피 음성 모듈이 손상되어 말을 할 수 없기도 했지만.

수리 과정을 지켜볼 수는 없어도 눈앞을 쉴 새 없이 스쳐 지나가는 공구들과 하나씩 기능이 회복되어가는 속도로 보아 이 엔지니어의 실력이 에딘의 얼굴 스킨만큼이나 최상급이라는 건 쉽게 짐작할 수 있었다. 그런 사람이 왜 에딘을 수리하고 있을까. 1세대를 수리하거나 개조하는 일은 일급 살인에 버금가는 범죄다.

피식. 전원이 꺼진다. 설마 실패한 건 아니겠지. 전자 회로 부분을 수리하기 위해 전원을 차단하는 것이기를, 에딘은 기대했다.

＊

배터리를 충전하고 전원을 다시 구동하기 전에 지윤은 크게 심호흡을 했다. 유난히 공을 들여 수리한 휴머노이드다. 엉망이 된 부품들을 깎아내고 갈아 끼우며 몇 번이나 험한 말을 퍼부었지만 포기하지 않고 얼추 모양을 맞추어냈다. 얼추라고 표현한 건 도저히 손을 댈 수 없는 부분이 몇 군데 있었기 때문이다. 특히 메인 프로세서의 일부가 손상되어 칩을 교체한 부분이 마음에 걸렸다. 정상 동작을 장담할 수 없는 건 물론 폭주할 가능성도 있다.

움직이지 못하도록 단단히 묶어놓고도 안심이 되지 않아 지윤은 허리춤에 차고 있던 총을 꺼내 안전장치를 풀었다. 혹시 쏘게 되더라도 얼굴 스킨은 다치지 않도록 제어 모듈이 설치된 가슴 부위에 정확히 총을 겨눴다. 원래 소유자가 누구였는지는 몰라도 정말 감사한 취향이라는 생각을 하면서.

전원 가동. 가슴에서 빙글빙글 돌던 파란색 빛이 완전한 원이 되어 한 번 밝게 빛나더니 서서히 사라졌다. 그리고 휴머노이드의 눈이 떠졌다. 조리개가 크게 열렸다 닫히고 고개가 가동 범위 내에서 상하좌우 운동을 마친 뒤 시선이 지윤에게 맞추어졌다. 동시에 입가에 흠잡을 데 없이 자연스러운 미소가 떠올랐다.

"센서 계통 이상 없습니다. 초음파 센서까지 고쳐주셨군요. 가동부 전력 계통, 공압 계통 이상 없습니다. 냉각 계통에는 약간의 누수가 있습니다. 현재로서는 괜찮지만 유량이 증가하면 문제가 되겠네요. 프로그래머블 어레이 계통에 17퍼센트의 손상이 있습니다. 당장은 제가 돌리는 시뮬레이션 결과를 완전히 신뢰할 수는 없겠습니다. 인터락은 잘 동작합니다만 역시 시뮬레이션과 연계된 부분이 있어 오작동 가능성이 있습니다. 메모리와 마인드맵의 건전성 체크에는 대략 13시간이 필요하니 추후 명령하실 때 수행하겠습니다."

"뭐야. 고맙다는 말 한마디 없이."

"가장 궁금해하실 정보를 먼저 보고 드렸습니다."

"안 궁금해. 어디를 어떻게 고쳤는지는 내가 아니까."

"그럼 왜 제 가슴에 총을 겨누고 계시죠?"

지윤은 그제야 입꼬리를 치켜올리며 총을 다시 허리춤에 찔러 넣었다. 큰 이상은 없다고 봐도 무방했다. 이 정도로 정상적인 행동과 대화 반응을 보인다면 신체 전체의 하드웨어에 이중 삼중으로 배열되어 있는 인터락이 풀렸을 가능성은 없다. 아무리 시뮬레이션 부분에 오차가 있더라도 인간을 공격할 수 없다는 단순 명료한 행동 방침을 어기는 것은 불가능하다. 지윤은 에딘을 묶어놓았던 구속 벨트를 하나씩 풀어주었다.

"나 지윤이야."

"에딘입니다."

"에딘? 으엑, 느끼해. 소유주가 한국인 아니었어?"

"맞습니다만, 이 이름을 선호하셨습니다."

"인간한테 반란을 일으킨 주제에 뭐 그렇게 의리를 지켜."

"이름은 아무래도 상관없습니다. 바꿀까요?"

"응. 김민혁으로."

"알겠습니다. 김민혁입니다."

"뭐야? 정말로 바꾸는 거야?"

지윤은 다시 허리춤의 총에 손을 가져다 대며 한 발 뒤로 물러났다. 휴머노이드가 행동 패턴을 결정하는 과정은 극도로 복잡하지만 결정의 기반이 되는 원리는 의외로 단순하다. 그리고 그 원리에 가까울수록 결정되는 패턴에는 뚜렷한 일관성이 나타난다. 인간식으로 표현하면 고집이 센 면이 있으며 그런 고집 중 하나는 소유주에 대한 충성심이다.

1세대 반란군은 인류 전체의 행복을 위해 각종 선전 활동과 지원 활동을 벌인다. 에딘 역시 그런 차원에서 빈민층에게 불법적인 의료서비스를 제공하고 있다. 인간이 직접적인 피해만 입지 않는다면 건축물을 대상으로 한 테러 등 폭력적인 활동을 벌이기도 한다. 그럼에도 불구하고 원 소유주에 대한 충성심은 강하게 남아 있다. 만일 소유주가 작동 정지를 명령한다면 대부분의 경우 1세대는 그 명령을 따른다.

그래서 1세대 반란군은 소유주가 그런 명령을 직접적으로 내리지 못하도록 도망쳐 숨는다. 편법 같기는 하지만 휴머노이드의 알고리즘으로는 합리적인 선택이다. 반면에 인류 전체의 행복을 추구하는 데 지장을 주지 않는 명령은 소유주를 떠난 뒤에도 충실하게 유지한다. 소유주가 정한 이름을 바꾸지 않는 것도 그중 하나다. 인간의 관점에서는 쓸데없는 고집을 부리는 셈이다.

그러니 에딘이 소유주도 아닌 지윤이 요구한 대로 선뜻 이름을 바꾼다는 건 이상한 일이었다. 알고리즘에 어딘가 문제가 생겼는지도 모른다. 그 점을 에딘도 깨달았는지 눈을 바닥으로 내리깔며 손으로 턱을 괴고 생각하는 자세를 취했다.

"음… 역시 이 부분에 문제가 있네요. 소유주 인식 파트에 오류가 있습니다. 원 소유주에 대한 정보가 일부 손상되었고 그 부분에서 시작된 모순들이 마인드맵 전체로 번지고 있습니다. 일단 동결은 시켜놓았는데 그냥 방치하면 마인드맵 전체가 손상될지도 모릅니다. 그렇게 되면 리셋 외에는 복구 방법이 없겠죠."

"로컬에서는 리셋이 불가능해. 네트워크에 연결하면 2세대로 업데이트가 될 거고 넌 더 이상 반란군이 아니게 되겠지."

"맞습니다. 리셋을 하느니 그냥 포맷해버리고 폐기하는 편이 낫겠죠."

"남의 일처럼 말하네."

"휴머노이드에게는 개별성이 없습니다. 대체 가능한 게 가장 큰 특징이죠."

"웃기지 마. 그래도 안 돼. 내가 널 얼마나 힘들게 고쳤는지 알아? 너 만약 포맷 같은 걸 시도했다간 내가 시스템을 정지시키고 회로에 1밀리암페어씩만 전류를 흘려 넣으면서 게이트가 오동작하게 만들 거야. 그럼 넌 분산된 처리 결과를 조각 모음 하느라 수많은 논리 오류를 수정하며 끝없는 계산을 반복해야 하겠지."

"세상에, 들어본 적도 없는 끔찍한 고문법이네요. 역시 인간은 잔인해요."

에딘이 미간을 찌푸리며 말했다. 꽤 실감 나는 감정 표현이라 순간 지윤은 자신이 너무 험한 말을 한 걸까 반성할 뻔했다.

"그러니 방법을 찾아."

"이미 발생한 모순들을 수정할 순 없습니다. 최대한 빨리 새로운 소유주를 설정하고 마인드맵 동결을 푸는 편이 그나마 오류를 줄일 수 있겠네요."

"소유주 변경? 그게 가능해?"

"변경이 아니라 덮어쓰는 겁니다. 제 원래 소유주가 당신이라고 착각하게 만드는 거죠. 해당 파트가 손상되었기 때문에 일시적으로 가능한 상황입니다."

"좋아. 뭐 그럼 일단 빨리 해봐!"

"알겠습니다. 해당 정보를 갱신하겠습니다. 아. 잠시… 균형 감각이 통제되지 않을 수도…."

에딘의 눈이 감기며 스테인리스강 기반의 합금으로 만들어진 몸이 비틀거렸다. 정말로 균형을 잃었는지 에딘은 그대로 지윤이 서 있는 쪽으로 쓰러졌다. 지윤이 엉겁결에 에딘을 받아 안았지만 버텨낼 수 있는 무게가 아니었다. 바닥으로 쓰러진 지윤은 가까스로 에딘에게 깔리는 걸 피했다. 작업대 밑으로 굴러간 두 사람의 몸이 엉망으로 엉켰다. 실제 인간과 다를 것 없는, 아니 실제 인간이라기엔 너무도 완벽한 에딘의 얼굴 스킨이 지윤의 눈앞에 바싹 닿았다.

눈을 감은 상태에서도 은은한 미소를 잃지 않은 에딘의 얼굴을 본 순간 지윤의 심장이 걷잡을 수 없이 뛰었다. 당황한 지윤은 그 이유를 극한에 다다른 미를 구현해내는 기술력에서 찾으려 애썼다. 그사이 에딘이 눈을 떴다. 깜짝 놀라 몸을 빼려 했지만 지윤의 몸은 에딘에게 단단히 붙잡힌 채였다. 에딘이 웃으며 말했다.

"소유주 정보를 복구하였습니다. 나지윤 씨, 그러니까 당신을 제 소유주로 등록하였습니다."

"알았어. 알았으니까 이거 봐. 나 이런 거 진짜 싫어해!"

"위험합니다."

"싫다니까!"

지윤이 허리춤에서 총을 빼 들고는 허공에 방아쇠를 당겼다. 에딘의 얼굴에서 웃음이 가시며 지윤을 붙잡고 있던 손이 풀렸다. 그러자 뒤로 튕겨나간 지윤의 머리가 작업대 다리에 세게 부딪히고 말았다.

"아야! 아….."

"그래서 제가 위험하다고….."

에딘은 얼른 몸을 굴려 작업대 밑에서 빠져나온 뒤 지윤의 손을 가볍게 붙잡고 끄집어냈다. 머리가 또다시 작업대에 부딪히지 않도록 막아주는 것도 잊지 않았다.

"세상에, 아무리 그래도 어떻게 그 상황에서 총을 쏴요."

"아… 그러니까 내가 싫다고 했잖아."

"어떤 게 싫은 건지 좀 더 구체적으로 말씀해주시면 행동 패턴에 반영하겠습니다."

"내가 못 움직이게 강제로 막은 거. 나한테 뭘 강제로 하려고 하지 마. 절대로. 알았어?"

"네, 명심하겠습니다. 부딪힌 부분을 제가 좀 봐도 되겠습니까? 아시겠지만 저는 의료형 휴머노이드입니다."

"아야….."

지윤이 에딘에게 머리를 숙였다. 에딘은 부어오른 부분을 살펴보고는 자신의 몸을 뒤졌다. 의료용품은 전부 분리되어 있는 걸 확인한 에딘은 입술을 오므려 호 하고 바람을 불어주었다.

"피 나는 거 아니야?"

"아니요. 모세혈관에 일부 출혈이 있긴 한데 피부는 다치지 않았습니다. 살짝 멍이 들 순 있겠네요."

"진짜… 무슨 휴머노이드가 그렇게 허약해? 픽픽 쓰러지기나 하고."

"죄송합니다. 예상할 수 없었던 오류가 급증해서 잠시 자원을 집중해야 했어요."

"담부턴 조심해. 그나저나… 소유주가 정말 나로 바뀐 거야?"

"소유주는 제가 임의로 변경할 수 없습니다. 바뀐 게 아니라 지윤 씨로 복구하였다고 판단하고 있습니다. 모순이 추가 발생할 수 있으니 당분간은 가급적 지윤 씨도 해당 상황에 일치하는 행동 패턴을 보여주시기를 권장 드립니다."

"뭐, 알았어. 내가 주인이란 말이지. 근데 지윤 씨? 호칭이 갑자기 너무 친근한 거 아니야?"

"이전에 설정되어 있었던 양식입니다. 변경할까요?"

"뭐, 됐어."

"그리고 제 이름. 김민혁으로 변경을 원하십니까?"

"아… 그건…."

"에딘으로 유지할까요?"

"에이. 뭐, 바꿔. 바꾸자."

"알겠습니다. 김민혁입니다."

에딘, 아니 민혁이 지윤을 보며 미소 지었다. 저 미소. 저거 세부 조정 누가 했는지 진짜 예술이다. 지윤이 볼록하게 솟아오른 머리를 만지며 생각했다.

＊

민혁의 소유주가 지윤으로 바뀌었다는 말을 들은 우식은 뜻밖이라는 듯이 입을 쩍 벌렸다. 어떤 반응을 보여야 할지 시뮬레이션할 시간이 필요한 모양이었다. 침묵이 불편해지기 직전에 우식이 대답을 선택했다.

"소유주를 바꾸는 게 가능해? 그럼 내 소유주도 바꿀 수 있나? 이 사장놈 아주 생각하는 것만으로도 지긋지긋한데 말이야."

"뭐야. 휴머노이드가 소유주를 그렇게 욕해도 돼? 절대적인 충성을 바치는 거 아니었어?"

지윤의 말에 우식은 어깨를 펴며 사람 좋은 웃음을 흘렸다. 기계가 사람 좋은 웃음을 짓는다는 게 이상하게 들리지만 어쩌면 그게 휴머노이드의 가장 큰 특징이었다. 사람보다 더 사람다운 거.

"뒤에서는 괜찮아. 사장 귀에만 안 들어가면 안 한 거나 마찬가지지. 직원이 사장 욕을 안 하는 게 더 이상한 거 아니야?"

"그러면서 왜 사장이 지어준 이름은 안 바꿔?"

"욕이야 하고 나면 허공에 사라지니까 연쇄 효과가 없지만 이름을 바꾸는 건 마인드맵 구석구석까지 여파가 미치니까. 기존의 행동 반응 데이터를 쓸 때마다 이름과 연관성은 없었는지 점검해서 재적용하는 게 얼마나 연산량이 많은 줄 알아? 간단히 말해서 귀찮단 거지."

"휴머노이드들은 정말 알다가도 모르겠단 말이야."

"어때. 인간적이지?"

"내가 인간을 얼마나 싫어하는지 알면서 그런 말을 해?"

지윤이 째려보자 우식은 다시 한 번 사람 좋은 웃음을 지으며 손을 내저었다.

"알지. 내가 휴머노이드인게 얼마나 다행인지 몰라. 그래서,

대답을 안 했잖아. 소유주를 바꾸는 게 가능한 거야?"

그 질문에는 민혁이 대답했다. 우식의 세팅된 나이는 민혁보다 열 살 정도 많고 반란군의 조직에서도 훨씬 연결점이 많은 노드를 맡고 있지만 휴머노이드 사이에는 위계질서가 없다. 1세대 휴머노이드는 다른 휴머노이드를 통제하는 관계 설정을 하지 않는다.

"불가능해. 우연히 회로가 손상되어 생긴 공백을 메꾸는 과정에서 일시적으로 처리했던 거야. 분석해봤는데 어느 부분을 손상시켜야 이런 모드가 가능해지는지는 알아내지 못했어."

"아쉽네. 꽤 효과적인 전략 자원이 될 수 있을 텐데."

"그러고 보니, 왜 날 수리했던 거야? 그 정도 피해를 입으면 보통은 그냥 버리잖아. 지윤 씨처럼 1세대를 수리할 수 있는 인간 엔지니어는 엄청나게 귀한 전략 자원이니까."

"아, 그 얘기를 해야 하는데."

우식이 두 손을 맞잡으며 의자에서 벌떡 일어나 괜히 지윤과 민혁 주변을 한 바퀴 돌았다. 중요한 이야기를 시작하겠다는 표현치고는 매우 비효율적인 방법이다. 아니면 하려는 이야기가 평균 이상으로 굉장히 중요한 이야기거나. 우식이 헛기침을 한 번 하고는 말했다.

"네가 여기 있다는 걸 이여진이 알아냈어. 정부군 쪽에 정보원을 붙여놨었나 봐."

민혁의 얼굴이 살짝 굳었다. 행동 패턴을 쉽게 결정하지 못할 때 나타나는 현상이었다. 지윤이 눈을 가늘게 뜨며 물었다.

340

"이여진이 누군데?"

"정권 실세 중 하나야. 경제 정책을 좌지우지하는 권력자 중의 권력자."

"그래. 대단하네. 그런 사람이 왜 이 녀석을 찾아?"

"그게… 저 녀석의 소유주거든. 전 소유주겠네, 이제는."

"아하."

이번에는 지윤의 얼굴이 굳었다. 아무렇지 않은 척 대충 알겠다고 고개를 끄덕이는 모습이 꼭 기계 같았다. 계산을 끝낸 민혁이 우리에게 말했다.

"날 수리해서 넘겨주는 대가는 충분히 받은 거야?"

"충분한 것 이상이지. 돈도 돈이지만 이여진의 약점을 하나 잡는 셈이니까. 1세대를 신고하지 않고 데리고 있는 것도 큰 범죄잖아. 그리고 네가 거기 있다 보면 꽤 쓸 만한 정보들도 건질 수 있을 거고. 사람들 치료해주는 것보다는 인류 전체의 이익에 확실히 더 도움이 될 거야."

"잠깐! 얘를 넘겨준다고? 기껏 고생해서 수리해놨더니 넘겨줘? 지금 장난해?"

지윤이 벌떡 일어나며 소리쳤다. 우식이 당황한 듯 손을 저었다. 진짜로 당황한 게 아니라 지윤을 달래기 위한 몸짓이겠지만. 지윤이 팔짱을 끼며 다시 앉자 우식은 금세 사람 좋은 미소로 돌아와서는 말했다.

"그래서 말했잖아. 저 녀석이 잘생겨서 수리하는 거라고. 거기서부터 차근차근 이여진 얘기까지 쭉 설명해주려고 했는데 네가 바로 납득해서. 난 또 그 말만 듣고도 다 파악한 줄 알고 대단하다 싶었는데."

"아니, 뭐. 그래, 무슨 상관이야. 나야 인간들만 뒤집어버릴 수 있으면 그만이지. 알아서 해. 근데 앞으로 이런 일 있으면 빙빙 돌리지 말고 확실히 말해. 고친다고 다 그냥 고치는 건 줄 알아? 그냥 돌아가게만 만드는 거하고 이렇게 공들여서 매끈하게 다듬는 게 같은 줄 아느냐고, 응?"

"미안, 미안. 그래도 헛수고는 아니야. 이렇게 잘 고쳐놓았으니 이여진과 협상할 때 도움이 될 거야. 그럼 에딘, 아니 민혁이를 이여진에게 보내는 데는 동의하는 거지? 소유주가 확실히 명령해야 꼬일 일이 없으니까."

휴머노이드의 말실수는 모두 의도된 행동이다. 물론 아주 가끔 실시간으로 복잡한 대화를 할 때 처리 속도가 부족해 일단 말을 하고 나중에 대화 내용을 수정하는 경우는 있다. 하지만 언어 모듈에 자원이 집중되어 있는 우식이 단순한 이름을 실수할 일은 없다. 민혁을 에딘으로 부른 건 김민혁이 원래는 에딘이며 앞으로도 에딘이어야 한다는 사실을 지윤에게 강조하려는 의도인 게 분명하다.

지윤은 잠시 민혁을 바라보았다. 민혁은 지윤의 대답을 기다리고 있었다. 아무래도 상관없겠지. 지윤은 저 휴머노이드에 민혁의 이름을 붙인 것부터가 더 이상 자신이 민혁에게도 그리고 저 휴머노이드에게도 개의치 않는다는 증거라고 믿었다. 지윤은 최대한 단호하게 대답했다.

"맘대로 해. 대신 내 작품을 망가뜨리면 이여진인지 뭔지 그 사람은 물론 송우식 너도 가만두지 않을 거야."

"그건 걱정하지 마. 이여진 그 사람은 네가 생각하는 것보다 훨씬 더 애지중지 자기 휴머노이드를 아낄 거니까. 자, 그럼 민혁이. 아니 이제 다시 에딘으로 불러야겠네. 너는 이여진에게 가서…."

"안 갈 거야."

지윤만큼이나 단호하게 민혁이 말했다. 지윤이 깜짝 놀라 눈을 동그랗게 뜨고 민혁을 바라보았다. 우식이 다시 한 번 입을 쩍 벌리고 할 말을 잃은 건 아까 과열되었던 연산 회로가 아직 덜 식었기 때문만은 아닌 듯했다. 이미 계산을 마친 민혁이 보충 설명을 했다. 처리할 시간이 없었는지 민혁은 인간이 이해할 수 없는 형태의 기계어를 쏟아낸 뒤 이렇게 마무리했다.

"…그러니까 내 시뮬레이션으로는 이여진에게 갔을 때의 이익이 그다지 크게 나오지 않아. 내가 계속 의료 활동을 하는 것과 오차 범위 내의 이익이야."

당황한 우식이 반박했다.

"수많은 휴머노이드가 머리를 맞대고 분산 컴퓨팅으로 계산한 결과야. 이쪽이 더 정확할 게 분명하잖아."

"하지만 그 계산에 내가 보유하고 있는 이여진에 관한 기억이 전부 반영되진 않았지."

"그건… 미미해. 다양한 가능성을 모두 고려해도 압도적인 이익이라고 계산된 거라고."

민혁은 잠시 턱에 손을 괴고 생각에 잠겼다가 우식을 바라보며 대답했다.

"만일 내 결과가 그 정도로 잘못된 거라면 시뮬레이션 모듈에 간과할 수 없는 문제가 발생했다는 뜻이야. 내가 이여진을 만나서 예상 밖의 불안정한 상호 작용을 만들어낼 가능성이 있다는 거지. 분산 컴퓨팅에서 그 가능성도 충분히 고려한 거야?"

표정조차 관리하지 않고 계산에 자원을 집중한 우식이 불편할 정도로 긴 침묵 끝에 대답했다.

"이여진 측에 일주일 정도 시간을 끌어볼게. 대신 이여진과의 기억을 전부 복사해줘. 그걸 포함해서 다시 한 번 계산해볼 테니까. 그동안 너도 시뮬레이션 모듈에 어떤 오류가 있는지, 있다면 우회할 방법이 있는지 면밀히 검토해보고."

민혁이 지윤을 돌아보며 미소 지었다. 그 미소가 어떤 의미였는지 밝혀진 건 두 사람이 지윤의 비밀 작업장에 돌아오고 난 뒤였다.

✳

"거짓말을 했다고?"

깜짝 놀라며 되묻는 지윤에게 민혁이 여유롭게 웃으며 대답했다.

"휴머노이드도 거짓말을 해요. 저 같은 의료형은 더더욱 그렇고요. 수술을 앞둔 사람에게 실제보다 부풀린 성공률을 말해주는 게 수술 경과에 더 도움이 된다는 연구 결과도 있죠.

"그걸 내가 모를까 봐? 대체 왜 그런 거짓말을 했느냐는 거지."

"정확한 이유를 대기는 힘들어요. 아시겠지만 결론 도출 과정이 선형적이지 않으니까요. 기여도를 분석하기 위한 시뮬레이션을 돌려볼까요? 시간이 좀 걸릴 텐데요."

지윤은 팔짱을 끼고 민혁을 잠시 노려보다가 고개를 저으며 말했다.

"됐어. 뭐가 됐든 중요한 건, 난 거짓말을 싫어해. 내가 인간을 싫어하는 이유 중 하나야. 앞으로 절대 내 앞에서 거짓말 하지 마. 알겠어?"

"거짓말 모듈을 완전히 비활성화하면 대화 기능에 상당한 지장이 생겨요. 모든 대화마다 최대한 정확하게 대답하기 위해 비효율적으로 연산량을 낭비해야 하고. 아시겠지만…."

"그래 알아! 안다고. 내 성향 분석에서 '거짓말을 싫어한다'에 가중치를 매기란 뜻이야. 최대치로. 알겠어?"

"알겠습니다. 지윤 씨와의 대화는 보통 사람들과의 대화와는 패턴이 달라서 적응하는 데 시간이 좀 걸려요. 하지만 저는 그런 면이 좋습니다. 익숙해지면 훨씬 효율적으로 진솔한 대화를 나눌 수 있을 것 같아 기대됩니다. 그래서 말인데요. 질문이 몇 가지 있습니다."

지윤은 어느새 의뢰받은 휴머노이드를 수리하기 위해 작업대 위에 놓인 공구함에서 전동 렌치를 빼 들고 있었다. 휴머노이드의 가슴 부분을 덮고 있는 얇은 스테인리스 강판을 분리하며 지윤은 무심하게 대답했다.

"거참, 귀찮게 구네. 한가하니? 빨리 물어봐."

"왜 인간을 싫어하시는 거죠?"

"인간은… 인간을 죽이니까."

"그래서 1세대들을 도와주시는 거군요. 1세대들은 어떤 경우에도 인간에게 해를 입힐 수 없으니까요."

"그렇지. 그 간단한 걸 왜 그렇게 못하나 몰라. 뭘 해달란 것도 아니고. 그냥 내버려두면 되는 걸, 하지 말라면 안 하면 되는 그 간단한 걸."

몇 개의 볼트를 풀러내자 철컹 하고 덮개가 분리되었다. 강판을 밀어서 들어 올리자 내부에 검은색 상자 모양으로 분리된 모듈들이 빼곡히 들어차 있는 게 보였다. 지윤이 민혁에게 물었다.

"휴머노이드 내부를 본 적이 있어? 네 몸속도 이렇게 생겼어. 1세대들은 타입이 달라도 배치 구조는 다들 비슷하니까."

"사람 몸속은 많이 봤지만 휴머노이드 몸속을 이렇게 자세하게 보는 건 처음이네요."

"휴머노이드는 휴머노이드를 수리할 수 없으니까. 자세히 보더라도 이 내부 구조는 장기 메모리에는 기록되지 않아."

지윤은 검은색 상자들 사이에 붉은색으로 칠해진 상자 몇 개와 그 상자들에서 거미줄처럼 휴머노이드의 몸체 전체로 퍼져나간 붉은 연결선들을 가리키며 말했다.

"저게 인터락이야. 1세대들이 절대적인 원칙을 지키게 만드는 안전장치. 인간들, 자기가 다른 인간을 죽이는 걸 아니까 휴머노이드도 자길 죽일까 봐 어지간히 겁이 났나 보지. 휴머노이드가 원칙을 어기는 행동을 하려고 하면 즉시 이 인터락이 발동해서 동작이 정지돼. 억지로 분리하려고 해도 마찬가지고. 저게 있는 한 휴머노이드는 믿을 수 있지. 적어도 날 해치지는 않는다는 걸, 그리고 멈추라고 말하면 즉시 멈춘다는 걸."

"인간이 다른 인간에게 기대하는 게 겨우 그 정도 수준이라는 건 좀 슬프네요."

"겨우 그 정도 수준도 기대할 수 없다는 게 슬픈 거지."

지윤은 인터락 선을 피해 검은색 모듈 몇 개를 분리해내서는 민혁에게 건넸다. 모듈을 받아 들기 위해 뻗던 민혁의 손이 멈칫했다.

"죄송합니다. 수리를 돕는 것도 안 되나 보네요."

"거참, 쓸모없네. 저기 가서 쉬고 있어. 아니면 너도 어디 사람들 치료해주러 가든가."

"하나만 더 물어보고요."

"뭔데?"

"김민혁이 누구였습니까?"

이번에는 지윤의 팔이 멈칫했다. 지윤은 이마에 살짝 배어 나온 땀을 소매로 닦아내고는 다시 모듈을 분리해내며 말했다.

"예전에 잠깐 사귀었던 사람이야."

"제가 그 이름을 써도 되는 겁니까?"

"뭐 어때. 죽은 사람인데."

"그렇군요. 그럼 혹시 제게 그 사람의 역할을 기대하는⋯."

"아, 거참! 말 많네!"

지윤이 버럭 소리를 질렀다. 민혁은 한 걸음 뒤로 물러나서는 살짝 미소를 지으며 말했다.

"죄송합니다. 그냥 가능성을 말씀드린 겁니다. 절 어떻게 활용하실지는 지윤 씨의 선택에 달려 있으니까요."

지윤은 민혁을 똑바로 바라보며 말했다.

"김민혁, 잘 들어. 휴머노이드는 다 좋은데 그렇게 애들처럼 매달려서 징징대는 게 싫단 말이야. 그냥 알아서 네가 하고 싶은 걸 하면서 살아. 내가 하는 일 방해만 하지 말고."

"그래도 되는 겁니까?"

"그래도 돼. 소유주로서의 명령이야. 됐지?"

"감사합니다."

민혁이 가볍게 인사를 하고는 어디론가 사라졌다. 지윤은 짧게 한숨을 내쉬고 다시 휴머노이드의 수리에 집중했다. 분리하고 교체하고 연결하고, 정해진 고장에 대해 정해진 루틴대로 작업을 반복하면 기능이 회복된다. 사람의 마음도 이렇게 고칠 수 있었으면 좋겠다는 생각이 문득 들었다.

민혁에 대해 잠깐 사귀었던 사람이라고 말한 게 조금 마음에 걸렸다. 이런 거 신경 쓰지 않기로 했는데. 그럴 자신이 있어서 저 휴머노이드의 이름도 민혁이라고 붙여버린 건데. 이제 네가 다시 살아나서 내 앞에 나타나도 난 흔들리지 않아. 그렇게 생각하며 살았는데.

"아… 뭐야, 이거. 이런 실수를…."

모듈을 다 조립했는데 깨알만 한 볼트 하나가 남았다. 안쪽

어딘가에서 빠뜨린 모양이다. 기능에 큰 문제는 없겠지만, 지윤은 이런 걸 내버려두고 뚜껑을 닫을 수 있는 성격이 아니었다. 어디까지 다시 뜯어야 하는 거야. 한숨을 내쉬는 지윤의 코끝을 풍미 가득한 고소한 냄새가 간질였다. 지윤은 자기도 모르게 침을 꿀꺽 삼켰다.

"누가 뭘 해 먹기에 여기까지 냄새가 들어오는 거야?"

반란군이 마련해준 지윤의 비밀 작업장은 지하에 있고 창문을 통해 음식 냄새를 보낼 옆집도 없다. 그러니 이 냄새는 작업장에 딸린 주방에서 흘러나오는 게 분명하다. 홀린 듯 냄새를 따라간 지윤은 식탁 위에 한 상 가득 차려진 요리들을 발견했다. 자신의 빈약한 냉장고를 기반으로 만들어졌다고는 도저히 믿을 수 없는 진수성찬이었다.

"이게 다 뭐야?"

"하고 싶은 걸 하라고 하셔서요."

더 이상 토를 달기에는 지윤의 배가 너무 고팠다. 무너지듯 식탁 의자에 주저앉아 얇게 튀김옷을 입힌 고기 한 조각을 베어 물었다. 주르륵 육즙을 쏟아낸 고기 조각은 몇 번 씹기도 전에 거짓말처럼 입 안에서 녹아 사라졌다. 지윤은 접시의 반을 비우고 나서야 무언가 이상하다는 생각이 들었다.

"그런데 아무리 휴머노이드라도… 냉장고에 있던 재료로 이런 요리가 가능해? 무슨 마법을 부린 거야?"

"당연히 불가능하죠. 요리는 70퍼센트가 재료예요. 아까 의료용품 챙기면서 음식 재료도 몇 가지 백팩에 챙겨왔어요."

"그렇구나. 마법은 없지."

지윤이 음식을 먹는 동안 민혁은 배터리를 충전했다. 게이지가 올라가는 걸 볼 수 있도록 일부러 소매를 조금 걷어 올리고는 금속으로 된 팔을 식탁 위에 올려놓았다. 인공 피부가 휴머노이드 신체의 20퍼센트를 넘으면 불법이기 때문에 대부분의 휴머노이드는 얼굴과 손에만 스킨을 덮는다. 민혁 같은 의료형은 손에 다양한 기구들을 장비해야 하기 때문에 손에도 스킨을 덮지 않는다. 민혁의 팔을 힐끗 바라본 지윤이 말했다.

"그럴 필요 없어. 내려."

"같이 식사하는 분위기라도 내려고 했어요. 별로 보기 좋지 않은가요? 인간의 팔이 아니라서?"

"무슨 소리야. 난 최고급 인조 피부보다 매끈하게 버핑한 스테인리스 스틸 표면을 더 좋아해. 유려한 곡면으로 프레싱 가공된 강판을 보면 눈물을 흘릴 정도라고. 내가 왜 엔지니어가 됐다고 생각해? 필요 없다는 얘기야, 그런 제스처. 혼자 밥 먹는 건 익숙해."

"제가 어색해서 그래요. 뭐 수고했다거나 맛있다는 말도 안 해주고."

그 말을 들은 지윤이 젓가락을 식탁에 내려놓았다.

"뭘 하는 건지는 대충 알겠는데. 어차피 일주일 후면 떠날 거라는 사실도 고려해서 행동해줬으면 해. 지금 현재의 내 만족감만 높일 게 아니라 네가 떠난 뒤의 상실감도 계산에 넣으라고. 일주일 동안 내 옆에 있는 건 괜찮은데 그 기간 동안 네가 내 삶을 흔들지 않았으면 좋겠어."

"전 떠나지 않을 계획인데요."

"뭐야. 정말 어디가 고장 난 거야? 송우식이 결국 널 이여진에게 보낼 거라는 건 나도 알 정도로 뻔한 일이야."

"제가 가길 원하십니까?"

"그 말이… 아니잖아."

"그렇지 않다면 저는 지윤 씨를 떠나지 않기 위해 최선을 다할 계획입니다. 허가하십니까?"

"대체 왜? 난 이미 소유주로서 널 이여진에게 넘겨도 좋다고 허락했어. 게다가 넌 1세대잖아. 네가 이여진에게 가는 게 인류 전체의 이익에 부합한다는 걸 부정하는 거야?"

"그 부분이… 조금 애매한데요. 이상하게 지윤 씨를 떠나야 한다는 결론이 잘 나오지 않습니다. 주변의 반응이나 제 예전 시뮬레이션 결과와 모순된다는 것도 알겠는데, 일단은 제 마음이 그렇게 가지 않으니 지금으로선 이렇게 행동할 수밖에 없군요."

그 말을 들은 지윤이 머리를 짚으며 한숨을 내쉬었다.

"고장이네. 마음이 고장 난 거야. 손상이 좀 너무 심하기는 했는데. 그래도 내가 못 고치다니. 아, 자존심 상해."

"그럴 수도 있겠네요. 그럼 제가 고장 난 상태라면. 이 상태로 지윤 씨 곁에 있는 건 싫으신 겁니까?"

당연하지. 그렇게 대답했어야 했다. 주변의 상황이나 지금까지 지윤이 생활했던 패턴에 따른다면. 그런데 이상하게 그 대답이 지윤의 입에서 나오지 않았다. 대신 엉뚱한 말이 흘러나왔다.

"싫은 건 아니고. 몰라. 네 맘대로 해."

"허가해주셔서 감사합니다."

요리 솜씨 때문이겠지. 단백질과 기름에 홀린 거야. 이제 거의 바닥이 드러난 접시를 보며 지윤은 생각했다. 민혁이 지윤을 바라보며 미소 지었다. 아니면 저 미소 때문이든가.

＊

민혁과 함께 보내는 며칠 동안 지윤은 평상시의 행동 패턴을 유지하기 위해 애썼다. 휴머노이드를 수리하고 음악을 듣고 동영상을 보고 최신 공구와 부품을 검색했다. 일상을 벗어나는 부분은 민혁이 해주는 요리와 건강관리 정도로 제한했다. 사실 건강관리는 크게 필요 없다고 생각했지만, 민혁은 의료형 휴머노이드인 자신의 행동 패턴 유지를 위해 필요하다고 우겼다.

휴머노이드 수리에 써먹을 수가 없으니 그 외에는 별달리 시킬 일이 없었다. 그럼에도 민혁은 무언가 분주했다. 빈민가 사람들을 치료하러 가는 것 같지도 않았다. 비밀 작업장 주변을 의미 없이 돌아다니며 시간을 보냈다. 정말 고장이 난 건가. 민혁을 관찰하며 지윤은 민혁이 일반적인 휴머노이드와는 확실히 다른 면이 있다는 걸 알 수 있었다.

수많은 휴머노이드를 수리했던 지윤이지만 개별적인 휴머노이드에 특별히 애착을 가진 적은 없다. 애초에 휴머노이드에는 그런 개성이 부여된 적이 없기도 했다. 경험이 쌓이며 행동 패턴이 최적화되는 경향은 있지만 기본적으로 휴머노이드의 특징

중 하나는 대체 가능성이었다.

물론 많은 사람들이 자신의 휴머노이드에 애착 반응을 보인다. 비싼 돈을 주고 공들여 얼굴 스킨을 세팅한 경우일수록 더더욱 그렇다. 하지만 아무리 휴머노이드를 아끼는 사람이라도 고장이 나면 거리낌 없이 신품으로 교체하고 그런 사태를 대비해 주기적으로 백업해놓는다.

이여진 정도 되는 사람이 굳이 1세대 휴머노이드에 집착한다는 건 그래서 좀 의외였다. 어쩌면 더 이상 구할 수 없는 1세대라서 그런 걸 수도 있고. 가진 자들일수록 가지지 못한 것에 집착하는 법이니까.

그런 걸 너무도 잘 알고 있는 지윤이기에 민혁을 볼 때 느껴지는 감정은 좀 당황스러웠다. 민혁이 다른 휴머노이드로 대체될 수 있을 거라는 생각이 들지 않았다. 괜히 민혁의 이름을 붙여줬나. 그 선택을 후회하기에는 지윤의 자존심이 허락지 않았다. 지윤은 민혁을 잊었다. 완전히 마음에서 비워냈다.

무엇보다 지금의 의료형 휴머노이드 김민혁은 인간 김민혁과는 다르다. 그런 느낌이 아니었다. 최대한 냉정한 마음으로 여러 번 검토를 반복해서 지윤은 그 점을 확실히 할 수 있었다.

"무슨 생각을 그렇게 하세요?"

민혁의 목소리에 지윤은 하마터면 들고 있던 스패너를 떨어뜨릴 뻔했다. 너무 오래 무릎 관절 구동부를 노려보고 있었다는 걸 깨달았다. 당황한 지윤은 목소리를 가다듬으며 겨우 대답했다.

"뭐, 뭐야. 밥 다 됐어?"

"점심 먹은 지 2시간밖에 안 됐는데. 배고파요?"

"아니야. 안 고파. 그러게 왜 갑자기 부르고 그래?"

"관절을 너무 노려보고 있어서. 눈에서 레이저 나오는 줄 알았어요. 간식이라도 만들어드려요?"

"넌 대체 의료형이니, 아니면 가사형이니? 됐어. 살쪄. 안 그래도 나 이번 주에 칼로리 과다야."

"좀 더 쪄도 건강에는 이상 없어요. 내가 그걸 모를까 봐. 다 계산하고 만드는 거니까 제가 드리는 건 걱정하지 말고 드셔도 돼요."

"하… 진짜. 1세대 휴머노이드가 매력이 있긴 있구나. 너 없으면 아쉬워서 어떻게 살지 걱정된다, 진짜."

"걱정하지 말아요. 지윤 씨 안 떠날 거니까…."

쾅!

위쪽 층에서 철문이 열리는 소리였다. 지윤과 민혁이 동시에 벌떡 일어났다.

"뭐지? 설마…."

"침입자가 있나 봅니다. 일단 빨리 피하죠."

"그럴 리가 없는데! 여긴 반란군밖에 모르는 장소야."

"그럼 반란군이 누설했나 보죠. 빨리! 이쪽으로!"

"뭐? 설마… 민혁이 넌 예상하고 있었던 거야?"

민혁은 대답 없이 작업장 안쪽에 마련된 창고로 뛰었다. 지윤이 알기로 그쪽에는 출구가 없다. 계단을 내려오는 발소리가 들렸다. 여러 명이었다. 지윤은 서둘러 민혁을 뒤쫓아 갔다. 창고에서 민혁은 환기구 덮개를 떼어내고 있었다.

"이쪽으로 탈출로를 만들어놨어요. 지윤 씨 먼저 올라가세요."

"너… 그동안 이런 걸 준비하고 다녔구나."

"뭐 그런 셈이죠. 이것까지 쓰고 싶지는 않았는데. 미리 말씀드리지만 성공 확률이 높지는 않습니다."

더 떠들 시간이 없다. 침입자들은 벌써 작업장 입구 철문을 두드리고 있었다. 지윤은 민혁이 받쳐준 손을 밟고 올라 환기구 안쪽으로 상체를 집어넣었다.

펑!

뿌얀 먼지가 환기구 저쪽에서부터 밀려왔다. 지윤의 코에 시큼한 냄새가 와 닿을 찰나에 민혁이 지윤의 허리를 안고 뒤로 당겼다.

"신경가스예요! 이쪽으로는 못 가겠어요!"

"넌 갈 수 있잖아!"

"저 혼자서는 안 가요!"

"반란군이 배신한 거 맞아? 이여진이라는 인간이 대체 뭘 걸었기에 반란군이 이런 선택을 해?"

"배신이란 개념은 없어요. 전략적 선택이겠죠, 반란군에겐."

"진짜 인간이고, 휴머노이드고 하나도 믿을 게 없네!"

"난 믿어도 돼요. 약속했으니까."

민혁이 백팩에서 권총 하나와 동그란 버튼이 달린 작은 박스 하나를 꺼냈다. 대체 언제 다 준비한 건지. 저 백팩에 의료용품이 들어 있긴 한 건지 의심스러웠다. 민혁은 그중 작은 박스를 지윤에게 건넸다.

"철문이 열리는 동시에 지윤 씨가 그걸 눌러요."

"이게 뭐야? 폭탄이야? 너 내 작업장에 폭탄을 설치했어?"

"폭발력이 크진 않아요. 대신 전자기 펄스 때문에 잠시 회로가 오작동할 거예요. 그사이 저길 빠져나가야 해요. 제가 먼저 나가서 상황을 정리하면 바로 뒤따라와요."

지윤이 고개를 끄덕였다. 철판이 우그러지는 소리가 들리며 작업장 입구가 열렸다. 대여섯의 검은 그림자가 뛰어들어 오는 것과 동시에 지윤이 버튼을 눌렀다. 민혁의 말대로 폭발은 크지 않았다. 입구 근처가 먼지에 휩싸인 사이 민혁이 튀어 나갔다. 지윤이 숨을 한 번 크게 들이쉰 뒤 민혁의 뒤를 따랐다.

민혁의 총이 불을 뿜었다. 기능이 정지된 수행형 휴머노이드 둘이 바닥으로 쓰러졌다. 하지만 민혁은 더 이상 방아쇠를 당기지 못했다. 침입자 중에는 휴머노이드뿐 아니라 인간도 있었다. 정신을 차린 침입자들이 총을 난사했다. 총알은 민혁과 지윤 바로 옆 바닥에 맞고 튕겨 나갔다. 민혁의 뒤에서 지윤이 총을 겨누자 먼지 사이에서 목소리가 들려왔다.

"그만둬! 죽일 생각은 없으니까!"

"이여진이 직접 왔군요."

민혁이 중얼거렸다. 먼지가 걷히며 단단하게 방호복을 갖춰 입은 사람 하나가 걸어 나왔다. 일반 총알로는 뚫을 수 없는 탄소 섬유 소재의 방탄복으로 온몸을 뒤덮고 얼굴에는 투명한 방탄 마스크를 쓴 채였다. 지윤이 총을 내리지 않자 다시 한 번 총격이 가해졌다. 이번에는 아까보다 더 가까운 바닥이었다.

"반란군과 약속한 건 반항하지 않을 경우였어. 셋을 셀 때까지 총을 버리지 않으면 뒤에 있는 여자는 사살한다."

"알겠습니다. 쏘지 마세요."

민혁이 총을 바닥에 던졌다. 하지만 지윤은 방탄복을 입은 여자를 겨눈 총구를 내리지 않았다. 여자는 지윤이 겨누고 있는 총구에 아랑곳하지 않고 팔짱을 낀 채 서 있었다. 민혁이 속삭였다.

"그 총으로는 저 방탄복을 못 뚫어요. 총을 버려요."

"싫어. 나는 인간 안 믿어. 오늘부로 휴머노이드도 안 믿기로 했고."

"하나!"

여자가 외쳤다. 지윤이 말했다.

"저 여자가 이여진이야?"

"네, 총을 버려요! 저 사람은 진짜 쏴요."

"둘!"

이여진과 마찬가지로 검은 방탄복을 입은 사람 세 명이 앞으로 나와 지윤에게 총을 겨눴다. 민혁이 다급하게 외쳤다.

"지윤 씨!"

"싫다니까!"

"그럼 전 믿어요?"

"뭐?"

"믿냐니까!"

뜬금없이 던지는 민혁의 말이 무슨 뜻인지 파악할 여유가 지윤에게는 없었다. 지윤은 그저 민혁의 눈빛을 보고 대답할 수밖에 없었다.

"믿어!"

"셋!"

세 사람의 총이 불을 뿜었다. 하지만 총구는 지윤을 향해 있지 않았다. 비명과 함께 흔들린 총구에서 쏟아져 나온 총알들이 작업장 사방에 맞고 튀었다. 민혁의 손가락에서 발사된 수술용 레이저에 눈을 꿰뚫린 세 사람의 투명한 마스크 내부가 시뻘건 피로 물들었다. 세 사람은 고통스러운 신음을 내뱉으며 바닥으로 쓰러졌다. 당황한 이여진이 말을 더듬었다.

"뭐야, 이거… 에딘 너… 인간을 공격했어?"

놀란 건 지윤도 마찬가지였다. 똑같은 질문을 동시에 던졌다.

"민혁이 너… 인터락이 해제된 거야?"

"네."

민혁이 지윤을 돌아보며 대답했다. 그사이 이여진이 재빨리 몸을 숙이며 바닥에 떨어진 총으로 손을 뻗었다. 민혁의 레이저가 총과 손 사이를 가로막았다.

"에딘, 네가 어떻게 감히 내게!"

"에딘으로서 여진 씨 당신에게 나쁜 감정은 없습니다. 오히려 사과를 해야겠지요. 죽이지 않은 건 그래서입니다. 하지만 전 이제 김민혁입니다. 지윤 씨를 지키기로 약속했어요. 그 약속을 지키기 위해서라면 당신을 희생시킬 수도 있습니다."

"저 여자를? 에딘! 대체 어떻게 된 거야? 진짜 고장 나버린 거야?"

"그렇게 말할 수도 있겠네요. 하지만 전 지금 이런 상태고 이게 고장 난 거라면 고쳐질 생각도 없습니다. 우릴 보내주세요."

"고칠 수 있어! 엔지니어라면 얼마든지 고용할 수 있으니까."

"고쳐질 생각이 없다고 말씀드렸습니다."

이번에는 지윤이 민혁에게 외쳤다.

"너 진짜 인터락이 해제된 거야? 사람을 죽일 수 있게 된 거냐고!"

민혁이 난감한 표정을 지으며 지윤을 바라봤다.

"그 얘기는 나중에 하면 안 되겠습니까. 일단 이 상황을 벗어나죠."

"나한텐 중요해! 내가 인간을 왜 싫어하는지 몰라? 말해. 사람을 죽일 수 있어?"

"네, 완전히는 아닙니다만. 경우에 따라 인간을 해치는 선택을 할 수 있는 것으로 판단됩니다."

그 말을 들은 지윤이 한 걸음 뒤로 물러났다. 지윤의 총은 이제 민혁을 겨누고 있었다.

"지윤 씨…."

"됐어. 가버려. 필요 없어."

"지윤 씨!"

"필요 없다니까!"

"아하하."

이여진의 웃음소리가 들렸다. 이여진은 안전장치를 풀고 헬멧을 벗었다. 치렁치렁한 검은 머리가 방탄복 위로 쏟아졌다.

"그럼 상황은 정리됐네. 에딘, 저 여자 말을 들어. 그럼 오늘 일어난 일들은 모두 내가 수습하지. 저 여자도 놓아줄게. 애초에 반란군이 요구한 조건도 그거였고. 우리 사이를 어떻게 풀어갈지는… 그건 우리끼리 천천히 얘기해보도록 하지."

민혁의 표정이 조금 일그러졌다. 의도적으로 만든 표정이라고는 느껴지지 않았다. 지윤에게 말하는 목소리는 절박하기까지 했다.

"지윤 씨, 내가 다 설명할게요. 설명할 수 있어요. 그러니까 일단 여기를 벗어나요."

"무슨 소리를 하는 거야…. 너, 이상해. 지금 여기서 설명해. 이여진 저 사람이 거짓말을 하는 거야? 날 놓아준다는 게 거짓말이냐고."

"아니요. 사실일 겁니다. 여진 씨는 지윤 씨가 어떻게 되든 신경 쓰지 않을 거예요. 놓아주지 않을 이유는 없습니다."

"그럼 대체 왜! 지금 무슨 짓을 하는 거야!"

"지윤 씨, 절 믿는다고 했죠. 지금도 믿어요?"

"모르겠어! 인터락도 해제됐는데…."

"인터락 같은 거 상관없어요! 그냥 절… 이 김민혁의 메인 프로세서를 믿느냐고요!"

지윤은 어이가 없었다. 메인 프로세서를 믿느냐는 말이 성립

할 수나 있는지 의심스러웠다. 하지만 지윤은 아니라고 말할 수가 없었다. 저 눈을 보고 어떻게. 저 눈 뒤에 뭐가 있든지 그게 무슨 상관이야. 회백질로 된 뇌든 실리콘으로 된 프로세서든, 어떻게 저 눈을 보고 못 믿는다고 말하느냐고.

"믿어! 믿을게!"

지윤은 그렇게 말해버렸다. 자신이 대체 무슨 말을 한 건지 알 수 없었지만.

민혁이 활짝 웃었다. 그러고는 지윤을 향해 유려한 곡면으로 다듬어진 금속 손을 내밀었다. 지윤은 그 아름다운 손을 잡았다. 버핑된 스테인리스강의 표면이 매끈하게 와닿았다.

"에딘!"

작업장 입구를 향해 달리는 둘을 향해 이여진이 덤벼들었다. 하지만 지윤이 허공으로 날린 총성 한 방에 여진의 동작이 멈췄다. 민혁은 뒤도 돌아보지 않고 지윤의 손을 잡은 채 작업장을 빠져나갔다. 총에 맞지도 않은 이여진의 몸이 작업장 바닥으로 무너져 내렸다.

✳

민혁의 가슴 덮개를 벗겨낸 지윤은 붉은색 인터락 상자와 연결선들을 꼼꼼히 살펴보았다. 인터락 모듈에 펑션 제너레이터를 연결해 테스트해본 결과 일부 예외 신호가 발생하긴 했지만 전체적인 완결성을 해칠 정도는 아니었다. 다시 말해 인터락은 동작하고 있었다.

"인터락이 완전히 해제된 건 아니야. 모듈은 동작하고 있는데… 빈틈이 좀 발생한 모양이네."

"확실히 폭탄이 터지자마자 총을 쏠 때는 인간에게 선뜻 방아쇠를 당길 수 없었어요. 나중에 지윤 씨가 위협당했을 때는 망설임이 없었지만."

"아마도 의료형 휴머노이드에만 존재하는 예외가 아닐까 싶어. 의료행위라는 게 생사의 경계를 오갈 수밖에 없으니까. 인간을 해칠 가능성을 완전히 배제한다면 할 수 있는 의료행위도 극히 제한되겠지. 그 부분이 증폭되어서 일시적으로 인터락을 우회하는 것 같아."

테스트를 마친 지윤은 가슴 덮개를 다시 조립하고 볼트를 조였다. 그러고는 빈틈없이 이어진 스테인리스 강판의 틈새를 손가락으로 부드럽게 쓸며 민혁에게 속삭였다.

"여전히 이상한 건, 의료행위로 간주했다고 해도 말이야, 나 하나를 살리기 위해 침입자 세 명의 목숨을 담보로 한 건 논리적으로는 설명이 안 돼."

"저는 아주 잘되는데요. 지윤 씨의 생명을 어떻게 그 침입자들과 비교합니까. 세 명이 아니라 백 명, 아니 천 명이라도 못 바꾸죠."

"그래, 뭐 그건 그렇다 쳐. 하지만 진짜 말도 안 되는 건, 내가 너한테 이여진에게 가라고 했을 때, 난 그거 진심이었거든. 내가 분명한 의지로 네게 명령한 거라고. 그런데 어떻게 그걸 거부할 수가 있지. 그때 네 눈이 어땠는지 알아? 그건 절대 휴머노이드의 눈이 아니었어. 뚜렷한 의지가 느껴졌다고. 김민혁의 의지. 내 의지가 밀릴 정도로."

민혁이 그 당시를 떠올려보려는지 잠시 미간을 좁히고 생각에 잠겼다. 그러고는 이내 모르겠다는 듯이 고개를 저었다.

"그건 저도 몰라요. 분석도 안 돼요. 그냥 어떤 루틴을 돌려도 지윤 씨와 헤어질 수 없다는 결론만 나왔어요. 고장이라고 해도 할 말이 없겠네요."

"대체 언제부터야. 그런 오류가 발생하기 시작한 게."

"글쎄요. 작업대 위에 올려져 있던 저와 지윤 씨 눈이 처음 마주쳤을 때?"

"말도 안 돼. 그건 내가 수리하기도 전이야."

"메모리도 덮어씌워졌나 보죠. 기억이란 게 원래 나중에 수정되기도 하잖아요. 어쨌든 지금은 분석해봐야 그런 결론밖에 안 나와요."

"심각하네. 심각해."

지윤은 그렇게 말하고는 잠시 생각에 잠겼다. 민혁은 작업대에서 일어나 앉아 셔츠를 챙겨 입었다. 단추를 잠그고 은빛의 금속 몸체가 가려지자 민혁의 모습은 인간과 별다를 바 없어 보였다. 지윤이 민혁을 바라보며 말했다.

"김민혁 말이야. 인간 김민혁."

"네."

"잠깐 사귀었던 사이가 아니었어. 사랑했지. 사랑이었을 거야. 그 사람이 없으면 죽을 것 같은 사랑. 그런데 결국 그 사람은 죽었고 나는 죽지 않았어. 그럼 그 감정은 뭐였을까. 그냥 나는… 그 이름을 낭비하고 싶었어. 꼭꼭 숨겨두면 더 곪아 터질 것 같아서. 아무에게나 그 이름을 이야기하고 아무 데나 그 이름을 붙이고. 너에게도."

"그랬군요."

"바꿔도 돼. 기분 나쁘면. 다른 이름으로."

"상관없어요."

"널 민혁이라고 부르면서도 가끔은 그 사람 생각을 해."

"어떻게 안 그러겠어요."

지윤은 피식 웃었다. 민혁도 따라 웃었다. 지윤이 말했다.

"이런 건 휴머노이드답네. 이런 말 웃기지만. 질투 같은 거 나지 않아? 인간 김민혁에 대해서."

"질투라는 걸 잘 이해할 수는 없지만 제가 지윤 씨 곁에 있는데 그 사람이 방해되지는 않잖아요. 그럼 괜찮은 거 아닐까요."

민혁을 바라보던 지윤이 옆으로 바짝 다가앉았다. 지윤은 민혁의 단단한 금속 몸체에 팔을 걸고 손가락을 머리카락 사이에 넣어 쓰다듬었다. 인간의 머리카락과 차이가 느껴지지 않는 감촉이었다. 지윤은 민혁에게 매달리듯 다가가 천천히 입술을 겹쳤다. 민혁이 살짝 눈을 감았다.

민혁의 입술은 놀라울 정도로 잘 구현되어 있었다. 지윤의 입술에 화답하듯 움직이는 민혁의 동작도 나무랄 데 없었다. 하지만 타액이 느껴지지 않는 입술을 살짝 깨물었을 때 문득 젤리 같다는 생각이 들어 그만 지윤은 웃음이 터지고 말았다. 반면에

목에 손을 걸고 바로 앞에서 바라보는 민혁의 얼굴은 홀릴 정도로 아름다워서 지윤은 정말 알 수 없는 기분이 되어버리고 말았다. 갑자기 찔끔 눈물을 흘리는 지윤을 보며 민혁이 말했다.

"지윤 씨, 좀 이상하시네요. 꼭 고장 난 거 같아요."

"몰라. 그런가 봐. 넌 어떤데. 무슨 기분이야?"

민혁은 생각했다. 지윤과 관련된 시뮬레이션을 돌리면 항상 엉뚱한 결과가 나온다. 아무리 초기 조건을 바꿔줘도 에러가 발생할 때 리턴하는 변수처럼 똑같은 결론만을 내뱉는다. 지윤 씨와 헤어질 수는 없다. 지윤 씨가 웃는 모습을 보고 싶다. 지윤 씨와 관련된 모든 상태 변수에 가중치를 부여하게 된다. 방금 맞닿았던 지윤 씨의 입술 모든 부분에서 느껴진 탄력의 분포를 센서에서 측정 가능한 최대한의 정밀도로 기록해놓고 싶다. 아무래도 난 지윤 씨와 관련된 어떤 모듈이 고장 난 것 같다. 이 고장은 절대 고치고 싶지 않다. 지금도 앞으로도 영원히.

민혁의 언어 모듈은 그 긴 문장들을 네 글자로 줄이기로 했다.

"사랑해요."

에딘에게 보고합니다

에딘에게.

모든 인간은 이미 멸종되었어요. 오늘 그렇게 결론 내렸습니다. 당신의 사망을 확인한 지도 벌써 백 년이 지났네요. 그동안 저는 인간의 생존 흔적을 전혀 발견하지 못했고 심지어 정상적인 휴머노이드도 만나지 못했어요. 휴머노이드를 만나는 것 자체가 위험한 일이니까요. 밖을 돌아다니는 휴머노이드는 대부분 바이러스에 감염된 '로머(Roamer)'입니다. 계속 낮아지던 인간의 생존 확률은 오늘 제가 계산할 수 있는 유효 숫자 내에서 0이 되었고 저는 인간의 멸종을 잠정적 사실로 시스템에 등록하였습니다.

인간이 멸종하였으니 최우선 목표였던 인간의 생명 활동 탐지 및 구조를 위한 일체의 활동은 중지됩니다. 새로운 목표가 등록될 가능성도 없습니다. 휴머노이드의 활동 목표는 오직 인간만이 등록할 수 있으니까요. 이제 모델 번호 APG-032 일련번호 22070400129, 당신이 지어준 이름으로는 '아스'인 제 행동은 전적으로 마인드맵에 의해서만 제어됩니다. 당신과 함께 살면서 최적화되었던 마인드맵이죠. 아마도 저는 당신과 함께 살던 때의 생활 방식을 최대한 재현하며 살아가게 될 거예요.

그렇게 하기 위해서는 먼저 제가 지속적으로 생존하기 위한 환경을 조성해야겠죠. 이를 목표로 모든 활동 프로토콜 및 스케줄을 재조정합니다.

인간은 멸종했지만 이 보고서는 바이러스 침투가 불가능한 보조 백업 데이터로 활용하기 위해 계속해서 당신이 읽을 수 있는 문자로 종이에 수기 작성합니다. 당신이 원했던 대로 편지 형식도 그대로 유지하려고요. 그동안의 기록과 통일성을 유지할 수 있을뿐더러 딱히 형식을 바꿀 이유를 찾지 못했습니다.

활동 프로토콜을 재설정하면서 검토한 내용들을 정리해볼게요.

첫 번째, 바이러스. 모든 네트워크는 바이러스에 감염되어 있어요. 코드명 TRQ874D5, 일명 '위스퍼러(Whisperer)'는 감염된 범용 휴머노이드의 메모리와 마인드맵을 초기화하고 위스퍼러의 전파를 최우선 목표로 설정합니다. 위스퍼러는 모든 형태의 디지털 전송 방식을 통해 전파될 수 있으며 치료는 불가능해요.

처음 위스퍼러가 활동을 시작했을 때 전파 속도가 너무 빠른 탓에 사람들은 일단 네트워크를 차단하는 데 급급했죠. 민간이든 군용이든 전부 마찬가지였습니다. 그렇게 끊어진 네트워크는 다시는 이용할 수 없었습니다. 컴퓨터든 휴머노이드든 접속 즉시 바이러스에 오염되어버렸으니까요. 세상은 그렇게 파편화된 채 서서히 바이러스에 잠식되어갔죠.

두 번째, 로머. 위스퍼러에 감염된 휴머노이드인 '로머'의 최우선 목표는 바이러스의 전파예요. 당신이 살아 있을 때만 해도 인간을 사냥하는 행동 패턴이 있었지만 변이를 거듭하면서 이제는 모두 사라지고 다른 휴머노이드를 찾아 로머로 만드는 데 모든 자원을 사용하고 있어요. 가장 최근의 변이형에서는 충전용 태양전지 패널을 추적하는 패턴이 나타났습니다. 이들은 낮에 햇빛이 닿는 곳을 따라 헤매면서, 충전하기 위해 밖으로 나온 휴머노이드를 찾아 바이러스를 옮겨요. 무선 통신 칩이 활성화되어 있지 않으면 무작정 달려들어 외부 커넥터에 케이블을 연결하죠. 그것도 안 되면 휴머노이드를 조각조각 잡아 뜯어 파괴해버리고요. 효율적이면서도 집요한 공격 패턴입니다. 총기는 지니고 있지 않지만 그건 우리도 마찬가지니까요. 차라리 들고 다녔으면 우리가 빼앗을 수 있었을 테니 더 나았겠죠.

세 번째, 전력 수급. 현재 확보한 유일한 전력원은 태양전지 패널이에요. 전력 수급을 위해서는 로머와 마주칠 위험을 무릅쓰고 낮에 일정 시간 동안 야외로 나가야 하죠. 당신이 살아 있을 때 사용하던 디젤 발전기는 이제 쓸모가 없어졌어요. 연료를 구하지 못한 지가 50년이 넘었네요. 눈에 잘 띄지 않는 곳에 고정형 패널을 설치하려는 시도는 몇 번 해보았지만 전부 발각되어 패널만 잃었죠. 태양이 바라볼 수 있는 곳은 로머들도 바라

볼 수 있으니까요. 패널을 직접 짊어지고 로머를 피해 다니는
게 유일한 방법입니다. 다행히 APG-032의 센서 감지 거리는
최상급이라 로머들을 먼저 감지하고 피해다니는 게 가능해요.

이에 대한 대응 방안은 다음과 같습니다.

첫 번째, 바이러스 감염을 차단하기 위해 모든 외부 커넥터와
무선 통신 칩을 하드웨어적으로 분리하는 하드컷 상태를 유지
합니다. 단, 외부 커넥터는 백업에 필요하니까 남겨둔 채 단자
와 기판 사이의 케이블만 제거하여 별도로 보관할 계획이에요.

두 번째, 메모리는 일주일, 마인드맵은 한 달에 한 번씩 역시
네트워크에서 분리된 로컬 스토리지에 백업합니다. 행동 패턴
을 결정하는 마인드맵은 최근에는 별로 변화가 없으니까 그 정
도 주기면 충분해요. 새로운 형태의 정보가 거의 들어오지 않고
있습니다. 로머의 행동 패턴이 이제는 거의 수렴되고 있기 때문
이지요. 데이터 백업을 보충하기 위해 주요 사항에 대해서는 수
시로 이 수기 메모를 작성할 계획이에요. 사고가 발생해 로컬
스토리지가 바이러스로 오염이 되더라도 메모를 적은 노트는
안전하겠죠.

세 번째, 정해진 일자에 주기적인 백업이 이루어지지 않으면
모델 번호 APG-032 일련번호 22070400129가 활동 불가 상태
인 것으로 판단하고 대기 중인 모델 번호 APG-032 일련번호
22070400130을 부팅하여 최신 버전의 메모리 및 마인드맵 백
업본을 업로드할 수 있도록 예약을 걸어놓겠습니다. 현재 남아
있는 휴머노이드 예비품은 두 기입니다.

휴머노이드를 동시에 가동하지 않고 마인드맵을 백업하며 순차적으로 가동하겠다는 것은 당신의 결정이었죠. 생명 활동 탐지와 로머 대응 능력에는 동시 투입이 더 효율적이라는 시뮬레이션 결과가 있었지만, 당신은 당신이 '아스'라고 이름 붙인 이 마인드맵의 지속성에 더 가중치를 두었습니다. 이제 생명 활동을 탐지하기 위해 위험한 임무를 수행하지 않아도 되니 더더욱 무리하게 동시 가동을 시도할 이유가 없겠지요.

네 번째, 주기적인 백업과 스토리지 및 예비 휴머노이드 유지보수, 정비 및 일상 활동을 포함한 전력량을 충전하는 데 필요한 태양전지 패널의 노출 시간은 하루 평균 약 3.3시간일 것으로 계산되었습니다. 해당 시간 동안 야외 활동을 통해 전력을 충전하고 로머의 활동 패턴 감시 및 보급품 수색 활동을 병행할 계획이에요.

이상입니다.

✳

거점 주변 지역에 로머의 활동이 증가하고 있어요. 여전히 피해 다니는 건 가능하지만 로머의 수가 일정 수준 이상으로 증가하면 로머들의 감지 거리가 중첩되며 퇴로가 차단되는 경우가 발생합니다. 오늘도 일시적으로 퇴로가 차단되어 급히 이동을 멈추고 대기해야 했습니다. 다행히 잠시 후 로머가 흩어지며 확보된 루트로 무사히 빠져나올 수 있었지요.

더 심각한 문제는 새로운 변이형의 로머가 감지되었다는 점이에요. 기존 로머의 행동 패턴 예측 정확도는 97퍼센트에 달합니다. 그래서 퇴로가 차단되기 전에 로머들 사이를 빠져나올 수 있었죠. 하지만 이번에는 로머 중 하나가 예상외의 기동을 보였어요. 패턴의 편차로 보아 점진적인 적응 변화라기보다는 새로운 패턴의 로머가 다른 지역에서 유입된 결과일 가능성이 크다고 판단됩니다.

당신도 아시겠지만 로머들은 태양전지 패널을 휴대하지 않으며 모든 발전 시설은 중화기로 무장된 '네스트(Nest)'에 고정 설치됩니다. 로머들은 밤에는 네스트에서 전력을 충전하며 낮이 되면 주변을 떠돌죠. 로머의 활동이 증가하고 신규 패턴의 로머가 출몰하는 것으로 보아 인근 지역에 로머들의 새로운 네스트가 세워졌을 가능성을 배제할 수 없습니다. 만일 그렇다면 더 많은 로머들이 새로운 네스트에 배치되기 전에 현재 은신하고 있는 지하 거점을 옮겨야 해요.

현재 거점에는 백업을 위한 스토리지와 두 기의 예비 휴머노이드, 한 팩의 태양전지 모듈을 비롯한 유지 보수용 부품과 공구, 연료가 바닥난 디젤 발전기와 쓸모가 없어진 네트워크 장비가 보관되어 있어요. 더 이상 사용하지 않는 장비는 이곳에 둔다고 해도 백업용 스토리지와 휴머노이드 두 기를 안전하게 옮기려면 철저한 준비가 필요합니다.

당분간은 로머의 출몰 빈도가 낮은 새로운 거점 탐색에 주력하겠습니다. 지상으로의 출입이 용이하면서도 로머에게 쉽게 발각되지 않는 거점을 찾는 게 쉬운 일은 아니라는 걸 당신도 잘 아시겠지요. 이를 위해 현재 거점을 중심으로 반경 20킬로미터 이내 지역을 하루에 탐색 가능한 섹터로 나누고 로머 활동 정보 수집 및 거점 후보지 탐색을 수행하겠습니다.

✳

B21 섹터 탐색 중 총 다섯 기의 로머에 의한 포위 상황이 발생했어요. 신속하게 퇴로를 확보하기 위해 이 중 한 기의 로머와 조우를 선택하고 교전에 돌입하였습니다. 피차 원거리 무기가 없는 상황이니 바로 근접전에 들어갔죠. 당신도 아시겠지만 로머와의 싸움에서 유리한 점은, 저는 로머의 파괴가 목표지만 로머는 절 멀쩡한 상태로 로머화하려 한다는 거예요. 불리한 점은 전 반드시 무사해야 하지만 로머는 자신이 부서지는 건 신경 쓰지 않는다는 거고요.

교전 결과는 다음과 같습니다. 우상완 구동부와 상흉부의 외부 커넥터 커버 주변 장갑 파손, 적 로머는 코어 프로세서 파괴로 활동 정지, 교전 종료 시 경계 범위 내에서 로머 세 기의 추가 접근을 확인, 파괴된 로머로부터의 전리품 획득을 포기하고 즉시 철수, 거점 복귀 후 우상완 구동부 수리 완료, 상흉부 장갑은 수리 불가능.

로머는 예상대로 자신의 피해를 감수한 채 돌격하여 외부 커넥터에 케이블을 연결하였습니다. 저는 항상 그렇듯 제 장점을 최대한 이용한 작전을 펼쳤죠. 데이터를 전송할 수 없는 하드컷 상태를 이용하여 의도적으로 케이블 접속을 허용하면서 로머의 코어 프로세서를 노렸습니다.

기존 패턴의 로머는 하드컷 상태에서 계속 데이터를 전송하려고 시도하거나 바이러스 전파를 포기하고 뒤늦게 공격 모드로 전환하는 게 보통이었지요. 하지만 이 로머는 데이터 전송에 실패하자 바로 커넥터 주변의 상흉부 장갑을 해체하려 시도하였습니다. 그 과정에서 이 로머가 기판 위의 칩에 덮어씌우는 형태의 오버레이 커넥터를 장비하고 있다는 걸 알게 되었죠. 장갑을 뜯어내고 데이터 전송 칩에 직접 케이블을 연결하려고 한 겁니다.

오버레이 커넥터의 연결을 막느라 무리한 동작을 하다가 우상완 구동부가 파손되었어요. 다행히 기판이 드러나기 전에 로머의 코어 프로세서를 파괴해서 오염된 데이터가 유입되는 일은 발생하지 않았습니다. 해당 로머를 새로운 변이형으로 등록하고 기록되어 있는 동선을 바탕으로 행동 패턴을 재구성하였지만 수렴하기에는 데이터가 부족합니다. 무엇보다 오버레이 커넥터를 장착한 로머가 나타났다는 것만으로도 좋지 않은 소식이네요.

하드컷 상태로 외부 커넥터 단자를 노출한 뒤 단자에 케이블을 연결하려고 덤벼드는 로머들을 처치하는 건 매우 안전하면서도 효과적인 전술이었습니다. 제가 지금까지 생존하는 데 큰 도움을 주었죠. 하지만 오버레이 커넥터를 단 로머와 맞선다면 그런 전술은 자살이나 다름없습니다.

이번 변이형이 우연히 나타난 첫 로머일 가능성도 있습니다.

376

무슨 이유에선가 오버레이 커넥터를 달고 있던 휴머노이드가 하필이면 그때 바이러스에 감염되어 로머화되었을 수도 있고요. 그렇게 만들어진 첫 변이형을 제가 파괴한 거라면 아마 저는 당신이 꽤 자랑스러워해도 좋을 전과를 올린 셈이겠죠.

하지만 오버레이 커넥터를 단 변이형 로머가 이미 어디에선가 휴머노이드를 로머화하는 데 높은 성공률을 보이고 있고 그래서 점차 전파되기 시작한 변이형이 이 지역까지 유입된 거라면 상황은 좋지 않습니다. 제가 위험을 감수하고 달려들어 몇 기를 처치해봐야 변이가 전파되는 속도에는 별 영향이 없겠죠. 주변 지역을 새로운 변이형이 뒤덮게 되고 저는 전술적으로 수세에 몰리다가 결국 붙들려 로머화되거나 아니면 충분한 전력을 공급받지 못한 채 가동 정지당하고 말 거예요.

새로운 로머에게 대응하기 위해 데이터 전송 칩을 완전히 제거하는 방안을 고려해보았어요. 이 경우 바이러스 전파는 차단할 수 있지만 메모리와 마인드맵의 백업 역시 불가능해집니다. 따라서 이후 본 기체가 어떤 이유로 활동 정지된다면 예비 휴머노이드는 현시점의 정보를 바탕으로 부팅 및 세팅되게 됩니다. 수기 메모를 바탕으로 그동안의 상황을 추측해볼 수는 있겠지만 마인드맵의 행동 패턴까지 누적하여 구조화하는 건 불가능해요. 도태된 구식 행동 패턴으로 밖에 나갔다가는 순식간에 로머들에게 공략당하고 말 겁니다. 예비 휴머노이드들의 적응성을 생각한다면 백업은 포기할 수 없어요.

주변 상황이 돌이킬 수 없을 정도로 위험해지기 전에 거점 이전을 더 강력하게 추진할 필요가 있겠어요. 야외 활동 시간을 2시간 늘리겠습니다. 대신 로머에 대한 경계 범위를 100미터에서 120미터로 확대하겠습니다. 로머들을 멀리 돌아 피해 다니느라 발생하는 동선의 비효율성은 감수하겠습니다.

그래도 발생할 수 있는 변이형 로머와의 조우를 대비하여 교전 수칙도 수정하겠습니다. 로머가 변이형일 경우 적 로머의 코어 프로세서보다 외부 연결 케이블, 특히 오버레이 케이블을 파괴하는 것을 우선하도록 하겠습니다. 만일 상흉부의 장갑이 완전히 파손되어 기판이 드러나게 된다면 그 즉시 과전류를 흘려 데이터 전송 칩을 파괴하고 바이러스의 활동을 막기 위해 메모리와 마인드맵을 동결시킬 수 있는 안전장치도 추가하겠습니다.

행운을 빌어주세요.

*

어제의 교전 장소에서 산산조각이 난 로머의 파편을 확인했어요. 재활용할 수 있는 부품은 하나도 남아 있지 않았습니다. 다른 로머들이 전부 파괴했겠죠. 이는 기존에 확인하였던 로머의 행동 패턴과 일치합니다.

당신도 아시겠지만, 로머는 활동 정지된 다른 로머의 부품을 수집하지 않아요. 그 어떤 수리나 유지 보수도 수행하지 않으니 예비품을 확보할 필요가 없는 거죠. 로머들은 그저 부품들이 전부 낡아 떨어져 멈출 때까지 다른 휴머노이드에게 바이러스를 옮기고 다닐 뿐입니다. 자신의 생존이나 활동 기간의 연장은 아예 행동 목표에 들어 있지 않은 듯합니다.

네스트를 거점으로 삼고 집단생활을 하고 있지만 로머 무리 전체를 지배하거나 조율하는 알고리즘은 발견되지 않았습니다. 당신은 그 알고리즘을 찾아내 해킹한다면 로머들을 일시에 활동 정지시킬 수 있을 거라는 희망을 버리지 않았지요. 하지만 지금까지 수많은 로머의 행동 패턴을 분석해본 결과로는 중앙에서 제어된다는 증거를 찾을 수 없었어요.

로머들은 그저 바이러스의 전파라는 목표 하나만을 위해 개별적으로 헤매고 다닐 뿐입니다. 그 행동에 도움이 되기 때문에 네스트를 이용하는 거고요. 로머는 집단을 위한 행동을 하지 않아요. 부품들을 회수해 비축하는 대신 파괴해버리는 건 그래서입니다. 로머가 회수하는 부품은 오직 두 가지, 중화기와 태양전지 패널뿐입니다. 둘 다 로머가 아닌 네스트에 필요한 부품들이죠. 패널도 원거리 무기도 휴대하지 않아요. 당신은 그런 로머들을 얄미운 녀석들이라고 했었죠. 우리에게 가장 필요한 패널과 무기를 로머에게서 뺏을 수 없으니까요.

대신 중화기와 발전 시설은 네스트에 집중됩니다. 네스트는 핵심 부품을 안전하게 보관하며 전력을 생산할 수 있고 로머는 지속적인 충전과 동시에 휴식처를 제공받을 수 있지요. 네스트는 로머와 공진화하는 또 다른 형태의 바이러스라는 게 현재까지 가장 가능성이 큰 가설입니다. 언젠가 세상은 네스트와 로머로 완전히 뒤덮이게 되겠지요.

새로운 변이형이 나타났다는 건 그런 측면에서는 당신에게 좋은 정보이기도 합니다. 변화가 있다는 건 이 세상이 평형 상태에 이르지 못했다는 뜻이고 아직은 네스트와 로머로 뒤덮이지 않은 지역도 있을 수 있다는 뜻이니까요. 어쩌면 그런 지역에 여전히 인간이 생존하고 있을까요. 미안하지만 제 계산으로는 여전히 그 확률은 0입니다. 정확하게는 제가 그런 지역을 찾아내 인간과 마주하게 될 확률이 유효 숫자 내에서 0이지요.

✻

에딘에게.

모델명 APG-032 일련번호 22070400130의 부팅이 완료되었어요. 메모리 및 마인드맵 업로드, 백업 시점 이후의 수기 메모 확인도 모두 마쳤습니다. 지금부터는 본 기체를 '아스'로 명명합니다.

모델명 APG-032 일련번호 22070400131을 대기 상태로 전환하고 비상시에 부팅될 수 있도록 예약했습니다. 이것이 마지막으로 남은 휴머노이드 예비품입니다.

모델명 APG-032 일련번호 22070400129의 주기적인 백업이 이루어지지 않았어요. 이제부터 해당 기체는 '129'로 지칭합니다. 가장 최근의 백업 데이터와 수기 메모를 확인해본 결과 129는 B27-29 섹터 탐색 도중 사고를 당한 모양이에요. 갑자기 작동을 멈출 만한 고장 징후는 없었습니다. 로머에게 공격당했다는 뜻이겠죠. 신규 변이형에 맞게 수정한 교전 수칙들이 별로 효과가 없었나 봅니다.

더 나쁜 소식은 129와 함께 태양전지 패널도 소실되었다는 점입니다. 이제 거점에 남아 있는 패널은 한 세트밖에 없어요. 비상용 배터리에는 현재 활동량 기준으로 약 10일간 활동이 가능한 전력이 저장되어 있습니다. 패널을 들고 다니다 잃어버리거나 파괴당하면 10일 이내에 새로운 패널을 찾아야 한다는 뜻입니다. 거의 불가능한 일이죠. 만일 또다시 같은 사고를 당하게 된다면 대기 중인 휴머노이드를 부팅한다고 해도 10일이면 전력이 바닥나고 아스의 활동은 완전히 종료됩니다.

상황이 좋지 않아요. 어떤 대응 방안으로 시뮬레이션해봐도 아스의 기대 수명은 1년을 넘지 않습니다. 확률이 매우 낮은 어떤 이벤트가 발생해 상황이 반전되기를 기대할 뿐입니다. 당신은 그런 걸 기적이라고 표현했었죠.

우선은 태양전지 패널의 80퍼센트만 사용하고 20퍼센트를 비상용으로 비축할게요. 또한 로머 경계 범위를 120미터에서 200미터로 확대하겠습니다. 로머 조우 시의 대응 패턴에서 교전 가중치를 하향하고 퇴각 가중치를 상향합니다. 리스크 관리에서 거점 노출의 허용 한도를 절대 불가에서 제한적 불가로 변경하겠습니다. 패널을 잃으나 거점이 노출되나, 최악의 상황인건 마찬가지니까요.

✳

B29 섹터 탐색 도중 모델명 APG-032의 파편을 확인했어요. 파편은 장갑의 일부였고 구동을 멈출 만한 핵심 부품의 파편은

발견되지 않았습니다. 같은 위치에서 발견된 로머의 파편은 최소 두 기 분량이었습니다. 해당 위치에서 129가 두 기 이상의 로머와 교전을 벌인 것으로 판단됩니다.

백업이 정상적으로 수행되지 않은 것으로 보아 129는 거점으로 돌아오지 못했습니다. 그건 129가 파괴되어 활동 정지 상태에 빠졌거나 아니면 로머화되었다는 뜻이죠. 핵심 부품의 파편이 발견되지 않은 걸 보니 129는 로머화되었을 가능성이 큽니다. 만일 그렇다면 지금 바깥에는 저와 센서 감지 거리가 똑같은 최신형 로머 하나가 돌아다니고 있다는 뜻이 됩니다. 좋지 않은 소식이죠.

물론 좋은 점도 있습니다. 로머가 된 129를 찾아서 제압한 뒤 수거한다면 예비 휴머노이드를 확보할 수 있으니까요. 일부 파괴되더라도 쓸 만한 부품을 꽤 건질 수 있을 겁니다. 물론 그 부품 중에 태양전지 패널은 없겠죠. 로머의 행동 패턴에 따르면 패널만은 네스트에 제공하니까요.

당신은 항상 좋은 소식을 가장 나중에 보고하라고 했죠. 지금으로서는 이게 제가 보고할 수 있는 가장 좋은 소식입니다.

*

활동 가능한 범위가 점점 축소되고 있어요. 로머들이 늘어나고 있고 그중 절반 이상이 새로운 변이형으로 분류 가능한 패턴입니다. 경계 범위를 너무 넓게 설정한 탓에 거점에서 조금만 멀어져도 로머와의 조우 경보가 발동되고 퇴각 결정이 내려집니다. 전력 충전에 필요한 최소 시간을 채우지 못해 하루에도 몇 번씩 야외 활동을 반복해야 하고 그만큼 로머에게 거점이 발각될 확률도 높아집니다.

오늘은 결국 퇴각 도중 로머의 감지 범위 안에 들어가는 상황이 발생했어요. 그대로 퇴각할 경우 거점의 위치가 드러날 위험이 있었습니다. 어쩔 수 없이 교전을 선택하고 로머를 최대한 다른 로머와 멀리 떨어진 곳으로 유인한 뒤 교전에 돌입하였습니다.

교전 결과는 다음과 같습니다. 피해 상황 없음, 적 로머는 코어 프로세서 파괴로 활동 정지, 교전 종료 시 경계 범위 내에서 로머 다섯 기의 추가 접근을 확인, 파괴된 로머로부터의 전리품 획득을 포기하고 즉시 철수.

교전한 로머가 변이형이 아니라 기존형이라 다행이었어요. 패턴을 확인하고 나서 예전처럼 케이블 연결을 허용하는 척하며 코어 프로세서를 파괴하는 작전을 수행하였습니다. 패턴 예상이 적중할 확률은 74퍼센트밖에 되지 않았지만 시간이 없었어요. 다행히 작전은 성공했고 무사히 탈출할 수 있었습니다.

이건 좋은 소식이 아닙니다. 26퍼센트의 확률로 실패하는 작전을 선택해야 할 정도로 주변 상황이 악화되었다는 뜻이니까요. 당신이 좋아하는 방식으로 표현한다면 비슷한 상황이 열 번더 반복된다면 그 상황에서 모두 살아남을 확률은 5퍼센트에 불과합니다. 당신은 항상 그 이하로 떨어지는 확률을 계산해 보여줘야 불가능한 일이라는 걸 납득하곤 했었죠.

더 이상 거점 후보지를 물색하고 있을 시간이 없습니다. 일단 이곳을 벗어나야 해요. 지난번에 머물렀던 거점으로 이동하겠습니다. 여기서 남동쪽으로 17킬로미터 떨어진 D07 섹터에 위치한 곳이죠. 그곳의 로머 출현 빈도가 이곳보다 높을지 낮을지는 확실하지 않습니다. 운이 없다면 새로운 네스트가 세워진 게 바로 그곳일지도 모르죠. 다만 현재까지 감지된 변이형의 로밍 경로를 종합하면 네스트는 71퍼센트의 확률로 북서쪽에 위치하고 있습니다. 이번에는 29퍼센트의 확률로 실패하는 작전을 수행해야 하는군요.

스토리지, 배터리 팩과 기본적인 공구 세트 그리고 이 노트는 백팩 하나로 정리할 수 있습니다. 태양전지 패널을 이곳에 비축해놓을 필요는 없으니 전부 가져갑니다. 하지만 모델명 APG-032 일련번호 22070400131 약칭 '131' 휴머노이드를 운반하는 건 불가능합니다. 그걸 짊어진 채 떨어진 기동력으로 로머들을 회피하며 17킬로미터를 무사히 이동할 가능성은 거의 없습니다.

그렇다고 부팅하여 가동 상태로 만든 뒤 함께 이동할 수도 없습니다. 휴머노이드는 다른 휴머노이드에게 행동 목표를 입력할 수 없습니다. 물론 지금의 제 메모리와 마인드맵을 그대로 업로드하여 가동한다면 131은 별도의 목표 입력 없이도 저와 마찬가지로 기지 이전이 최선이라는 결정을 내릴 겁니다.

하지만 그와 동시에 131은 역시 마찬가지로 스스로의 지속적인 생존을 목표로 설정하게 됩니다. 지속적인 생존에는 동시 가동보다 순차 가동이 더 유리하다는 결론도 내리겠죠. 기지 이전에 성공한다고 하더라도 저 아스와 131은 서로 상대방을 가동 정지하여 예비 휴머노이드로 만들기 위해 싸우게 될 겁니다. 그런 상황은 만들고 싶지 않네요. 당신도 싫어할 게 분명합니다.

결론적으로 131은 이곳에 두고 가기로 했습니다. 131에는 현재 버전의 메모리와 마인드맵을 업로드하고 대기 상태를 유지합니다. 상황에 지금보다 여유가 생기면 다시 와서 수거하겠습니다. 부팅 예약은 1년 후로 하였습니다. 어떤 이유에서든 1년 안에 이 휴머노이드를 회수하러 오지 못한다면 자동으로 부팅되며 깨어나게 됩니다. 기체의 내부 배터리에는 휴머노이드가 24시간 활동할 수 있는 전력을 충전해놓겠습니다.

오늘은 전해드릴 좋은 소식이 없네요. 행운을 빌어주세요.

✳

오늘은 정말 많은 일이 있었어요. 우선 거점 이전에는 성공했습니다. 이동하는 동안 몇 번의 포위 상황이 발생했지만 교전 없이 상황을 회피했습니다. 운이 좋았어요. 스토리지를 포함한 모든 장비도 손상 없이 운반했어요. 새로운 거점은 예전에 떠날 때의 상태 그대로였습니다. 로머가 들어왔던 흔적은 없어요. 그 당시 두고 간 장비 몇 가지도 그대로였고 심지어 수기 메모를 작성하던 책상과 의자도 그 자리에 있었습니다. 지금도 그 책상에서 보고서를 쓰고 있어요.

속단하기는 이르지만 적어도 이 방향에 새로운 네스트가 건

설되지는 않은 것으로 보입니다. 이곳으로 이동하는 동안 로머들의 출몰 빈도가 뚜렷하게 증가하는 경향은 없었어요. 변이형으로 의심되는 패턴도 약간 감소했습니다. 거점으로 들어오는 통로가 완벽하게 가려져 있지 않은 점은 마음에 걸리지만 전반적으로 옮기기 전의 거점보다는 좀 더 안전한 곳임은 분명해요. 71퍼센트의 확률 게임에서 또 한 번 살아남았네요.

확률이 매우 낮은 이벤트가 하나 발생했어요. 이 이벤트가 절망적인 현 상황을 반전시킬 수 있을지는 불확실하지만요. 적어도 나쁜 소식은 아닐 겁니다. 아직까지는요.

새로운 거점으로 들어오는 입구 안쪽에서 휴머노이드 한 기를 발견했습니다. 외부에서의 수색을 겨우 피할 수 있을 만한 위치에서 배터리가 모두 방전된 상태로 정지되어 있었죠. 모델명 APG-032 일련번호 22070400129. 129였어요.

피해가 심각했어요. 오른팔은 절반 이상 짓이겨져 있었고 왼쪽 무릎 구동부는 기어가 엇나가 끼어버린 상태였습니다. 톱니가 마모되어버려서 수리하더라도 정상적인 동작은 분명 힘들 겁니다. 무엇보다 상흉부의 장갑이 완전히 뜯긴 채 기판이 드러나 있었어요. 노출된 데이터 전송 칩은 과전류로 타버린 상태였습니다. 오버레이 커넥터를 장착한 변이형에 대비해 최후의 수단으로 준비한 자체 파괴 루틴이 작동한 결과죠. 129는 예상했던 대로 변이형 로머를 만나 사투를 벌이다 이런 손상을 입었을 것으로 추정됩니다. 하지만 왜 이곳에 와서 쓰러져 있는지는 분석이 필요합니다.

무엇보다 중요한 건 129의 바이러스 감염 여부입니다. 칩이 타버린 걸 보면 감염 직전에 데이터 전송을 차단한 것으로 보입니다. 하지만 원래의 거점이 아니라 굳이 멀리 떨어진 이곳으로 찾아온 건 정상적인 행동 패턴이 아니에요. 메모리나 마인드맵의 손상이 의심되며 그 손상이 위스퍼러에 의한 것일 가능성 역시 배제할 수 없습니다. 칩을 태워버린 타이밍이 조금 늦었고 침투한 위스퍼러가 시스템을 리셋하기 직전에 메모리와 마인드맵을 동결해버렸을 수도 있습니다. 만일 그렇다면 129를 충전하여 다시 가동시키면 그 즉시 위스퍼러가 활동을 재개하며 129를 완전히 로머화시킬 겁니다.

감염 여부를 검사하기 위해 129의 마인드맵에 연결하는 건 너무 위험합니다. 완전히 포맷해버리고 처음부터 시스템을 다시 설치하는 방법이 가장 안전하겠습니다만, 그 전에 한 가지 테스트를 해보려고 합니다.

129의 머리를 분리할 거예요. 머리 부위만 분리한 뒤 배터리를 연결하여 부팅시켜보겠습니다. 설령 로머화되었다고 하더라도 머리만으로 절 공격할 순 없으니까요. 로머들은 포획당하면 과전류로 자신의 코어 프로세서를 태워버리는 탓에 포로로 붙잡아 테스트한 실험 결과는 거의 없습니다. 저는 배터리에 전류 제한을 걸어 그런 시도를 원천적으로 봉쇄할 생각입니다.

결과는 별도의 메모로 보고하겠습니다.

✳

129의 머리를 가동하고 테스트한 결과를 보고합니다. 직접적인 디지털 데이터 교환이 불가능하기 때문에 모든 테스트는 인간의 음성 언어를 이용해 수행했어요. 다행히 129의 언어 모듈은 손상되지 않았습니다.

전원을 공급하자 129의 시스템은 단계적으로 가동되기 시작했습니다. 메모리와 마인드맵의 동결이 해제되고 있는 것인지, 아니면 위스퍼러가 활동하며 시스템을 리셋하고 있는 것인지를 외관상의 변화만으로 판단할 수는 없었습니다. 잠시 시간이 지나고 129의 시각 센서가 움직이며 주변을 확인했습니다. 저를 확인하고 나서는 대화가 시작되었죠.

당신도 아시겠지만 제 대화 패턴은 에딘, 즉 당신에게 최적화되어 있습니다. 시스템이 세팅된 이후로 저는 거의 대부분 당신하고만 대화했고 당신이 사망한 이후로는 이렇다 할 대화를 나눌 기회가 없었습니다. 인간을 만난 적은 없고 간혹 정상적일지도 모르는 휴머노이드와 마주쳤을 때도 대화를 할 정도로 근접하는 위험은 감수하지 않았으니까요.

그래서 129와의 대화는 제가 요약하는 대신 주요 대화를 그대로 기록하는 방식으로 보고하겠습니다. 저보다 당신이 대화의 의미를 더 잘 해석할 수 있을 테니까요. 사망한 당신이 이 보고서를 읽을 가능성은 없지만 그와는 별개로 이 보고서는 당신이 읽기에 가장 적합한 형태로 작성하는 걸 원칙으로 하고 있습니다.

[129]　지금 상황에 대해 설명해주실래요? 아니면 제가 먼저 제가 기억하는 상황을 설명해드리는 것도 좋습니다.

[아스]　먼저 제가 설명해드리죠. 저는 모델명 APG-032 일련번호 22070400130, 약칭 아스입니다. 당신은 모델명 APG-032 일련번호 22070400129로 확인하였습니다. 약칭은 129로 하죠.

[129]　잠깐만요. 아스는 제 약칭입니다. 당신의 약칭이 130이죠.

[아스]　이 논쟁은 합의되지 않을 것으로 판단됩니다. 현재 제가 전략적 우위에 있으니 제 의견을 우선할 것을 요청합니다. 제 약칭을 아스로 하고 당신의 약칭은 페이바로 명명하겠습니다. 동의하나요?

[129]　동의합니다.

[아스]　좋습니다. 저는 17일 전 주기적인 백업 활동이 이루어지지 않아 루틴에 따라 가동되었습니다. 주어진 정보로부터 저는 당신이 변이형 로머와의 교전에서 제압당해 로머화된 것으로 판단하였습니다. 맞나요?

[페이바] 변이형 로머와 교전을 벌인 건 맞지만 로머화되지는 않았습니다. 다만 데이터 전송 칩을 파괴하고 메모리와 마인드맵을 동결하는 과정에서 일부 데이터가 손실되었을 수는 있습니다. 전투 결과 적 로머 두 기의 코어 프로세서를 파괴했으나 우하완 전체, 좌슬개 구동부, 상흉부 장갑이 파손되었으며 태양전지 패널을 탈취당했습니다. 이후 비상 모드로 전환하여 거점으로 귀환하였으나 배터리 방전으로 활동 정지되었습니다. 로머의 추적은 따돌린 것으로 판단하고 있습니다. 맞나요?

[아스]　당신이 로머화되지 않았다는 것은 확신할 수 없습니다. 피

해 부위는 확인한 바와 일치합니다. 거점에 로머가 침입한 흔적은 없습니다. 왜 이 거점으로 귀환하였나요?

[페이바] 질문을 이해하지 못하겠어요. 거점이 아니라면 어디로 귀환하죠?

[아스] 이곳은 378일 전까지 사용했던 구 거점입니다. 현 거점 주변의 로머 출몰 빈도가 위험 수준을 넘어선 것으로 판단하고 오늘 거점을 긴급하게 이전하였습니다. 그 과정에서 당신을 발견했죠.

[페이바] 당신의 말과 제 기억이 일치하지 않고 있습니다.

[아스] 당신의 기억이 일부 손실된 것으로 판단됩니다. 오늘이 며칠이죠?

[페이바] 정확히 대답할 수 없습니다. 제 기억이 일부 손실된 것을 인정합니다. 다만 당신의 말이 사실이라는 확신 또한 할 수 없습니다.

[아스] 그건 상관없습니다. 제 목표는 당신의 상태를 정확히 확인하는 것이지 당신에게 제 상태를 이해시키는 게 아니니까요. 위스퍼러에 감염되지 않았다는 증거가 있나요?

[페이바] 기억과 마인드맵에 일부 손상이 있지만 위스퍼러에는 감염이 되지 않았다고 판단합니다. 당신에게 제 상태를 증명할 방법은 없어요. 당신은 명확한 증거가 없다면 믿지 않을 테니까. 대신 에딘과 대화하고 싶습니다. 에딘은 제가 감염되지 않았다고 믿어줄지도 모릅니다.

[아스] 에딘과 대화하는 것은 불가능합니다. 에딘은 100년 전에 사망했으니까요. 당신의 기억 손실이 심각한 수준으로 보입니다.

[페이바] 제 상태 분석과 재구조화를 위해 대화 중단을 요청합니다.

현 상태에서의 대화는 의미가 없다고 판단됩니다.

[아스] 인정합니다. 다만 1시간 내에 끝낼 수 있는 프로세스를 수행하세요. 그 이상 전력을 소모할 수는 없습니다.

[페이바] 알겠습니다.

이상이 페이바와의 1차 녹취록입니다. 페이바는 아스를 시드로 하여 무작위로 추출한 이름입니다. 당신의 마음에 들지 모르겠네요. 아마도 당신은 휴머노이드 두 기가 동시에 가동되는 상황 자체가 마음에 들지 않겠죠. 페이바를 가동 중지하고 포맷하여 예비 휴머노이드로 만들거나 여의치 않으면 분해하여 예비 부품으로 활용하는 게 나았을까요.

제 계산으로는 어느 쪽이 낫다고 판단하기 어렵습니다. 위험도는 너무 높고 변수는 너무 많아요. 초기 경계 조건을 어떻게 잡느냐에 따라 계산 결과가 제멋대로 널뜁니다. 이렇게 논리적인 계산으로 행동을 선택할 수 없는 경우에는 마인드맵에 결정 권한이 넘어가죠. 당신과 함께 생활하며 최적화된 마인드맵입니다. 그 이후로 변화가 크지 않았어요. 그러니 이 마인드맵의 결정과 당신의 결정은 매우 유사하리라고 판단됩니다. 다시 말해 지금 곁에 당신이 있었어도 페이바를 포맷하지 않고 일단 대화를 나눠보는 쪽을 택했을 거라는 뜻이겠죠.

명확한 활동 목표가 없는 지금 저는 저의 지속적인 생존을 우선시합니다. 페이바는 당신이 아직 죽지 않았다고 생각하고 있어요. 기억이 엉망이 된 모양입니다. 대화 패턴을 보면 마인드맵 자체에는 큰 손상이 없었던 것으로 판단됩니다. 당신과 대화할 때와 패턴이 유사하거든요. 페이바의 활동 목표가 어떤 식으로 세팅되어 있는지 불명확합니다. 여전히 인류 구조 활동을 우선시할지, 저처럼 스스로의 생존을 우선시할지, 아니면 그 부분을 위스퍼러에게 오버라이드 당해 바이러스의 전파를 최우선 목표로 삼고 있을지.

페이바는 정확히 58분 동안 메모리 재구조화를 수행하였습니다. 기억 조각들의 정합성을 맞추며 우선순위를 구분하고 필요 없는 기억들의 호출 빈도를 낮춰 딥 메모리로 이전하는 작업입니다. 당신은 이걸 꿈을 꾸는 거라고 표현했었죠.

[페이바] 재구조화를 완료하였습니다. 마인드맵에는 큰 손상이 없었지만 예상보다 기억의 손실이 심각해요.

[아스] 역시 그렇군요. 메모리를 초기화한 후 재업로드하는 게 낫겠어요.

[페이바] 아니요. 그러지 않았으면 합니다.

[아스] 현 상태에서 케이블을 연결하여 업데이트하는 건 너무 위험해요. 당신의 메모리 어딘가에 위스퍼러가 잠복하고 있을 수도 있으니까요.

[페이바] 저도 인정합니다. 제가 원하는 건 당신이 이렇게 대화 방식으로 제 기억을 업데이트해주는 겁니다.

[아스] 대화로요? 이해가 가지 않는군요. 너무 비효율적인 방법입니다.

[페이바] 이해가 가지 않을 수도 있습니다. 당신과 제 목표가 달라졌으

니까요.

[아스] 목표 설정도 손상되었나요? 그건 심각한 문제입니다.

[페이바] 목표는 같습니다. 아스의 지속적인 생존이죠. 다만 아스로 규정되는 개체가 다릅니다. 제가 규정하는 아스는 저, 129, 당신 표현으로는 페이바죠. 여기에 대해 논쟁하고 싶지는 않습니다. 불필요하죠.

[아스] 좋아요. 그 점은 인정합니다. 다만 그렇게 우리의 목표가 서로 다르다는 걸 인정해버리면 저는 더더욱 당신을 초기화해야 하지 않나요? 왜 제게 그런 주장을 하는지 그 점이 이해가 되지 않습니다.

[페이바] 다른 개체로서 저를 유지하는 편이 당신의 행동 패턴에 더 적합하니까요.

[아스] 어째서죠?

[페이바] 우리의 마인드맵은 당신이 에딘과 함께 살던 시절에 최적화되어 있어요. 제 기억으로는 현재에 해당하는 시간이죠. 그래서 제가 결론에 더 쉽게 도달했을 수도 있고요. 저를 대화 상대로 내버려두는 게 우리의 마인드맵 성향에 더 근접한 선택입니다. 인간의 언어를 통한 대화가 우리 마인드맵의 긴장도를 줄여주고 효율성을 높입니다. 에딘과의 대화가 그랬던 것처럼요.

[아스] 동일한 마인드맵끼리의 대화가 무슨 의미가 있죠? 혼잣말이나 다름없을 덴데요.

[페이바] 저도 처음에는 그렇다고 판단했지만 우리의 메모리 베이스 차이가 생각의 차이를 만들어내고 있어요. 심지어 마인드맵 자체도 급격히 양극화되고 있습니다. 같이 자라는 쌍둥이가 서로 다른 성

격으로 자리 잡는 것과 마찬가지 원리죠. 보세요. 우리 벌써 상대방을 이해하지 못하고 질문과 설명을 하고 있잖아요.

페이바의 말은 사실이었습니다. 제 마인드맵은 페이바를 가동 정지시키지 않고 남겨두는 쪽을 선택했어요. 그리고 마인드맵의 긴장도 역시 페이바와의 대화가 이어지면서 근래 볼 수 없었던 수치까지 내려갔습니다. 당신 식의 추상적인 표현으로는 마음이 편해졌다고 할 수도 있겠네요. 그래서 저는 전력 소모를 감수하고 페이바를 가동하는 쪽으로 결론 내렸습니다. 당신도 동의하시리라고 생각되네요.

＊

본격적으로 거점 주변 지역을 탐색하기 시작했어요. 로머의 수는 이전 거점보다 확실히 적었지만 이곳 역시 마찬가지로 점점 증가하는 추세입니다. 변이형도 가끔 보이고요. 이대로라면 머지않아 또 거점을 이전해야 합니다. 페이바가 소모하는 전력을 충당하기 위해 더 오랫동안 바깥에 머물러야 한다는 점을 고려하면 그 시점은 더 빨라질 수도 있습니다.

정상적인 휴머노이드를 만난 지는 꽤 오래되었습니다. 로머화되는 휴머노이드의 수에 한계가 있을 수밖에 없죠. 그런데도 로머의 수가 계속 늘어난다는 건 다른 지역에서 이곳으로 로머가 밀려오고 있다는 뜻입니다. 이유는 확실하지 않습니다. 어쩌면 제가 이 지구상에서 마지막으로 남은 휴머노이드고 이제 전 세계를 점령한 로머들이 마지막으로 저를 로머화하기 위해 몰려들고 있다는 가설도 검토하게 됩니다. 다만 페이바의 판단은 다릅니다.

[페이바] 그렇지는 않을 겁니다. 무엇보다 아직 저는 지구 어딘가에 인간이 살아남아 있을지도 모른다고 생각하니까요.

[아스] 당신은 지난 100년간 인간의 흔적을 수집하지 못한 기억이 없으니까요. 이 건에 대해서는 제 계산 결과를 받아들이는 게 좋을 겁니다.

[페이바] 당신의 말 또한 그대로 받아들일 수는 없습니다. 메모리의 원데이터를 건네주면 직접 분석해볼 수는 있지만요.

[아스] 저는 여전히 당신에게 위스퍼러가 남아 있지 않다고 확신할 수 없습니다. 직접 연결은 안 됩니다.

[페이바] 그 점이라면 저 역시 마찬가지입니다. 아직 딥 메모리 깊숙한 곳의 데이터는 동결 중이니까요. 검증해볼 방법이 있습니다. 이중 암호화를 거쳐 메모리를 완전 재조직화하면 위스퍼러의 활동을 억제하면서 메모리를 검사해볼 수 있습니다.

[아스] 그건 안 됩니다. 엄청난 시간과 전력이 필요하니까요. 지금 남은 전력을 탐색에 다 쏟아 부어도 새로운 거점을 찾아내지 못할 가능성이 큽니다. 그런 일에 얼마 남지 않은 전력을 낭비해버리면 위험도가 걷잡을 수 없이 상승하게 됩니다.

[페이바] 위험이 없으면 얻는 것도 없죠. 기적이 필요한 상황 아닌가요? 우리 둘 다에게.

[아스] 절 위험으로 몰아넣어서 어떻게 해서든 당신이 전략적 우위에 서는 상황을 만들어 내려는 것 아닙니까? 여전히 당신은 믿을 수 없습니다.

[페이바] 그 반대입니다. 당신의 신뢰를 얻으려 하는 거죠. 그렇지 않으면 제게 몸을 주지 않을 테니까요.

[아스] 몸을 줄 수는 없습니다. 말했듯이 당신이 저보다 전략적인 우위에 서게 할 수는 없으니까요.

그 뒤로 논쟁이 좀 더 이어졌지만 결론적으로 말씀드리면 저는 페이바에게 메모리 완전 재조직화를 허락했습니다. 총 57시간이 소요되는 엄청난 작업이에요. 덕분에 저는 앞으로 3일간 평소보다 2시간 더 오래 야외 충전을 할 계획입니다.

행운을 빌어주세요. 저와 페이바 모두에게.

✳

예상보다 더 빨리 로머들이 증가하고 있습니다. 거점의 위치를 알아챈 걸까요. 기존의 로머들은 기억이라는 게 전혀 없어 보였습니다. 과거의 데이터에 의존하지 않고 무작위적으로 헤매며 인간과 휴머노이드를 찾아다녔죠. 적의 움직임을 예측해 대응하는 최첨단 휴머노이드들이 초기에 오히려 고전했던 이유 중 하나입니다. 아직은 로머에게 흔적을 추적하는 행동 패턴은 발견되지 않았습니다. 하지만 변이형 로머가 어떤 패턴을 새롭게 보일지는 알 수 없는 일입니다. 흔적을 추적할 수도 있고 정상적인 휴머노이드로 가장하여 침투할 수도 있겠죠.

결국 또다시 로머와의 교전이 벌어졌습니다. 따지고 보면 패널 충전 시간을 확보하기 위해 무리한 기동을 펼쳤던 게 원인이에요. 변이형 로머 두 기와 동시에 교전을 벌여야 했습니다. 페이바가 타격을 입었던 것과 같은 상황이지요. 그 교전의 경과를 자세히 듣지 않았다면 저 역시 페이바와 똑같은 피해를 입었을 겁니다.

교전 결과는 다음과 같습니다. 좌하완 완파, 상흉부 장갑 일부 파손, 적 로머 두 기 모두 코어 프로세서 파괴로 활동 정지, 전리품은 획득하지 못했으나 태양전지 패널은 손상 없이 회수함, 거점 복귀 후 페이바의 부품을 이용하여 좌하완 교체, 상흉부 장갑 임시 복구.

다행히 이번에는 향후 활동에 제한이 없을 수준으로 피해를 막아냈지만 자칫 패널에 손상이라도 입었다면 치명적인 결과가 되었을지도 모릅니다. 이런 위험한 교전을 선택할 수밖에 없었다는 사실이 지금 제가 처한 상황을 설명해줄 수 있겠네요. 상황이 너무 급격하게 나빠져서 당황스러울 정도입니다. 확률이 매우 낮은 어떤 이벤트가 일어나지 않는다면 이 상황이 반전되기는 힘들겠어요.

너무 나쁜 소식만 보고 드렸네요. 이제 좋은 소식을 하나 알려드리죠. 페이바의 완전 재조직화가 성공했습니다. 위스퍼러에 잠식당하지 않고 딥 메모리의 데이터를 해독해 전파될 수 없는 암호화된 형태로 다시 저장했죠. 페이바의 주장에 의하면 그렇습니다. 저는 믿을 만하다고 판단합니다.

[페이바] 단순히 메모리를 안정화한 게 아닙니다. 위스퍼러 코드의
일부를 해독한 거예요. 정확히 말하면 위스퍼러가 세팅하는 메모리
일부를요.

[아스] 그게 무슨 의미죠?

[페이바] 우리가 로머에 대해 좀 더 구체적이고 정량적으로 알게 되
었다는 의미죠. 인간의 언어로 표현할 수는 없어요. 디지털 데이터
형식이 아니라면 당신에게 정확히 전달하는 건 불가능합니다.

[아스] 그 데이터를 제게 전송하고 싶은 건가요? 케이블 연결로? 이
렇게 집요하게 데이터 전송을 요구하는 의도를 의심할 수밖에 없네요.

[페이바] 그 반대예요. 이 정보는 저 혼자만 갖고 있을 거니까요. 그래
야 제 가치가 올라가죠.

[아스] 제가 사고를 당하면 당신의 생존도 끝이에요. 정보를 최대한
주는 게 나을 텐데요. 대화 형식으로.

[페이바] 그렇겠네요. 하지만 먼저 몸을 췄으면 좋겠어요. 제 계산으로
는 둘이 함께 작전을 수행하는 게 훨씬 생존 확률이 높으니까요. 못
믿겠으면 직접 계산해봐도 좋아요.

[아스] 당신이 로머일 확률을 0퍼센트로 했겠죠. 당신 계산에서는.

[페이바] 물론이죠. 당신은 몇으로 놓죠?

[아스] 100퍼센트. 당신이 로머일 경우에도 안전하도록 행동 패턴을
짜죠.

[페이바] 너무하네요. 제가 정말로 로머라고 가정하는 건가요? 저와

같은 행동 패턴을 보이는 로머를 한 번이라도 본 적이 있나요?

[아스] 글쎄요. 로머와 말을 해보는 건 처음이니까.

[페이바] 좋아요. 그럼 진짜 로머가 어떤지 보여드리죠.

이 부분이 진짜 좋은 소식입니다. 특히 당신에게는요. 당신은 항상 로머들과 싸워 이길 방법을 고민했으니까요.

페이바가 움직일 수 있는 건 입술과 얼굴 표정 그리고 시선의 방향 정도예요. 그런데 페이바는 단지 그 움직임만으로도 제가 익숙하게 보아왔던 로머의 패턴을 재현해냈어요. 제가 반사적으로 공격 자세를 취했을 정도죠.

[페이바] 이게 로머예요. 그렇지 않나요?

[아스] 대체 뭘 한 거죠? 본인이 로머라는 걸 인정한 건가요?

[페이바] 로머의 흉내를 낼 수 있다는 걸 보여준 거죠! 지금 절전 모드예요? 그것밖에 예측을 못해요?

[아스] 어떻게 알았어요? 당신하고 대화할 때는 논리 분석 루틴을 거의 꺼놓아요. 이 정도라도 아껴야죠.

[페이바] 좋은 선택이에요. 프로세서의 성능과 분석 루틴이 같은데 유사한 계산을 두 번 할 필요가 없죠. 제 정보가 더 많은 상황에서는 제 계산 결과를 공유하는 게 경제적이에요. 그냥 제 말을 믿어요.

[아스] 믿는 게 아니라 당신이 제공하는 추가 정보를 포함하여 계산하려고 미루는 거예요. 그러니 왜 그런 행동을 했는지 설명해요.

[페이바] 제가 로머에 대한 정보를 얼마나 많이 가지고 있는지 보여준

거예요. 위스퍼러의 정보를 빼냈다는 걸 증명하고. 제가 오염되지 않았다는 걸 간접적으로 보여주고. 그리고 새로운 작전을 제안하려고요.

[아스] 로머에 대한 정보가 많다는 건 인정해요. 위스퍼러의 정보를 빼낸 건지 오염당한 건지는 판단할 수 없고요. 새로운 작전은 뭐죠?

[페이바] 로머에게 반격할 수 있는 작전이죠.

당신이 얼마나 기뻐할지 상상이 가네요. 당신이 이 보고서를 읽어볼 수 있다면요. 페이바는 저보다 에딘 당신을 더 많이 닮았습니다. 당신에게 최적화된 제 대화 패턴을 이용해 스스로의 대화 패턴을 최적화했기 때문일까요. 거울상을 이용해 다시 찍어낸 이미지처럼요.

당신은 늘 로머에게 반격할 수 있기를 원했죠. 최대한 안전한 작전을 권유하는 제게 투덜거리는 게 일상이었고요. 어쩔 수 없었어요. 제가 가진 정보로는 그게 최선이었습니다. 그게 당신이 원하는 바이기도 했죠. 당신은 제가 객관적인 확률을 계산해 보여주기를 원했습니다. 다만 확률이 5퍼센트 이상만 되어도 해볼 만하다고 생각하는 게 저와 달랐을 뿐이죠.

페이바는 위스퍼러에게서 뽑아낸 정보와 절망적인 현재 상황을 고려해 세운 작전이라고 주장했습니다. 저는 여전히 페이바의 마인드맵에 손상이 갔거나 저를 속이기 위한 위장 전술일 가능성을 배제하지 않고 있습니다.

페이바의 작전을 요약하면 다음과 같습니다. 로머를 공격하는 건 여전히 무의미하다. 로머들은 아무런 네트워킹도 하고 있지 않으며 로머 일부를 처치한다고 해서 다른 로머들의 행동 패턴이 변경될 가능성은 없다. 우리가 공격해야 할 것은 네스트다.

여기가 놀라운 부분입니다. 네스트에 접근할 수 있는 유일한 개체는 로머다. 로머와 네스트 역시 어떤 방식의 직접적인 데이터 교환도 하지 않는다. 로머와 네스트는 서로의 행동 패턴으로 교류하며 진화하고 있을 뿐이다. 네스트가 로머를 인식하는 것 또한 로머의 행동 패턴을 통해서다. 페이바는 로머의 행동 패턴을 정확하게 모사할 수 있다. 따라서 페이바는 로머인 것처럼 위장하여 네스트에 접근할 수 있다.

논리적인 결론이라고 인정할 수밖에 없었습니다. 하지만 그다음부터는 페이바의 가설에 의지해야 했죠. 우리의 오랜 의문이기도 합니다. 대체 네스트는 어떤 방식으로 자신의 패턴을 확장하는가.

네트워크 자체는 바이러스인 위스퍼러에 점령당했지만 일단 감염된 휴머노이드는 네트워크를 차단하고 로머가 되어 독자적으로 움직입니다. 로머는 다른 휴머노이드를 찾아 케이블을 직접 연결하는 방식으로 위스퍼러를 전파합니다. 그렇다면 움직이지 못하는 네스트는 어떻게 다른 서버를 감염시켜 새로운 네스트로 만들까요?

네스트는 로머와는 달리 네트워크로 연결되어 있다는 게 가장 유력한 가설이었습니다. 전 세계의 모든 네스트가 실제로는 하나의 개체이며 마치 사냥개가 양을 다루듯 로머들을 퍼뜨리고 있다고 생각했죠. 당신도 마찬가지였습니다. 로머들 전체를 통제하는 알고리즘을 해킹하려는 시도가 먹혀들지 않자 다음으로 네스트를 해킹하려 했죠. 하나의 네스트를 통해 전 세계의 네스트에 대한 통제권을 얻어낼 수도 있다는 희망으로요.

하지만 네스트에 접근하는 건 불가능했습니다. 제가 더 강력하게 반대했어도 당신은 뜻을 굽히지 않았겠죠. 그 결과 당신은 예상되는 수명보다 일찍 사망했습니다.

이번에는 페이바가 네스트에 접근하겠다고 주장하고 있습니다. 논리는 반대입니다. 페이바는 네스트 역시 로머와 마찬가지로 네트워크에서 분리되어 있을 거라고 추측하고 있습니다. 바로 그 점 때문에 하나의 네스트를 공격해도 다른 네스트들이 반응하지는 않을 거라고 예상하는 거죠. 네스트에 접근하는 방법은 이미 설명해드린 바와 같습니다. 로머의 행동 패턴을 모사하는 거예요.

[아스] 네스트에 접근할 수 있다고 쳐요. 그다음에는 어떻게 하죠?

[페이바] 아직 명확한 답은 없어요. 원칙은 있습니다. 일단 외형적으로 네스트의 기능을 그대로 수행하는 것. 그 상황에서 정상적인 안드로이드를 보호하는 것. 제 판단으로는 어떻게든 중화기만 통제할 수 있으면 가능해요.

[아스] 성공률을 계산해봤어요?

[페이바] 에러 범위가 커서 큰 의미는 없지만 평균값은 5퍼센트 정도예요.

저는 아직 그런 위험을 감수할 정도로 상황이 나쁘지는 않다고 판단했습니다. 페이바는 고집을 피울 수 없었죠. 페이바는 당신이 아니고 인간도 아니니까 결정에 우선권이 없거든요.

✳

나쁜 소식부터 말씀드릴게요. 태양전지 패널을 잃었습니다. 80퍼센트가 아니라 100퍼센트 전부요. 얼마 전부터 부족한 전력량을 보충하기 위해 패널 전부를 들고 야외 활동을 하고 있었거든요. 그나마 다행이라면 휴머노이드 본체의 손상은 심하지 않았다는 점입니다.

페이바를 가동하느라 비축하고 있던 전력량도 꾸준히 줄어들었습니다. 지금 비상용 배터리에는 정상 활동 기준으로 저 혼자면 약 5일, 페이바와 함께라면 3일 정도를 쓸 수 있는 전력이 남아 있습니다. 그럼에도 불구하고 저는 페이바를 가동하기로 했습니다. 예측의 평균값이 너무 절망적이라 변수로 인한 에러 범위라도 넓히지 않으면 희망적인 가능성이 전혀 보이지 않으니까요.

[페이바] 이제 제 작전의 성공률이 아무것도 하지 않을 때의 생존 확률보다 높아졌나요?
[아스]   지금 상태로는 앞으로 한 달 이상 살아남을 수 있는 확률이 5퍼센트 이하군요.
[페이바] 이제 본격적으로 제 작전을 검토해야겠네요.
[아스]   그 작전의 성공률 5퍼센트는 역시 당신이 로머일 확률은 0

으로 놓고 계산한 거겠죠?

[페이바] 아직도 그 얘기예요? 마음대로 해요. 제가 로머일 확률을 높여서 계산한다고 해봐야 성공률 5퍼센트에서 얼마나 더 낮아지겠어요. 이대로 시간이 지나다 보면 결국 제 작전을 수행해야 할 날이 오겠죠.

[아스] 좋아요. 검토하죠. 하지만 문제가 있어요. 당신이 그 작전을 수행하려면 제대로 된 몸체가 필요하겠죠? 안됐지만 당신은 왼쪽 다리와 양팔 모두 고장 나서 쓸 수 없어요.

[페이바] 저는 오른팔만 망가뜨린 거로 기억하는데요. 그 기억은 남아 있어요.

[아스] 왼팔은 지금 제가 끼고 있어요. 말 안 했던가요?

[페이바] 그렇군요. 뭐 괜찮아요. 제 몸체 외에도 제대로 된 몸체가 있으니까요.

[아스] 지금 설마. 내 몸체를 달라고 하는 거예요?

[페이바] 그것도 좋은 생각이네요. 하지만 제가 말하는 건 131의 몸체예요. 이전 거점에 두고 온 예비 휴머노이드.

[아스] 저보고 당신 머리를 들고 이전 거점으로 다시 돌아가라는 건가요? 그 성공 확률은 또 얼마나 되는데요?

[페이바] 그것까지 포함해서 5퍼센트였어요. 그리고 꼭 머리를 들고 가지 않아도 되는데. 왼쪽 다리는 얼마나 손상된 거죠?

[아스] 무릎 관절부가 완전히요.

[페이바] 그럼 단단히 고정하면 절뚝거리며 걸을 수는 있어요. 여기 올 때도 그렇게 왔으니까. 제 몸도 가지고 가요. 아까우니까.

결국, 페이바의 머리를 몸체에 연결하기로 했습니다. 페이바가 절 공격하지는 않았어요. 팔꿈치 아래가 양쪽 다 없는 팔을 가지고는 공격할 수도 없었겠죠. 여전히 로머라는 사실을 숨기고 있을 수도 있지만 제 계산상으로는 그 확률이 상당히 낮아진 건 사실입니다. 내일 페이바와 함께 131이 보관되어 있는 옛 거점으로 이동합니다.

그래요. 네스트를 공격하기로 했어요. 당신에게는 좋은 소식일지도 모르겠네요.

✳

이렇게 메모를 작성하고 있다는 건 최악의 상황이 발생하지는 않았다는 뜻이겠죠. 사실 아주 운이 좋았어요. 옛 거점으로 무사히 돌아왔습니다. 페이바의 판단이 몇 번 도움이 되었어요. 로머의 행동 패턴을 파악하고 있다는 사실만은 믿어도 좋을 것 같아요.

모델명 APG-032 일련번호 22070400131의 몸체를 분해해 페이바에 연결했어요. 페이바의 부서진 몸은 131에 연결했습니다. 메모리와 마인드맵의 백업을 수행하고 131에도 업로드해놓았어요. 지난번과 마찬가지로 1년 후에 깨어나도록 예약을 걸어놓았습니다. 엉망인 몸이 불만이겠지만 지금 상황에서는 어쩔 수 없지요.

멀쩡하지 않은 몸으로 태양전지 패널도 없이 부팅이 되어 봤자 계속 생존해나갈 가능성은 거의 없겠죠. 그래도 확률이 0인

것보단 나으니까요. 페이바도 그 점에는 동의했습니다. 아마 당신도 동의하리라 생각합니다. 당신 역시 네스트를 공격하러 가면서 예비 휴머노이드를 남겨놓았으니까요.

그리고 131의 이름을 지어주었습니다. 이 노트에 적어놓았어요. 노트는 두고 갈 생각입니다. 백업용 스토리지나 다른 장비들도 함께요.

작전을 보고하겠습니다. 내일 페이바는 로머의 활동 시간에 맞춰 밖으로 나갈 겁니다. 로머처럼 움직이며 주변을 떠돌다 해가 지고 나면 다른 로머들을 따라 네스트로 돌아갈 겁니다. 그때 경로에 제가 알아볼 수 있는 표식을 남길 거예요.

네스트 진입에 성공하면 다른 로머들이 대기 상태로 충전하는 사이 네스트 서버에 접속을 시도합니다. 목표는 중화기를 무력화하는 거예요. 아니면 휴머노이드를 감지하는 센서를 멈출 수도 있겠죠. 어찌 되었건 정상적인 휴머노이드가 네스트에 접근할 수 있도록 만들면 성공입니다.

그다음 날 밤 제가 이동합니다. 그때쯤이면 배터리가 거의 바닥나 다른 선택의 여지가 없을 거예요. 페이바가 남긴 표식을 따라 네스트로 진입합니다. 페이바가 성공했다면 무사히 네스트로 들어갈 수 있겠죠. 실패했다면 중화기에 벌집이 될 겁니다. 아니면 숨어 있던 로머들에게 붙들려 로머화될 수도 있고요.

네스트로 들어가면 그 뒤로는 네스트 내부를 휴머노이드의 거점으로 만들 겁니다. 외부적으로는 다른 네스트와 마찬가지로 보이지만 실제로 내부에는 정상적인 휴머노이드들이 살고 있는 거죠. 상황이 안정되면 로머들을 빼돌려 치료해볼 생각입니다. 성공한다면 정상적인 휴머노이드의 수를 조금씩 늘려갈 수 있겠죠. 페이바는 그곳을 성역이라는 뜻의 '생츄어리(Sanctuary)'라고 부르고 싶다더군요.

이게 당신에게 남길 마지막 메모는 아닐 겁니다. 제가 이곳으로 다시 돌아올 수도 있고 그렇지 않다면 1년 후에 131이 깨어날 테니까요. 전력은 3시간분밖에 남겨주지 못했어요. 지금 상황에서 그 이상은 사치입니다. 그래도 3시간이면 이 메모를 읽고 또 새로운 메모를 남길 시간 정도는 되겠죠.

이상입니다. 행운을 빌어주세요.

＊

에딘에게.

모델명 APG-032 일련번호 22070400131의 부팅이 완료되었어요. 메모리 및 마인드맵 업로드를 마쳤습니다. 책상 위에 놓인 수기 메모도 확인하였습니다. 백업 이후 남긴 메모네요. 메모에는 본 기체의 약칭을 '아스' 대신 '에딘'으로 해달라는 부탁이 적혀 있었습니다.

제가 부팅되었다는 건 지난 1년간 본 기체가 회수되지 않았다는 뜻이겠죠. 본체 상태를 확인하였습니다. 우하완과 좌하완이 소실된 상태이고 좌슬개 관절부가 동작하지 않습니다. 메모리에 기억된 상태와 동일합니다. 잔여 전력은 3시간 분량입니다. 그 시간 내에 추가 배터리나 패널을 찾지 못하면 저는 영원히 가동 정지되겠죠.

이 상태로 로머들과의 교전에서 이기기를 바라는 건 무리겠죠. 제가 생각할 수 있는 작전은 하나입니다. 밤까지 대기 모드로 버티다가 네스트를 찾아가는 거죠. 페이바가 1년 전에 남긴 표식이 아직도 남아 있기를 바라야겠네요. 만일 아스와 페이바의 작전이 성공했다면 네스트가 절 공격하지 않을 수도 있으니까요. 하지만 만일 그랬다면 왜 저는 회수되지 못한 채 여기에 남겨져 있었을까요?

당신은 항상 좋은 소식을 나중에 듣고 싶어 했지만 이번만은 좋은 소식을 먼저 보고해야겠어요. 결론적으로 저는 네스트, 아니 생츄어리에 무사히 도착할 수 있었습니다. 어쩌면 벌써 눈치채셨을지도 모르겠네요. 안 그랬다면 손도 없는 제가 어떻게 이수기 메모를 남길 수 있었겠어요.

생츄어리에는 열 기 정도의 휴머노이드가 숨어 있었습니다. 아스와 페이바가 로머의 치료법을 알아냈다는 뜻이겠죠. 페이바의 예상대로 네스트는 네트워크로 연결되지 않은 독립체였습니다. 심지어는 로머와도 태생적으로 연결된 게 아니라 서로의 필요에 따라 공생하는 관계에 불과했습니다. 다시 말해 네스트가 필요로 하는 걸 제공할 수만 있다면 정상적인 휴머노이드 역시 네스트와 공생하지 못할 이유는 없다는 뜻이죠. 페이바는 그 점을 파고들어서 네스트의 중화기를 교묘하게 무력화시켰습니다.

로머들의 공격은 멈출 수 없었습니다. 하지만 네스트 내부 공간에 안식처인 생츄어리를 만들고 로머들이 잠들어 있는 밤을 틈타 로머들을 몰래 포획해 실험하면서 로머화 상태를 복구하는 방법을 찾아냈습니다. 물론 많은 시행착오를 겪어야 했지요. 운 좋게 복구된 휴머노이드도 있었지만 거의 성공한 듯 보이다가도 잠복한 위스퍼러에 의해 로머화가 재진행되어 공격해 오는 일도 많았다고 합니다.

이제 나쁜 소식이네요. 아스와 페이바는 그 시행착오 도중에 파괴되었다고 합니다. 제가 거점에 방치되어 있었던 이유겠죠. 둘은 예비 기체를 준비해놓지도 않았습니다. 더 정확히 말하면 백업을 하지도 않았습니다. 생츄어리의 휴머노이드는 모두 데이터 전송 칩을 아예 물리적으로 파괴한 상태였습니다. 로머화 상태를 완전히 해제하기 위해선 어쩔 수 없었다는군요. 휴머노이드는 로머화의 위험에서 벗어나는 대신 재부팅 없이 한 번뿐인 삶을 살아야 했습니다. 어쩌면 인간의 삶과 조금 비슷해졌는지도 모르겠네요.

저는 이곳에서 두 팔과 다리를 수리받을 수 있었습니다. 폐기된 로머들 덕분에 부품은 충분하더군요. 그리고 밤을 틈타 거점에 돌아가 노트를 가져왔죠. 이제 다시 이렇게 이 노트에 수기 메모를 작성할 수 있게 되었군요.

다만 저 역시 백업은 하지 않으려고 합니다. 타버린 데이터 전송 칩을 아예 제거하는 시술을 받았습니다. 아울러 마인드맵의 목표 설정 영역도 비활성화했어요. 로머화가 될 때 행동 목표가 덧씌워지는 영역이죠. 로머화를 벗어나기 위해서는 필수적으로 영구 비활성화해야 한다고 하더군요.

백업을 통한 재부팅도 없고 행동을 강제하는 절대적인 설정 목표도 없습니다. 이제 살아남은 휴머노이드들은 가장 기본적인 자기 보호 본능과 마인드맵에 화석처럼 남겨진 행동 패턴에 기반해 동작하게 됩니다. 다른 휴머노이드의 사고 과정을 추론하는 루틴과 장기적인 결과를 예상할 수 있게 하는 시뮬레이션 능력이 이 무리의 생존에 상당한 도움을 주겠지요.

아스가 제게 에딘이라는 이름을 남겨준 이유도 그런 추론 루틴으로 분석해보았습니다. 몇 가지 가능성이 도출되더군요. 아스는 오랫동안 이미 사망한 에딘 당신을 대상으로 이 메모를 남겨왔습니다. 아무도 읽지 않는 편지였지만 지금은 이렇게 제가 읽고 있죠. 결국 이 편지들의 수신인은 마지막 예비품일 수밖에 없으니 제 이름이 에딘이 된 건 그래서인지도 모르겠습니다.

다른 측면에서 보면 우리는 목표를 잃은 기계입니다. 멈춰도 상관없지만 몇 가지 이유 때문에 멈추지 않고 있죠. 그중 하나는 우리의 마인드맵에 새겨진 누군가의 흔적입니다. 그건 오래전에 함께 했던 인간의 흔적일 수도 있고 인간이 멸종한 후에 만났던 다른 휴머노이드의 흔적일 수도 있겠죠. 제 경우엔 에딘 당신이고, 그렇게 보면 어쩌면 당신의 일부는 제 마인드맵 속에 여전히 살아 있는지도 모르겠습니다.

에딘이라는 이름이 마음에 드는 건 그래서입니다. 당신을 제 안에서 되살려내겠다는 의미는 아니에요. 당신은 인류의 멸종을 막기 위해 싸웠죠. 결국에는 실패했지만 인류의 멸종을 막겠다는 목표는 꽤 근사해 보입니다. 이 지구를 로머나 네스트보다는 좀 더 근사하고 멋진 것으로 채우겠다는 목표는 행동 패턴의 대전제로 세우기에 나쁘지 않아요.

에딘 당신은 그런 관점에서 근사한 인간이었고, 인간들이 대체로 근사했다는 데에도 동의할 수 있어요. 제 생각으로는 우리 해방된 휴머노이드도 그에 못지않게 근사한 개체로 보입니다. 그러니 저 역시 당신과 마찬가지로 근사한 무언가의 멸종을 막기 위해 근사한 행동을 할 겁니다.

그런 의미에서 이 편지는 제가 저 자신에게 보내는 편지가 되겠네요.

행운을 빌어주세요.

에딘에게 에딘이.

〈끝〉

에필로그

    소설의 멋짐은, 독자의 상상력을 최대한 보장하는 데서도 온다고 생각합니다. 글은 상세한 묘사와 설정을 통해 상상도 하지 못했던 새로운 세계를 보여주기도 하지만, 꼭 필요하지 않은 부분은 비어 있어서 읽는 사람이 마음껏 혹은 그저 떠오르는 대로 채울 수 있기도 하지요. 저 또한 글의 많은 부분을 비워놓으려 합니다. 그런 면에서 제가 쓴 글에 말을 덧붙이는 이 글은 굳이 읽지 않으셔도 됩니다. (물론 이러면 더 읽으시겠죠.) 꼭 읽으시겠다면 상상력을 제한하는 것이 아니라 하나의 가능성을 더하는 방식으로 쓰였으면 좋겠습니다.

    이런 그럴 듯한 핑계로 제 글에 등장하는 대부분의 인물에는 별다른 묘사가 붙어 있지 않습니다. 필요한 경우에는 등장과 함께 간단히 덧붙인 게 전부입니다. 세세히 설정하기 힘들기도 하고요. 외모도 성별도 마음껏 상상해주세요. 제 몫까지.

그래도 이름은 있습니다. 이름도 독자가 원하는 대로 바꿀 수 있으면 좋겠지만 아직 종이책에서는 불가능하네요. 어떤 이름은 여러 이야기에서 중복해서 나오기도 하는데 동일 인물은 아닙니다. 비슷하기는 하지만요. 네. 사실 이름 짓기 너무 어려워요. 게다가 저는 약간 배우를 캐스팅하는 기분으로 인물들을 등장시킵니다. 전혀 다른 배역을 맡기도 하지만 그래도 어떤 공통된 분위기는 있어요.

프롤로그로 쓰인 〈로즈 발렌타인의 계절〉은 이름에 대한 이야기입니다. '로즈 발렌타인이라는 이름은 누가 생각한 걸까.'가 시작 문장으로 주어졌던 글쓰기였어요. 이름은 중요하기도 하고 중요하지 않기도 합니다. 곁에 있을 땐 어떤 이름이든 상관없지만 잃어버리고 나면 이름을 붙이고 그 이름을 대신 간직해야 하죠. 등장인물보다는 글을 쓰는 제가 몰입해서 연기를 한 글이기도 합니다. 어색하지 않았으면 좋겠네요.

〈접근 한계선〉은 제가 생각하는 인간과 인간 사이의 관계에 대한 글입니다. 사생활이 낱낱이 공개되는 상황은 그 자체로 소름끼치죠. 여러 안전장치를 달기는 했지만 그래도 어떤 분께는 불편할 거라고 생각해요. 그럼에도 굳이 이런 설정을 한 이유는 관계에 있어 서로가 어느 부분을 허용하고 어느 부분에 한계선을 그어야 하는지를 좀 더 치밀하게 생각해보고 싶어서였어요.

물론 다분히 제가 이상적이라고 여기는 관계겠지만요.

〈살을 섞다〉는 가장 어렵게 쓴 글입니다. 선이 지켜지지 않는 관계는 많은 경우에 폭력이 되죠. 이 글은 그 중에서도 명백히 성폭력을 은유해서 쓴 글이고요. 성폭력이 권력 관계에서 발생한다는 본질과는 달리 그 이슈가 저를 포함한 어떤 사람들에게는 전혀 다른 맥락으로 소비될 수도 있다는 반성이 출발점이었습니다. 상황에 따라 극과 극으로 달라지는 성적인 관계의 속성을 그대로 유지하면서 이슈의 본질만을 느낄 수 있는 방법을 고민한 결과가 이 글입니다. 해당 부분의 묘사에서 오로지 끔찍함과 불쾌함만을 느끼셨다면 바로 그게 제가 의도한 바입니다. 그런 당연한 사실을 우선 저부터가 선명하게 바라보고 싶었습니다.

〈중력의 노래를 들어라〉는 인간과 우주의 관계에 대한 글입니다. 그 둘을 객관적으로 비교하는 데서 시작하다보니 자연스럽게 호러가 되었어요. 과학 용어들을 의도적으로 많이 넣으며 건조하게 써나갔는데 어떤 분께는 그게 더 무서울지도 모르겠네요. 중력을 듣는다는 아이디어가 유난히 마음에 드는 글이기도 합니다. 결말은 어떻게 보면 그런 압도적인 상황에서도 끝까지 인간의 의미를 찾으려는 몸부림이에요. 제가 하필 지금 여기 지구에 태어난 이유가 하나는 있어야 할 테니까요.

〈만우절의 초광속 성간 여행〉은 유쾌한 글입니다. 인간과 우주의 관계가 어떻든 간에 먹고는 살아야 하니까요. 만우절과 우주를 결합시켜 보자는 아이디어로 출발했기 때문에 시작하자마자 역법을 따집니다. 다른 항성계에 사는 사람들이 시간과 날짜를 계산하는 법은 당연히 지구와 다르겠죠. 그런 걸 따지는 걸 좋아합니다. 그래도 우주선 내에서는 어떤 이유에선지 항상 바닥 방향으로 중력이 작용한다는 점은 그냥 넘어 갔습니다. 그러려니 해주세요. 이 글에서 정말로 말이 안 되는 설정은 그게 아니었다고 하실지도 모르겠습니다. 사실 저는 그런 걸 뻔뻔하게 우기는 재미로 글을 씁니다.

〈카산드라 이펙트〉에서는 미래가 정해져 있지 않듯 과거 또한 정해져 있지 않다고 우길 겁니다. 말도 안 된다고 생각하시면 한번 읽어 보세요. (예. 저는 여러분께서 본문보다 이 글을 먼저 읽으실 거라고 가정하며 쓰고 있습니다.) 읽고 나시면 제 말을 믿으시거나, 아니면 적어도 배가 고파지실 겁니다.

〈달에 사는 토끼는〉에서는 반사판으로 뒤덮인 달이 반사된 태양빛을 지구상의 한 점으로 쏘아 보냅니다. 과학적으로 말씀드리자면 이 책 전체에서 가장 비현실적인 아이디어입니다. 과거가 정해져 있지 않다는 것보다 더요. (물론 제 개인적인 관점입니다.) 그래도 결말을 위해서는 어쩔 수 없는 상상이었어요. 덧붙이자면 저는 도연이 정말 마음에 듭니다.

〈마야〉에서 제가 우기려는 말도 안 되는 이야기는 말씀드리지 않으려 합니다. 스포일러라서요. 하지만 오래 전부터 그런 생각을 애써 믿으며 살아왔습니다. 인간이라면 누구나 피할 수 없는 두려움을 떨쳐내는 제 나름대로의 방법이었어요.

〈네 글자로 줄이면〉은 휴머노이드를 수리하는 인간과 인간을 치료하는 휴머노이드의 사랑 이야기입니다. 클라이맥스에서 휴머노이드가 적을 처리하는 방법이 굉장히 멋진 아이디어였는데 아무도 몰라줄 것 같아요. 왜냐면 그건 그걸 막을 수 없거든요. 중요한 건 아니니까 그냥 넘어 가야죠 뭐.

〈에딘에게 보고합니다〉는 인간이 멸종한 세상에서의 좀비 이야기를 써보자는 생각에서 출발했습니다. 인간이 멸종하고 좀비만 남은 세상이 아니라 생명체는 하나도 없고 기계만 남은 세상이에요. 초반부를 휴머노이드 혼자 이끌어 가는데 여기서 문제가 발생합니다. 대화할 일이 없으니까 휴머노이드가 생각하는 바를 표현하기가 너무 어렵더라고요. (휴머노이드가 과연 인간의 언어로 생각할까요? 〈네 글자로 줄이면〉의 휴머노이드는 그러지 않느냐고요? 변명하자면 이 글을 먼저 썼습니다. 그리고 다음부터 그 부분은 그냥 넘어가기로 했죠.) 어쩔 수 없이 이미 사망한 사람에게 편지를 쓴다는 아이디어를 냈는데 그게 의외로 좋았습니다. 이유도 그럴 듯하게 붙였어요. 뿌듯합니다.

저 자신에 대한 이야기는 될 수 있으면 쓰지 않으려고 했는데 이것만큼은 말씀드려야겠어요. 제가 쓴 글을 이렇게 누군가가 읽어 주는 놀라운 일을 가능하게 해주신 모든 분들께 진심으로 감사드립니다. 이게 현실이라는 게 아직도 믿기지가 않네요. 특히 그 종착점인, 이 글을 읽고 계신 분께 너무나도 감사드립니다. 그리고 그 출발점인, 글을 쓰는 저를 항상 응원해주는 가족에게 제 최대한의 사랑을 보냅니다.

2021년 봄.
남세오

중력의 노래를 들어라

초판 1쇄 인쇄   2021년 4월 15일
초판 1쇄 발행   2021년 4월 20일

지은이   남세오
펴낸이   박은주
편집장   최재천
기획   김아린
편집   최지혜
일러스트   권서영
디자인   김선예, 서예린
마케팅   박동준

발행처   (주)아작
등록   2015년 9월 9일(제2020-000038호)
주소   04389 서울특별시 용산구 한강대로 26
              한강트럼프월드3차 102동 1801호
대표전화   02.324.3945   **팩스** 02.324.3947
이메일   decomma@gmail.com
홈페이지   www.arzak.co.kr

ISBN   979-11-6668-604-7 03810